UN SI JOLI CRIME

Du même auteur

Manhattan People, Calmann-Lévy, 2016 ; Points, 2017
Long Island, Calmann-Lévy, 2017 ; Points, 2018
Beau Ravage, Calmann-Lévy, 2018 ; Points, 2019

CHRISTOPHER BOLLEN

UN SI JOLI CRIME

Traduit de l'anglais (États-Unis)
par Philippe Loubat-Delranc

CALMANN LEVY

CALMANN LÉVY
ÉDITEUR DEPUIS 1836

Titre original :
A BEAUTIFUL CRIME
Première publication : Harper, imprint de HarperCollins Publishers,
New York, 2020

Droits de traduction déterminés par The Clegg Agency, Inc., USA

COUVERTURE
Maquette : Louise Cand
Photographie : © Hélène Havard/Arcangel Images

ISBN 978-2-7021-6888-2

Pour Edmund White

« La paix intérieure se gagne ou s'achète. »

John Ruskin

« Quand je l'ai aimé, j'ai vu se dresser de vastes demeures qui, bientôt, s'effondreraient dans les flots agités mais patients. »

David Wojnarowicz

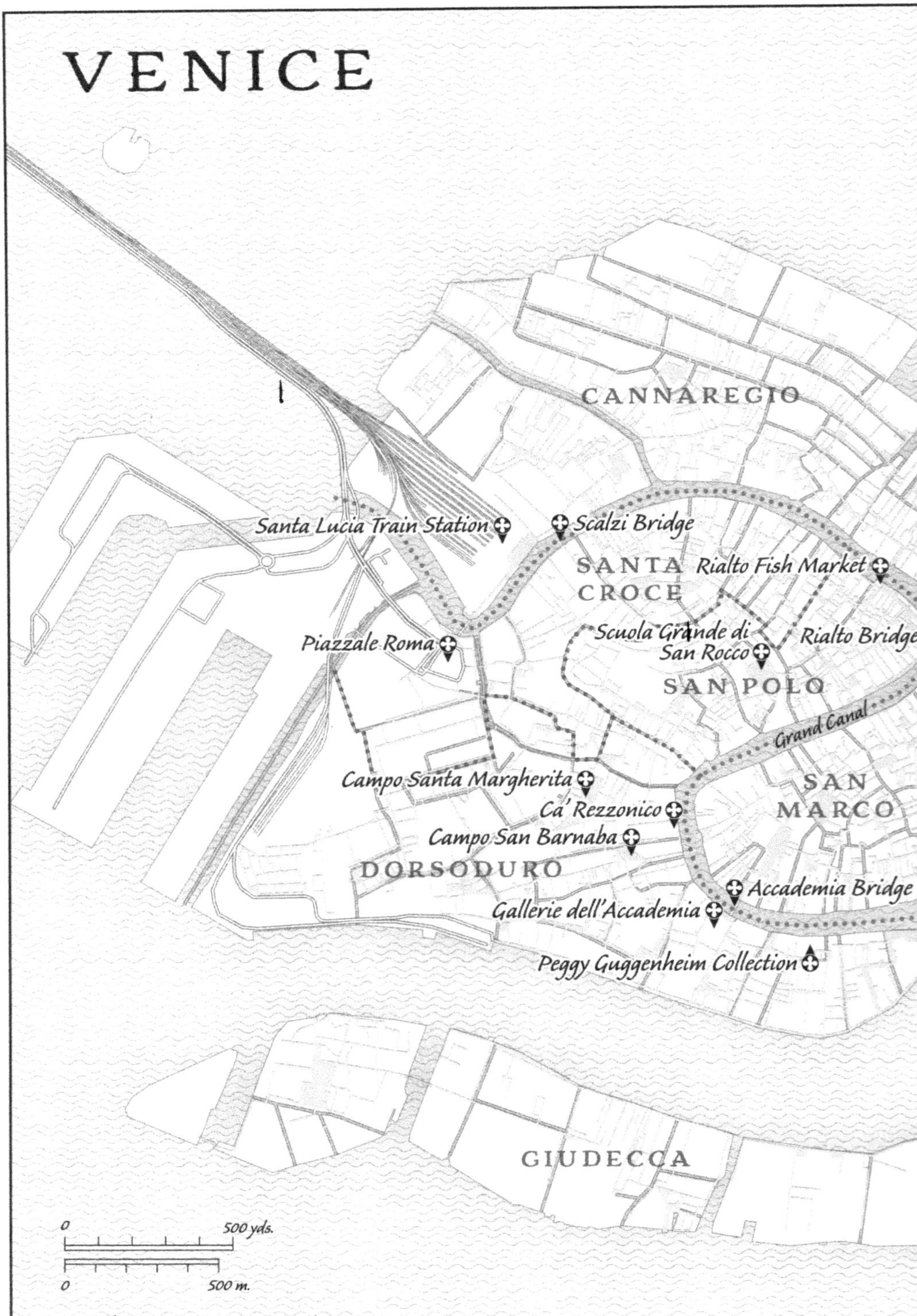
VENICE
CANNAREGIO
Santa Lucia Train Station
Scalzi Bridge
SANTA CROCE
Rialto Fish Market
Piazzale Roma
Scuola Grande di San Rocco
Rialto Bridge
SAN POLO
Grand Canal
SAN MARCO
Campo Santa Margherita
Ca' Rezzonico
Campo San Barnaba
DORSODURO
Accademia Bridge
Gallerie dell'Accademia
Peggy Guggenheim Collection
GIUDECCA
0
500 yds.
0
500 m.

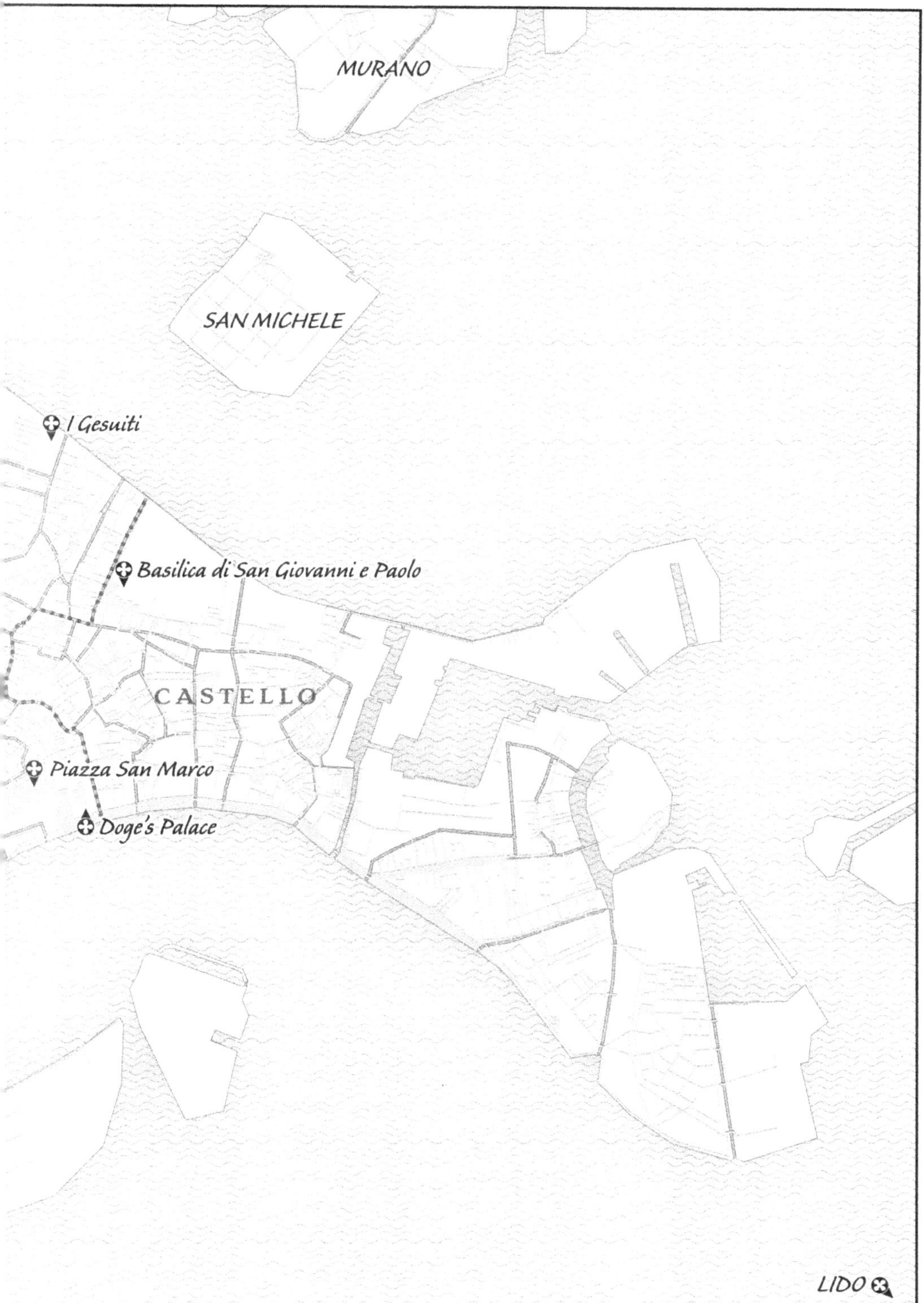
MURANO
SAN MICHELE
I Gesuiti
Basilica di San Giovanni e Paolo
CASTELLO
Piazza San Marco
Doge's Palace
LIDO

Prologue

Bien au-dessous du criaillement des mouettes, au-dessous des strates de touristes se changeant pour sortir dîner et sous la silhouette lointaine de son assassin, un homme est étendu, en sang. Il vient de mourir. Il est étalé sur le ventre, bassin dévié, bras gauche au-dessus du crâne. Il gît sur un carré de poussière grise comme l'acier et, vu d'en haut, on croirait qu'il s'agit d'un modèle de photographie qui ramperait pour sortir du cadre. Sa tête – dont la torsion semble étrange, forcée – ainsi que le filet de sang qui macule sa chemise sur mesure rose sont les révélateurs du crime.

Le soleil se couche sur cette ville qui, indiscutablement, est la plus belle du monde. Où les morts sont légion. À l'étage, dans la chambre de cet homme, un guide touristique en anglais recommande de prendre le bateau pour aller visiter l'île des défunts, San Michele. Parmi eux, se trouvent le compositeur Igor Stravinsky, le directeur de ballet Serge de Diaghilev et le poète Ezra Pound.

Venise sombre dans l'eau, et ce depuis des siècles. Profitez d'elle tant qu'il en est encore temps. Le sang forme une flaque autour du cadavre. Des cris retentissent. L'assassin prend la fuite.

Sauf que rien de tout cela ne s'est encore passé.

Première partie

DRESSER LE PIÈGE

1

L'avion en provenance de New York toucha le sol juste avant l'aube, ses trains d'atterrissage rebondissant lourdement sur la piste. Le bruit des applaudissements des passagers réveilla Nicholas Brink qui bascula vers l'avant en gémissant. Sa nuque était endolorie. Son oreille gauche l'élançait. Dans l'espace exigu devant lui, ses jambes s'étaient engourdies. Mauvaise idée d'effectuer un vol aussi long en classe économique quand on mesurait plus d'un mètre quatre-vingts. Pourtant, alors que l'appareil ralentissait sur le tarmac de l'aéroport Marco Polo, il songeait qu'il avait de la chance. Car, à vingt-cinq ans, c'était la première fois qu'il venait à Venise.

Aucune cité mythique ne devrait être jugée à l'aune de son aéroport. Nick, né dans une ville ordinaire elle-même dotée d'un aéroport célèbre (« Dayton a appris au monde à voler[1] »), savait qu'il ne fallait pas se fier à la vision qu'il avait de son hublot. Néanmoins les quelques mots étrangers qu'il repérait dans la platitude de la grisaille ambiante, *uscita* et *imbarco*, lui semblaient prometteurs d'amour et de musiques tapageuses. Il était arrivé – enfin, presque. La vraie Venise flottait au-delà de ce désert bétonné, mais Nick avait largement le temps de s'y rendre. Il lui faudrait patienter encore trois heures avant son rendez-vous avec Clay, sur les bords du Grand Canal. Si, par miracle, il quittait l'aéroport en un temps record, il devrait pouvoir assister au lever du soleil depuis l'un des ponts de la ville.

Alors que Nick se rechaussait, l'avion pila à une quarantaine de mètres du terminal. *Mon Dieu, par pitié, non*, implora-t-il en son

---

1. 1903 : c'est à Dayton, Ohio, que les frères Wright font un premier vol en aéroplane.

for intérieur. Après tout ce temps passé assis, coincé dans la même position, il n'avait plus le courage de rester immobile dix secondes de plus.

— Mesdames et messieurs, un retard nous est signalé à notre porte de débarquement, retentit la voix du pilote dans l'appareil, provoquant un concert de mécontentement grommelé en américain. Un très léger retard.

Nick, dans l'impossibilité de faire autrement, regarda le jour se lever peu à peu le long du tarmac. Vers la fin, un dégradé de lumière orangée s'infiltra autour d'un aileron, loin de lui. Lorsque la lumière du soleil toucha son hublot, il y pressa son visage. *Cela me suffit*, décida-t-il. Il était minuit à New York.

Quand, enfin, ils atteignirent l'aire de stationnement, un signal sonore retentit par-dessus le cliquetis des ceintures. Des passagers bondirent de leur siège pour mieux se retrouver coincés dans le couloir. Ils s'accrochaient à leur place comme des insectes sur une bande de papier tue-mouches.

— Je viens faire un circuit touristique ! cria à la cantonade le jeune homme costaud qui se trouvait devant Nick.

Il portait un sweat-shirt rouge NASCAR[1] ainsi qu'un short en nylon hyper court qui révélait la peau blanche comme le talc de ses cuisses. Il serrait un coussin de voyage contre son ventre et, dans son autre main, deux bouchons d'oreilles, jaunis et déformés comme des dents arrachées.

— Je viens retrouver mon cousin. On voyage en car.

Il tourna la tête pour croiser le regard de Nick, piégé.

— Milan, Pérouse, Florence, Sienne. Et j'en oublie. Quelle est la ville célèbre pour son puits, déjà ? Nous resterons deux jours entiers à Venise.

Il parlait à toute allure, surexcité, comme s'il redoutait de ne plus jamais avoir l'occasion de s'adresser à un autre Américain.

Nick l'écouta pontifier sur les rabais accordés par les hôtels, puis sur l'autocar haut de gamme cinquante places, à l'air conditionné dernier cri, de l'agence de voyages. Ce n'était pas la bande-son

1. La *NASCAR Cup Series* est la plus grande course automobile organisée aux États-Unis depuis 1949.

idéale pour sa première matinée à l'étranger ; il n'aurait pas demandé mieux que de s'emparer des bouchons que ce jeune homme tenait dans sa paume pour les enfoncer dans ses propres oreilles. À défaut, il se faisait un devoir de hocher la tête à intervalles irréguliers, allant même jusqu'à glisser des « oh, c'est génial » d'un ton qu'il voulait enthousiaste. Malgré ses sept années vécues à New York, il n'avait pas encore mis au point sa technique pour éconduire un importun. Il se fiait à sa gentillesse et à sa jeunesse, persuadé que l'une et l'autre lui sauveraient la mise, lui serviraient de laissez-passer pour accéder à toutes les pièces de son avenir.

— Votre séjour promet d'être inoubliable, assura-t-il à son interlocuteur.

— Oh, oui ! Et vous ? Vous venez en vacances ?

Nick sourit car le couloir se désengorgeait.

— J'espère que non.

Les attentes se succédèrent : au contrôle des passeports, puis à l'arrivée des bagages. Cette fois, aucune annonce ne fut diffusée : seuls les passagers de son vol s'attroupèrent, agités, sans plus de distinction sociale, autour du tapis roulant. Trois quarts d'heure plus tard, sacs et valises de la classe affaires commencèrent à pleuvoir à la suite les uns des autres, chacun d'eux décoré de l'étiquette fuchsia *prioritaire*. Nick eut de la chance. Les bagagistes italiens devaient avoir pris l'étiquette orange *lourd, surpoids* pour l'emblème d'une classe spéciale, car sa valise gris métallisé dégringola vers lui avant le tout-venant de la classe économique. Nick la bloqua avec le pied, puis la déposa sur le sol. Elle contenait ses dernières possessions terrestres.

Dehors, une pluie récente avait humidifié l'air printanier chargé d'émanations de gazole. Nick s'éloigna des portes automatiques de l'aéroport et prit le temps d'aider un vieux couple de Canadiens à récupérer un bagage à roulettes qui leur avait échappé. Il s'arrêta près d'un groupe d'Italiens qui fumaient en parlant fort et posa son vieux sac de voyage en cuir sur sa valise. Il l'ouvrit et chercha son passeport et son téléphone portable. Puis continua de fouiller. Il ne trouvait plus le plan de Venise que Clay lui avait donné et sur lequel il avait entouré en rouge leur lieu de rendez-vous. Souffrant du décalage horaire, il se rappelait seulement qu'il s'agissait d'une station du vaporetto le long du Grand Canal. Un arrêt dont le nom comportait deux mots – ou bien trois ?

Nick vérifia dans ses poches si le papier plié s'y trouvait, sa panique grandissant à chacune de ses inspirations. Il risquait de gâcher leur projet dès son arrivée à Venise. Le fait de porter des vêtements d'emprunt, aussi inconnus que les pièces d'une maison étrangère, ne lui facilitait pas la tâche. En temps ordinaire, pour un vol aussi long, il aurait mis un jean et un sweat-shirt, mais il avait eu envie de faire honneur à Venise. Il portait une chemise en soie rose à col boutonné sous un blazer vert billard qui, déjà, se révélait bien trop chaud pour un mois d'avril en Italie. Son pantalon en coton bleu océan se plaquait contre ses jambes, lui donnant la sensation, en marchant, de chercher à émerger d'une mer démontée. Les chaussures lui appartenaient : des mocassins croco noir pour lesquels il avait économisé pendant plusieurs mois et qu'il portait rarement. La poussière de la penderie en encrassait toujours le cuir repoussé.

Il avait peut-être eu tort d'emprunter ces vêtements de marque. La veille, à New York, en s'habillant pour partir, quand Nick avait tenté de glisser son portefeuille dans la poche arrière de son pantalon, il avait découvert qu'elle était encore cousue. Il avait hésité à l'ouvrir. Finalement, il avait arraché les points, mais ses gestes maladroits ne l'avaient pas conforté dans son assurance. Et voilà qu'il fouillait dans ses poches devant l'aéroport. Il se retenait pour ne pas jeter à la poubelle le blazer grotesque, trop épais. De toute façon, à qui espérait-il donner le change en le portant ?

Sa main toucha un papier plié : le plan avait glissé dans la doublure. Il le coinça entre le pouce et l'index puis, soulagé, l'en extirpa. Clay avait encerclé l'arrêt du vaporetto Ca' Rezzonico situé à mi-parcours des méandres du Grand Canal. Nick ne put résister au désir d'exprimer sa joie en fredonnant « Ca' Rezzonico… Ca' Rezzooonicooo… Ca' Reeeezzooooniiiiicoooo », étirant chaque fois un peu plus les voyelles pour le plaisir de les laisser planer autour de lui. Il n'avait appris par cœur que cinq ou six expressions en italien. Une chance que Clay le parle. Il avait déjà vécu à Venise pendant huit mois. Sa maîtrise de la langue leur permettrait à tous deux de se débrouiller. « Ca' Rezzoooonicccooooo ! »

— Ca' Rezzonico ? modula une voix mélodieuse à l'accent américain, tel un oiseau répondant à un autre.

Nick se retourna pour découvrir une femme d'un certain âge, mince, les cheveux gris-blond jaillissant d'une capeline de paille dont le large bord barrait ses yeux d'une ombre, laissant à sa bouche seule le soin de s'exprimer. Ses dents très carrées et d'un blanc étincelant avaient l'air d'être des porcelaines.

— C'est vous qui nous attendez ? demanda-t-elle à Nick.

Sa famille l'entourait – un mari encore svelte, les joues pleines de taches de rousseur, son pull torsadé noué autour de la taille ; une adolescente, potelée et jolie dans sa robe jaune et au bras plâtré couvert de signatures ; un garçon brun de dix ou onze ans qui, de tous, possédait le regard le plus froid et le plus sage. Ils avaient été raisonnables côté bagages, chacun d'eux n'ayant emporté qu'une petite valise. Ils exsudaient la parfaite décontraction des riches qui pourraient, tout simplement, s'acheter sur place ce dont ils auraient besoin. Les pauvres tels que Nick devaient charrier leurs vêtements comme des bêtes de somme.

— C'est Giulio qui vous envoie ? reprit-elle.

Nick lui adressa un sourire embarrassé.

— Je suis navré. Vous vous méprenez.

Il regarda autour de lui, comme s'il lui revenait de repérer le remplaçant qui s'imposait.

— Lynn ! s'écria le mari sur un ton de reproche tandis que l'adolescente soupirait d'une voix geignarde :

— M'man !

Lynn pouffa de rire. Elle semblait assumer avec joie son rôle de gaffeuse de la famille. Son époux reprit, à mi-voix :

— Je t'avais dit que Giulio ne nous enverrait personne.

— Mais ce jeune homme criait le nom de notre destination. Ca' Rezzonico. Et, selon toi, Giulio devait nous faire escorter par un Américain !

Elle saisit Nick par le biceps. Le blazer vert billard devait lui rappeler les gardiens de parking des États-Unis.

— Je t'ai dit que j'avais annulé nos réservations au premier *palazzo*. Nous séjournerons dans celui qui se trouve juste de l'autre côté du Grand Canal, tu te rappelles ? Notre arrêt, c'est San Samuele.

— Oh, soupira Lynn en lâchant le bras de Nick.

Elle leva les yeux sur lui, puis s'étrangla de rire.

— Je vous prie de m'excuser. J'étais persuadée que vous veniez nous chercher.

Elle s'accorda le temps de dévisager le jeune homme. Il retenait souvent l'attention des femmes mûres, comme si elles lui faisaient constamment passer une audition pour combler un vide dans leur existence : fils de remplacement, amant, secrétaire particulier, meilleur ami gay loyal et dévoué.

— C'est sans importance. J'aurais aimé pouvoir vous aider.

— Et moi donc ! s'écria Lynn, un peu trop théâtrale, comme pour se faire pardonner sa méprise. Tant pis pour moi, vous êtes si beau !

Nick ne s'était toujours pas habitué à être complimenté sur son physique. L'adolescent dans l'Ohio, dégingandé, mal dans sa peau, s'était accroché à lui jusque vers vingt ans. Sa beauté l'avait pris par surprise ces dernières années. (Sa mère s'était révélée être d'une perspicacité étonnante lorsqu'elle lui disait, quand il était petit, « patiente, patiente un peu, pour les meilleurs, le chemin est plus long ».) Il se crispa en entendant le compliment de Lynn. Piquant un fard, il lorgna du coin de l'œil les autres membres de cette famille – mari, fille, fils – comme s'il s'attendait à ce que chacun d'eux abonde en ce sens. Mais ils rassemblèrent leurs affaires, esquissèrent des au revoir de la main, puis s'éloignèrent vers un passage couvert, se fiant aux panneaux indicateurs, en direction des bateaux-taxis.

Il existait deux moyens de transport pour entrer dans Venise : par voie terrestre ou maritime. Même ceux qui, comme Nick, venaient là pour la première fois, savaient que l'accès princier se faisait par l'eau. Il regarda les passagers de première classe et leurs bagages à étiquette fuchsia suivre le même chemin que les Américains. Clay avait prévenu Nick que le car restait le moyen de transport le plus abordable, le plus sûr et le moins romantique qui soit. « Sois raisonnable, économise », lui avait-il conseillé. Nick dirigea sa lourde valise vers l'arrêt situé de l'autre côté de la rue. Il palpa sa poche pour vérifier que son portefeuille s'y trouvait toujours. Il n'avait pas les moyens de le perdre : il contenait les neuf cents dollars qu'il avait convertis en euros à l'aéroport JFK, avant d'embarquer. Presque toutes ses économies. Par ailleurs, il renfermait un autre élément essentiel à ses plans vénitiens : ses anciennes cartes de visite professionnelles.

Nick atteignit le terre-plein en ciment juste à temps pour humer le gaz d'échappement du car qu'il venait de rater. Une autre navette était garée le long du trottoir, moteur vrombissant, mais sans chauffeur au volant. Nick grimpa à bord du véhicule vide, rangea son sac de voyage et sa valise dans le porte-bagages et s'assit contre la vitre. La doublure des sièges dessinait des tourbillons en confettis et les bouches de la climatisation soufflaient une mauvaise haleine tiédasse. Nick alluma son téléphone.

Lorsque l'écran s'éclaira, il apprit qu'il ne disposait que de trois quarts d'heure pour se rendre à Ca' Rezzonico. Ignorant quel était le numéro du nouveau portable de son petit ami, il ne pouvait pas le prévenir qu'il pourrait avoir du retard.

Un texto apparut, datant de plusieurs heures. Il provenait de sa sœur.

> Comment ça ?! Tu déménages à Venise ?

Ce message était suivi par des variations autour du même thème.

> C'est une plaisanterie, dis ? Qu'en est-il de New York ?

> Nicky ????

Seuls sa sœur et Clay l'appelaient par ce petit nom.

> Je croyais que personne n'habitait à Venise. Que c'était une ville où il n'y avait que des touristes.

> Zut ! Je commence ma garde, mais peut-être parlais-tu de Venice Beach, en Californie ?

À la porte d'embarquement, Nick avait eu une crise de panique de dernière minute à la perspective de quitter New York. Il s'était rendu compte du danger d'envoyer un texto à l'un de ses amis de

Manhattan : ils pourraient le convaincre de rester. Tout son plan pour l'Italie dépendait du fait qu'il n'en revienne jamais. Si bien que, à la place, il s'était décidé à adresser un message à sa sœur qui vivait à Dayton. Margaret Brink restait un lien émotionnel fiable. Par ailleurs, il estimait devoir prévenir de son départ au moins un membre de sa famille.

Les deux enfants Brink, Margaret et Nicholas. Margaret avait quatre ans de plus que lui. Au fil de leur enfance extrêmement différente, ils s'étaient tantôt rapprochés tantôt éloignés l'un de l'autre, comme deux auditeurs de radio qui, en cherchant une fréquence, tomberaient sur une même chanson. Cela se produisit de plus en plus rarement au fil du temps. Margaret, blonde peroxydée et peau acajou grâce à ses rendez-vous hebdomadaires dans un centre de bronzage, avait vécu les plus belles années de sa vie pendant sa jeunesse – ce n'était pas une formule, car elle n'avait jamais connu de moments plus euphoriques que les flirts, facilités par une forte consommation d'alcool, qu'elle avait eus au lycée avec des gosses de riches. Le monde promettait alors monts et merveilles à Margaret Brink, soit bien plus qu'il ne pourrait jamais lui offrir dans leur ville de banlieue à l'ouest de Dayton où les maisons de style ranch étaient meublées comme des fermes à l'ancienne et où l'ambition sociale s'adaptait au cosmopolitisme de la toute proche Cincinnati. Aujourd'hui encore, Nick revoyait sa sœur en bikini, nageant dans la piscine hors sol de leur jardin, entourée de l'écume soulevée par ses cinq meilleures amies tout aussi blondes qu'elle, son regard d'aigle braqué sur le trophée à portée de main que représentait le garçon en slip de bain et portant une chaîne en or autour du cou qui, sur l'échelle, semblait prendre la pose. Un autre Brink participait à cette joyeuse scène estivale : c'était Nick, âgé de treize ans, posté dans l'ombre à la fenêtre de l'étage qui surplombait le cercle bleu vif de l'eau du jardin et des désirs adolescents. Lui non plus ne quittait pas des yeux le torse svelte et les bras fins mais musclés de l'adolescent sur l'échelle. Le monde, s'il ne promettait rien à Nick lorsqu'il avait cet âge-là, lui permettait d'en entrevoir d'alléchantes possibilités.

Nick avait eu la chance de vivre une enfance malheureuse. À dix-huit ans, il n'avait rien à perdre et très peu à regretter. Il partit suivre ses études universitaires sur la côte Est. Aucun Brink ne lui rendit visite à New York. Si l'un d'eux l'avait fait, il n'aurait assurément pas reconnu le jeune homme extraverti qu'il était devenu.

Avec le recul, il admettait bien volontiers que sa sœur avait été une fille épatante. Elle avait veillé sur lui, l'avait aimé aux bons moments et, par humanité, n'avait pas dégoupillé les grenades secrètes tapies au fond de lui. (Tous les enfants ont peur du noir, mais combien d'entre eux se doutent que, alors même qu'ils se cachent sous les draps, il se pourrait bien que ce soit eux le monstre ?) Nick et Margaret n'avaient jamais parlé de sa sexualité – elle ne l'avait jamais interrogé, et il ne lui avait jamais fait de confidences. Comme il arrive souvent entre frère et sœur, leur relation évolua d'une ville à l'autre. Désormais dans la vingtaine, ils s'envoyaient par e-mail, le cœur léger, des histoires drôles ou, le cœur lourd, des articles sur la maltraitance animale. En sept ans, Nick était retourné à Dayton pour fêter trois Noël et deux Thanksgiving – n'y restant, chaque fois, jamais plus de deux jours. L'ambiance y avait changé du tout au tout depuis son départ. Évidemment, Dayton faisait partie du monde. Alors, forcément, les habitants de cette ville aussi avaient évolué et se moquaient désormais de savoir avec qui il avait envie de coucher. Néanmoins, Nick appréhendait ces retours. Pour lui, s'afficher gay dans sa ville natale équivalait à vivre en liberté surveillée : il allait et venait comme bon lui semblait, mais les gens semblaient se méfier de lui, comme s'ils le croyaient capable de commettre un crime.

Seul, dans cet autocar, il songeait à la satisfaction que lui aurait valu d'entendre sa sœur s'étonner : « Venise, en Italie ? Nicky ! Tu es fou ! Tu ne peux pas, sur un coup de tête, déménager là-bas ! Qui fait une chose pareille ? » Cette réaction lui aurait confirmé l'audace de son plan. À défaut de recevoir l'approbation des siens, il se délectait par avance du choc qu'il leur causerait ; il y voyait, de leur part, une manière de ne pas assumer leur admiration pour son mode de vie. Nick savait que Margaret ne décrocherait pas son téléphone s'il l'appelait maintenant. À mi-parcours de sa garde de nuit d'infirmière aux urgences du Valley Presbyterian Hospital de Dayton, elle avait les deux mains occupées par ses « blessés de guerre » – c'était ainsi qu'elle appelait tous les cas amenés dans son service sur des brancards entre 2 et 5 heures du matin : que des hommes, tous estropiés. Margaret n'avait que vingt-neuf ans, mais elle était déjà mariée à son second époux et torturée par son premier groupe de beaux-enfants. À l'hôpital, une promotion lui était passée sous le nez. Elle conduisait toujours la voiture que leurs parents lui avaient offerte pour ses seize ans. La vie à Dayton n'était pas facile pour l'adulte qu'était devenue Margaret Brink.

Il se dit qu'il lui enverrait une photo de la place Saint-Marc. Et aussi un billet d'avion un de ces jours, s'il le pouvait.

Les passagers commencèrent à investir le car. Nick aida une femme à ranger une poussette pliable. Après s'être rassis, il vérifia l'heure sur son téléphone : ses quarante-cinq minutes s'étaient réduites à trente-cinq. Que se passerait-il s'il arrivait à destination avec une heure de retard, si Clay et lui ne se retrouvaient pas et s'il devait dépenser tout son argent dans une nuit d'hôtel ? Il regarda l'extérieur, cherchant des yeux le chauffeur, et vit s'approcher le jeune homme costaud avec qui il avait échangé quelques mots dans l'avion. Pire, il faisait de grands moulinets avec le bras vers la vitre contre laquelle se trouvait Nick. La crainte d'un autre soliloque vantant les mérites d'un voyage organisé submergea son cerveau. *Hé, garde-moi une place*, articulait le mec.

Nick descendait déjà du car au moment où l'autre arrivait.

— J'ai oublié un truc, marmonna Nick en guise d'explication. Bon séjour ! Profite bien du puits !

Traversant la route en tirant sa valise, il suivit les panneaux indicateurs en direction de la lagune. Il n'avait pas risqué le tout pour le tout en abandonnant le confort de New York pour arriver à Venise en roulant au pas ; il fallait entrer dans la ville en grande pompe. Il accéléra l'allure sur le trottoir blanc. Il espérait qu'il n'était pas trop tard. Il n'avait pas les moyens, et aucunement l'intention, de s'offrir un trajet en *motoscafo*.

Le plan que Clay et lui avaient mis au point – une petite arnaque qui épongerait les dettes de Clay et les mettrait à l'abri du besoin pendant plusieurs années – nécessitait que Nick joue un double jeu. Ce qu'il devait faire, c'était mentir en douceur, approuver d'un signe de tête et prononcer, avec un sourire rassurant, les quelques phrases qu'il avait apprises par cœur. Nick voyait très bien où se dissimulait la faille de ce plan : il était incapable de mentir. Il tenta de se rassurer en se disant que ce trajet en bateau-taxi lui servirait de galop d'essai.

Ca' Rezzonico, se répétait-il intérieurement, *Ca' Rezzonico*. Puis *San Samuele*.

Le ciel s'obscurcissait tandis qu'il atteignait l'embarcadère de l'aéroport. Nick fouilla du regard la cohue qui régnait au bord de l'eau. Des touristes faisaient la queue devant des pontons flottants au bout desquels des bateaux à moteur effilés comme des ongles de femme tanguaient en s'emplissant de passagers. Nick s'était imaginé que les eaux vénitiennes seraient aussi lisses que du verre poussiéreux, plus miroirs que mouvements, si bien qu'il s'étonna de les voir agitées, des mouettes n'ayant de cesse de frôler la surface des vagues avant de reprendre de la hauteur. Un *motoscafo* mit pleins gaz, s'éloignant dans l'averse vers le soleil à l'horizon, un homme et une femme enlacés à la proue. L'image de ce couple sur un bateau qui s'en allait paraissait tant familière à Nick qu'il pensa que sa mère avait dû la lui montrer quand il était encore au berceau, en disant : « Sur notre planète, voilà l'illustration d'une histoire d'amour. »

La pluie mitrailla soudain la surface de l'eau si bien que les voyageurs qui attendaient en fin de file allèrent s'abriter sous l'avant-toit des kiosques d'informations. Nick, sac de voyage dans une main, valise dans l'autre, piqua un sprint entre les bagages, les enfants en bas âge et les parapluies qui s'ouvraient comme des corolles de fleurs. Sur le ponton le plus éloigné, il avisa une fillette qui bataillait pour glisser son bras plâtré dans la manche d'un imperméable. Elle se tenait en tête de file avec sa famille. Nick s'élança vers eux tandis qu'un *motoscafo* faisait ronfler son moteur et que le père se mettait à crier et gesticuler à l'adresse du pilote.

— Excusez-moi ! s'écria Nick, ciblant la mère. Lynn ?

La femme se retourna vers lui sans donner l'impression de le reconnaître. Sa capeline s'était volatilisée, elle se protégeait la tête avec un magazine.

— Vous vous souvenez de moi ? Je suis celui que Giulio ne vous a pas envoyé.

Elle arqua les sourcils, puis dévoila ses dents étincelantes.

— Oh oui, rebonjour !

Elle se tourna vers ses enfants et son époux.

— Regardez qui est là ! Celui que Giulio ne nous a pas envoyé !

Lynn reprenait la blague à son compte, ce que Nick prit pour un bon signe. Le mari, qui s'épongeait le front, lança un coup d'œil circonspect à Nick, puis sur ses mains comme s'il s'attendait à y voir un objet à eux qu'il leur rapporterait.

— Vous disiez vous rendre à San Samuele ? s'enquit Nick.

— Tout à fait, répondit froidement le père en faisant passer les valises de sa famille par-dessus le bord du quai dans les bras du pilote.

— Moi, mon arrêt, c'est…

— Ca' Rezzonico, nous savons ! l'interrompit l'épouse d'une voix suave. Les enfants, montez à bord avant qu'il pleuve à verse.

Le garçon fut le premier à prendre la main du pilote pour sauter sur le pont. La fille s'immobilisa au bord du précipice, appréhendant de franchir le vide à cause de son plâtre. Nick se précipita vers elle et la soutint par son bras valide tandis que le pilote l'attrapait par la taille.

— C'est-à-dire que…, bafouilla Nick, resté seul avec les parents.

Par principe, la figure de parents le crispait, pourtant ces deux-là n'avaient rien de commun avec les siens. Ils semblaient plus éreintés par leurs douze heures de voyage que par leurs trente années de vie commune.

— Accepteriez-vous un passager supplémentaire dans votre bateau-taxi ? Nos arrêts sont juste en face l'un de l'autre. Nous pourrions partager la course.

— Le pilote nous demande deux cent cinquante euros ! se lamenta le père. Parce qu'il pleut ! Pourquoi le tarif varierait-il selon le temps qu'il fait ? En quoi la météo modifie-t-elle l'itinéraire depuis l'aéroport ? J'ai l'air d'un pigeon ?

— John, le rabroua son épouse en agitant le magazine. Tu te plains à quelqu'un qui nous propose de couper la poire en deux.

Elle couva Nick d'un regard bienveillant.

— Mais oui nous avons de la place, ajouta-t-elle. De toute façon, vous serez trempé si vous restez ici.

— Mais sa valise est énorme. Le pilote va nous demander un supplément…

— John !

— Très bien, parfait, râla John. Oui, partageons !

Nick, d'un geste du bras rappelant celui d'un majordome, les invita à monter à bord les premiers. Lynn et John disparurent dans la cabine. Nick s'attarda sur le quai, le temps de fermer le double boutonnage de son blazer en s'assurant qu'il dissimulait sa poche revolver. Il lança sa valise trop lourde dans les bras du pilote qui bougonna, puis lui prit la main et, d'un bond, atterrit sur le pont. Il baissa la tête pour pénétrer dans la cabine afin de prendre place sur un des longs bancs chromés doublés de cuir caramel. Le plancher de marqueterie présentait diverses nuances de teintes brunies. Ces « taxis » vénitiens ne ressemblaient en rien à leurs équivalents new-yorkais au skaï déchiré et, à première vue selon Nick, méritaient bien les deux cent cinquante euros que John devrait débourser.

Les enfants s'étaient assis d'un côté, les parents de l'autre. Mais, comme liés par un accord tacite, tous fixaient Nick comme s'il était un intrus qui venait de faire irruption dans leur suite. Il lança un coup d'œil à Lynn, misant sur sa sollicitude, mais elle ne détendit pas l'atmosphère. Cette tâche lui incombait.

— Je me réjouis que Giulio vous ait envoyés me chercher, lança-t-il.

Les parents et leur fille s'esclaffèrent, mais pas le garçon qui, avachi dans son coin, observait Nick d'un air circonspect.

— Il est adorable ! en vint à conclure Lynn en se pelotonnant contre John, comme si apprécier un jeune inconnu lui permettait d'en faire autant pour son mari.

John la prit par les épaules.

— Nos arrêts sont très proches l'un de l'autre, les rassura Nick. Ils se font face sur le Grand Canal, c'est sur votre trajet.

En réalité, il n'en avait pas la moindre idée. Il se contentait de répéter ce que John avait affirmé tout à l'heure. Il regrettait de ne pas avoir étudié de plus près le plan que lui avait dessiné Clay. Pourquoi diable était-il revenu là-dessus ? Il avait réussi à monter à bord ; il ne pouvait plus se faire débarquer. Peut-être espérait-il ainsi soulager sa culpabilité de les obliger à payer la course. Mais, cela étant, quel tort leur portait-il ? Il aurait bien fallu qu'ils le fassent s'il n'avait pas été là.

— Vous connaissez Venise ? lui demanda John.

Les tressautements du bateau évitèrent à Nick de devoir répondre. Par les portes battantes de la cabine de pilotage, il vit le pilote barrer vers le milieu du canal. Il remarqua que l'homme fumait une cigarette électronique qui, chaque fois qu'il inspirait, luisait aux couleurs de l'arc-en-ciel.

— C'est la première fois que vous venez ? rétorqua Nick.

Lynn agrippa le genou de John.

— Cela se voit tant que ça ? lança-t-elle. Franchement, je serais bien incapable de vous dire pourquoi nous avons attendu si longtemps. Venise est la première destination universelle. Et nous sommes allés partout, sauf ici !

Elle décocha un regard à sa fille.

— Augusta, arrête !

La fillette insérait un stylo à bille sous son plâtre du côté de son coude.

— Ça me démange, geignit-elle.

S'il fallait en croire les graffitis qui le couvraient, Augusta était appréciée, parfois même très aimée, par ses amis.

— Certes, tu ne méritais pas de te casser le bras, ma chérie. Mais tu aurais dû te rendre compte…

Augusta foudroya sa mère du regard et cacha son plâtre dans les plis de sa robe.

Nick lui adressa un sourire bienveillant.

— Comment est-ce arrivé ?

— En skiant, lui répondit-elle sur un ton un peu snob. À Sun Valley, il y a quinze jours. Pendant les vacances de printemps.

— En skiant ! s'exclama Lynn en soufflant d'un air incrédule, comme pour réfuter cette version officielle.

Nick se garda de demander à Augusta des précisions sur cet accident. En espérant qu'elle lui rendrait la pareille lorsqu'un autre sujet sensible viendrait sur le tapis.

— Ça te démangera moins au bout d'un moment, assura-t-il, venant à la rescousse de la jeune fille.

— Il ne pouvait pas se payer son propre bateau ? cria son frère, frappant ses baskets mouillées contre le rembourrage des sièges.

Depuis sa plus tendre enfance, Nick nourrissait une peur irraisonnée à l'égard des petits garçons. Leur existence agitée et banale exigeait tant – entre autres, des victimes.

— Magnus ! tonna le père en serrant ses poings pâles couverts de taches de rousseur.

Son ton cassant effraya Nick plus qu'il ne parut impressionner l'enfant qui, de sa place, continuait de le défier du regard. Nick ne voulait surtout pas que John retourne sa colère contre lui.

— Excusez-le, intervint Lynn. Les vols l'ont fatigué. Nous avons dû faire des escales supplémentaires parce que nous avons réservé très tard. Vous n'imagineriez pas la difficulté de trouver une chambre disponible pour chacun des enfants dans un *palazzo* à la dernière minute.

— Pas question que je partage la mienne ! bougonna Augusta alors que Nick croyait avoir compris qu'elle avait déjà remporté cette manche.

— Nous leur faisons sécher l'école, chuchota Lynn avec un clin d'œil coupable. Nous n'avons pas pu résister. Et compte tenu du fait qu'Augusta avait...

Lynn se tut, préférant passer sous silence l'incident de toute évidence affreux qui s'était produit à Sun Valley et impliquait sa fille, ou pour le moins son bras. Il s'ensuivit un bref moment de gêne au terme duquel Lynn se lança dans la description du *palazzo* qu'ils louaient : la vue qu'il offrait sur le Grand Canal, ses salles de bains très peu fonctionnelles de style art déco tape-à-l'œil, une roseraie privée dont la fontaine de jardin était restaurée. Nick régla son écoute en mode automatique, poussant des exclamations appropriées lorsque les brefs silences l'imposaient. Pendant ce temps-là, les idées se bousculaient dans sa tête pour mettre au point l'étape suivante de son plan. Il avait du mal à se concentrer à cause des gifles incessantes des vagues qui lui soulevaient l'estomac.

Nick décida qu'il ferait mieux de presser sur la détente tant qu'il en avait le courage. Avec des gestes emphatiques, il palpa ses poches de pantalon, frappant ses paumes contre le haut de ses cuisses comme s'il tentait d'éteindre un départ de feu.

— Je crois que j'ai…

Mais Augusta l'interrompit en s'écriant :

— Regardez !

Elle pressait ses doigts contre la vitre de la cabine zébrée de pluie.

— Venise !

Nick et les autres se penchèrent en avant pour admirer la vue. La voilà donc, pareille à une carte postale inclinée sous verre. De loin, on aurait dit un radeau minuscule dérivant sur la mer, chargé de trésors inouïs. Les reflets du soleil se réverbéraient sur l'eau, aveuglant Nick qui s'efforçait de distinguer la ligne d'horizon. La beauté de la ville – ou l'espérance de cette beauté – coupa court à son petit numéro.

— Il ne pleut plus, annonça John.

Il déverrouilla le toit ouvrant de la cabine qu'il fit glisser vers l'avant. La poupe se retrouva ouverte à l'air marin. Nick et sa famille adoptive se faufilèrent entre les sièges pour aller se placer à l'extérieur. Le vent les giflait, parsemant de gouttelettes d'eau de mer leur visage et leurs bras. Lynn et Augusta tremblaient autant l'une que l'autre. Nick se félicita de ne pas s'être débarrassé de son blazer en laine. Ce vêtement, qu'il vouait aux gémonies une demi-heure plus tôt, se révélait indispensable pour affronter cette pointe de vitesse rafraîchissante et scintillante dans la lagune – d'autant plus qu'il doutait, en y pensant, que ces gens l'auraient convié à bord s'il avait porté un tee-shirt et un jean.

— Mon téléphone ! exigea Augusta.

Aussitôt, Lynn le sortit de son sac à main. Le bateau-taxi filait devant des îlots envahis par de la végétation sauvage qui poussait parmi des colonnes brisées de brique et de pierre. Un minuscule pavillon italien fouettait l'air, fixé à la poupe, son étoffe tricolore déchirée s'imbibant d'eau de pluie. L'aéroport était loin derrière eux. À l'avant, le pilote vapotait, la clarté du jour scintillait, les mouettes rasaient la surface de l'eau et Nick crut voir les dômes rosâtres de la basilique Saint-Marc percer la brume. Comment avait-il pu envisager de prendre le car ?

Augusta demanda à sa mère de la photographier. Lynn exigea que Magnus se place dans le cadre, ce qui résulta en une pose où le frère et la sœur regardaient dans deux directions opposées pour marquer leur désaccord. Pendant que le reste de sa famille se disputait, John donna un coup de coude à Nick.

— Je n'ai pas saisi votre prénom.

— Nicholas.

Nick ne voyait aucune raison de ne pas dire la vérité.

— D'où êtes-vous ?

Nick se trouvait face à un dilemme mais, à proprement parler, il ne mentirait pas. Il décida de ne pas parler de New York.

— De Dayton, dans l'Ohio.

Existait-il une autre ville dans le monde qui paraisse plus digne de confiance ?

— Aahhh, modula John. Nous habitons San Diego, mais mon entreprise traite quelques affaires à Cincinnati. Dont on m'a dit le plus grand bien.

— Cincinnati est proche de Dayton, répondit Nick, s'en tenant toujours aux faits.

— Les habitants de l'Ohio sont des gens très bien. De très braves gens.

Nick l'entendait dire depuis qu'il était adulte par ceux qui n'y avaient jamais mis les pieds. Il ignorait pourquoi le monde entier éprouvait le besoin de féliciter sa population pour sa bonté foncière.

— Que faites-vous comme travail, Nicholas ?

— Je suis dans les antiquités, répondit-il, mentant à demi puisque la vérité eût exigé qu'il parle à l'imparfait. Spécialisé en orfèvrerie.

— Aaaahhhh, reprit John de plus belle. Un antiquaire.

Nick tourna la tête vers lui. Il se disait qu'il devrait être opportun de s'intéresser de près à l'homme qu'il comptait rouler. À la lumière du jour, les taches de rousseur de John s'étaient multipliées comme des cellules dans une boîte de Petri. Il le voyait flou, alors qu'il restait immobile devant lui, sa broderie de petites marques rouge-brun dansant sur ses traits délicats. Si l'on devait identifier John lors d'un tapissage, seul son teint permettrait de le reconnaître. Nick savait que la majorité des Américains blancs devaient voir Clay de la même façon : un mirage de peau noire. Il se demanda si l'Italie le traitait différemment sur ce point et si c'était la raison pour laquelle il y revenait sans cesse comme s'il retournait dans sa seconde patrie. Peut-être était-on moins raciste par ici ? Nick l'espérait.

— De vous à moi, chuchota John, sachez que nous avons hérité d'une paire de chandeliers en argent massif qui appartenaient à l'oncle de Lynn. Du XVIIIe siècle. Venant de Boston, paraît-il. Selon lui. Ils ne sont pas de grande valeur, mais on ne sait jamais.

— Pas signés Paul Revere ? s'enquit Nick le plus naturellement du monde pour situer le degré de connaissance de John sur le sujet.

Mais ce dernier haussa les épaules.

— Les pièces d'argenterie fabriquées en Amérique au XVIIIe sont très rares. Vous avez raison : on ne sait jamais.

John se fendit d'un large sourire à cette possibilité. Nick avait retenu l'une des lois cardinales de tout antiquaire : chaque famille américaine, ou presque, était convaincue de posséder au moins une relique authentique. Dans un pays récent disposant d'une carte mémoire peu fiable, tout objet datant de plus de deux générations se voyait traité comme une antiquité digne d'un musée. Mais peu importait. Pour l'heure, Nick ne négociait pas un achat. Il s'ingéniait à gagner la confiance de John.

— Faites-moi parvenir des photos, j'y jetterai un coup d'œil. Je connais des collectionneurs susceptibles d'être intéressés. Je ne vous promets rien, bien entendu.

— Bien entendu !

John glissa la main dans sa poche de poitrine et en sortit une carte de visite.

— Envoyez-moi un e-mail directement.

Il pointa le doigt vers l'adresse imprimée sous son nom, Jonathan Albert Warbly-Gardener. Nick glissa la carte dans la poche de son blazer.

— Hé ! leur cria Lynn. Ne discutez pas affaires tous les deux, vous ratez Venise !

C'était vrai. Une enfilade de palais avait refermé sur eux ses mosaïques moussues de brique et de pierre. Les eaux glauques du Grand Canal clapotaient contre le bois dégradé des portes. Le *motoscafo* passa dans des affluents fins comme des fûts de carabine, sous des ponts dont la voûte était si basse que la tête de Nick frôlait le haut du cintre, se faufilant entre un défilé de touristes qui flânaient de tous côtés, la moitié d'entre eux revêtus de ponchos de pluie plastifiés qui les rendaient aussi brillants que des anges translucides, l'autre moitié habillés pour supporter une chaleur qu'ils attendaient encore. Dans les hauteurs défilait une succession de balustrades et de jardinières mêlée à l'exquise tapisserie de losanges et de croix sculptées dans le vieux marbre veiné. Chaque façade donnait lieu à une nouvelle découverte. Debout côte à côte dans le canot, ils restaient muets comme sous l'effet d'une apparition religieuse. Nick se délectait de chaque détail qu'il voyait : les ombres des algues marines sous la surface de l'eau; le fer de proue, telle la crête d'un coq, des gondoles qui oscillaient à leur point d'amarrage; l'apparition fugace d'un visage au teint olivâtre et de linge étendu dans les étages supérieurs, à des fenêtres ouvertes. Nick aimait tout en bloc. Une partie de lui-même s'était attendue à ce que Venise le déçoive; il s'était dit que cette ville devait être surfaite depuis qu'il en entendait parler. Mais voilà qu'il était bien obligé de partager l'opinion générale : Venise était la symphonie qui retentissait pendant son propre naufrage.

— Magnifique, n'est-ce pas? dit Lynn.

Le canot vira à gauche sur le Grand Canal, offrant à ses cinq passagers la vision d'un cortège de palais au fil de l'eau. Le pilote cria par-dessus le toit de la cabine :

— San Samuele?

Avant que John ait le temps de lui donner son assentiment, Nick cria :

— Ca' Rezzonico, *primi*!

Il était primordial pour que son piètre plan réussisse qu'il se fasse déposer en premier.

Le doute chiffonna le visage du pilote.

— *Due* arrêts, bafouilla Nick en levant deux doigts. *Primi* Ca' Rezzonico. Puis San Samuele. *D'accordo*?

Le pilote grommela, puis se retourna vers le volant.

John, qui s'apprêtait à contredire Nick, se ravisa. Il y avait trop de constructions amphibies, de bruits et d'exclamations tout proches, retentissant depuis les vaporettos chargés de touristes, pour essayer de savoir qui devait être déposé en premier. Augusta tendit son téléphone à Nick.

— Vous voulez bien… ?

La paix était restaurée parmi la tribu des Warbly-Gardener.

Les quatre membres de la famille prirent la pose contre le banc caramel, les vestiges des siècles passés ballottant derrière eux. Nick appuya à trois reprises sur le déclencheur. Puis Lynn s'écria :

— Vous devriez être sur la photo avec nous, Nicholas !

Il crut qu'il allait vomir.

Nick savait qu'il n'avait plus de temps à perdre. Il palpa ses poches de pantalon.

— Oh, non ! souffla-t-il.

Lynn s'assit sur le banc.

— Que se passe-t-il ? s'inquiéta-t-elle.

— C'est pas vrai !

— Tout va bien ? s'enquit John sur un ton presque paternel.

Nick avait dû changer de couleur. Il sentait que son visage était pâle, ou de toute autre teinte assortie au dégoût de lui-même qu'il éprouvait à abuser de ces gens respectables. Sa seule consolation venait du fait qu'ils ne le sauraient jamais. Il fraudait pour ne pas payer son trajet ; telle était l'étendue de son crime.

— Je n'ai plus mon portefeuille. Oh, noooon ! J'ai dû l'oublier dans l'avion.

Lynn pressa la main sur son cœur.

— Vous en êtes certain ?

Nick exécuta un second numéro de fouille corporelle de pure convenance, faisant monter et descendre ses mains contre ses flancs, prenant soin d'éviter sa poche arrière. Il regardait la famille en se composant une expression de réelle panique.

— Toutes mes espèces et mes cartes de crédit.

— Avez-vous regardé dans votre sac de voyage ? demanda Lynn.

— Excellente idée !

Nick ouvrit son sac et refit son numéro de fouille intégrale. Puis il écarta les mains en signe de défaite.

— Pas là non plus.

Il décocha à John un regard destiné à marquer son embarras.

— Allons directement à votre arrêt, San Samuele. Je ne peux pas vous régler ma part du trajet. Je suis navré.

— Mais non, mais non, susurra John. Ne vous inquiétez pas de ça. Le moins que nous puissions faire, c'est de vous déposer à Ca' Rezzonico. Il vous faut vérifier auprès de la compagnie aérienne sans attendre...

— Je n'y manquerai pas.

Nick palpait la poche de poitrine de son blazer.

— J'ai mon téléphone et mon passeport. Je les appellerai dès que je serai à terre.

— Votre portefeuille contenait toutes vos espèces ? se désola Lynn. Vous n'avez plus d'argent sur vous ?

Ne l'avaient-ils pas encore compris ? Le manque de finesse des Warbly-Gardener commençait à lui taper sur les nerfs. Il allait devoir continuer à jouer ce numéro débile tant qu'ils ne se résoudraient pas à perdre espoir.

— Avez-vous vérifié sous les coussins dans la cabine ? suggéra Augusta. Si ça se trouve, il est tombé de votre poche.

— Je vais voir ! pépia Magnus, seul membre de la famille qui ne semblait pas s'inquiéter outre mesure de la perte subie par Nick.

Ils entendirent des crissements de cuir alors que l'enfant menait son exploration.

— Non, rapporta-t-il.

— Ca' Rezzonico, cria le pilote tandis que le *motoscafo* virait vers un ponton de bois tanguant.

Un immense édifice blanc se dressait devant eux, séparé de l'eau par un étroit trottoir. Nick sentit le poids de la culpabilité le quitter en voyant le quai. Il ne les aurait bientôt plus sur le dos.

— Je suis arrivé, annonça-t-il en mettant son sac de voyage en bandoulière. Excusez-moi encore de ne pas pouvoir partager la note.

— Ça va aller ? s'inquiéta Lynn.

Elle se leva, mais les flots agités la firent trébucher. Elle reprit l'équilibre en se retenant au torse de son mari.

— Mais oui. Je vous remercie infiniment. J'ai été heureux de vous rencontrer.

Il le pensait. Ils avaient reçu ensemble leur baptême de Venise et il leur était très reconnaissant de leur demi-heure de générosité.

S'il les croisait par hasard dans vingt ans, il leur avouerait qu'il était alors trop pauvre pour payer ce trajet. Ils en riraient bien.

Lynn chuchota quelques mots à l'oreille de son mari. Nick n'entendait pas ce qu'elle disait et préféra ne pas s'en soucier. Le pilote bataillait déjà pour déposer sa valise sur le quai ; les oscillations du canot contrariaient ses efforts. Nick lança un coup d'œil au-delà des planches délabrées de Ca' Rezzonico où une longue allée briquetée s'étirait jusque dans les entrailles de la ville. Il vit une silhouette venir vers lui, à peine une tête d'épingle plantée entre deux murs.

Nick se faufila à l'autre bout de la cabine, puis fit volte-face pour adresser un dernier geste d'adieu à la famille et constata que l'un d'eux manquait. À savoir John qui s'était discrètement glissé à l'extérieur et l'attendait, tenant dans sa main, en éventail, des billets de banque de couleur orange.

— Nicholas, lança John d'un ton formel. Tenez.

Il agitait cette liasse de cinquante euros encore craquants qu'il avait prise à un distributeur de l'aéroport.

— Ce n'est pas nécessaire. Je m'en sortirai.

— Non. J'insiste. Ce ne sont que trois cents euros, mais ils devraient vous tirer d'embarras le temps que vous régliez le problème.

— Je vous assure que tout ira bien.

Nick, du bout de sa chaussure, cherchait aveuglément le marchepied.

— Vous m'avez déjà tellement aidé. Je ne veux rien de plus.

Lynn, émergeant de la cabine, se retint au bras de son époux.

— Soyez raisonnable. Nous n'allons pas vous abandonner dans Venise sans un sou en poche. Prenez-les.

John brandissait toujours les billets en contrepoint de la requête de sa femme.

— Cela nous fait plaisir de vous aider, poursuivit-elle. Nous nous en voudrions de ne pas le faire !

— Je ne préfère pas, s'obstina Nick d'une voix plaintive. Je ne peux pas accepter.

— Vous nous rembourserez, le raisonna John. Vous avez ma carte.

— Je vous en prie, l'implora Lynn. Vous allez gâcher nos vacances si vous vous obstinez à refuser!

Quels monstres, songea Nick tout en se disant au même moment : *Quels gens formidables*. Il tourna les yeux pour fuir leurs regards et porta le sien sur le passage en brique qui partait du quai. Il reconnut le bel orbe de la tête de son petit ami ainsi que sa démarche décontractée mais énergique, le balancement de sa hanche droite. Une décharge d'adrénaline et d'amour lui serra la gorge. Plus rien d'autre n'importait, d'autant moins sa ruse grossière destinée à se faire payer la traversée. Il remarqua de petits changements dans l'apparence de Clay depuis la dernière fois qu'il l'avait vu : sa coupe en brosse et sa chemise bleue à rayures blanches très stylée. Tous deux étaient de nouveaux jeunes hommes à Venise.

— Vous m'enverrez un e-mail lorsque vous aurez à nouveau des fonds, lui dit John. Vous pourrez me rembourser par PayPal. N'oubliez pas que nous devons discuter affaires, de toute façon.

Accepter cet argent serait plus simple que de s'obstiner à argumenter pour le refuser. Nick ouvrit la main, puis glissa les trois cents euros des Warbly-Gardener d'une générosité indécrottable dans la poche de son blazer.

— Alors, il l'a pris? demanda Augusta, sortant à son tour de la cabine en cognant son plâtre contre l'encadrement de la porte.

Faire la charité était devenu une affaire de famille. Seul Magnus – finalement, le préféré de Nick – restait en retrait, alangui, tel un petit prince, dans les coussins caramel de la cabine.

— Oui, soupira Lynn. Mais nous avons dû user de menaces.

— Heu… Puisque vous séjournerez à Venise dans les prochains jours, commença à dire Augusta, nous pourrions…

Mais la voix bourrue du pilote coupa court à la proposition qu'elle s'apprêtait à lui faire. Le moment était venu pour Nick de débarquer.

— Encore une fois, merci. C'est tout à votre honneur, dit-il en prenant la main du pilote et se préparant à sauter à terre.

Il visa le quai à côté de sa valise. Mais, au moment où il prenait son élan, la houle frappa le canot qui s'enfonça dans l'eau. L'impact dévia la trajectoire de Nick, et ce fut tout juste s'il parvint à ancrer un genou et ses deux paumes sur les planches hérissées d'esquilles.

Son sac de voyage en cuir chargé à bloc s'enfonça dans ses côtes. Il s'en était fallu de peu qu'il ne devienne, dès son arrivée à Venise, une victime du Grand Canal. Mais ce ne fut que lorsqu'il se releva sur le quai, le genou gauche en feu et peut-être en sang, que sa poche revolver lui parut très légère. D'un geste leste, il y fit glisser sa main pour palper ce qui ne s'y trouvait plus.

Son portefeuille était étalé à la vue de tous sur le ponton, la liasse de ses billets d'euros en dépassant. Quand le pilote le ramassa et le tendit à son propriétaire légitime, Nick n'osa croiser les yeux de personne. Il prit le portefeuille, regardant dans le vague.

Le pilote mit les gaz, puis le canot tourna en marche arrière dans le bleu. La famille fixait Nick en s'éloignant sur l'eau. Muette, sonnée, glacée.

Les mains de Nick tremblaient. Il se courba en deux, le cœur pressé contre son genou, le souffle court, ressentant le long de sa trachée des tremblements qui menaçaient de le faire éclater en sanglots ou de rire. À la loterie des émotions, il n'aurait su dire laquelle l'emporterait.

— Nicky ! cria Clay en surgissant au coin de la rue. Te voilà ! J'étais sûr que tu viendrais !

Nick se redressa, tentant de rajuster sa veste afin d'être celui pour qui il s'était pris la veille en mettant ces vêtements. Ce petit numéro ne fonctionna pas.

Clay ralentit le pas.

— Que se passe-t-il ?

Nick aurait eu envie de trouver une repartie spirituelle. À défaut, il préféra oublier ce qui venait de se passer et se délecter de la beauté démentielle de Venise. Clay et lui étaient encore un couple récent, les premières impressions comptaient tant. Mais Nick, sentant son courage l'abandonner, bafouilla la vérité.

— Ce n'était pas une bonne idée. Je ne suis pas doué pour être un escroc.

Clay souleva la valise et le prit par les épaules. Sous les ombres de la ruelle, il embrassa Nick sur la bouche.

— T'inquiète, sur ce plan-là, je ne vaux pas mieux que toi.

Il serra le bras de Nick.

— Les pires escrocs sont les meilleurs qui soient.

2

La liste des personnes qui prendraient la parole pour rendre hommage au défunt était courte.

À New York, en février passé, par un matin glacial, devant l'entrée du lieu de culte, Nick, lisant le programme, fut soulagé de ne compter que cinq noms sous la rubrique « Orateurs ». Cette messe anniversaire donnée en l'honneur d'un New-Yorkais de légende qu'il n'avait jamais rencontré n'était pas la première à laquelle il assisterait. Depuis seize mois qu'il sortait avec Ari, il avait dû l'accompagner à cinq ou six d'entre elles, sans compter le nombre d'obsèques ou de veillées funèbres. À choisir, Nick préférait les enterrements : le chagrin étouffait tant l'assistance qu'il la réduisait au silence, de plus un sentiment d'urgence planait sur les fidèles comme si le cercueil était un charbon ardent qu'il fallait s'empresser de mettre en terre avant qu'il refroidisse et s'effrite.

Ces cérémonies-là étaient d'un tout autre acabit. Comme elles se tenaient plusieurs mois, parfois des années, après le décès, ces « célébrations de la vie » offraient à chacun l'occasion de faire son numéro. On y chuchotait sur un ton oppressé ; on se servait de son temps de parole pour débiter des décennies d'anecdotes, en jouant son propre rôle et en s'appropriant tous les mots d'esprit ; certains projetaient des diapositives ; d'autres en profitaient pour régler des comptes ; quelques-uns n'hésitaient pas à chanter. Les morts méritaient bien qu'on leur sacrifie une heure. Mais un office tel que celui-ci organisé en fin de matinée à la mémoire de Freddy van der Haar risquait fort de créer un gouffre au beau milieu de la journée.

Nick roula le programme dans sa main et s'en servit pour tapoter l'épaule d'Ari. Cinq orateurs, ce ne serait pas le bout du monde. Il pourrait supporter cinq discours.

— Hé, murmura-t-il. De quoi Freddy est-il mort, déjà ?

Au même moment, une chorale donna de la voix depuis le chœur et Ari le tira par la manche pour l'entraîner vers les bancs.

— Ils n'arrêtent pas de mourir, avait soupiré Ari dans le taxi qui, ce matin-là, se faufilait dans Manhattan.

— Qui ça ?

— Les anciens de New York, avait-il répondu en dessinant une forme élaborée sur sa vitre couverte de buée.

Nick, inclinant la tête d'un côté puis de l'autre, s'était efforcé de donner un sens à cette image. Il n'avait vu que les couleurs floues de la circulation sur Second Avenue auxquelles ces traits permettaient de s'immiscer dans l'habitacle.

— Tragique, tant de talents décimés. Ce fut pour eux une époque épouvantable.

Dans la bouche d'Ari, les « anciens de New York » équivalaient à une équipe de football perdante. Cela dit, Nick comprenait de qui parlait son petit ami. S'il était beaucoup trop jeune pour avoir eu des liens directs avec la mouvance artistique et hippie qui s'était éclatée à Manhattan entre les années 60, 70 et 80, Ari avait tout de même inhalé les vapeurs de certaines de leurs substances hallucinogènes. Certes, il possédait l'avantage de l'époque et du lieu. Il était né et avait grandi dans l'Upper West Side, en fils unique de juifs sépharades richissimes qui menaient une vie de bohème. À quarante-trois ans, il se vantait sans cesse d'être devenu adulte à New York « juste avant que ce triste sire de Giuliani y ait fauché tout le blé ». Il évoquait les soirées dissolues dans des bars et des boîtes de nuit qui avaient existé dans une autre galaxie avant l'arrivée des téléphones portables. Deux verres de vin suffisaient pour le rendre emphatique : « C'est terminé. Les gens parlent de New York comme si elle existait toujours, mais c'est faux. Elle n'est plus là. Qui sait si elle ne s'est pas réinstallée dans ta ville de l'Ohio alors que nous sommes tous restés coincés sur cette île en train de la chercher. » Nick, agacé d'entendre pour la énième fois que sa ville d'adoption était, en réalité, un mirage, devait se retenir de crier : « Parfait, tant mieux que ce soit fini ! Au moins, nous pouvons continuer à vivre sans avoir la pression de nous montrer à la hauteur ! »

Nick voulait aimer New York telle que la ville était au présent – ici même, dans l'instant, sous ces éclairages au néon étincelants qui vous sapent votre énergie. Bon, peut-être pas dès aujourd'hui. En février, la bête épuisée de Manhattan prenait les couleurs ternes de ses pigeons. Février était le pire mois de l'année pour la ville, une morne gueule de bois au terme de trop de fêtes. Une cérémonie commémorative en l'honneur d'un inconnu – quoi de plus adapté à la saison ?

Nick avait tenté d'échapper à cette corvée. Ne serait-il pas plus respectueux qu'il n'assiste pas au dernier hommage rendu à un homme qu'il ne connaissait pas ? S'éveillant sous trois couvertures et un duvet, il avait envisagé de jouer la carte d'une grippe soudaine, allant jusqu'à s'essayer à quelques quintes de toux grasse. Mais Ari, couché à côté de lui, roulé en boule, plaquait sur son torse une main froide parce qu'elle avait glissé hors du lit au cours de la nuit.

— Ah non, Nick. Tu viens. Tu verras, ce sera intéressant. Van der Haar était l'un des derniers vrais excentriques. Pense à toutes les bêtes curieuses et à tous les phénomènes qui seront là.

Voyant que Nick ne mordait pas à l'hameçon, Ari avait retiré sa main et tendu le bras vers la table de chevet pour attraper son portable.

— Je te rappelle que Freddy était aussi un client, avait-il ajouté.

Nick n'en disconvenait pas.

À l'intérieur de ce lieu de célébration, il s'était attendu à trouver la proportion habituelle de pierres grises et de vitraux. En réalité, l'espace exigu baigné de soleil lui faisait plutôt penser à une salle des fêtes d'un bourg de la Nouvelle-Angleterre : moquette beige usée jusqu'à la trame, croisées opaques et coussins en feutrine rouge alignés sur les bancs. Aucune croix, aucun confessionnal en vue. Toutefois, Nick se sentit mal accueilli : un raz-de-marée de coups d'œil irrités lui reprocha clairement d'arriver en retard et, pour couronner le tout, Nick avait oublié de retenir la porte d'entrée qui claqua derrière eux. D'un côté de l'autel, six chanteurs de gospel – quatre Noires d'un certain âge et deux Blancs plus jeunes – tapaient dans leurs mains en oscillant en rythme, créant des chatoiements de violet. Leurs voix chaudes et harmonieuses s'élevaient, doublées des *bing* et des *bang* d'un vieux radiateur. Ari prit Nick par la main pour bien signifier qu'ils cherchaient deux places côte à côte, et ils s'élancèrent dans l'allée centrale, courbant le dos en guise d'excuse.

Les deux derniers bancs semblaient être réservés aux sans-abri. Endormis, emmitouflés dans des manteaux d'hiver, ils se partageaient les coussins. Cela laissait libres les dix autres rangées où, debout au coude à coude, se serraient les invités venus pour Freddy. Ils chuchotaient, pouffaient de rire, se tamponnaient les yeux larmoyants avec un mouchoir en papier, se saluaient de la main d'un air charmeur, faisaient du shopping sur leur portable ou retouchaient leur maquillage. Nick repéra un petit groupe de célébrités en tenue décontractée – des musiciens et des acteurs ayant été redécouverts tant de fois ces dernières décennies que leur vie avait été pillée dans l'espoir d'y dénicher une toute dernière pépite culturelle. Dans l'assistance, rares étaient ceux qui semblaient incontestablement riches ; nombreux ceux qui semblaient définitivement pauvres ; seuls un ou deux hommes semblaient cent pour cent hétéros. Tous avaient largement dépassé la soixantaine. Par comparaison, Ari, avec ses cheveux frisés d'un noir d'encre et ses joues tendues couvertes d'une barbe de deux jours, semblait être un envoyé du royaume de la jeunesse. Nick se demandait où cela le situait, lui qui avait près de vingt ans de moins que son ami. Assistant du petit jeune ? Il en serait quitte pour être la cible de quelques vacheries. Ces New-Yorkais excentriques, m'as-tu-vu, pouvaient se montrer impitoyables dans leurs jugements. Même un simple compliment était servi, en général, emballé sous le film plastique d'une insulte : « Oh, mais il est aussi beau qu'un gigolo ! » Nick s'était demandé ce que ses amis de son âge vivaient à cette heure-là : ils faisaient la grasse matinée, ils allaient enfin se coucher, ils voulaient continuer à vivre à cent à l'heure.

Ari avait repéré une poche d'air dans la troisième rangée. De mauvaise grâce, les personnes assises se poussèrent pour leur faire une place.

— Faites chier, bordel ! gémit l'une d'elles.

Ce qui déclencha quelques éclats de rire.

Nick regretta de ne pas avoir ôté son manteau avant de s'asseoir ; le radiateur était aussi efficace que bruyant. Dans les faits, son trois-quarts pied-de-poule aux boutons de cuir appartenait à Ari. Un des avantages de vivre avec un homme qui faisait presque la même taille que soi était le doublement – ou plutôt, dans le cas de Nick, le quadruplement – de sa garde-robe. Ari, lui, n'avait pas gagné au change. Au début, il avait offert à Nick plusieurs chemises et pantalons de marque dans le but de sauvegarder sa penderie. Depuis, il en était quitte pour faire du shopping encore plus souvent et lancer le surplus à son petit ami.

— Quel genre d'église fait poser de la moquette ? chuchota Nick.

— Quaker. La seule confession qui ait accepté de donner une messe pour un tel hédoniste. Je suppose aussi que la location doit rester abordable.

— Les van der Haar ne faisaient-ils pas partie des grandes fortunes ? À ce que je sais, ce nom de famille…

Ari leva les yeux au ciel tant cela tombait sous le sens.

— Oh, oui. Une vieille fortune. Une des plus vieilles qui soit. Ils ont été l'une des premières familles néerlandaises de New York. Nick, tu devrais le savoir d'après leur orfèvrerie. As-tu déjà oublié tout ce que tu apprends chez Wickston ?

Il se tut, puis reprit d'une voix plus douce :

— Quand j'étais petit, dans les hôpitaux et les musées, des salles portaient leur nom. Il y avait même une fontaine van der Haar dans Tribeca[1]. Tout ça, c'est du passé. Les nouveaux riches les ont remplacés.

— De quoi Freddy est-il mort ? répéta Nick.

Mais Ari se pencha vers l'avant pour tapoter l'épaule d'une femme assise devant eux. Sa chevelure grise formait comme une ruche sur sa tête, de profondes crevasses hachuraient ses lèvres où des coulures de son fond de teint luisaient telles des lames de schiste.

1. Quartier de Manhattan.

— Ari, *darling*, je suis vraiment ravie que tu aies pu venir, chuchota-t-elle. Désolée, on est un peu à l'étroit. Je sais. Nous aurions dû prévoir plus grand.

Elle se tourna un peu plus encore pour agripper le dossier de son banc. Des taches de vernis jaune poussin ornaient ses ongles en dents de râteau au bout de ses doigts veineux.

— Ils laissent les clochards dormir ici, la nuit. D'habitude, ils sont éjectés dès le matin. Mais, aujourd'hui, il fait si froid que certains d'entre eux ont refusé de bouger.

Elle fit un sourire plein de malice.

— Quelle importance ? Je suis sûre que Freddy aurait adoré ça, tu ne penses pas ?

Nick n'était pas convaincu que quiconque apprécie que la messe célébrée à sa mémoire serve aussi de refuge pour les sans-abri, mais cela ne l'empêcha pas de hocher la tête en signe d'assentiment. Ari lui présenta cette femme comme étant Gitsy Veros, la galeriste historique de Freddy. Il s'enquit de la date à laquelle remontait la dernière exposition de leur ami et, avec deux doigts, Gitsy se caressa le menton pour illustrer son effort de mémoire.

— À une dizaine d'années, je dirais. Ses toiles ne se vendaient pas. Ses photographies, oui. Et encore. Qui sait si elles ne seront pas plus recherchées maintenant ?

Elle tapa sur le dossier de son banc.

— Était-ce le but, de toute façon ? La véritable œuvre d'art, c'était lui.

Le chœur s'acheva sur une note de plus en plus aiguë. Gitsy s'extirpa de sa place et s'approcha de l'autel. De chaque côté de l'estrade, se dressaient deux piédestaux blancs et vides ; Nick se demanda si des bouquets de fleurs ou des portraits sous verre n'auraient pas été oubliés dans la précipitation des préparatifs matinaux. Gitsy raconta la fois où, dans les années 80, Freddy et elle s'étaient aventurés dans East Harlem pour aller entendre un ensemble gospel qu'il adorait – « Bon, si ça se trouve, il draguait et se servait de moi comme couverture ». Elle fit un geste vers le premier rang et présenta les intervenants. Nick dévisagea les cinq vieillards qui s'y trouvaient assis, s'efforçant d'évaluer la probabilité qu'ils fassent un discours de moins de dix minutes.

Ils étaient d'une maigreur cadavérique, avaient le crâne décoré de touffes de cheveux mal teints, flottaient dans leurs vêtements, et deux d'entre eux s'agrippaient à un déambulateur. En pensée, Nick s'amusa à regonfler leurs pectoraux et à les doter de personnalités jadis spectaculaires. Ici même, en une autre occasion, ils auraient pu passer pour des vétérans ou des survivants d'une guerre impitoyable qui aurait tué tous leurs amis et les membres de leur famille. Être vieux était un combat en soi, songea Nick en tendant la main vers celle d'Ari. Si ces hommes s'en tenaient à un discours succinct, Ari et lui pourraient, d'ici une heure, être sortis et partir en quête d'un restaurant vietnamien dans l'East Village.

Ari n'avait pas pris la main de Nick. Il avait pivoté sur lui-même, trop occupé à fouiller l'assistance du regard.

— Que cherches-tu ?

— Je voulais voir si le petit jeune était là.

Nick fronça les sourcils pour en savoir plus.

— Le gigolo, chuchota Ari, qui a débarqué et s'est arrangé pour que Freddy le couche sur son testament juste avant sa mort.

Nick bougonna en réaction à ce constat sans appel et Ari réagit en levant les yeux au ciel.

— Ce que tu peux être naïf, Nick. Ça arrive tout le temps aux vieux gays fortunés. Hélas, ils ont tendance à devenir des proies faciles. Seuls, sans enfant, en mal de compagnie. Un beau gosse surgit, joue à l'infirmier contre avantages matériels pendant quelques mois, les soigne, jure qu'il les aime et rafle l'héritage.

— À ton avis, c'est ce qu'on pense de moi vis-à-vis de toi ? releva Nick, ne plaisantant qu'à demi.

Ari serra le genou de Nick en un geste plein d'affection.

— Je n'y suis pour rien ! Je ne fais que te répéter l'opinion générale. Je pensais qu'il ferait acte de présence, mais je ne le vois pas.

Nick parcourut des yeux les bancs en quête d'un autre homme de moins de soixante ans. Il était curieux de voir la tête de ce « gigolo ». Pendant son adolescence, Nick craignait de finir par ressembler à son pauvre père qui réparait des postes de radio dans son sous-sol à Dayton. Puis il avait eu peur de devenir une autre version de sa sœur malheureuse, coincée dans l'Ohio. À New York, il redoutait de finir par alimenter des ragots échangés à mi-voix, comme il en allait pour ce garçon, au sujet de son comportement envers les hommes d'un certain âge. La biographie de Nick pouvait se résumer à la liste des profils auxquels il craignait d'appartenir.

— J'essaie de me rappeler son prénom, chuchota Ari. Cord? Cliff? Clay?

— Il a hérité de beaucoup d'argent?

— Ma foi, comme tu le disais, Freddy était un van der Haar. Je suis sûr qu'il avait un joli pactole de côté. Sans compter qu'il possédait un *brownstone* dans Brooklyn qui, je le sais de source fiable, est revenu à ce petit jeune. Cet immeuble à lui seul doit valoir au moins deux millions de dollars.

— Deux millions de dollars, répéta Nick, éberlué.

— Mais le gamin a été trop gourmand. Il m'a appelé à la boutique pour vendre des pièces d'orfèvrerie de Freddy. Je les examinerai, mais vu le contexte…

— Tu ne penses quand même pas…

Nick jugea superflu d'achever sa question, mais Ari la laissa en suspens sans rebondir sur le sous-entendu. Gitsy pleurait au pupitre. Elle racontait une anecdote concernant les visites que Freddy et elle faisaient à leurs amis malades du sida hospitalisés dans les années 80, à qui ils apportaient en cachette de la marijuana ainsi que des revues pornographiques pour alléger leurs souffrances. Nick s'éclaircit la gorge et glissa à l'oreille de son petit ami :

— Tu ne penses quand même pas que ce petit jeune, ce « gigolo », a tué Freddy pour hériter?

Ari esquissa un sourire. L'imagination débordante de Nick était pour lui une source de distraction perpétuelle. (Lui pardonnerait-on d'avoir soupçonné le gardien de leur immeuble d'organiser un trafic de drogue dans la buanderie du sous-sol?) Ari réagit à cette accusation par un haussement d'épaules, puis salua de la main une connaissance de l'autre côté de l'allée centrale.

Nick planta son pouce dans la cuisse d'Ari pour récupérer toute son attention.

— Réponds-moi. De quoi Freddy est-il mort?

Autre haussement d'épaules. Ari sortit d'une poche de sa veste un tube de pastilles nicotiniques. Il avait cessé de fumer plusieurs années avant de rencontrer Nick, mais n'épargnait ses poumons que pour mieux maltraiter sa bouche.

— Ah, laisse-moi réfléchir. Freddy était séropositif. Il souffrait d'une hépatite B. On lui avait diagnostiqué un cancer du poumon *et* du foie. Sans compter que ses reins n'assuraient plus car il s'est abîmé à l'alcool comme il n'est pas permis à partir de soixante-dix ans. Je pense que toutes ces maladies se concurrençaient pour avoir sa peau.

— Laquelle a gagné ?

— À ce que j'ai entendu dire, aucune.

Des applaudissements retentirent. Le vieillard le plus âgé, appuyé sur un déambulateur, s'avançait cahin-caha. Des balles de tennis fluorescentes, très crasseuses, s'étageaient le long des pieds en aluminium de l'engin. L'épaisseur de la moquette gênait la marche du vieil homme et, machinalement, Nick se leva pour aller l'aider.

Ari le retint par le bras, et l'avertit :

— Laisse tomber ! Il n'apprécierait pas.

Nick se rassit.

Un spot s'alluma dans les hauteurs des poutres, déversant un halo aqueux sur le pupitre. Quelques minutes plus tard, l'homme sans âge combla cet espace, s'accrochant au micro, le visage comme contusionné sous l'effet de ses yeux clos et de ses lèvres invisibles. Soudain, comme éclairé par le soleil, il changea d'expression. Il rouvrit les yeux, et parut avoir rajeuni de plusieurs années, être redevenu souple et dynamique – voire, songea Nick, beau – comme si la seule chose au monde dont il avait réellement besoin était une scène. Des murmures grivois et impatients résonnèrent parmi les bancs.

— Mesdames et consorts, commença-t-il d'une voix chevrotante qui donnait l'impression d'avoir tourné comme du vinaigre. Mes chers branleurs et mes tout aussi chers frimeurs, anges gardiens de la plèbe et de la petite vertu.

Quelques rires montèrent de l'assistance.

— Détendez-vous car il m'a fallu attendre quatre-vingts ans pour rôtir cette enfoirée de Frederica ! Quand je l'ai connue, nous étions des petites jeunettes qui venaient d'être délivrées de leurs mamans, la différence entre nous tenant au fait qu'elle avait de l'or dans son nom et moi de l'or dans la bouche. Nous nous entendions comme deux *larronnes* en foire. Qui, ici, n'a pas acheté de l'héroïne à Freddy en 1973 ?

Oh non, songea Nick. Ils risquaient d'être toujours là dans plus d'une heure, assis à la même place, au troisième rang, sauf qu'ils auraient encore plus faim et chaud. Il devait à tout prix ôter son manteau. De fil en aiguille, à la suite des applaudissements, ses voisins avaient peu à peu gagné du terrain, réduisant le précieux petit espace qu'il s'était discrètement ménagé. Il ne pouvait se mettre à son aise sans se lever, ce qui risquait de faire de lui la cible d'un quolibet de la part du vieil homme au micro. Nick lança un coup d'œil à Ari qui, le sourire béat, buvait les paroles de ce bon vieux numéro de music-hall. Nick lui donna un coup de coude.

— Hé, dut-il chuchoter à deux reprises pour l'arracher au sortilège. Tu ne m'as pas dit de quoi Freddy est réellement mort.

— Oh. Certains partagent ton opinion. Ils estiment que c'est son gigolo qui l'a tué.

— Je n'ai jamais dit ça…

Ari claqua des doigts.

— Clay. C'est son prénom. Clay je ne sais plus quoi. Oui, la plupart d'entre nous pensent que cet énergumène a tué Freddy pour récupérer sa fortune avant qu'il ne change d'avis. Ce n'est qu'une rumeur. J'ignore si c'est vrai. Officiellement, Freddy est mort d'une overdose.

— Une overdose ?

— Oh, tu sais, à la toute fin, que ce soient les médicaments, un meurtre ou la maladie, c'est du pareil au même. Nous savons tous ce qui a fini par avoir la peau de Freddy. C'est New York.

Au cours du troisième éloge funèbre – centré sur les années *gender fluid* de Freddy à Berlin –, Nick glissa à l'oreille d'Ari qu'il avait besoin de prendre l'air. Il quitta le banc le plus discrètement possible, puis fila vers la sortie, les yeux fixés sur la moquette afin d'éviter les regards de reproche. Il tira le battant du vestibule, puis la lourde porte extérieure rouge par laquelle il sortit dans le bas du Gramercy Park. Le verglas et le sel répandu sur les marches craquèrent sous ses pas.

La fraîcheur le ragaillardit, s'enroulant autour de son cou, s'insinuant en cisaille entre les jambes de son pantalon. Bientôt, cet appel d'air glacial deviendrait une autre forme de torture mais, pour l'heure, Nick appréciait la gifle qu'il donnait sur sa peau. Il plaqua ses cheveux en arrière afin que cette sensation pénètre son front baigné de transpiration. Dans la salle, la chaleur électrique imprégnait tant les anecdotes interminables et assommantes sur Freddy que le passé avait fini par devenir aussi lourd que la température ambiante. Là dehors, Nick avait la sensation que le froid était un présage de son avenir – harmonieux, vivifiant, chargé de bonnes raisons de faire palpiter son cœur.

Devant lui, aux branches nues des arbres – des magnolias, supposait Nick, désormais réduits à leurs squelettes de brindilles – pendaient de fines stalactites. Le vaste parc rectangulaire fermé par un portail en fer forgé assourdissait le bruit des embouteillages perpétuels de Second Avenue. En face de la sortie se trouvait un hôpital si bien que, à la mi-journée, la plupart des promeneurs étaient des membres du personnel hospitalier, à en juger par les jambes de pantalon qui, blanches ou bleu pâle, dépassaient de leur manteau. Nick savait qu'il devait regagner sa place avant que le troisième orateur ait terminé son discours. Une absence prolongée risquerait de diminuer les points qu'il avait marqués en sacrifiant son samedi aux obligations d'Ari.

Pourtant, il s'attarda devant l'entrée. Il lui semblait déplacé d'être assis aux premiers rangs de cette cérémonie bondée. Il manquait de références car il n'avait pas connu cet homme et chaque plaisanterie, dépouillée de toute tendresse, lui donnait le sentiment de se moquer du mort. Il remonta le col de son manteau, observant les infirmiers qui tournaient autour du bassin asséché de la fontaine. Un jeune couple, une femme d'origine asiatique et un homme blanc, marchait d'un pas rapide, leurs bonnets de laine oscillant à l'unisson, tous deux dérapant soudain sur une plaque de verglas et reprenant leur équilibre en se rattrapant l'un à l'autre. Nick sortit son portable pour envoyer un texto à Leo – *Qu'est-ce que tu as fait hier soir ?* – en espérant que le récit d'une sortie mouvementée que son ami aurait faite, et terminée en piteux état dans un Uber à l'aube, l'amuserait. Mais, faisant défiler tous ses messages, il se rendit compte qu'il le lui demandait une fois par semaine depuis six mois. *Qu'est-ce que tu as fait hier soir ? Qu'est-ce que tu as fait hier soir ?* Il se servait de son ami comme indic pour garder un œil sur les nuits new-yorkaises. *Tu es allé dans quel bar ? Il y avait du monde ?* Nick rempocha son téléphone. Il parcourrait le compte Instagram de Leo plus tard.

Une silhouette solitaire coupa à travers le parc, contourna la fontaine, son souffle dessinant des traînées blanches dans le froid. Lorsque le jeune homme passa sur la plaque de verglas, il ne glissa pas, ne ralentit pas. Il était noir, à peine plus petit que Nick, mince mais de corpulence athlétique, et avançait à un rythme irrégulier, comme s'il s'efforçait de ne pas raviver une douleur en sommeil dans sa hanche droite. Il avait les cheveux courts, crépus, un peu plus longs sur le haut du crâne que sur les côtés. Les écouteurs qui pendillaient à sa taille au bout d'un cordon rappelaient à Nick les *tsitsit* que les juifs orthodoxes portent sous leur veste.

Il sortit du parc, et Nick fut surpris de le voir venir à petites foulées droit vers lui. Il se faufila entre deux voitures en stationnement, puis s'immobilisa, l'air hésitant, fixant la porte rouge au-dessus du trottoir. Il se mordilla les lèvres. Les mains dans les poches de son blazer, il gravit l'allée dallée, ses baskets montantes faisant voler des éclats de glace. Quand il arriva devant Nick, il sortit les mains de ses poches et Nick s'aperçut qu'il serrait les poings.

Nick se redressa, tandis que le nouveau venu, le regardant dans les yeux, lui adressait un signe de tête. Son léger sourire provoqua comme une éclaircie sur son visage. Il avait l'air engageant, et Nick se sentit rougir. Par chance, le froid lui servait de couverture. Il en profita pour dévisager le nouveau venu. Il avait à peu près son âge, le regard fier, ou plutôt des yeux marron clair sous un front hautain, des lèvres gercées et égratignées par les marques de ses dents. Nick le trouvait sexy, mais pas au sens photogénique du terme.

Le garçon regarda par l'une des vitres qui jouxtaient la porte. Nick n'envisagea pas qu'il pouvait être un retardataire. Tous les hôtes de la cérémonie étaient bien trop vieux, et tous étaient blancs. C'était peut-être le fils d'une des chanteuses de gospel venu attendre sa mère pour la ramener chez eux après sa prestation. Quoi qu'il en soit, Nick savait qu'il ne verrait pas l'intérieur par cette vitre. Les portes du vestibule l'en empêchaient.

Le garçon recula puis sembla se résigner à regarder de nouveau Nick.

— Excuse-moi, lança-t-il de cette voix de baryton virile que les adolescents se fabriquent afin de passer pour des hommes quand ils décrochent le téléphone, lassés qu'on les prenne pour leur sœur. Tu sais si la messe pour Freddy van der Haar est encore en cours ?

— Oui, c'est le cas, répondit Nick, un brin trop soprano. Ils doivent en être à la moitié.

Il s'apprêta à sortir son portable de sa poche pour regarder l'heure, mais se ravisa. Un téléphone coupait court à toute conversation, or Nick espérait encourager celle-ci pour retarder le moment où il regagnerait sa place.

— C'est comble. Il y a foule.

— Ah, tant mieux. J'en suis heureux.

Il donna un coup de talon sur le perron, mais ne tendit pas la main vers la poignée de la porte.

— Je veux dire par là que tu auras du mal à trouver une place.

— Je n'ai pas l'intention d'entrer.

Voilà qu'il évaluait Nick avec un certain intérêt.

— Tu as vu si les fleurs étaient arrivées ? s'enquit-il.

— Quelles fleurs ?

— Deux gerbes de pivoines. C'étaient ses préférées. Elles devaient être placées sur l'estrade.

Nick pensa aux piédestaux blancs et vides de part et d'autre de l'autel.

— Ah, d'accord. Tu es le fleuriste ?

L'autre rit, mains plaquées sur le ventre. C'était la première fois qu'elles perdaient la forme de poings.

— Non, mec, répondit-il, se ressaisissant. Je ne suis pas le fleuriste.

Nick faillit lui présenter ses excuses, mais il ne paraissait pas s'être offusqué de cette bévue.

— Non, répéta le jeune homme en souriant. Je suis un ami de Freddy. Je voulais juste vérifier que les fleurs avaient bien été déposées et que suffisamment de gens étaient venus. Ces deux bouquets ont coûté très cher.

— Alors, j'ai une mauvaise nouvelle pour toi, dit Nick en prenant un air désolé. Je crois qu'ils n'ont pas été livrés.

Les traits du garçon se crispèrent.

— C'est pas vrai !

Exaspéré, il leva les bras au ciel, et Nick entr'aperçut la taille élastique bleue d'un boxer-short et un pan de peau imberbe à l'aspect de chair de poule.

— Je comprends mieux pourquoi ils ne décrochaient pas leur téléphone. Merde ! Freddy tenait à ce que ces fleurs soient placées en hauteur.

Il était difficile pour Nick d'éprouver de la peine à cause de l'absence des fleurs mais, de toute évidence, cela revêtait de l'importance pour ce jeune homme.

— Je suis navré, murmura-t-il. En tout cas, la cérémonie est très réussie. Je suis certain que Freddy aurait aimé.

Le garçon sourit d'un air satisfait en enroulant le cordon de ses écouteurs. Nick croisa son regard et reçut une décharge de chaleur entremêlée de peur, ce vertige familier du jeu de la séduction. Ari l'accusait toujours de chercher à plaire aux mecs à grand renfort de coups d'œil intimidés. En effet, Nick jouait souvent de son charme. Mais il faut dire que lorsqu'il se retrouvait coincé avec les amis d'Ari, que ce soient les intellectuels de l'université Brown, ses confrères antiquaires ou artistes peintres grisonnants, c'était tout ce sur quoi il pouvait compter. À vingt-cinq ans, Nick se fiait davantage à ses regards qu'à son vocabulaire.

— Entre, l'encouragea Nick. On ne sait jamais, avec de la chance, tu trouveras une place assise.

— Non. C'est une messe pour les *vieux* amis de Freddy. Ce sont eux qui l'ont organisée pour le Freddy qu'ils ont connu. Je ne voudrais pas les déranger.

— Tu ne dérangerais personne, lui assura Nick qui n'en avait pas la moindre idée.

Il désirait seulement prolonger leur conversation et éprouver encore une fois ce doux vertige. Oui, Ari avait vu juste. Nick aimait beaucoup les jeux de séduction innocents. Une fois qu'il se décidait à être conquis, rien – pas même l'intérêt déclinant du séducteur – ne lui ferait abandonner la partie.

— Tu ne comprends pas. Je ne suis pas le bienvenu ici. Certaines de ces personnes ne m'apprécient pas.

Nick lui servit un regard incrédule.

— Mais ça n'a pas d'importance, poursuivit le jeune homme. Je rendrai hommage à la mémoire de Freddy à ma manière. Il voulait être enterré au Verano de Rome, ou au Hollywood Forever Cemetery, à Los Angeles. Je n'ai pas réussi à faire respecter ses dernières volontés, alors je répandrai moi-même ses cendres à Venise.

Il y avait un abîme entre porter la responsabilité des bouquets de deuil et celle du choix de la dernière demeure du défunt. Nick s'était lourdement trompé sur la relation que ce jeune homme avait entretenue avec Freddy van der Haar. Il écarta les bras en un geste d'excuse. Il se rendait compte qu'il venait d'inviter l'un des proches de Freddy à entrer dans la salle comme s'il s'improvisait maître de cérémonie.

— Je suis bête. Je ne voulais pas…

Mais le garçon lui tendit la main. Nick la serra dans la sienne, plaquant sa peau contre la chair douce et tiède de l'inconnu.

— Clay Guillory, se présenta alors le jeune homme en souriant.

Le « gigolo », songea Nick en repensant au terme employé par Ari, celui qui avait mis la main sur l'héritage van der Haar. Nick s'était imaginé un personnage bien plus caricatural, un jeune Blanc fluet aux cheveux oxygénés, à la peau rougie par des coups de soleil attrapés en Floride et aux yeux ronds comme des soucoupes. Nick avait pensé que, par le terme de « gigolo », Ari désignait un « escort boy » ou un « prostitué » alors qu'il entendait par là « magouilleur », « arnaqueur », « escroc », soit, en un mot comme en cent, « tout jeune sans ressources et sans relations qui, de nos jours, trouve le moyen de survivre à New York ».

Nick préférait réserver son jugement. Lui-même n'avait jamais accepté de se faire payer contre du sexe. Cela dit, au cours de ses années de survie-à-la-limite-de-la-pauvreté qu'il avait passées en résidence universitaire, il avait eu des aventures avec certains hommes aisés, lesquelles équivalaient, pour le dire sans équivoque, à des rapports sexuels transactionnels. Nick s'était vu offrir des repas dans de grands restaurants, un manteau de créateur, à deux reprises une paire de baskets, plusieurs week-ends dans des hôtels particuliers à Southampton, et même une Rolex vintage pour son anniversaire que, bêtement, il avait perdue peu après. Il ne s'était jamais fait payer en espèces pour sortir avec tel ou tel homme, mais avait reçu comme récompenses tout ce que l'argent pouvait offrir. Y avait-il une différence ? Pour Nick, la réponse était oui et non. Il n'avait jamais parlé de ces années de dèche à Ari par crainte de sa réaction. Mais, en observant Clay Guillory, il se demanda s'il devait rester sur sa première impression ou sur ses gardes. Clay était très jeune pour avoir détourné à son profit une fortune familiale – celle d'une des plus anciennes familles américaines, qui plus est.

Nick, impressionné, marchait sur des œufs.

— Nick Brink, dit-il. Enchanté.

Clay fut le premier à retirer sa main et, dans le silence qui suivit, évalua Nick du regard.

— Tu n'es pas un des vieux amis de Freddy, devina-t-il.

— Non. Je ne l'ai jamais rencontré. Je suis venu avec mon mec. Ari Halfon. Il est à la tête des…

— Antiquités Wickston, s'écria Clay, remontant la fermeture Éclair de son blouson jusqu'au menton.

Son sourire resta le même, mais en moins charmeur.

— J'ai parlé à ton ami de l'orfèvrerie de Freddy.

— Oui, il me l'a dit. Je travaille avec lui. Pour le moment, je ne suis que son assistant, mais…

Nick, butant sur les mots, laissa sa pitoyable phrase s'évanouir dans le vent.

— La famille de Freddy possédait une des plus belles collections d'argenterie ancienne des États-Unis. Une grande partie a été dispersée au fil du temps, mais il lui en restait quelques pièces. J'ai pensé que vous pourriez avoir envie d'y jeter un coup d'œil avant que je la propose en salle des ventes.

— Bien sûr !

Nick approuva de la tête avant d'abandonner l'illusion d'être lui-même capable d'évaluer une telle collection.

— Il faut absolument que tu en parles à Ari. Cela dépasse mes compétences.

— On est deux ! Bon, eh bien, je te reverrai sûrement quand je passerai à la boutique.

— Je l'espère, répondit Nick avec trop d'empressement.

À l'intérieur, les voix des chœurs retentirent, assourdies par la série de portes qui séparaient les deux garçons des autres amis du défunt.

— Il vaut mieux que je parte, déclara Clay.

Il descendit les marches d'un pas bondissant, serrant les poings dans les poches de son blazer. Nick regarda les muscles de ses cuisses se tendre à chacune de ses enjambées.

— Je voulais juste vérifier pour les fleurs.

Nick salua de la main celui qui le plantait là. Lorsque Clay atteignit la rue, il se retourna et accueillit ce geste en souriant de plus belle. Pendant qu'il traversait la chaussée puis pénétrait dans le parc, un sentiment de solitude submergea Nick, si soudain et si déconcertant qu'il ferma les yeux le temps que la vague soit passée. Longtemps après avoir perdu Clay de vue au profit de la circulation de 14th Street, il resta assis sur le muret en pierre, entretenant le feu qui brûlait dans sa poitrine.

Pour Nick, Clay avait existé comme rumeur avant de devenir une personne réelle. Quand il se décida à regagner sa place, il lui revint que ce jeune homme qui se chargerait de répandre les cendres de Freddy van der Haar pourrait bien être aussi son assassin.

3

Ari prédisait une mauvaise année pour l'orfèvrerie.

À vrai dire, il n'y en avait plus eu d'exceptionnelle depuis des décennies. Les salles des ventes qui, chaque jour, écoulaient les pièces anciennes, la spécialité des Halfon, n'attiraient plus personne. Les experts avançaient plusieurs raisons à cet essoufflement du marché : la perte du statut d'institution de la salle à manger; le goût pour les ustensiles à bas prix et jetables au détriment de ceux qu'il fallait astiquer avant qu'ils ne deviennent aussi noirs que la suie; l'engouement pour l'art contemporain devenu le nouvel étendard de l'élite mondiale. Nick avait échafaudé sa propre théorie depuis un an qu'il travaillait comme assistant sous-payé sur-choyé aux Antiquités Wickston. Il pensait que la sémantique avait une part de responsabilité dans cette affaire. Il existait une terminologie médiévale spécifique à ces objets rutilants qui emplissaient les étagères de la réserve climatisée au sous-sol du magasin. Qui pouvait dire ce qu'étaient un surtout, une tasse de dégustation, une filtrante, un drageoir ? C'étaient un plateau d'apparat, un tastevin, une tasse et une coupe, juste ciel! Pour Nick, le problème ne venait pas du fait que les gens se désintéressaient de ces objets rutilants, mais que l'évolution de la société en avait daté le vocabulaire. Les clients bâillaient à s'en décrocher la mâchoire à l'idée même de les toucher; ils s'attendaient à recevoir un cours d'histoire rébarbatif. Toutefois, Nick gardait un calepin dans la poche de sa chemise pour y consigner le vocabulaire correct (par exemple, la différence entre le *repoussé* et rechercher un effet ornemental). En ces après-midi solitaires qu'il passait assis à l'accueil derrière la vitrine de la boutique de Park Avenue, il avait la tête pleine de métaux, surchargée de descriptions de belles pièces d'antiquité qui, jusqu'à présent, n'avaient pas réussi à le faire évoluer du statut de simple assistant à celui de fin connaisseur.

Lorsque, seize mois plus tôt, il avait commencé à sortir avec Ari, Nick travaillait comme serveur dans un restaurant de grillades branché du West Village. Il partageait un appartement à Greenpoint, au nord de Brooklyn, avec trois colocataires qui ne disposait que de deux chambres – problème arithmétique de cohabitation qui encourageait à sortir le plus tard possible et/ou à sauter à pieds joints dans une relation amoureuse sérieuse. Pourtant, depuis qu'Ari était entré dans la vie de Nick – le soir où, attablé dans la partie de la salle dévolue à son service, il avait, après son deuxième plat, pris son courage à deux mains pour lui demander s'il voulait bien lui laisser ses coordonnées –, il paraissait être bien plus qu'une histoire sans lendemain. Il était beau, intelligent et poilu à souhait, ce qui, du haut des vingt-trois ans de Nick, passait pour le summum de la maturité. Et, surtout, Ari semblait être aussi stable et solide que l'immeuble de Central Park West dans lequel il avait grandi. Quatre mois après le début de leur idylle, Ari, dont l'assistant de longue date partait en Écosse pour continuer ses études, demanda à Nick s'il avait envie d'occuper ce poste.

— J'en ai un peu marre que tu sentes la viande et les frites, lui avait-il dit en guise de plaisanterie.

Nick vit là l'opportunité de se délivrer du purgatoire de sa jeunesse désœuvrée. Il deviendrait, pourquoi pas, lui aussi, un antiquaire spécialisé en argenterie ancienne. Aux premiers stades de l'amour, toutes les transformations semblaient possibles.

Nick se rendit vite compte qu'il pourrait toujours mémoriser autant de termes techniques qu'il voulait, il n'acquerrait jamais le sixième sens qu'Ari avait développé pour se faire une opinion sur les métaux précieux. Son petit ami pouvait fermer les yeux, choisir une pièce au hasard, faire courir ses doigts sur sa surface martelée et, en se fiant uniquement à sa densité et à sa texture, deviner sa date de fabrication, son style et son créateur. Ari avait un don particulier; en un rien de temps, il différenciait le vrai du faux, l'américain de style français de l'américain d'inspiration huguenote, le Boston et le Philadelphie, le 1770 et le 1785. Les fioritures gravées sur le flanc d'un réchaud de table plongeaient Ari dans la spirale d'un mystère esthético-historique qui prenait fin deux jours plus tard avec l'annonce que cette pièce avait été réalisée en 1721 à New York par l'orfèvre Peter Van Dyck comme cadeau de noces d'une certaine Ethel Schuyler avec Abraham Lodell.

— Mariage raté, ouvrage sublime, plaisantait Ari en suçotant un substitut nicotinique tandis qu'il inclinait l'objet pour mieux l'examiner sous l'éclairage étoilé renvoyé par le plafonnier.

Nick s'était gardé d'avouer sa méconnaissance historique qui l'embarrassait : il était incapable d'imaginer New York en 1721, confondait souvent des articles de la Constitution avec ceux de la Déclaration d'indépendance, ne parvenait jamais à retenir quelles embrouilles avaient conduit à la guerre de 1812. Mais Nick se disait qu'il avait tout le temps d'apprendre les tenants et les aboutissants de l'histoire américaine. Ari avait dix-huit ans de plus que lui.

La plus grande leçon que Nick avait apprise d'Ari était qu'il valait mieux que le savoir soit précis, à défaut d'être étendu. C'était un vrai plaisir de l'accompagner dans un musée. La plupart des visiteurs couraient admirer les lions et les tigres, les énormes bols à punch des Expositions universelles ou les épées de cérémonie britanniques. Ari, lui, savait ce que sait tout bon zoologue : les miracles de l'évolution se voient le mieux dans les créations les plus anodines et les plus insolites. Il enseigna à Nick la beauté des détails : l'élégance de la courbure d'une anse, la minutie de l'exécution des festons d'une assiette, les petites éraflures sur les empattements d'initiales gravées. Il était magique de réduire le monde entier à une marque infime tracée sur du métal.

Presque chaque matin, au bout d'une demi-heure consacrée à l'expression de jalousies professionnelles – *quel marchand avait vendu un sucrier néoclassique pour combien ?* –, Ari s'installait à son bureau en acajou au fond de la boutique, chaussait ses lunettes-loupes et scrutait chaque millimètre carré d'une pièce d'antiquité que lui avait confiée un héritier à court d'argent. Nick, lui, s'asseyait à un bureau étroit recouvert d'une plaque de verre et placé à côté de la porte d'entrée. Les clients devaient sonner pour que Nick leur ouvre grâce à la pression qu'il exerçait sur le bouton installé sous le plateau de son bureau. Chez Wickston, c'était lui qui se chargeait de l'accueil, du renouvellement des fournitures de bureau, des communications téléphoniques, de la réception des colis, du respect des consignes de sécurité et des prises de rendez-vous. Cet emploi très diversifié s'incarnait dans le mot *assistant* imprimé sur ses cartes de visite professionnelles. Les rapports de Nick avec les pièces d'antiquité consistaient à les astiquer, debout devant la paillasse du sous-sol, avec une mousse spéciale destinée à restaurer leur patine.

Si, autrefois, Ari avait convoité d'ouvrir une boutique dans les beaux quartiers du nord de Madison Avenue, il se contentait depuis longtemps de son emplacement dans East 63rd Street, à deux pas de Central Park. En face, d'immenses tours de bureaux au verre teinté scintillaient sous le soleil tel du verglas fumé et luisaient, la nuit, comme un vaisseau mère fluorescent et nacré descendu d'une autre planète. La décoration de la boutique s'évertuait à recréer une élégance très vieille Europe. Des guirlandes de plâtre moulé ornaient les murs. Chaque fois que Nick traversait le magasin, il ne pouvait résister à la tentation de s'amuser à poser les pieds dans les chevrons du parquet en chêne – en dedans quand il se dirigeait vers le fond, en canard vers la porte. Sur la vitrine, on pouvait lire en lettrage vermeil : *Objets anciens* et *Antiquités Wickston, maison fondée en 1908.*

Cette enseigne omettait de mentionner que ses propriétaires actuels ne portaient le nom de Wickston que depuis 1969. Les grands-parents d'Ari avaient fui le Maroc à la fin des années 60, opposants au régime puis rescapés de l'exode juif d'Afrique du Nord à majorité musulmane. En arrivant à Manhattan, le couple avait acheté dans Wall Street un magasin d'antiquités qui battait de l'aile, L'Idyllique Wickston. Ils avaient supprimé L'Idyllique de la raison sociale, mais conservé le Wickston ; en immigrés avisés s'efforçant de se faire une place à New York, ils étaient parvenus à s'approcher, sans toutefois l'intégrer, du centre névralgique des privilégiés de cette ville de tous les privilèges. Les parents d'Ari s'étaient donné ce but et l'avaient atteint en sachant durer. Ils concentrèrent leurs activités sur l'argenterie américaine depuis la naissance de la nation, voyant le marché se restreindre et les concurrents mettre la clef sous la porte. Sur la fin, les derniers collectionneurs descendaient Midtown appuyés sur des cannes ou en fauteuil roulant pour vendre, acheter ou faire estimer. Cette image n'avait rien d'une exagération, car l'âge moyen de la clientèle avoisinait les quatre-vingt-dix ans. Ari, pour plaisanter, disait qu'un de leurs clients « encore vert », de soixante-dix ans à peine, parvenait à entrer dans le magasin sans avoir besoin d'aide.

Le commerce de l'orfèvrerie était près de rendre son dernier soupir – « sous perf », aimait à dire Ari. Parfois, assis seul à l'accueil du magasin, Nick se demandait s'il n'était pas en train de se former dans un domaine qui disparaîtrait avant qu'il le maîtrise. Pire, il imaginait parfois l'issue contraire : un avenir où il se retrouverait obligé de tenir la boutique bien après la mort d'Ari, un Brink préservant le patrimoine des Halfon sous le nom de Wickston.

Les parents d'Ari, Haim et Deirdre, mettaient rarement les pieds au magasin depuis qu'ils avaient pris leur retraite, mais incarnaient une présence constante partout ailleurs dans le New York de leur fils. Nick avait toujours échappé au culte familial avant de connaître les Halfon. Il supposait que toutes les familles du monde vivaient comme la sienne – une bande d'inconnus vaguement liés les uns aux autres et bien obligés de vivre sous le même toit jusqu'à ce que certains obtiennent légalement le droit de s'en échapper. Les Halfon, eux, s'éclataient à passer du temps ensemble. Ils se parlaient en français et ne revenaient à l'anglais que de mauvaise grâce, comme pour répondre aux besoins particuliers de Nick. En règle générale, les parents de ses petits amis rendaient Nick excessivement nerveux car il ne savait jamais sur quel pied danser avec eux. Tel n'était pas le cas avec les Halfon, ces forcenés des embrassades. Dès leur première rencontre, ils engloutirent Nick dans leurs bras fluets recouverts de cachemire. Il n'y eut jamais le moindre mouvement de recul chez Haim et Deirdre vis-à-vis de l'homosexualité de leur fils, pas de prise de position excessivement tolérante pour masquer leur déception quant à leur descendance, pas de trémolos dans la voix en disant des choses comme : « Enfin, du moment que tu es sûr que c'est ce que tu souhaites... » Ari raconta à Nick qu'il était sorti du placard dans les années 90 alors qu'il commençait ses études à l'université Brown. Sa mère avait réagi en s'écriant : « Ce n'est pas trop tôt ! Nous sommes très heureux que tu t'assumes ! », comme si ses parents attendaient impatiemment de recevoir la bonne nouvelle depuis Providence. Toute marque d'affection échangée entre Nick et Ari à la vue de tous – un baiser sur la joue, une petite tape sur les fesses – activait des récepteurs de plaisir chez les Halfon. Leur fils était heureux !

Nick aimait beaucoup les Halfon, surtout Deirdre et ses jolis grains de beauté sous les yeux. Mais le fait qu'ils acceptent leur fils sans réserve et sans poser de questions eut une conséquence inattendue : celle de donner à Nick le sentiment d'être un lâche car il cachait la vérité à ses parents. S'il avait parlé, qui sait si les Brink aussi n'auraient pas fait souffler sur lui un ouragan d'amour. Peut-être leur inaptitude au bonheur, qui s'était mélangée à la poussière dans leur maison de la banlieue de Dayton, était-elle due à son incapacité à jouer cartes sur table et que ce non-dit avait pesé sur eux tous tel un anticyclone tandis qu'ils étaient attablés autour du dîner et orientaient la conversation loin de tout sujet susceptible de les toucher au cœur. Qui sait si ce n'était pas lui qui avait créé toute cette grisaille qu'il trouvait si oppressante dans l'Ohio. Nick savait qu'il manquait de courage, du moins là où il lui en aurait fallu – pour le moment.

— Tu devrais épouser mon fils ! n'avait pu se retenir de dire Deirdre à Nick alors qu'Ari et lui se trouvaient chez les Halfon lors du précédent Thanksgiving.

Cela se passait après le dîner, et elle avait siroté un peu trop de cognac que Nick avait eu la mauvaise idée d'acheter et que personne d'autre qu'elle n'avait osé boire. Elle s'appuyait contre la cuisinière, et l'éclairage jaunâtre de la hotte dessinait un clair-obscur sur son visage. Sur le moment, Nick avait eu le sentiment de se trouver dans une cuisine américaine lambda, avec un réfrigérateur qui vrombissait et le silence irréprochable des appareils ménagers – sauf que cette cuisine-là donnait sur une rue jonchée de ballons de baudruche dégonflés où quelque trois millions de spectateurs s'étaient réunis ce matin-là pour assister au défilé et, derrière cette avenue en liesse, s'étendaient les pelouses gelées de Central Park.

— Tu devrais l'épouser, avait repris Deirdre. Vous êtes faits l'un pour l'autre, c'est évident. Tout le monde t'adore dans la famille. Votre différence d'âge, quelle importance ? Ari doit être trop timide pour te le demander, alors fais le premier pas !

Ari était entré dans la pièce à ce moment-là, et Deirdre avait fait semblant de nettoyer la cuisinière avec la finesse de jeu d'une comédienne de troupe de théâtre amateur. Son fils avait haussé les sourcils, l'air soupçonneux, et tous trois avaient éclaté de rire.

Un mois avant qu'il commence à travailler au magasin, Nick s'était installé dans l'appartement d'Ari. La raison officielle de cette cohabitation précipitée était les souris. L'appartement de Greenpoint où vivait Nick en était infesté, ce qui n'était pas dû au laisser-aller inhérent à quatre gays d'une vingtaine d'années dormant dans les lieux. L'Arménienne sans âge qui habitait en face de chez eux passait le plus clair de son temps à nettoyer son appartement, et se plaignait que, dès qu'elle mettait le pied dans sa cuisine, *pfffft* elle entendait s'enfuir des bestioles. Nick avait hérité du Middlewest la saine phobie de la vermine inhérente aux quartiers défavorisés ; Ari lui assura qu'il n'en voyait jamais dans son appartement de Riverside Drive, lequel disposait de deux chambres, ce qui suffit à convaincre Nick d'y emménager. Mais la véritable raison en était que, depuis trois mois qu'ils sortaient ensemble, le monde leur paraissait bien moins intéressant lorsqu'ils étaient séparés.

De plus, l'appartement d'Ari était garanti non seulement sans rongeurs mais aussi sans loyer. Nick s'avançait sur les longues lattes en merisier du parquet comme si c'étaient des plongeoirs olympiques. À sa surprise, aucune pièce d'argenterie n'encombrait les étagères. En revanche, Ari avait récupéré les tapis marocains et les batiks de sa grand-mère, et brisait les murs des six autres pièces d'un blanc minimaliste par des toiles offertes par des amis peintres ; elles n'y étaient pas accrochées, mais calées sur le sol, donnant l'impression de n'être que de passage, un peu comme des usagers du métro. L'appartement se trouvait au cinquième étage d'un épais bloc en marbre à l'angle de 104th Street, et les fenêtres donnaient sur les arbres du Riverside Park. Au fil de l'année, la chute des feuilles permettait de voir luire l'Hudson River d'un bleu ardoise et, pendant les mois les plus rigoureux de l'hiver, ils jouissaient d'un superbe panorama depuis leur chambre. Puis venait le printemps rabat-joie qui, à nouveau, dissimulait le tout.

Leur voisine du dessus portait des talons aiguilles haute couture qui claquaient au plafond comme autant de coups de tonnerre, mais les autres habitants de cet immeuble à loyer modéré qui y vivaient depuis des dizaines d'années étaient, pour la plupart, des musiciens d'orchestre : violonistes, violoncellistes, pianistes classiques, un saxophoniste aux sons grinçants, en bas, au premier étage. Le matin, leurs répétitions individuelles se rassemblaient pour créer une symphonie audible par les conduits d'aération. Le plus grand regret d'Ari était de ne pas savoir jouer d'un instrument de musique mais, à la moindre occasion, il passait du Franz Schubert sur la platine. C'était du Schubert non stop chez les Halfon-Brink. Sonate de Schubert en si bémol majeur ; trio en mi bémol majeur de Schubert ; lourde mélancolie strophique du lied *An den Mond*[1] de Schubert, sur un poème de Goethe. Nick se disait que cette fixette sur ce compositeur devait faire partie de son éducation, comme ces livres sur la céramique *redware*[2] de la Nouvelle-Angleterre qu'il lui offrait dans l'espoir qu'il les lise, ou les cours de cuisine traditionnelle basque dans lesquels il l'avait inscrit. Devant ses connaissances, Ari taxait Nick de « très américain », expression chargée de l'implicite que Nick devait redoubler d'efforts pour être un peu « d'ailleurs ». Nick avait déjà appris qu'il fallait interpréter les cadeaux offerts par les petits amis plus âgés que soi comme des messages codés – *Je t'ai pris ce pull vert parce que je trouve que le vert te va à ravir, tu n'es pas d'accord ?* Mais Ari n'en faisait jamais trop sur ce plan ; si jamais un de ses cadeaux semblait déplaire, il bredouillait : « Je suis tombé à côté ? Surtout, ne te crois pas obligé de… » Mais Nick se forçait, d'autant que lui aussi aimait la version de lui-même qu'Ari semblait désirer obtenir. Le Nick qui pourrait fredonner du Schubert tout en remuant une piperade épicée dans un plat en faïence paraissait être le bon. Cet homme-là épouserait Ari.

Même si, parfois, Ari reprochait à Nick de flirter, la fidélité entre eux allait de soi. Ils s'étaient débarrassés de la gêne touchant à la sexualité dès leur deuxième rendez-vous et de celle de se dire « Je t'aime » lors de leur dixième. Lorsque Nick était venu vivre chez Ari, il ne restait plus que de rares secrets entre eux, pas d'anciens amants envoyant, le soir venu, des textos narrant des souvenirs compromettants. Nick trouvait que faire l'amour avec Ari était moyennement érotique ; ils se pénétraient rarement, ce qui n'avait guère

1. « À la lune. »
2. Céramique en argile rouge.

d'importance pour Nick car, jusqu'alors, d'après son expérience, cet acte s'était toujours révélé maladroit et douloureux. Nick préférait embrasser Ari et lui lécher le cou en le masturbant. Ils faisaient sensiblement la même taille, Ari étant un peu plus épais, ce que Nick trouvait excitant pendant que son coude allait et venait contre la hanche d'Ari jusqu'à le faire jouir. Il aimait regarder les soubresauts du plaisir s'allumer puis s'éteindre sur le visage de son ami.

La nuit tombait de bonne heure en hiver, et on le ressentait d'autant plus lorsqu'on était habitué à ce que des tonnes de lumière se déversent dans tout l'appartement, cinq étages au-dessus du sol. Le soir, ils sortaient rarement. Ari mettait du Schubert, puis s'étendait sur le canapé du salon pour se plonger dans la lecture du tout dernier ouvrage, roman ou biographie, dont on parlait. Il lisait chaque soir, dévorant un chapitre après l'autre, en suçotant sa pastille nicotinique d'après dîner. Nick voyait ses yeux marron sillonner les pages. Il en vint à se demander combien de kilomètres de texte Ari avait ingurgités dans sa vie. Combien de tours du monde avait-il faits ? Jusqu'où avait-il voyagé au-delà de la lune ? Ce soir-là, Nick, du rebord de fenêtre où il était assis, regardait tourner le disque de Schubert. Cela faisait des mois qu'il n'avait pas vu d'amis de son âge, qu'il n'était pas allé en boîte, ni ne s'était écroulé, ivre mort. Avant Ari, il sortait presque tous les soirs et c'était chaque fois l'occasion pour lui d'établir un record de la plus grande éclate du monde qu'on pouvait vivre à New York. Avant, il lui arrivait de souffrir de gueules de bois du matin au soir, mais il ne se rappelait plus comment il faisait dans la journée pour reléguer à l'oubli ces migraines tuantes. Leo, depuis longtemps, ne lui demandait plus où il comptait se rendre dans la soirée. La dernière fois que Nick avait bu un verre avec lui dans un bar de Chelsea, son ami l'avait accueilli en le taquinant : « Nick, super que tu viennes faire un tour chez nous ! Qu'est-ce qui t'amène en ville ? »

— Pourquoi veux-tu ouvrir la fenêtre ? lança Ari depuis le canapé. Il fait un froid de gueux.

Il croisa les pieds et agita son gros orteil, dressé en point d'exclamation.

— On étouffe ici.

D'un coup sec, Nick fit coulisser la fenêtre. Il tendit les mains dehors et sentit le vent fouetter la surface de l'eau dans Central Park, foncer avec les voitures sur la West Side Highway, le monde extérieur impatient de se distraire en ville.

Le dimanche, fidèle à la tradition protestante, Ari fermait la boutique. Le lundi matin, Nick faisait les courses. Ou plutôt le coursier pour Ari, ce que, au début de leur relation, il trouvait plutôt agréable – il se sentait très mature à devoir aller chercher une paire de chaussures chez le cordonnier, ou du flétan sous vide chez le poissonnier d'Amsterdam Avenue. C'était exotique pour lui au sens où, à l'étranger, une épicerie devient exotique – du moins, les dix premières fois où l'on y va. Au bout d'un an, ces corvées avaient perdu de leur charme. Le lundi suivant la messe anniversaire de Freddy van der Haar, le teinturier ne trouvait plus l'un des costumes préférés d'Ari. Il dut faire tourbillonner toute la garde-robe de l'Upper West Side une bonne demi-heure avant de repérer le modèle écossais mal rangé. Nick prit le bus et se présenta chez Wickston.

Ari, assis au fond du magasin, tapait à son ordinateur, ses lunettes de lecture à monture dorée perchées sur son nez. Il préparait un monceau de factures. Une grande partie du chiffre d'affaires servait à couvrir les frais de fonctionnement, et la loi imposait que des certificats d'authenticité soient établis et remis aux acquéreurs. Nick alluma son ordinateur, bien décidé à concocter un ingénieux rédactionnel pour le tout nouveau compte Instagram de Wickston ; c'était Ari qui avait eu cette idée dans le but d'attirer un public plus jeune vers les antiquités. Avec Nick à la manœuvre, ils avaient ratissé quatre cent six *followers* – foule grouillante aux yeux d'Ari, ville fantôme à ceux de Nick. Souvent, ils restaient assis pendant des heures chacun dans un coin du magasin sans échanger une parole. Il n'y avait que là qu'Ari n'écoutait pas du Schubert. C'était toujours aussi silencieux que sur la lune, et les quelques mètres qui les séparaient équivalaient à un vide intersidéral.

Ari repoussa son fauteuil, tambourinant sur son bureau avec le capuchon de son stylo-plume.

— Nous avons eu de la visite, annonça-t-il.

Il attendit d'avoir tapoté encore une huitaine de fois, avant de poursuivre :

— Le gigolo dont je te parlais, celui qui a mis la main sur l'héritage van der Haar.

Les doigts de Nick se crispèrent au-dessus du clavier le temps qu'il parvienne à leur imposer un semblant de rythme sur les touches. Le fait que Clay Guillory se soit présenté à la boutique soulevait chez lui des courants contraires entre surexcitation et paranoïa. Nick s'en voulut de ne pas être arrivé plus tôt et d'avoir raté le jeune homme.

Il regarda Ari qu'il scruta dans l'espoir de discerner sur son visage si Clay avait parlé de lui. Nick ne lui avait pas raconté leur discussion lors de la messe anniversaire. Du coup, il redoutait que Clay y ait fait allusion et qu'Ari interprète mal cet oubli, le prenne pour une dissimulation intentionnelle – ce qui, pour être tout à fait honnête, était le cas. Nick cessa de faire semblant de taper et parvint à dire de l'air le plus indifférent du monde :

— L'assassin ?

— Pardon ? demanda Ari en ôtant ses lunettes.

— Tu laissais entendre qu'il aurait tué Freddy pour son argent. Tu parles bien de ce type ? De l'assassin ?

— Ce n'est pas tout à fait ce que j'ai dit. C'est toi qui le dis. Mais oui, ce gars-là.

Ari ouvrit un tiroir de son bureau et parut chercher quelque chose qui y aurait été rangé par erreur. Guettant sa réaction, Nick en conclut que Clay n'avait pas évoqué leur rencontre, ce qui le rassurait et le décevait à la fois. Et s'il ne lui avait fait aucune impression ? Ce garçon l'avait-il oublié dès qu'il avait tourné les talons ?

— Il est venu pour vendre l'orfèvrerie de Freddy ?

Ari acquiesça avec un fin sourire.

— Je m'attendais à ce qu'il s'adresse à moi. Il m'a contacté ce matin en me disant qu'il se trouvait dans le quartier. Un quart d'heure plus tard, il poussait la porte de la boutique avec une boîte en carton contenant cinq pièces de la collection van der Haar. Il passait par là par le plus grand des hasards !

Ari leva les yeux au ciel.

— Il est pressé de vendre, reprit-il. À mon avis, si nous n'avions pas été ouverts, il allait tout droit chez Christie's.

Nick interrogea du regard Ari qui répondit :

— Bien sûr, je lui ai dit que je les estimerai. Ton assassin repassera jeudi reprendre sa boîte.

Jeudi. Nick resterait scotché à son bureau toute la journée. Quel mal y avait-il à avoir eu un coup au cœur ? Il pouvait se laisser aller à développer cette histoire unilatérale dans son imaginaire maintenant qu'il savait qu'une seconde rencontre entre eux se produirait. Il cliqua sur le calendrier de son ordinateur avec l'air concentré de celui qui s'investit à fond dans son travail, puis ouvrit le jeudi suivant. Ari devait déjeuner avec un très grand collectionneur de Boston.

— Tu ne veux pas savoir ce que j'en pense ? demanda Ari.

Il ramassa par terre une boîte en carton frappée d'une marque de sous-vêtements d'incontinence, puis la posa sur son bureau. Soit Clay Guillory avait encore beaucoup à apprendre sur le plan de la présentation, soit il usait d'un savoir-faire ingénieux pour éviter de se faire voler quand il transportait une petite fortune.

— J'aimerais bien prendre des notes quand tu expertiseras ces pièces, dit Nick, sincère.

— Oh, c'est déjà fait. Que veux-tu, nous parlons des van der Haar. Je n'allais pas les laisser prendre la poussière dans un coin.

Ari ouvrit la boîte, révélant cinq objets enveloppés dans du papier de soie bleu lavande, ce qui signifiait qu'il les avait d'ores et déjà réemballés pour les rendre à leur propriétaire. Nick comprit que c'était mauvais signe. Ari pouvait passer des semaines à deviser sur les caractéristiques enchanteresses d'un seul et unique ustensile. Ce fut alors que Nick prit conscience qu'Ari, depuis le début de leur conversation, ne montrait guère d'enthousiasme pour ce lot : la vente future de cinq pièces authentiques de la collection van der Haar aurait dû le faire sauter de joie. Une telle trouvaille devait valoir des millions de dollars.

— Pas intéressant ? s'enquit Nick.

— Pire que ça. Je me doutais que ce gamin finirait par passer me voir, alors j'ai fait quelques recherches sur les van der Haar. Il est impossible de trouver des informations dans le registre notarial de la famille. L'inventaire van der Haar de 1758 compte plus de quinze mille pièces d'orfèvrerie. Ils possédaient tout en deux ou trois exemplaires, et je ne te parle que de ce qui figure dans ces pages.

La première ligne de défense d'un antiquaire allait toujours se nicher dans les tonnes de documents historiques – les testaments et leurs codicilles, les inventaires posthumes et les comptabilités privées – grâce auxquels on suivait l'argenterie à la trace tout au long des siècles depuis son achat originel. Par malheur, Freddy n'était pas le premier van der Haar dont les affaires personnelles étaient le jouet du chaos. Ari expliqua que l'on pouvait, pour plusieurs pièces d'orfèvrerie appartenant à la famille et se trouvant actuellement dans des musées tout à fait respectables, remonter jusqu'à leur première acquisition. Mais, pour tout autant d'entre elles, c'était chose impossible. Une famille multi-multi-multigénérationnelle comme la leur équivalait à un champ de décombres de cadeaux et d'achats impulsifs, une théière en argent donnée en sous-main à un neveu afin d'éviter de devoir payer des droits de succession, un éteignoir à bougies en bronze chipé à une sœur par une autre sœur. Même Ari, pourtant féru des provenances, baissait les bras devant tant de paperasserie.

C'était en pareil moment qu'il fallait s'en remettre au regard de l'expert. *Tel objet était-il véritablement celui qu'on pensait ?* La première fois que Nick entendit Ari comparer le milieu de l'orfèvrerie coloniale au Far West, il avait songé : *Heu… je doute que ce soit aussi sauvage que ça.* Sauf qu'Ari disait vrai. À la différence de l'Angleterre qui, depuis longtemps, avait organisé une guilde gouvernementale et décrété que cinq poinçons officiels devaient être gravés sur chaque pièce d'argent fin, les États-Unis n'avaient jamais établi de norme ni mis en place une réglementation permettant de suivre leur orfèvrerie à la trace. C'était pour cette raison qu'il était extrêmement facile de faire exécuter des copies d'objets de l'Amérique coloniale. La seule preuve irréfutable d'une fabrication américaine restait le poinçon de son fabricant ; parfois, même cet identifiant était absent.

L'équivalent contemporain de ces cinq poinçons anglais dont les États-Unis disposaient de nos jours se trouvait dans le premier tiroir de gauche du bureau de Nick : du papier à en-tête blanc colombe 32 grammes dont Nick glissait les feuilles dans l'imprimante afin qu'elle recrache un certificat d'authenticité. Il n'y manquait plus que le lasso de la signature illisible qu'Ari y traçait à l'encre bleue. Il était l'un des rares experts indépendants de la côte Est capable de sacrer un objet comme étant authentique ou le rejeter dans le flou d'un passé et d'un avenir incertains. (« Oh, ça vaudra toujours le prix au poids de son métal précieux, disait-il souvent pour consoler un collectionneur dupé. Mais il ne s'agit pas d'une authentique antiquité. ») Ari se vantait d'avoir reconnu des faux exposés dans les musées les plus réputés du pays. Mais tout dépendait à quel avis de spécialiste on se fiait : le sien ou celui du conservateur. Ainsi que l'estimait Ari, autant que ces faux soient définitivement mis en quarantaine dans un musée plutôt que de circuler sur le marché des dupes.

Ari sortit l'une des pièces van der Haar de son papier de soie.

— Quelle plaie, pesta-t-il. Nous savions tous que, depuis une dizaine d'années, Freddy vendait des pièces de ses collections familiales. Il en écoulait une à quelques mois d'intervalle, et un milliardaire enthousiaste la raflait avant qu'elle atterrisse en salle des ventes. C'était Hawkes qui les authentifiait.

Jusqu'à sa cessation d'activités deux ans plus tôt, Dulles Hawkes avait été le dernier grand concurrent de Wickston dans Manhattan. C'était un gros sexagénaire anglais à l'accent british très geignard, cocaïnomane notoire, qui, plutôt que de cacher son addiction, l'avait incorporée à son personnage public au point que l'on considérait ses suées, ses tics et ses déglutitions incessantes comme les marques de son excentricité. Nick l'avait toujours trouvé déprimant, associé à ces êtres qui finissaient par ternir l'éclat de New York, et n'appréciait pas la manière dont Dulles le matait ouvertement sans même lui adresser un mot quand ils se retrouvaient seuls dans la même pièce. Ari répondait de sa droiture : « Oh, Dulles est un type bien, et il t'a toujours apprécié, Nick. » À l'occasion, Ari le consultait encore pour avoir un second avis.

— Les objets vendus précédemment par Freddy étaient-ils authentiques ? s'enquit Nick en rejoignant Ari à son bureau.

— J'ai toujours été un peu méfiant, mais disons que je leur accordais le bénéfice du doute. À ceux-là, non. Ça ne risque pas.

Un gros pot à bière émergea du papier de soie, et Ari le posa devant lui. Sa couleur était correcte, un gris mat, éteint, très cuivré, le contraire du papier aluminium. Sa patine aussi était de bonne facture, marquée de bosselures et d'éraflures comme des traces de cicatrices d'acné autour de sa base. Aux yeux inexercés de Nick, il paraissait authentique.

Ari souleva le couvercle et désigna le poinçon du fabricant : *SS*.

— Ça, c'est mauvais signe. C'est gravé là. Pourquoi pas sur le socle ?

Ari souleva l'objet et le tendit à Nick.

— Il est plus léger que je l'aurais cru, dit ce dernier.

— Tout juste ! Le couvercle et l'anse sont plus lourds que le corps. S'il s'agissait réellement d'un Simeon Soumaine, comme l'atteste le poinçon, où est le décor dans la partie inférieure ? Pourquoi seuls l'anse et le couvercle sont-ils travaillés ? Non, ça n'a pas le cachet d'un Soumaine. Il était huguenot, mais il a subi les influences du style flamand en vogue à New York dans les années 1720.

Ari secoua la tête pour marquer son rejet sans appel.

— Donc, c'est un faux ?

— Évidemment. À mon avis, seuls le couvercle et l'anse seraient, et encore, je dis bien *et encore*, authentiques. Les soudures sont bâclées. Selon moi, on aura adapté un couvercle et une anse d'époque sur un pichet ancien tout ce qu'il y a de plus ordinaire. Il porte les bons poinçons, il est vendable sur photo. Mais pour qui le tient en main et connaît le travail de Soumaine…

Ari empoigna le pichet et l'emmaillota à nouveau dans le papier de soie.

— Même scénario pour la saucière, le tastevin, le plat à gâteau et le bol à punch apportés par ton assassin, poursuivit-il. Il y a quelque chose qui cloche sur chacun d'eux – dont un qui cherche à se faire passer pour un Myer Myers, rien que ça !

Myers était un orfèvre juif du XVIIIe siècle très cher au cœur d'Ari.

— Tu ne penses quand même pas que mon assassin…

Nick tressaillit. *Ce n'est pas mon assassin*, songea-t-il, *mais l'assassin, l'assassin de Freddy, sauf que ce n'est même pas un assassin, n'est-ce pas ? Clay n'a pas réellement tué le vieil homme. Ou bien oui ?* Nick n'en avait pas la moindre idée. Il reprit :

— Tu ne penses quand même pas que Clay ait fait fabriquer ces faux ?

De combien de crimes, de combien de délits allait-on lui faire porter le chapeau en ce lundi après-midi ?

Ari susurra, l'air dubitatif :

— C'est peut-être lui. Ce pourrait très bien être Freddy. Mais ça a pu aussi avoir été fabriqué il y a un siècle et être entré chez les van der Haar par erreur. Les collections de toutes les familles aisées fourmillent de faux. Les barons-pillards du XIXe siècle étaient encore pires, c'étaient des acheteurs compulsifs attirés par tout ce qui brillait.

Ari tapota la boîte posée sur son bureau. Nick y reconnut sa manière de le prier de la descendre dans la réserve pour la mettre en sécurité. Le moyen le plus rapide pour transformer des faux en pièces authentiques était de les perdre ou de se les faire voler. L'assurance devait alors couvrir la valeur déclarée de l'objet et non sa valeur réelle.

— Mais, remarqua Ari, le pot à bière est la copie la plus évidente des cinq. Les autres sont un peu plus potables. Je ne suis pas certain que ton assassin ait été capable de fabriquer des contrefaçons d'un tel calibre.

— Ce n'est pas *mon* assassin, s'écria Nick. Arrête d'utiliser ce mot !

Il ne supportait pas quand sa voix grimpait ainsi dans les aigus. C'était l'enfant de neuf ans en lui hurlant dans la cour de récréation parce qu'il avait peur d'être frappé par un ballon, l'adolescent de quinze ans prenant ses jambes à son cou, en larmes, pour échapper aux grosses brutes du lycée – ces gars-là avaient écrit P-É-D-É au feutre rouge sur sa chemise et l'avaient relâché dans le monde avec cette étiquette non mensongère. Ce cri du cœur fit brièvement revivre ces mauvais souvenirs de jeunesse de Nick.

Il s'empressa de changer de sujet.

— Qu'est-ce qui empêchera ce Clay de récupérer sa boîte et d'aller tenter sa chance dans une salle des ventes ?

Ari s'enfonça dans son fauteuil et croisa les jambes. Il était très élégant ce jour-là, en chemise à carreaux blanc et noir rehaussée d'une cravate en maille de soie grise maintenue par une épingle en or. Un fragment d'émeraude y était serti si bien que, lorsqu'il changea de position, une minuscule étincelle verte cligna sur sa poitrine. L'adolescent pleurnichard que fut Nick aurait fait des sauts périlleux arrière dans les couloirs de ce lycée si on lui avait dit qu'un jour il pourrait caresser et embrasser ce bel homme chaque fois qu'il en éprouverait le désir. Enfin, presque chaque fois. Ari interdisait tout attouchement pendant les horaires de travail, à savoir, c'était agaçant, quand (et sans doute pourquoi) Nick en avait le plus envie. Il prit le carton sur le bureau et le cala contre lui.

— À mon avis, aucune n'acceptera d'écouler ces objets, c'est te dire, répondit Ari.

Il était convaincu que leurs critères d'authentification étaient extrêmement bas.

— Et, maintenant que Dulles a pris sa retraite, c'est sûrement à moi qu'on demandera si je les ai déjà vus passer.

— Tu diras la vérité ?

Ari lui décocha un regard incrédule.

— Bien entendu. Par professionnalisme et parce que ce sont des faux !

— Donc, ce gars ne pourra les vendre nulle part ?

— Non, pas par les filières habituelles. Pas à New York.

Nick en fut désolé pour Clay Guillory et la boîte de couches pour adultes pleine d'argenterie qu'il tenait entre ses mains. Il imaginait que Clay devait penser avoir décroché la lune – plus d'un million de dollars de ventes possibles –, tout cela pour apprendre que son héritage ne valait rien. Au moins, il avait obtenu le *brownstone* de Freddy. Une maison ne pouvait pas se contrefaire.

Ari leva les yeux sur Nick et lui lança, d'un air entendu :

— Tu n'auras qu'à lui dire que j'examinerai avec plaisir toute autre pièce que Freddy possédait. Chacune a son histoire.

Nick s'esclaffa.

— Que moi je le lui dise ? Comment ça ?

Ari tapota de nouveau sur son bureau avec le capuchon de son stylo-plume.

— Il doit repasser jeudi, à midi. Je serai absent. Je déjeune avec le vieil Ebershire de Boston.

Nick se sentit rougir. Il souleva son genou contre le fond de la boîte pour la maintenir en équilibre.

— Ari, je ne peux pas ! Je ne me vois pas lui dire que son héritage ne vaut rien.

Sa voix menaçait de repartir dans les aigus.

— Ah bon ? Pourquoi ? s'étonna Ari avec un sourire en coin. Je rédige un rapport complet. Tout ce que tu auras à faire, ce sera de le lui remettre. S'il insiste, tu lui préciseras que nous ne sommes pas certains de leur authenticité et pas en mesure de lui trouver un acquéreur. C'est tout. Est-ce vraiment si difficile ?

— Oui, je t'assure. N'est-ce pas plutôt à toi de…

— Tu devrais pouvoir t'en sortir, assura Ari en tapotant la cuisse de Nick. Je te crois tout à fait capable de lui tendre une enveloppe.

Personne, pas même un enfant, n'aime qu'on l'infantilise. Nick vit passer sur le visage d'Ari une expression qu'il ne lui connaissait pas et n'était pas sûr de lui avoir déjà vue. Elle tenait à la forme de ses yeux et la crispation involontaire de sa mâchoire. Nick crut y percevoir de la jalousie. Peut-être Clay lui avait-il raconté qu'ils s'étaient déjà parlé. Qui sait s'il n'avait pas complimenté Ari sur son petit ami en lui disant qu'il l'avait trouvé très sympathique. Nick se demanda soudain si Ari, depuis le début de leur conversation, n'attendait pas de lui qu'il admette avoir déjà rencontré Clay. Il était désormais trop tard pour le faire sans monter cet incident en épingle.

— Bon, comme tu voudras, lança Nick d'un ton léger. J'annoncerai la nouvelle à l'assassin.

Sur ce, il descendit la boîte au sous-sol.

4

Venise ruisselait. Campo San Barnaba, la pluie tombait goutte à goutte des auvents blancs défraîchis, des tourniquets de cartes postales qui donnaient l'impression de monter la garde au coin de la *tabaccheria* et du nez des statues qui observaient ce qui se passait depuis les ombres d'une église. L'ondée n'avait pas duré, déjà le soleil vernissait les pavés d'un blanc aveuglant.

Clay aurait préféré qu'il fasse beau, que Nick voie Venise frémir de mille possibilités dans la chaleur de l'Adriatique. Cela étant, un après-midi frais avait des avantages. Il évitait qu'une masse de touristes supplémentaire rende les venelles impraticables. Dans l'étau des journées chaudes et sèches, les badauds embouteillaient les rues comme de la glu humaine, voguaient sur des bateaux de croisière qui se frayaient un passage dans le bassin de Saint-Marc et dont les sirènes résonnaient plus fort que les clochers des églises. L'invasion s'intensifiait toujours à la hausse de la température. Du moins, telle était l'expérience de Clay depuis qu'il était tombé amoureux de cette ville quatre ans plus tôt.

Il tira la lourde valise de Nick sur les pavés inégaux, le cliquetis des roulettes rappelant le bruit d'un container à ordures traîné vers le bord d'un trottoir. Ces bagages étaient devenus la bande-son non officielle de Venise, une ville qui, pendant des millénaires, avait pu s'enorgueillir de l'absence totale de roues. Clay la souleva pour supprimer ce vacarme, mais il ne put la porter que sur quelques mètres avant que ses muscles ne déclarent forfait.

— Mais qu'as-tu mis là-dedans, Nicky ?

— Tout.

— Jusqu'à tes casseroles, tes cou…

Clay s'interrompit. Il préférait éviter de faire allusion à des ustensiles de cuisine et autres récipients par crainte de rappeler à Nick sa relation passée avec Ari et l'existence qu'il avait menée à New York. Par chance, Nick semblait ailleurs. Ses yeux voletaient d'un endroit à l'autre, tels deux oiseaux venant d'être libérés de leur cage, planant sur les merveilles du quartier de Dorsoduro. Comme ils arrivaient à hauteur d'une barque au bois écaillé, amarrée au bord du canal, où l'on vendait des légumes, Nick s'arrêta dans son élan, bouche bée. Clay trouva que son air éberlué un brin démodé ajoutait à son charme. De nos jours, la plupart des gens se contentaient de sortir leur téléphone portable pour prendre une photo. C'était justement ce que trois Américains, qui se trouvaient juste derrière Nick, faisaient, laissant leur petit appareil assimiler le monde à leur place. Nick, lui, secoua la tête et bégaya :

— Mon Dieu ! Des tomates fraîches vendues sur un bateau ! C'est comme, c'est comme…

Sa comparaison s'arrêta là.

C'était un peu la défonce du pauvre, d'observer un nouveau venu réagir à mesure qu'il découvrait une ville.

— Viens, il y a tant d'autres choses à voir, lui promit Clay.

Il savait qu'encourager Nick à aimer Venise reviendrait à tout faire pour être aimé de lui. C'était comme inviter son petit ami dans sa ville natale – mais, comme ils s'étaient rencontrés à New York où Clay était né, Venise était le seul substitut possible. Nick laissait errer son regard d'un balcon à l'autre et dans chaque ruelle, alors que Clay ne le quittait pas des yeux. Il n'en revenait pas de le voir devant lui. Nick avait tenu parole, largué Ari et voilà qu'il se trouvait là, ruisselant de pluie et vêtu d'un costume dépareillé digne des gains d'un champion de poker daltonien. Dès le premier jour, Clay avait sous-estimé Nick. Lorsqu'ils s'étaient rencontrés lors de la messe anniversaire de Freddy, Clay avait pris Nick pour un de ces petits Blancs mignons du Midwest qui n'avaient rien de particulier et sortaient avec les copies adultes des athlètes ou des camés ayant fait les beaux jours de leurs fantasmes lycéens. Clay était à peu près certain que, quel que soit le profil des étudiants que Nick côtoyait à Dayton, les garçons comme lui ne devaient pas être nombreux. Lorsque Nick lui avait dit qu'il sortait avec Ari Halfon, les a priori de

Clay furent à peine battus en brèche. Il voyait toujours un manque d'imagination dans le fait que deux garçons attirants se mettent en couple. Il ne s'agissait pas de reprocher à quelqu'un d'être beau, mais il n'en demeurait pas moins qu'on sentait une étroitesse d'esprit narcissique derrière le besoin d'être vu avec un petit ami aussi craquant que soi. C'était comme si on n'avait pas envie de mettre les pieds dans le fouillis fantasque du monde, ce capharnaüm où Clay était si fier de vivre. Pourtant, il se trompait. Nick n'avait pas manqué de le surprendre, et voilà qu'il était venu à Venise, comme promis.

Clay se sentait encore mal à l'aise d'impliquer Nick dans son arnaque. Toutes les fois qu'il avait tenté de le dissuader d'y participer, Nick avait répondu, d'un air crâneur :

— C'était mon idée !

Sa participation au plan n'excéderait pas une fenêtre de dix minutes, mais son rôle était primordial. Pliée dans la poche de poitrine de la chemise de Clay, se trouvait une photographie de leur cible. Clay l'avait arrachée dans une revue mondaine vénitienne pour la donner à Nick afin qu'il mémorise le visage de cet homme – au cas où il aurait négligé de faire une recherche sur Google. Clay s'apprêta à tendre sa main libre vers cette image pliée en deux, mais arrêta son geste. Le moment n'était pas venu d'interrompre le bonheur de Nick. Il lui permettrait de rester le touriste innocent encore un certain temps avant d'aborder le sale boulot de leur coup monté.

Ils traversèrent une nuée de pigeons qui s'envolèrent autour d'eux, et Nick tendit la main vers la valise.

— Laisse-la-moi, dit-il. Je n'ai pas besoin que tu la portes.

— Ne t'en fais pas. Détends-toi après le vol. Je te demanderai de l'aide quand nous traverserons le canal, là-bas.

Clay faisait faire à Nick un petit détour jusqu'à l'appartement qu'il lui destinait. Il existait un itinéraire plus direct au bout de la *fondamenta* qui permettait d'éviter les ponts, mais il était beaucoup moins pittoresque et Clay désirait que Nick apprécie le cadre intime du Campo Santa Margherita. Cette place était le rendez-vous des étudiants qui y fréquentaient les terrasses des cafés. Elle devrait convaincre Nick que Venise n'était pas seulement envahie par les touristes.

Clay s'arrêta au pied d'un étroit pont en pierre. Il souffrait de crampes d'estomac depuis un mois. Et, justement, de petits électrochocs lui brûlaient les intestins en ce moment même, mais il le dissimulait en inspirant à fond comme les haltérophiles. Nick empoigna la valise par l'autre extrémité puis, la portant comme s'il s'agissait d'un brancard, ils traversèrent la passerelle. Pendant qu'ils descendaient à l'autre bout, Clay sentit la puanteur douceâtre montant du canal, bouffée d'odeurs médiévales de pourriture et de saumure. Contrairement à la plupart des gens, il adorait ce rance parfum vénitien ; il lui rappelait les premiers jours qu'il avait passés là, petit Black de la classe moyenne du Bronx soudain couronné prince d'Italie. Des mois, même des années, plus tard, lorsque, rentré à New York, il vivait avec Freddy, il humait par endroits – dans le métro, l'été, lorsqu'il faisait lourd – des relents de ces odeurs familières. Le trajet depuis le *brownstone* de Freddy dans Bed-Stuy[1] jusqu'au Bronx, quartier d'origine de Clay, équivalait à un supplice d'une heure et demie dont l'unique satisfaction était l'odeur putride qui régnait sur les quais. En début de ligne, à Brooklyn, le métro avait la peau noire. Quand il atteignait Manhattan, elle était devenue blanche et le restait jusqu'à 116th Street où descendaient les étudiants de l'université Columbia. Puis le serpent muait de nouveau, du blanc au noir, et poursuivait son parcours dans sa couleur originelle, celle de Clay, jusqu'à son terminus du Bronx. Parfois, il retrouvait cette puanteur à la station Van Cortlandt Park, d'autres jours à celle de 238th Street, alors il s'attardait là et profitait des effluves d'eau croupie et de rats morts qui ressuscitaient les irritations olfactives de ses premiers jours à Venise.

— Ça me picote les yeux, se plaignit Nick en plissant les narines. Finit-on par s'habituer à cette odeur ?

— Jamais.

Clay reprit la valise, et ils passèrent devant plusieurs glaciers dont les stands se succédaient autour de la place.

— Je suis désolé qu'elle soit si lourde, assura Nick. J'aurais préféré que tu me laisses la porter.

1. Bedford-Stuyvesant, quartier de Brooklyn.

Les excuses qui ne coûtent rien étaient un vieux réflexe du Midwest dont Nick avait hérité. Il était, à lui seul, un chœur de « Je suis vraiment désolé » et « Je vous prie de m'excuser ». Pourtant, ce jour-là, Clay ne le chambra pas d'être « désolé ». Le pauvre gars souffrait du décalage horaire et ne s'était toujours pas remis d'avoir, bien malgré lui, volé trois cents euros à cette famille américaine sur le *motoscafo*. (Jamais dans la vie de Clay des inconnus ne lui avaient offert une pareille somme parce qu'ils se faisaient du souci pour lui ; jamais encore on ne l'avait invité à partager un canot à moteur depuis l'aéroport.)

— Ce n'est pas grave, tempéra Clay le plus simplement du monde. Nous serons bientôt arrivés.

Ils avaient atteint l'entrée du *campo*.

La place formait un large rectangle auquel le soleil, encore à son zénith à 1 heure de l'après-midi, donnait la couleur d'un éléphant. Au centre, des châtaigniers malingres bourgeonnaient. Un stand de fruits proposait des sphères picturales de rouges et de jaunes, tandis que, à deux pas, un étal à poissons présentait une expérience scientifique à base de bacs en plastique et de tuyaux en caoutchouc. Autour du périmètre, parasols et chaises métalliques étaient regroupés dans des enclos séparés, la parcelle attribuée à chaque café presque impossible à distinguer de celle qui lui était contiguë. C'était un charmant décor printanier, pourtant Clay n'oublierait jamais la bagarre impressionnante dont il avait été témoin, un soir, tard, devant l'un de ces bars. Ce n'était pas un simple échange de crochets du gauche et du droit tels les combats de rue de sa jeunesse. La violence incontrôlée avait duré une bonne dizaine de minutes, opposant deux gars du coin qui se tabassaient entre les tables et faisaient sauter leurs dents à coups de poing. Ce fut la seule rixe dont il fut témoin depuis huit mois qu'il se trouvait à Venise, mais elle lui avait rappelé que cette ville était un lieu bien plus violent que ne le laissaient augurer ses vues de cartes postales.

— Ça, dit Clay en désignant un auvent jaune, c'est une super pizzeria.

Il déplaça son doigt de quelques devantures sur la droite.

— Et là, c'est le coffee-shop où j'allais chaque jour après le travail. Je passais mes soirées à boire des verres de rouge. C'est tout près de chez Daniela, tu pourras y faire un saut pour prendre un pot et regarder les passants.

— Hmm hmm, réagit Nick, l'air distrait, en se retenant de bâiller.

Clay avait la désagréable sensation d'être un père faisant visiter son ancienne université à son fils qui s'ennuyait. La fatigue avait raison de Nick qui zigzaguait comme un zombie en clignant des yeux.

— Nous ne dormirons même pas ensemble, s'écria-t-il tout à coup. J'aurais préféré qu'on partage le même appart.

— Moi aussi. Seulement ça ne collerait pas avec notre plan. On n'irait pas très loin sur cette base.

— N'empêche que…

Nick renonça à se disputer.

— Il ne s'agit que d'une semaine. Deux, maxi. Puis nous ne nous quitterons plus. Nous irons dans le Sud, à Ravello, ou à l'ouest, à San Remo. Ou nous vivrons cachés dans un hôtel, ici, à Venise, sur la Giudecca.

— J'ai mal aux pieds, geignit Nick d'une voix si basse que ces mots donnèrent l'impression d'être un message codé que son cerveau avait du mal à relayer.

Clay jeta un coup d'œil aux mocassins croco noirs que son ami n'avait pas encore faits et qui, à coup sûr, lui vaudraient des ampoules au terme de sa marche punitive à travers la ville. Il fouilla dans sa poche, trouva une pièce de deux centimes d'euro et la glissa dans la fente à l'arrière de la chaussure droite de Nick.

— Contre le talon, elle porte chance, expliqua Clay. Mais dans une seule chaussure. Dans les deux, elle porte malheur.

Aux dires de Clay, cette pièce ferait toute la différence : fini l'impression de porter des mocassins d'emprunt. Il se redressa et sourit, sûr que sa marque d'affection avait remis Nick de bonne humeur. Or, il faisait la moue, comme s'il considérait que cet ajustement revenait à critiquer sa tenue.

— Merci, dit-il d'une voix éteinte. Au moins, quand je baisserai les yeux, je penserai à toi.

Clay laissa échapper un petit rire contrit.

— Ça nous portera chance à tous les deux.

Il entraîna Nick à travers la place.

— *In bocca al lupo*. C'est ce qu'on dit en italien pour se souhaiter bonne chance. « Dans la gueule du loup. » Ce à quoi on répond : *Crepi !* Ce qui veut dire : « Meurs. »

— Hein ? Qu'est-ce que tu racontes ? Un loup est mort ?

Clay décida de revenir à l'essentiel.

— Tu t'entendras bien avec Daniela, lui assura-t-il. Rends-moi service, invite-la à dîner maintenant que tu es en fonds. Oh, à propos, ne lui dis jamais qu'elle est « trans ». C'est un terme qu'elle n'aime pas. Elle est de la vieille école. C'est une femme. Ni fluide ni trans. Compris ?

Clay attendit de voir la réaction de Nick. La conception de la norme par autrui est toujours une terre inconnue, tout comme les frontières que l'on donne soi-même à cette contrée ne cessent de s'élargir ou rétrécir, exilant d'orgueilleux habitants de longue date et accueillant de nouveaux venus prometteurs qui se seraient vus refoulés à l'entrée l'année précédente. Clay décida de faciliter le travail de Nick.

— Daniela est la meilleure personne qui soit dans Venise, dit-il. La meilleure de toutes.

En vérité, Daniela était la seule amie que Clay avait encore à Venise. Elle avait aussi été la première personne de l'entourage de Freddy dont il avait fait la connaissance. Cela s'était passé à la toute fin de l'automne, alors que Clay, ayant perdu toute perspective d'emploi, s'accrochait encore à la ville comme si sa vie en dépendait. D'une certaine façon, en présentant Clay à Daniela, Freddy avait offert chacun en cadeau à l'autre. Aussitôt, Daniela l'avait traité comme s'il faisait partie de la famille – un membre de plein droit de la bande de libres penseurs bohèmes qui papillonnait autour de Freddy. À la mort de Freddy, elle se révélerait être la seule de ses amis à voir Clay sous ce jour.

Daniela était née sous le prénom d'Henrik, à Francfort, fils de parents banquiers puis, à trente ans, elle s'était installée à Venise, y devenant une expat, et finissant par obtenir le statut de résidente sous le nouveau prénom qu'elle s'était choisi. La seule trace visible de sa traversée des frontières était une fine cicatrice en travers de son cou là où, autrefois, saillait sa pomme d'Adam. Daniela, qui approchait de soixante-dix ans, gagnait sa vie en exportant des dentelles de Burano dans les capitales d'Europe du Nord. La semaine précédente, lorsque Clay lui avait téléphoné pour lui demander si la petite chambre d'amis de son appartement en rez-de-chaussée de la Calle Degolin était libre, elle s'était montrée extrêmement généreuse. « Ah ! avait-elle soupiré en modulant sa voix. Ainsi, ton ami pourra dire qu'il est descendu au Daniela ! »

Clay se fit un devoir de répéter la plaisanterie.

— Tu pourras dire à tout le monde que tu es descendu au Daniela !

Le froncement de sourcils de Nick révéla qu'il ne connaissait pas le célèbre hôtel cinq étoiles Danieli situé à deux pas de la place Saint-Marc.

— Laisse tomber, trancha Clay.

Ils négocièrent l'angle de la place et se dirigèrent vers un autre pont qui leur permit de passer de l'autre côté du canal qu'ils avaient déjà traversé. Clay se demanda si Nick avait remarqué qu'ils avaient fait un détour. Impossible. Venise était un labyrinthe. Après avoir tourné à droite puis de nouveau à gauche, ils s'engouffrèrent sous une voûte où des bandes de stuc se détachaient des briques comme une affiche mouillée. Nick devait baisser la tête pour ne pas se cogner. Un dernier virage et Clay déverrouilla un portail noir. Ils pénétrèrent dans une petite cour cimentée offrant tout juste assez de place pour y installer un séchoir à linge et une table de jardin en fer forgé.

Daniela apparut, zébrure rouge qui se détacha le long de la rangée de fenêtres sales. Puis elle émergea dans la lumière du soleil, pareille au souvenir que Clay avait gardé d'elle. Elle portait un chemisier pourpre aux boutons en opaline au-dessus d'un pantalon ample assorti. Sa coiffure au carré formait une création en deux teintes de blond, platine et doré, très banlieue chic. D'énormes lunettes à monture rouge grossissaient ses yeux gris.

— Oh, Clay ! s'écria-t-elle avec, dans la voix, un zeste de deuil pas encore fait.

Ils avaient déjà pleuré ensemble deux fois par téléphone – d'abord lors d'un marathon larmoyant de deux heures tout de suite après le décès de Freddy, puis la semaine précédente lors d'un feu roulant de souvenirs plus festifs les uns que les autres qui avait duré trois bons quarts d'heure.

Ils s'embrassèrent sur les joues. Daniela se tourna vers Nick pour échanger ce même double baiser avec lui, non sans le faire précéder d'instructions susurrées d'un air navré.

— Je suis européenne. Permets-moi de t'embrasser sur l'autre joue, d'accord ?

Elle recula et lorgna l'énorme valise de Nick, se mordillant l'ongle du pouce, l'air soucieux.

— Oh, put… !

Ça lui avait échappé.

— Je suis désolé de devoir habiter chez vous, dit Nick, un peu emprunté.

Elle le regarda dans les yeux, l'ongle de son pouce toujours coincé entre ses dents.

— Ah bon, pourquoi ?

Elle lança à Clay un coup d'œil narquois qui disait tout sur ses premières impressions de Nick : *Pas mal, mais je doute qu'il soit assez fin pour toi, mon chou.*

Clay vint à sa rescousse.

— Il veut dire que…

— Quoi qu'il ait voulu dire, sois le bienvenu ! décréta Daniela sur un ton chaleureux. Je suis ravie de te recevoir. J'ai une chance folle ! C'est la première fois que tu viens à Venise ?

Clay craignit qu'elle ne place leur blague sur le Danieli.

— Mais avant tout, champagne !

Elle trottina jusqu'à l'appartement plongé dans l'obscurité. Nick ne bougea pas, attendant qu'on l'invite à entrer. Clay le prit par la main pour lui faire franchir le seuil. Il pinça avec affection l'auriculaire de Nick et fut soulagé quand ce dernier l'enroula autour de son pouce, imperceptible étreinte.

L'appartement bas de plafond de Daniela débordait de petits riens accumulés au cours d'une vie. Documents de travail, reçus, factures et nuanciers de dentelles jonchaient le plateau d'une table de cuisine placée devant les fenêtres donnant sur la rue. Des fleurs séchées, ébouriffées, jaillissaient de vases. Un petit réfrigérateur (que Daniela ouvrait pour en sortir la bouteille de champagne promise) se trouvait contre une machine à laver, ces deux appareils ménagers surmontés d'une planche de bois qui formait un comptoir. Un rameur était calé contre le mur du fond. Clay imagina que Daniela, mue par son sens de la discipline allemand, l'utilisait chaque matin dans son jardinet bétonné, sportive immobile dans cette ville rythmée par les chants des gondoliers.

Elle défit le ballon de papier et fit sauter le bouchon sur un cri de bambin :

— Supeeeer!

Freddy poussait la même exclamation quand il débouchait du champagne. Elle était devenue son code lorsque, à toute heure du jour, il avait envie d'en boire et il poussait ce cri aigu avec d'autant plus d'insistance que le moment ne s'y prêtait pas. (« Supeeeer! », tandis qu'ils s'avançaient à petits pas dans un couloir d'hôpital vers sa séance de chimiothérapie.) Daniela prit trois coupes en cristal sur l'étagère au-dessus de la cuisinière.

Nick restait sagement debout près de la porte d'entrée tel un fan intimidé qui, étant parvenu à se faufiler dans les coulisses, espérerait se fondre dans le décor. Clay le regarda, l'incitant à sourire en lui montrant l'exemple. Ses cheveux blonds, en séchant, frisottaient autour de ses oreilles et il se mordillait la lèvre. Soudain, Clay n'en revint pas de voir que son petit ami était si beau. Non loin d'eux se dressait, attirant, le seuil de la chambre d'amis. Daniela avait fait le lit une place dans les règles de l'art. Un carré bleu cobalt tombant du store de la lucarne scintillait sur les draps blancs. Clay fut excité en pensant qu'ils feraient l'amour dans ce lit en évitant de faire trop de bruit afin que Daniela ne les entende pas.

— Une coupe de champagne, c'est la première chose qu'on doit boire en arrivant à Venise! prescrivit Daniela. Pas de mousseux. Du champagne. Il vous requinque après un long voyage.

Elle prit un torchon pour essuyer sur ses doigts les gouttes qui avaient débordé.

— Tu sais qui me l'a enseigné? Freddy.

— Je m'en doutais! répondit Clay.

— Il connaissait tout de la vie, n'est-ce pas?

Freddy n'avait pas seulement éduqué Clay sur les bienfaits du champagne pour la santé. À deux reprises, il était venu à sa rescousse, l'hébergeant lorsque celui-ci s'était retrouvé en galère. Cet homme farouche et beau avait été le premier ou le dernier de son espèce – le premier ou le dernier, Clay ne parvenait pas à trancher : peut-être même le seul. Mais il ne voulait pas se laisser de nouveau envahir par le chagrin, surtout devant Nick. Cette tristesse-là ne regardait que lui. Il s'éclaircit la gorge et murmura, l'air abattu :

— Oui.

Il préféra passer à l'italien pour que Nick ne remarque pas que sa voix tremblait.

— Freddy m'a enseigné beaucoup de choses.

Daniela lui sourit d'un air compatissant.

— À moi aussi, il me manque. L'autre jour, je suis tombée sur une photo de lui et moi prise il y a vingt ans lors d'une *acqua alta*. Nous avions l'air de deux gitans. Je l'ai posée par là pour te la montrer...

Elle pivota sur elle-même, fouilla sur les plans de travail mais ne la retrouva pas. Elle tendit une coupe de champagne à Clay, puis à Nick, l'obligeant à se joindre à eux. Ils trinquèrent et burent.

— Tu te sens mieux ? demanda Daniela à son nouveau colocataire.

— Tu dois avoir besoin de faire une sieste, Nicky, suggéra Clay.

— Excusez-moi, je me sens un peu vaseux, répondit Nick en se frottant les joues comme pour faire disparaître sa fatigue. Je suis vraiment heureux d'être ici. Je ferai de mon mieux pour ne pas te déranger.

— Oh, mais j'adore être dérangée, lui assura Daniela en se servant une autre coupe. Mets-toi à l'aise. Ta chambre est là, juste derrière toi. Elle est un peu exiguë, mais...

Nick fit rouler sa valise jusque dans la pièce contiguë et, pendant qu'il s'installait, Daniela se pencha vers Clay par-dessus le comptoir et chuchota :

— Je dois l'appeler Nick ou Nicky ?

— L'un ou l'autre, il prendra son pied de toute façon.

Elle sourit, pour la forme.

— Tu es incorrigible.

— Détrompe-toi. Je l'aime énormément.

— Oh, ça se sent. Il s'excuse toujours aussi souvent ?

— Oui ! C'est tout lui.

— Cette valise !

Elle rit en tapotant le comptoir avec ses ongles.

— Il est canon, glissa-t-elle. C'est déjà ça.

Il passa par l'esprit de Clay que Daniela devait s'imaginer qu'il voulait frimer en lui présentant Nick, se vanter, sans le dire, de sortir avec un si beau mec. Elle ne l'avait jamais vu avec un petit ami ni même un amant régulier pendant tous les mois où il avait vécu à Venise.

— Et toi ? Tu fréquentes quelqu'un ?

Daniela avala une gorgée de champagne.

— Oh, soupira-t-elle, on m'a brisé le cœur deux fois l'an passé. En ce moment, je fréquente un gros industriel de Shanghai, et je dois t'avouer que je ne comprends pas pourquoi je tiens tant à lui. Tu sais, les Chinois ont, ces dernières années, acheté toute la place Saint-Marc, et quand je dis *toute*, c'est *toute*. Qui sait ? Je deviendrai peut-être la nouvelle *Signora* du Palazzo Barbaro !

— C'est la place que tu mériterais d'occuper, lui assura Clay alors qu'il ne doutait pas que Daniela était vouée à rester dans cet appartement jusqu'à la fin de ses jours.

Elle jouait à la grande sentimentale, mais avait l'esprit trop fin pour croire que l'amour la sauverait d'elle-même. Clay lança des regards admiratifs autour de lui.

— Ton appart est super.

— Ce vieux bunker ! Depuis un siècle, deux branches d'une famille vénitienne se disputaient ce tas de briques. L'an dernier, un gougnafier turc s'est pointé ici avec tous les faux documents nécessaires et, depuis, à en croire les tribunaux, c'est lui, le propriétaire. L'immobilier vénitien !

Elle dodelina de la tête.

— Côté positif, il n'a pas augmenté mon loyer.

Elle sourit, puis serra la main de Clay dans la sienne.

— Et toi, tu restes au Dormitorio ? reprit-elle.

« Dormitorio » était le surnom du palais version cure-dents de Freddy. Clay fit oui de la tête.

— Freddy voudrait que tu l'occupes. Garde-le aussi longtemps que tu pourras.

Clay baissa la tête en pensant à l'embrouillamini financier laissé par Freddy. Il lut l'heure à la montre que Daniela portait à son poignet. Il était 1 h 30 passée.

— Zut, je dois filer.

Il se retourna et vit Nick dans la chambre d'amis. Il avait ôté son blazer vert et se tenait accroupi devant sa valise ouverte.

— Nicky, je dois partir.

Nick pâlit comme si on venait de lui dire qu'on l'abandonnait. Il bondit hors de la pièce en trébuchant comme un passager du métro que quelqu'un aurait poussé hors de la rame.

— Déjà ? Tu ne peux pas rester un peu ? On pourrait…

Son envie inexprimée resta en suspension dans le vide du silence. Daniela, toujours aussi intuitive, sut aussitôt le parti qu'elle devait prendre. Elle saisit ses clefs sur la table de la cuisine.

— Je sors faire des courses, lança-t-elle. Clay, reste encore un moment.

Elle se tourna vers Nick. Elle devait sentir que, des deux garçons, c'était lui qui avait le plus besoin de ce précepte.

— Profitez de votre jeunesse. Sans compter.

Elle attrapa un sac en toile suspendu à la poignée de la porte et, s'éloignant dans la cour cimentée, disparut.

Clay pointa son doigt vers le carré de lumière bleutée qui flottait sur le lit de la chambre d'amis. Il n'avait pas besoin de demander à Nick ce qu'il avait envie de faire pendant qu'ils seraient seuls.

5

Quand Nick faisait l'amour avec Clay, il assouvissait tous ses désirs car il recevait chaque initiative de son partenaire comme un don. Ils roulaient l'un sur l'autre dans le lit une place depuis un moment déjà et, au gré de ces minutes qui se confondaient, il n'y eut nul « désolé » prononcé d'une voix timide par Nick, nulle prudence excessive de Clay pour caresser ce visiteur délicat et fatigué. Puis ils restèrent étendus sur le matelas, les draps en bataille, entortillés autour de leurs jambes. Nick coinça le bras sous sa nuque, une touffe de poils blond blé jaillissant sous son aisselle. Clay se tourna sur le côté pour mieux profiter de son petit ami. Il n'en revenait pas de voir que Nick, à vingt-cinq ans, avait gardé un physique d'adolescent. Ils n'avaient que deux ans de différence, et pourtant le corps de Clay était plus sculpté, plus lourd, plus athlétique, sa taille beaucoup plus svelte que celle de Nick. C'était comme si ce dernier nageait encore vers la masculinité alors que Clay lui faisait déjà signe depuis le rivage.

Sur le torse glabre de Nick, le carré bleu de cobalt de la lucarne prenait les teintes tièdes d'une piscine californienne. Lorsque Clay se redressa, il plaqua la main sur ses abdominaux qui se contractèrent. Ses doigts se violacèrent en pénétrant dans l'éclaboussure de lumière, puis il pinça le téton droit de Nick. Ce dernier leva instinctivement son bras pour mettre un terme à cette pression, mais il surmonta son réflexe défensif et se força à sourire, comme s'il se mettait lui-même au défi de supporter la douleur. Clay lâcha prise, puis caressa Nick, laissant courir sa main jusqu'à ses poils pubiens. Il se pencha vers lui et l'embrassa sur la bouche.

— Je dois retourner au Dormitorio. Repose-toi puis sors pour découvrir ton nouveau quartier.

Clay se leva du lit en prenant appui sur une étagère pleine de cartons étiquetés par année. Un miroir ornait le battant de la porte, du coup il examina son reflet, aimant l'effet que lui faisait sa nudité dans cette chambre où il n'avait pas pour habitude de se trouver. Ces derniers temps, il remarquait que son corps ressemblait de plus en plus à celui de son père – pas son père tel qu'il était aujourd'hui, le ventre distendu zébré de vergetures rosâtres et marbrées comme autant de tracés de boules de bowling. Son père s'était laissé aller, sur le plan de la chair comme de l'esprit, après le décès de sa mère. Non, il pensait au physique de cet homme tel qu'il était avant, lorsque Clay, âgé de sept ou huit ans, avait encore le droit de se doucher avec lui dans la salle de bains de leur appartement du Bronx au papier peint avocat. Chaque soir, on était sûr de trouver les deux Guillory mâles côte à côte, le père et le fils, derrière le verre cathédrale de la paroi du bac de douche sous le halo de l'éclairage fluorescent. Clay regardait, charmé et captivé, son père frotter fort tout l'arsenal de son corps venu des Antilles britanniques, son ventre et ses aisselles blanchis par l'eau savonneuse, ses muscles se bandant au gré de ses gestes, ses immenses pieds bougeant en demi-cercles, l'eau ruisselant sur son torse et giclant sur son fils. Clay se demandait s'il lui était arrivé d'avoir une érection pendant ces douches. Il se souvenait seulement du plaisir que lui procurait l'aventure de se tenir au côté de son père pendant qu'il se savonnait. Ce ne fut que plus tard, à l'adolescence, lorsqu'on se demande si chaque souvenir précoce ne recèlerait pas, pour l'enfant, de double sens plus ou moins équivoque, qu'il comprit que cette expérience avait pu le troubler sexuellement à cet âge-là. Lorsque Clay eut dix ans, son père avait décrété qu'ils ne prendraient plus de douches communes. « Tu es un grand garçon maintenant, tu peux te laver tout seul. » Il avait fait des comédies et pleuré, mais obtempéré. Ce fut à cette période que leurs routes se séparèrent. Souvent, il avait eu envie de demander franchement à son père : « M'arrivait-il de bander ? Est-ce pour cette raison que tu y as mis fin ? » Sauf qu'il y a des souvenirs familiaux sur lesquels on ne peut interroger ses parents.

Clay enfila son caleçon, puis son pantalon. Il pourrait bientôt rembourser son père – jusqu'au dernier dollar si le plan fonctionnait bien. Il trouva sa chemise roulée en boule entre les draps. Il sortit de sa poche la photo de leur cible et jeta la coupure de presse pliée sur le ventre de Nick.

— C'est lui, dit Clay, enfilant les manches jusqu'à ce que ses poings serrés surgissent des poignets. Richard Forsyth West.

Il regarda Nick déplier le morceau de papier puis contempler le visage de cet Américain vieux beau, hilare au-dessus d'un verre de vin de paille. Clay avait arraché Richard West pour le séparer des femmes qui l'accompagnaient à une soirée afin que Nick ne le voie pas dans un contexte convivial : les hommes blancs d'un certain âge avaient vraiment l'air bête lorsqu'ils souriaient seuls. Cette photo style paparazzi, prise en gros plan, saisissait le front dégagé, en forme du Nebraska, de Richard sur lequel un grain de beauté surmontait le sourcil gauche, son nez aquilin, ses pommettes saillantes et son air affecté. Il portait l'un de ses costumes blancs de prédilection dans lesquels Clay se plaisait à voir un drapeau de reddition. Nick scrutait la photo de Richard West sous l'éclairage de la lucarne qui bleuissait toute l'image.

Clay contourna le lit, ramassant la monnaie tombée en gerbe de sa poche quand il avait ôté son pantalon. Soudain, il se sentit gêné car il songea que cela devait faire très radin de récupérer jusqu'à la dernière pièce qui étincelait autour d'un lit après avoir fait l'amour.

Nick regarda la photo pendant une petite minute, puis la replia.

— Tu devrais l'examiner plus attentivement, lui conseilla Clay en laçant ses chaussures.

— Je le reconnaîtrai.

— Il y a pas mal de riches vieux Américains aux cheveux blancs à Venise.

— Ne t'inquiète pas, je le reconnaîtrai. Ou veux-tu que je punaise sa photo au-dessus de mon lit ? Ça te ferait plaisir ?

— Oui, très, répondit Clay, ne plaisantant qu'à demi. Il ne manquerait plus que tu te trompes de gars.

— Mais non, assura Nick, roulant sur le côté et enfonçant son visage dans un oreiller. Je viserai le bon.

— C'est un malin. Il faut s'en méfier comme de la peste. Ne l'oublie pas.

Nick tenta un salut à deux doigts en se touchant le front, mais préféra renoncer et laissa sa main retomber mollement sur le matelas.

— Envoie-moi un texto quand ce sera le moment, murmura-t-il.

Ses paupières closes se plissèrent avant d'être adoucies par le sommeil.

En refermant le portillon métallique de chez Daniela, Clay fut heureux de redevenir lui-même. Cela lui permit de réfléchir sur Nick. Il lui semblait que, dès le début d'une relation amoureuse, la passion, alors à son paroxysme, demeurait une expérience éminemment personnelle, comme une chanson d'amour nous serre d'autant plus le cœur en l'absence de l'être aimé. Clay marcha le long de la *fondamenta*, pensant à son petit ami, n'en revenant pas qu'il ait traversé tout un océan pour le rejoindre. Il était sûr de pouvoir compter sur lui, et éprouvait un mélange de peur et de joie dans le fait d'accorder sa confiance à autrui.

Le *palazzo* de Freddy se trouvait au nord de Cannaregio[1]. Clay y arriverait plus vite en traversant le Campo Santa Margherita puis en contournant la gare ferroviaire, mais il ne put s'empêcher d'emprunter le dédale de ruelles menant au pont de l'Accademia. Pour lui, cela représentait une promenade sentimentale, une façon de se rappeler les huit mois pendant lesquels il avait vécu seul à Venise. Jusqu'aux sandwiches au pain de mie – *i tramezzini* – dans les vitrines qui l'émouvaient car ils avaient constitué la base de son alimentation pendant son premier séjour en ville. Œuf/ton, jambon/artichaut, crevettes/olives – il avait goûté à toutes ces combinaisons infinies nappées de mayonnaise.

Ces huit mois avaient été les plus heureux mais aussi les plus solitaires de sa vie. Venise était la seule capitale mondiale artistique où il n'y avait pas le moindre bar gay ni aucun lieu de sortie nocturne digne de ce nom. Clay avait connu sa période d'appartements en colocation dont la plupart étaient occupés par des touristes d'âge mûr qui n'étaient pas sortis du placard et venaient là pour draguer des Italiens puis finissaient par s'accommoder du triste compromis qu'ils s'offraient les uns aux autres. La majorité d'entre eux avaient supposé, en se basant sur sa couleur de peau, que Clay était un immigré venant d'Afrique – *allez savoir quelles sont leurs vraies*

1. Quartier le plus septentrional de Venise.

motivations une fois qu'on les a fait entrer dans sa chambre d'hôtel ? Les dunes de sable hérissées de broussailles de la pointe sud du Lido, celles étiquetées « plage gay », faisaient davantage penser à un camp de nudistes amateurs de pudding qu'à une soirée piscine riche en testostérone donnée à Fire Island. En dépit de ces premiers échecs, son appétit sexuel le poussa à sortir le soir et l'espoir d'une rencontre le laissait scotché à son tabouret de bar. Il finit par réussir à se faire deux mecs du coin, des aventures sans passion ni tumulte. Clay avait bu beaucoup de vin ces été et automne-là.

Il passa devant la façade en marbre blanc du musée de l'Accademia qui renfermait ses trésors de Véronèse et du Tintoret, puis gravit l'escalier du pont du même nom qui enjambait le Grand Canal tel le sommet d'une grande roue. Sur la passerelle, il se fraya un chemin parmi des couples de touristes faisant des selfies et des vendeurs à la sauvette proposant leurs breloques – avions miniatures, balles antistress, piles pour téléphones portables – sans doute interdites à la vente sur les ponts. Il réussit à trouver un petit bout de rambarde accessible, s'y appuya et regarda vers l'est, au-delà du capuchon gris du toit de la basilique Santa Maria della Salute, la pointe du triangle de la Punta della Dogana où se rejoignent les deux canaux. L'eau, vert-bleu, scintillait comme des paillettes et les demeures alentour faisaient penser à des amuse-bouches servis lors d'une soirée bien trop élégante pour les vêtements de Clay et des autres badauds.

Clay concentra son attention sur un palais de plain-pied à la façade blanche situé sur la rive sud du canal, le Palazzo Venier dei Leoni, mondialement connu sous le nom de Collection Peggy Guggenheim. Ce musée, qui présentait plusieurs chefs-d'œuvre d'art contemporain accumulés par la riche héritière américaine, avait été le radeau de sauvetage de Clay l'année où sa famille avait explosé. Clay avait fait des études d'histoire à l'université Fordham, dans le Bronx, et, en deuxième année, son cours optionnel sur la Renaissance avait déclenché chez lui une passion pour la peinture italienne qu'il avait admirée en images sur l'écran du rétroprojecteur. Son professeur, un gars du Sud détaché par une université jésuite de La Nouvelle-Orléans, qui avait remarqué que Clay se passionnait pour le sujet, l'incita à s'inscrire dans d'autres enseignements facultatifs sur l'histoire de l'art. À la fin de ses études, cet enseignant le persuada de demander une bourse de résidence à la fondation Peggy Guggenheim. Il lui écrivit une lettre de recommandation très élogieuse.

Cette graine vénitienne avait été semée dans l'esprit de Clay juste après que le cancer eut été diagnostiqué chez sa mère mais avant que ce mal commence à produire ses effets. Pendant une période qui tint du miracle, il avait semblé que le corps de sa mère pouvait être condamné à abriter une maladie mortelle sans qu'elle souffre d'aucun symptôme. La famille dépendait d'elle qui travaillait dans le quartier de Midtown à la tête du service d'abonnements d'une revue dentaire. C'était une femme petite, au buste mince, aux cuisses assez fortes, aux regards et mimiques qui, si elle tirait ses cheveux courts en arrière et les nouait sur la nuque, soulignaient son ouverture d'esprit ainsi que son altruisme. Clay éprouvait pour elle un amour inconditionnel – elle, qui avait mal pris le fait que, à quinze ans, il lui annonce qu'il était gay puis qui l'avait couvert d'amour et de marques de soutien après ce réflexe qu'elle n'avait pu réprimer.

Sa mère se réjouit à l'idée que son fils, qui terminait ses quatre années d'études en arts libéraux, parte travailler à Venise, en Italie, pour l'une des plus célèbres familles de New York – comme si les descendants de Peggy Guggenheim s'étaient amusés à cueillir eux-mêmes son enveloppe dans le marécage de candidatures internationales et s'étaient écriés : « Tiens, mais qui est donc ce jeune Guillory ? » Clay avait postulé sans conviction et eu l'énorme surprise d'être retenu. Il n'avait jamais nourri le projet de travailler dans le domaine de l'art, et avait déjà contracté un montant de prêts étudiant qui donnait le vertige. Mais même lui devait reconnaître que la proposition était trop belle – *Qui a la chance d'être embauché, un été, à Venise ?* – pour être refusée. Si ce stage n'avait pas été assorti d'une bourse, il aurait estimé que ce projet n'était ni raisonnable ni sage. L'infime nuance d'une rémunération, fût-elle modeste, transformait ce rêve en réalité.

Clay devait partir pour Venise à la mi-mai, quinze jours après l'obtention de son diplôme. Mais, pendant le dernier semestre de cours, le diagnostic abstrait se présenta sous son jour tant redouté et dans toute son horreur. Sa mère, pourtant si résistante, ne put surmonter les souffrances et la fatigue qui l'accablaient. Elle fut hospitalisée en mars, promettant à l'appartement familial de revenir bientôt. Elle ne le revit jamais.

Sa mère avait insisté pour qu'il n'annule pas sa bourse. Clay protestait. Il ne voulait pas partir en Italie alors qu'elle était clouée dans un lit d'hôpital à New York. « Tu vas à Venise ! Fin de la discussion ! le rembarrait-elle aussitôt. Je veux que tu partes là-bas, tu m'entends ? » À vrai dire, ces chamailleries semblaient lui redonner de l'énergie, la revigorer pendant les visites de Clay et, en général, elles se concluaient par leur crise de fou rire devant l'absurdité de la situation. (Comment se faisait-il qu'elle se retrouve, à quarante-six ans, allongée en unité de soins intensifs ? Et que, au même moment, son fils reçoive l'opportunité d'aller travailler dans un palais plein d'œuvres d'art au cœur d'une ville flottante à l'autre bout de la planète ?)

Bientôt, le fait que sa mère doive rester clouée dans un lit d'hôpital n'eut plus rien de drôle. À mesure qu'un masque à oxygène était fixé sur sa bouche, que des aiguilles, des tubes et des machines dont les capteurs électroniques clignotaient sans cesse l'avalaient, la situation devint insoutenable pour Clay. Son père s'était mis en disponibilité de son travail dans la sécurité afin de pouvoir rester assis chaque jour au chevet de son épouse. Mais Clay commença à trouver des excuses pour ne pas venir la voir : ses examens approchaient, des travaux de recherche s'imposaient pour tel ou tel exposé de fin d'année et, s'il n'obtenait pas une note suffisante dans chaque matière, il devrait suivre un semestre d'été, ce qui l'obligerait à refaire un prêt bancaire auprès de ces jésuites âpres au gain. Souvent, il se rendait en métro jusqu'à 110th Street, prenait la direction de l'hôpital du Mont Sinaï, mais le courage lui manquait, il ressortait son passe magnétique et reprenait le métro en sens inverse. Apparemment, son père ne lui en voulait pas de ce que ses visites se fassent de plus en plus rares ; Clay se disait qu'il comprenait – mais, plus tard, son éloignement mettrait le feu aux poudres. La dernière fois qu'il vint à l'hôpital, quand sa mère était encore à demi consciente, elle exigea une fois de plus qu'il fasse ce voyage. Encore que, à l'époque, elle confondît Venise avec Mexico où elle-même avait toujours rêvé d'aller. Mexico était son Eldorado.

« Tu apprendras tant de choses là-bas, et puis tu m'écriras, tu m'enverras des photos. Ce sera merveilleux, Mexico. Promets-moi d'y aller. » De l'autre côté de la fenêtre, le crépuscule apposait çà et là sur New York les tendres teintes pourpres d'un ciel de fin de printemps. C'était à peine si Clay distinguait dans la vitre le reflet de ces deux êtres blottis l'un contre l'autre comme s'ils craignaient de se dissoudre dans la terrible beauté d'un ciel violacé.

Sa mère mourut la semaine où il obtint son diplôme. En l'espace de quelques jours, il reçut un titre universitaire et un coup de poignard dans le cœur. Une fois que tout fut dit et fait, après que les cantiques furent chantés, il prit bel et bien l'avion pour Venise. C'était comme si Peggy Guggenheim en personne était sortie de la tombe qu'elle occupait en ses jardins, non loin de ses quatorze Lhassa Apso, pour lui éviter d'être brisé par le chagrin.

Il aimait la fondation Peggy Guggenheim. Une fois que Nick et lui auraient truandé Richard West, il emmènerait Nick au musée pour lui faire découvrir les merveilles qu'il contenait.

Le ciel s'obscurcit sous la menace d'une autre averse, et Clay céda sa place contre la rambarde à un jeune couple d'Asiatiques qui semblait être en lune de miel, maniant à tout-va une perche à selfie. Il descendit du pont et fendit la foule en direction du vaste Campo Santo Stefano. D'un côté de la place, des Noirs se dressaient, seuls, aussi grands que des palmiers au-dessus d'îlots de sacs de contrefaçon : Gucci, Hermès, Prada, Louis Vuitton. Ces hommes étaient des migrants venus d'Afrique de l'Ouest, comme du Sénégal ou du Mali, qui, d'un œil, surveillaient l'arrivée de la police et, de l'autre, celle de clients potentiels. Ils interpellaient les passants d'une voix tentatrice et insistante, mais aucun d'eux ne s'était jamais adressé à Clay – pas une fois depuis qu'il vivait à Venise et leur adressait des sourires fraternels en passant. Ils avaient compris qu'il n'était pas comme eux, et pourtant il leur ressemblait assez pour qu'ils devinent que, avec lui, ils perdraient leur temps. Ils devaient venir en aide à leurs familles restées au pays qui vivaient en situation précaire. Sans surprise, tous les amis de Clay, à Venise, étaient blancs. Cet été-là, Clay était le seul étudiant noir en résidence. La plupart de ses camarades faisaient preuve à son égard d'un excès de gentillesse assez gênant – cette sorte de fraternité qui attire l'attention sur le malaise qu'elle devrait masquer. Au final, pourtant, la singularité de vivre à Venise les avait élevés au rang d'alliés. Ils travaillaient ensemble comme gardiens de musée, vendeurs de billets, guides-conférenciers, agents de vestiaire.

La pluie redoubla sur la place, et l'archipel de sacs à main fut très vite démantelé. Lorsque, vingt minutes plus tard, Clay atteignit le quartier de Cannaregio, le soleil revenu brûlait de son or les canaux sirupeux. Clay traversa une passerelle et tourna dans trois rues avant d'atteindre celle qui menait au Dormitorio. Une porte verte, flanquée de fenêtres grillagées, se dressait au bout du passage. Perchée dans une niche murale au-dessus de l'entrée se trouvait la sculpture d'un homme enturbanné chevauchant un morceau de marbre brisé. Aux dires de Freddy, cette pierre représentait autrefois un chameau ; les premiers propriétaires du palais, au XVe siècle, étaient des négociants.

Clay déverrouilla cette porte verte qui, à l'origine, était l'entrée de service du palais Contarini, de style gothique. Elle servait désormais de seul et unique accès au Palazzino van der Haar, nettement moins imposant. Les arrière-grands-parents de Freddy, qui ne regardaient pas à la dépense, avaient acheté le Palazzo Contarini dans les années 1890, quand l'Amérique s'était prise de passion pour le Grand Tour. À l'époque, la demeure disposait au rez-de-chaussée d'un *androne*[1] tout en longueur ainsi que d'un ponton à gondole privatif niché à côté d'une roseraie, d'un vaste étage noble décoré de fresques, de moulures en stuc et de fenêtres byzantines en pierre d'Istrie. Dans les années 60, les parents de Freddy, ayant un besoin impérieux d'argent frais, avaient fait murer un côté du palais afin de le garder pour eux et vendu le reste de la demeure à une famille de Bolzano ayant fait fortune dans l'exploitation minière. En général, s'il le fallait, les propriétaires d'un palais – fidèles à la coutume locale – le divisaient horizontalement, par étages, mais les van der Haar étaient des excentriques véritablement new-yorkais en ce qu'ils partageaient une passion pour la verticalité. Ainsi ce fut cette maison insolite, étroite et haute comme une tour dont héritèrent Freddy (qui, en un mot comme en cent, a-do-rait Venise) et sa sœur (qui,

1. Hall d'entrée donnant sur le canal.

en un mot comme en cent, a-bhor-rait Venise). La part appartenant à Freddy était revenue à Clay. Il était devenu le propriétaire indivis de ce coin de paradis décrépit. Et, pour le moment, il pouvait l'entretenir grâce au miracle des droits de succession italiens relativement bas.

Le petit hall d'entrée, défraîchi, n'avait pas changé depuis que Clay en avait franchi le seuil pour la première fois quatre ans plus tôt. Des fils électriques serpentaient en travers du plafond bas, abîmé par l'eau, et les dalles de marbre rouge du sol étaient recouvertes de morceaux de carton. Pendant les dernières années de sa vie, Freddy s'arrangeait pour faire de courts pèlerinages à Venise tous les six mois. Afin de financer l'entretien annuel de sa demeure, il avait fait aménager plusieurs chambres à l'étage qu'il louait à des étudiants en résidence à la fondation Peggy Guggenheim. C'étaient les locataires idéaux : présents à court terme, issus de familles aisées, trop jeunes et trop fascinés par Venise pour se plaindre de l'inconfort des lieux. La responsable du stage, une Italienne hirsute qui s'exprimait, il n'aurait su dire pourquoi, avec un accent irlandais assez comique, avait signalé à Clay qu'une chambre en location, à un prix abordable, était disponible dans le quartier de Cannaregio.

— Le palais appartient à une famille américaine très ancienne, vraiment très ancienne, annonça-t-elle, sincèrement étonnée qu'il puisse en exister une dans un aussi jeune pays. Je suis incapable de te dire son nom, je sais seulement qu'elle nous loue des chambres.

La seule obligation imposée aux stagiaires était si bizarre que Clay avait réellement l'impression d'avoir pénétré dans un univers inversé.

— Une restriction, l'avait-elle averti. Pas touche au plafond.

Clay gravit l'escalier jusqu'aux parties communes où se trouvait la minuscule cuisine. À son arrivée, quelques jours plus tôt, il avait rencontré le nouveau groupe de stagiaires dont les restes du petit déjeuner encombraient le comptoir de l'évier : une boîte de muesli au contenu renversé, deux peaux de banane, une cafetière moka dévissée. L'endroit ressemblait réellement à un dortoir. Freddy avait fait apposer des plaques de Placoplatre sur les murs afin de protéger les fresques qu'elles dissimulaient. Mais il n'avait pas eu le cœur de recouvrir celle, extraordinaire, qui décorait le plafond – il aimait trop la contempler.

Clay leva la tête, tout comme il l'avait fait le jour de son entrée dans les lieux comme stagiaire au Guggenheim : ce fut seulement à cet instant qu'il avait compris l'avertissement donné par sa responsable. Dans un halo bleu pâle au centre du plafond, des coups de pinceau donnés dans les tons roses et dorés représentaient une Madone folâtrant dans les nues, entourée de guirlandes et de colombes en pleine saison des amours. Selon Freddy, cette fresque avait été peinte en 1698 par Sebastiano Ricci ; les van der Haar avaient gardé pour eux le plus beau joyau du palais Contarini. Clay ne se lassait pas de regarder cette peinture, mais désormais c'était au prix de son sentiment d'isolement. Freddy avait bel et bien disparu – jusqu'à ses cendres que Clay avait, en secret, éparpillées dans un canal voisin au cours d'une cérémonie solitaire, le matin de son arrivée. Il regrettait de ne pas pouvoir amener Nick au Dormitorio pour se trouver près de lui sous ce chef-d'œuvre oublié. Le bruit des roulettes de valises qu'on traînait dans la rue exacerba la solitude ambiante – ces vibrations épouvantables, indifférentes à tout le reste, annonciatrices de nouveaux arrivants provoquaient les fissures qui craquelaient le plafond.

Contigus aux parties communes, dont ils étaient isolés par un mur en Placoplatre et une porte verrouillée, se trouvaient les appartements privés de Freddy (à présent ceux de Clay). Ils consistaient en une salle de bains et une chambre toujours surchargée des épaisses tentures de velours rouge que Freddy affectionnait tant, peut-être, sait-on jamais, pour la terrible propension de ce tissu à piéger dans ses ramages les relents de cigarettes. Clay avait déjà jeté à la poubelle plusieurs vieux cartons de Freddy – dans l'un, il conservait ses aiguilles et son garrot datant de sa grande rechute à l'héroïne à Venise au début des années 90. Clay ne doutait pas de trouver dans les placards d'autres accessoires plus déprimants encore.

Clay s'avança jusqu'aux bibliothèques qui occupaient tout un mur, faisant couiner sous ses pas le linoléum imitation dalles. La façade du meuble central était un leurre : elle tournait sur ses gonds pour révéler une porte verrouillée de style Louis XVI. Pour des raisons que Clay n'avait jamais élucidées, ce passage secret restait l'unique voie de communication entre les appartements de van der Haar et l'autre partie du Palazzo Contarini. Aucun de ses différents propriétaires n'y avait touché au fil des décennies. Clay frappa quatre fois sur le battant en noyer, signal établi depuis des lustres entre voisins de ces lieux, puis débloqua le loquet et attendit d'entendre approcher des pas. Alors, un verrou fut tiré d'un coup sec de l'autre côté. La porte s'ouvrit, laissant entrer une explosion de lumière de l'après-midi.

Un homme très grand, aux cheveux blancs, se tenait dans l'encadrement. Il avait le front large, un peu hâlé : un grain de beauté noir chevauchait la vague de son sourcil gauche, et une barbe de deux jours recouvrait ses joues et son cou. Il était encore beau à l'aube de la soixantaine. Il regarda Clay avec affection, les yeux si brillants qu'on eût dit que la lumière qui se reflétait dans le Rio della Sensa émanait, en réalité, de lui seul.

— Clay ! s'écria-t-il. Nous rentrons tout juste de Capri.

L'homme fit passer son expression en mode affligé.

— Mes condoléances pour Freddy. Mon Dieu, moi qui pensais qu'il nous survivrait à tous. Tu as bien reçu mes fleurs ?

— Oui, répondit Clay à Richard Forsyth West. Elles étaient magnifiques. Freddy adorait les lys. Je regrette qu'il n'ait pas pu les voir dispersés aux quatre coins du *brownstone*.

— Inutile de me remercier.

West écarta les bras.

— Approche, dit-il. Il me tardait de te prendre ainsi.

Et, comme si sa formulation risquait de décontenancer celui à qui il la destinait, Richard West jugea bon de préciser :

— Dans mes bras.

6

En pleine nuit, Nick reçut le texto qu'il attendait.

> Il est revenu. Essaie de le croiser à la Pescaria, le marché aux poissons de Rialto. Il y va le samedi, vers 10 heures du matin. Bonne chance. Je t'aime.

Le « je » de ce texto était Clay qui écrivait de son nouveau portable italien ; le « il » était leur cible, Richard Forsyth West. Mais ce qui toucha Nick dans ce message – ce qui, après coup, le fit se tourner et se retourner sur son matelas dans la chambre d'amis en désordre de Daniela – fut la fausse simplicité de ce « Je t'aime ». Ces mots, à eux seuls, représentaient un risque, et Nick ne s'était pas attendu à ce qu'un garçon aussi pudique que Clay les exprime si ouvertement. Il se laissa bercer un moment par leur chaleur, chavirant dans chacun d'eux et luttant contre lui-même pour la jouer cool en ne répondant pas. Puis il se rendit compte que Clay, à sa manière, lui présentait son cou, exposait sa jugulaire en pleine lumière, si bien qu'il attrapa son téléphone et s'empressa de taper :

> Je t'aime aussi et je ne te décevrai pas.

Si bien que, pendant le reste de la nuit, Nick, lui aussi, l'aima.

Pour le dîner, Daniela avait préparé des raviolis farcis aux champignons trop cuits. Entre deux gorgées de vin rouge, Nick avait répété des mots en italien et Daniela s'était fait un devoir de corriger sa prononciation ; ce jeu assommant de surdité aux intonations internationales s'était prolongé pendant tout le repas. Ensuite, elle avait déniché un double des clés de la maison dans le fond d'un tiroir et encouragé Nick à ne pas hésiter à utiliser la brosse des WC – « Comment se fait-il que les Américains les nettoient si rarement ? Explique-moi pourquoi vous tenez tant à la propreté de vos chiens et moins à celle des toilettes ? ». Pendant qu'elle faisait la vaisselle, elle avait invité Nick à aller boire un café à l'extérieur le lendemain matin.

— Je voudrais te parler de Clay, avait-elle dit d'un air crispé qui perturba Nick. Je tiens à clarifier certaines choses à son sujet. Demain, après que tu auras passé une bonne nuit de sommeil.

Au matin, Nick se leva le premier. Migraineux à cause du vin et ne touchant plus terre à la suite du texto de Clay, il prit un caleçon propre et alla se doucher. Après avoir uriné, il mit un point d'honneur à prendre la brosse en plastique et à frotter énergiquement la cuvette afin d'éviter tout reproche. Quand il ressortit de la salle de bains, Daniela, déjà habillée, l'attendait dans la cuisine, pelant une orange au-dessus du comptoir à coups d'ongles longs et non vernis semblables à ceux d'un guitariste. Nick avait noué une serviette de bain en sarong autour de sa taille, par-dessus son caleçon, mais il croisa les bras sur son torse tel un adolescent pudique.

— Bonjour, lança Daniela d'une voix chantante dans laquelle il perçut le reproche d'être resté un peu trop longtemps sous la douche.

Elle portait sa tenue de la veille, pantalon magenta et corsage rouge, mais avait changé de bijoux. Une topaze aussi grosse qu'une météorite pendait entre ses seins au bout d'une longue chaîne en or, et plusieurs bagues précieuses cerclaient ses doigts. Nick s'interrogeait sur le corps de Daniela – ce qu'elle avait conservé, ce qu'elle avait amélioré. Seth, l'un de ses amis proches à New York, était transgenre, mais il se laissait pousser les poils en se demandant s'il avait raison de commencer un traitement hormonal. Seth n'était même pas convaincu que « elle » valait mieux que « il », sans être pour autant persuadé du contraire. Daniela, quant à elle, que Clay avait cataloguée « de la vieille école », avait gagné sa liberté en tirant des conclusions beaucoup plus nettes.

— Eh bien, habille-toi, s'impatienta Daniela comme si elle avait passé la matinée à le faire s'activer.

— *Che ora è ?*

Lorsque Nick entendit qu'il n'était pas plus de 8 h 15, il se dit qu'il pourrait aller prendre un café avec Daniela puis se trouver à Rialto à temps. Il enfila une chemise Oxford blanche repassée, mais décida de remettre le pantalon bleu et la veste en laine verte qu'il portait la veille. Deux fois, il vérifia que son ancienne carte de visite Wickston se trouvait bien dans son portefeuille.

Quand il sortit de sa chambre, Daniela l'évalua du regard à travers ses énormes lunettes.

— Ce n'est pas ce que tu portais à ton arrivée ?

Nick, par politesse, se garda de l'accuser du même crime.

— Euh… oui.

— Aujourd'hui, tu auras mille fois trop chaud dans cette tenue.

Elle leva le doigt en l'air comme sous le coup d'une inspiration subite et, l'écartant au passage, se précipita dans la chambre d'amis pour fouiller dans des sacs. Elle ressortit en brandissant un blazer écossais à fines rayures grises et bleu canard – motif qui avait pour nom tartan prince-de-galles, ce que Nick savait car c'était l'un des préférés du père d'Ari.

— Je l'avais acheté pour mon petit ami Benny, mais j'avais vu trop grand.

Nick l'enfila, puis s'examina dans le miroir. Les manches étaient trop courtes, mais il retroussa les poignets et aima ce qu'il vit : un jeune homme en veste de soie décontractée qui n'aurait rien de mieux à faire que se promener dans le marché aux poissons de Venise.

— Ça ne t'ennuie pas que je te l'emprunte ?

Elle plaqua sa paume sur le torse de Nick.

— Garde-le. À part ça, tu as ton jeu de clefs ? Je ne serai pas là pour t'ouvrir chaque fois que tu les oublieras !

Ils s'engouffrèrent dans le passage voûté de la Calle Degolin, puis Daniela lui fit contourner le chevet d'une cathédrale gothique. Un étroit canal scintillait sous le soleil, une brise chaude caressait leurs joues.

— Au printemps, l'eau du canal est encore claire, dit Daniela. L'été, avec tous les touristes, c'est un égout.

— Mais tu aimes vivre ici, non ?

— Ça se mérite. Il faut appartenir à une certaine catégorie de personnes. Ni non conformiste ni individualiste. Solitaire bon teint. Tout le contraire des touristes.

Elle soupira, comme si elle avait le cafard.

— Je crains qu'ils aient fini par gagner la partie. Nous avons été conquis par une armée d'occupants très bien organisée qui n'est pas intéressée par rester plus de trois nuits.

Nick ne prit pas la peine de mémoriser les zigs et les zags de leur parcours entre ruelles et ponts. Il était trop absorbé par la découverte d'une architecture unique. À leur troisième canal, un groupe de pigeons s'envola au-dessus de l'eau dans un bruit d'explosion et, plus loin, résonnèrent les cris perçants des mouettes. Une bouilloire hurla à une fenêtre en étage tandis que, à une autre, des persiennes vertes s'ouvraient sous la poussée des bras distendus d'une matrone et cognaient la façade.

Daniela précéda Nick à l'intérieur d'un café situé à l'angle du trapèze blanc d'un *campo*. Des vieux habitants du quartier se serraient au comptoir en zinc. Elle demanda à Nick ce qu'il désirait boire – n'importe quoi se rapprochant d'un grand café à l'américaine –, puis, d'un geste de la main, le chassa vers une table contre la vitre. Peu après, elle y déposait deux cafés et prenait place en face de lui. Lorsque Nick s'accouda sur le plateau, des éclaboussures jumelles jaillirent des tasses. Il prit une pochette d'allumettes dans un cendrier tout proche, puis se pencha pour caler le pied bancal – réflexe d'ancien serveur.

Quand il se redressa, Daniela hocha la tête comme si elle était vivement impressionnée.

— J'ignore depuis combien de temps, au juste, tu connais Clay…, commença-t-elle.

— Deux mois.

— D'accord, rétorqua-t-elle d'un ton qui n'augurait rien de bon.

Nick comprit que toute réponse qu'il ferait tomberait à côté.

— J'ai fait sa connaissance il y a quatre ans, reprit-elle, au terme de son stage au Guggenheim. Clay vivait dans la précarité à l'époque, il avait subi quelques coups durs à Venise. Mais, oh, quand ils se sont rencontrés, Freddy a eu le coup de foudre pour lui. Je l'ai tout de suite senti. Freddy lui était dévoué corps et âme, sans doute amoureux, prêt à sacrifier tout son entourage pour passer le plus de temps possible avec Clay. Il lui faisait de petits cadeaux, comme une bague en or, un recueil de poèmes d'Emily Dickinson rongé par le moisi – le genre de marques d'affection que deux personnes échangent comme des secrets. Clay se faisait courtiser, c'était évident. Il faut dire que Freddy collectionnait les petits amis.

— J'ai cru le comprendre.

— De toi à moi, au début, j'étais sceptique. Que veux-tu, nous appartenons à une vieille famille internationale de psychotiques et de misanthropes. Nous n'avons pas connu, comme aujourd'hui, cette acceptation aveugle allant dans tous les azimuts. Maintenant, on voit des gens comme moi à la télévision, non ?

Daniela pouffa de rire.

— Ce n'était pas le cas à l'époque. Voilà pourquoi nous nous traitions comme frères et sœurs, une famille qui prendrait toujours soin des siens, et nous méfiions comme de la peste des inconnus qui s'insinuaient dans notre groupe. Freddy était particulièrement exposé car il portait un nom à particule synonyme d'argent. Et puis, il faut dire les choses comme elles sont, il se sentait atrocement seul et avait un faible pour les jeunes. Clay était loin d'être le premier garçon à user de son charme pour se faire inviter à entrer puis prendre tout ce qu'il pouvait.

Daniela posa son sac à main sur la table et en retira une feuille de papier à lettres pliée, vert menthe. Nick songea que ce devait être du papier très coûteux, sa texture était presque aussi dense que de la craie.

— Tu sais ce qu'on raconte, reprit-elle, quêtant sa confirmation d'un coup d'œil. Ces bruits ont commencé à circuler à la mort de Freddy. J'ai subi un déluge d'appels d'amis proches. Clay avait assassiné Freddy, exactement comme ils l'avaient prédit. Clay était resté seul au chevet de Freddy et lui avait administré une dose fatale dans le but de faire main basse sur la fortune van der Haar.

Elle leva les yeux au ciel.

— Ces amis pensaient bien faire, affirma-t-elle. Il ne faut pas leur en vouloir. Ils veillaient sur la mémoire de Freddy. Qui, il faut bien le dire, avait un sens de l'humour un peu tordu, car il répétait à qui voulait l'entendre que Clay ne restait auprès de lui que pour aspirer les dollars dès qu'il aurait claqué. Mais tel n'était pas le cas. Loin de là.

Daniela tendit la feuille à Nick qui la déplia et constata qu'il s'agissait d'une lettre dactylographiée signée d'un gribouillis tracé d'une encre assortie au papier.

— J'ai reçu cette lettre de Freddy il y a environ un an, alors que sa marche vers la mort était déjà si avancée qu'il n'était plus capable de parler par téléphone.

Dani Darling,

La distribution du courrier est-elle toujours aussi lente à Venise ? Si c'est le cas, il se peut que tu lises en ces lignes des paroles venues d'outre-tombe. Hou ! Peter a eu le culot de me téléphoner hier depuis 29 Palms et demander à Clay si j'étais mourant. Clay s'est tourné vers moi – j'étais cloué au canapé comme le roi Sardanapale dans le tableau de Delacroix (nous l'avions vu à Paris ? J'oublie tout) – et m'a lancé : « Freddy, es-tu en train de mourir ? » J'ai éructé : « Je crois bien que oui. » Peter a enjoint Clay de me dire de ne pas claquer avant son retour d'Hawaï. J'ai donc consenti à vivre quelques mois de plus pendant que Peter se prend des vestes à ses cours de surf (ou bien auprès des surfeurs ?).

Mais venons-en à la raison pour laquelle je t'écris. Darling, *je te demande un service. Dis aux copines d'arrêter de faire front commun contre Clay et de répandre la rumeur qu'il ne s'intéresse qu'à mon argent. J'ai reçu des visites et/ou appels téléphoniques de Bruno, Laurie, Kiko, Jules, Gitsy, Nan, Marc et, crois-le ou non, de London Ted, chacun d'eux m'informant en termes sans équivoque que je me faisais plumer par un gigolo du Bronx. Et à coups de pied aux fesses je devais virer, virer, virer Clay de ma vie pour préserver mes amitiés et mon héritage. Dani, ce n'est pas vrai ! Tu as vu Clay sous le doux éclairage de Venise. Tu as perçu en lui le jeune homme aimant, bienveillant qu'il est. S'il te plaît, partage cette impression avec les membres de la famille – convaincs-les grâce à ta poigne de fer fasciste ! Ils ne se rendent pas compte que Clay est, pour moi, un don du ciel. Il est le seul à prendre soin de moi*

– songe comme il doit être affreux de passer ses plus belles années à s'occuper d'une vieille peau mourante. En aurions-nous été capables quand nous étions jeunes et beaux ? Franchement, je ne serais déjà plus en vie sans lui, et ce serait avec joie que je lui léguerais toute ma fortune pour le remercier de son dévouement. Seulement [là, à l'encre verte, Freddy avait ajouté un signe d'insertion et écrit à la main « que cela reste entre nous »], il ne me reste plus rien. Moins que rien. Niente.

S'il te plaît, fais-toi la médiatrice. Je prie pour avoir la force de revenir une dernière fois au Dormitorio et que nous puissions dîner à L'Incontro comme deux catins insatiables. Je viens de me rappeler le jour où, sans crier gare, nous avons embarqué clandestinement à bord de ce jet privé puis avons atterri au Bourget où il s'en est fallu de peu que nous nous fassions arrêter sur le tarmac. Quand était-ce déjà ? Quand avons-nous été jeunes pour la dernière fois ?

Tout à toi,

[Et là un F était paraphé en vert.]

Nick leva les yeux au-dessus de la feuille de papier et croisa le regard de Daniela qui quêtait son approbation. Nick songea qu'elle se trompait de cible. Daniela aurait dû partager cette lettre avec Bruno, Laurie, Kiko, Jules, Gitsy, Nan, Marc ou London Ted, pas avec l'amoureux transi de celui qu'on calomnie et incrimine.

— As-tu eu l'occasion de leur faire changer d'avis ?

Elle lui prit la lettre des mains et, avec moult précautions, la remit dans son sac.

— Je m'y suis efforcée, mais leur opinion était faite. Clay n'a jamais eu l'ombre d'une chance.

Du bout des ongles, elle pianota sur la table.

— J'ai pensé que tu devais la lire, au cas où tu aurais des doutes. Clay a été loyal et dévoué envers Freddy jusqu'au dernier moment. Il a fait pour lui plus que nous tous réunis.

— Je n'ai aucun doute sur Clay. Je sais qu'il n'a pas tué Freddy.

En réalité, il l'ignorait ; mais il en avait l'intime conviction. *As-tu assassiné ton meilleur ami ?* n'était pas, à proprement parler, le genre de question qui franchit nos lèvres quand on tombe amoureux. L'amour exclut la possibilité que son partenaire soit un assassin. En dépit des rumeurs qui circulaient à New York, Nick n'imaginait pas que Clay soit capable de mettre insidieusement un terme à une vie, surtout celle de Freddy dont il avait pris soin plus que de la sienne.

— Aucune chance qu'il ait tué Freddy, répéta-t-il. C'est exclu.

Daniela poussa un soupir de satisfaction.

— Bien, dit-elle.

Elle ôta ses lunettes, ferma très fort les yeux. Les coussinets avaient laissé sur les arêtes de son nez des marques rouges grosses comme des mouches, et elle battit des paupières en plissant le visage, grimace qui semblait refléter le monde tel qu'elle le voyait. Elle remit ses lunettes.

— Maintenant que j'ai été franche envers toi, reprit-elle d'un ton qui ne laissait rien présager de bon, j'aimerais que tu le sois envers moi.

Nick pouffa de rire.

— À quel sujet ?

— Qu'est-ce que Clay et toi êtes venus manigancer à Venise ?

— Rien !

Puis il ajouta, baissant d'un ton :

— Rien du tout. Clay venait à Venise pour s'assurer que tout allait bien au Dormitorio, et j'ai décidé de venir le retrouver. Il a pensé que nous serions trop à l'étroit au *palazzino*, avec toutes les affaires de Freddy qu'il lui reste à trier. C'est pourquoi il t'a demandé de m'héberger.

Il s'en voulait de mentir à Daniela. Mais c'était plus sûr ainsi.

— Mmmm, susurra Daniela d'un air incrédule. Sois conscient d'une chose : Venise est un village.

Nick disait la même chose de New York – cette gigantesque métropole n'était en réalité qu'une bourgade de province pleine de curieux. Parfois, une atmosphère claustrophobe pesait sur la ville mais, de façon générale, elle pouvait satisfaire les moi multiples et les doubles vies sans trop de risques pour ceux qui étaient concernés. Mais les paroles de Daniela résonnaient comme une menace.

— Ça tombe bien, rétorqua Nick avec flegme. J'ai besoin que tu m'indiques comment me rendre au marché aux poissons du Rialto.

Nick s'accorda une quarantaine de minutes pour arriver sur place. Daniela lui avait assuré que cela ne lui prendrait pas plus d'un quart d'heure, et conseillé de suivre les panneaux fléchés en direction du pont du Rialto – le marché se trouvait tout à côté et, une fois là-bas, il lui suffirait de se laisser guider par les odeurs. Nick se joignit au lent flot des touristes, dont la plupart semblaient tout aussi perdus que lui. Les téléphones portables avaient depuis longtemps remplacé la paperasse salissante des plans de la ville qu'on dépliait à l'envi, leurs écrans affichant en miettes de pain électroniques l'itinéraire à suivre. Ce qui différenciait Nick des autres touristes était qu'il avait un but – il devait se trouver à un certain endroit et, plus angoissant, y faire quelque chose de précis. Les années qu'il avait passées à New York lui avaient enseigné que c'était à la démarche qu'on différenciait les touristes des habitants d'une ville. Nick s'efforça d'avancer vite et d'un air assuré, se dépêchant de traverser les ponts, conscient que ses semelles résonnaient sur les pavés, se glissant telle une anguille entre les badauds qui léchaient, pour les uns, les vitrines, pour les autres, un cornet de glace. La pièce de monnaie que Clay avait placée dans son mocassin droit scintillait dans la lumière du soleil, petite amulette qui lui rappelait pourquoi il était sur le point de s'introduire par une arnaque dans la vie de Richard Forsyth West.

Nick aurait dû consulter son téléphone. Il atteignit le fond d'une impasse, rebroussa chemin puis se retrouva, sans savoir comment, au même endroit dix minutes plus tard. Au bout d'une demi-heure de recherches, après avoir suivi par hasard deux ruelles où se succédaient des stands de tee-shirts, il émergea devant le Rialto. Non loin du pont et juste au moment où une ampoule à son talon gauche lui signalait que les mocassins en croco étaient les pires chaussures qui soient pour Venise, un vaste bâtiment en brique se dressa devant lui, son enseigne dorée proclamant *MERCATO DEL PESCE AL MINUTO*. Nick rajusta le col de sa veste, lissa son Oxford blanche et s'intima de ne plus penser à son échec de la veille auprès des Warbly-Gardener. Toutefois, il vérifia à deux reprises que son portefeuille se trouvait bien dans sa poche arrière car, ce jour-là, il en aurait besoin. Alors, il pénétra dans la fraîcheur océanique des étals obscurs. Des flaques d'eau luisaient sur le sol. Marchandages et ensachages allaient bon train par-dessus des étals couverts de glace pilée.

Nick avait mémorisé le physique de Richard Forsyth West et savait, par Clay, que l'homme avait un faible pour les costumes en lin blanc. Il ne doutait pas de pouvoir le repérer parmi cette foule compacte. Des Vénitiens se pressaient au coude à coude devant un stand, criant à tue-tête leurs commandes. Des touristes braquaient leurs énormes appareils photo prolongés par des méga-zooms dignes d'un safari sur les natures mortes formées par des poissons d'un gris luisant aux yeux ouverts, dans le ventre desquels étaient plantés des pique-prix blancs. Il y avait là des *scampi nostrani*, des *branzani*, des *di mari*, et des seaux métalliques débordant d'animaux marins sans nom. Les zooms safari se braquèrent sur les acheteurs, essayant de saisir une trace fugitive de cette vie quotidienne ordinaire que Venise révélait si rarement.

Deux hommes d'un certain âge, en couple, chemise en jean pour l'un et en coton mandarine pour l'autre, matèrent Nick séparément, le bombardant de regards engageants, admiratifs. Chacun cachait son intérêt à son compagnon sous couvert de se passionner pour les activités environnantes.

— Les coquilles Saint-Jacques me semblent plus fraîches un peu plus bas, David, suggéra celui à la chemise en jean, lançant à la dérobée un autre regard vorace vers le jeune homme.

Ces flirts éphémères renforçaient la confiance en soi de Nick; ils en étaient venus à compter pour lui autant, imaginait-il, qu'être reconnu dans la rue importait pour une célébrité – ils faisaient office d'unité de mesure empirique de sa valeur sur le marché. Nick ne rendait jamais un sourire. Parfois, il levait les yeux au ciel pour marquer son irritation. Mais, la plupart du temps, il en était extrêmement flatté.

Il navigua entre les étals, en quête d'un homme âgé aux cheveux blancs, au front large et au sourcil gauche surmonté d'un grain de beauté. De nombreux vendeurs vêtus d'un tablier en caoutchouc avaient déjà écoulé leurs prises du jour, ne laissant que des morceaux de laitue éparpillés sur des rectangles de glace. Il espérait ne pas arriver trop tard. Clay lui avait demandé de se trouver sur place à 10 heures. Il était 10 h 17, et il approchait du ruban bleu clair du Grand Canal qui marquait la fin du marché aux poissons. Sur la rive opposée, les teintes pêche et jaune des façades luisaient dans le tranchant de la lumière du jour.

Quand Nick tourna la tête, il se rendit compte que les stands se prolongeaient à l'extérieur, formant un campement d'armatures en métal bâchées. Cette annexe proposait à la vente les produits frais et accueillait le surplus de touristes déversé par le Rialto. Le lieu bourdonnait d'une activité aussi dense qu'un souk. De la transpiration nimbait le front de Nick tandis qu'il se frayait un chemin dans les allées, craignant d'avoir sous-estimé la simplicité de sa mission. Où était donc ce Richard Forsyth West ? Était-il seulement venu ce jour-là ?

Nick trébucha sur un seau plein de fleurs et s'en excusa auprès de la vendeuse. Il s'arrêta, faisant mine d'examiner un cageot de citrons verts pour mieux scruter la foule.

Une nuque luisait, poivre et sel, deux allées plus loin. Le visage se tourna de profil, révélant les poils blancs épars d'une barbe de deux jours et un beau visage aux traits affirmés. Nick délaissa les citrons et avança vers sa cible à pas lents. Il était presque sûr qu'il s'agissait de lui. Une vision insolite parut intriguer l'homme et, quand il tourna la tête, le grain de beauté au-dessus du sourcil le lui confirma.

Richard Forsyth West portait un pull à col boule et un pantalon en lin blanc. À son épaule, pendait un grand panier en paille qui, sur une silhouette moins massive que la sienne, aurait pu faire folle. Clay avait prévenu Nick que West ne manquait pas d'allure, mais Nick ne s'était pas attendu à ce qu'il en impose autant. Il avait la prestance flegmatique et blasée d'un homme qui ne se souciait pas de régler son pas sur l'idée que les autres se faisaient du rythme. La foule le bousculait à peine. Il tourna dans une allée et Nick lui emboîta le pas, remarquant qu'il portait des espadrilles à rayures rouges et blanches. C'était là l'accessoire ridicule caractéristique des riches : des chaussures idéales pour faire des randonnées pédestres sur une île et être ôtées facilement sur le pont du yacht. Tandis que Nick, à quelques mètres derrière lui, s'appliquait à ne pas se laisser distancer, un autre corps s'interposa entre eux. C'était celui d'un jeune homme d'une trentaine d'années qui avait les yeux scotchés à son téléphone tandis que ses pouces tapaient frénétiquement sur l'écran. Il restait concentré sur son appareil, mais parvenait à coller aux basques de Richard West et à éviter de se cogner aux gens venant en face de lui grâce au troisième œil qui permettait à ceux de sa génération d'évoluer simultanément dans deux univers. Nick l'observa. Il le trouvait très craquant, malgré un soupçon de moustache qui perçait au-dessus de sa lèvre supérieure. Il avait des cheveux bruns, frisés, mais des yeux creux et des lèvres minces, très roses. Son jean était moulant à un point presque obscène, et il portait en bandoulière un sac à provisions. Nick le prit pour un Iranien à cause de son teint olivâtre. Mais, lorsque Richard West lui dit quelque chose en mauvais italien, le jeune homme lui répondit avec l'accent chantant d'un natif du pays.

Si Nick n'avait pas su que West était marié à une femme – en secondes noces, d'ailleurs –, il aurait certainement pris ce jeune homme pour son petit ami. À en juger à sa manière de ne pas lâcher West d'une semelle, tout portait à croire qu'il devait être son secrétaire particulier. West pointait le doigt dans une direction et, aussitôt, l'autre attrapait une barquette de fraises ou d'amandes. West s'entraînait à marchander en italien avec un vendeur, puis l'autre intervenait et tendait le montant exact de la transaction en espèces. Nick s'immobilisa pour laisser le flot des badauds s'écouler autour de lui. Le secrétaire particulier de West risquait d'être un bâton dans les roues du plan. Il était bien plus facile d'engager la conversation avec un inconnu lorsque celui-ci se trouvait seul. Les menus propos faisaient vite oublier l'embarras de l'entrée en matière. Cette chance diminuait de beaucoup en présence d'un témoin susceptible d'analyser chaque détail par la suite. *Vous n'avez pas trouvé bizarre que cet Américain surgisse de nulle part et vous adresse la parole ?*

Au grand désespoir de Nick, la venue d'une jeune femme qui fendit la foule pour rejoindre West compliqua encore un peu plus la situation. Elle tenait entre ses mains un bouquet de roses orangées ainsi qu'un panier en osier de pacotille dont l'étiquette du prix pendait de la poignée. Elle était mince, avait de longs cheveux ternes, brun thé, et le nez couvert de taches de rousseur pâles qui débordaient jusqu'aux commissures de ses lèvres. Elle n'était pas ce que Nick appelait une jolie fille. Elle lui parut à la fois plus quelconque et plus sophistiquée que ça. Elle avait le regard acéré, et l'ombre d'un sourire qui donnait à penser qu'elle avait un humour tranchant, voire mordant. Pour le moment, Richard Forsyth West et elle riaient du petit panier en osier qu'elle brandissait devant lui en faisant semblant de le poser sur un présentoir invisible. Le secrétaire ne prêtait pas attention à eux, ayant reporté les yeux sur son téléphone. Nick ne pouvait deviner le mot de la fin du numéro autour du panier, mais la prestation de la jeune femme la rendit plutôt sympathique à ses yeux. Il en vint aussi à apprécier chez West ses éclats de rire sincères et retentissants. Clay avait mis en garde Nick contre les dangers de le trouver sympathique.

Nick, anticipant le risque de se faire piétiner par la foule de plus en plus dense, se dirigea vers le trio, regardant le Grand Canal. West pivota sur lui-même pour examiner un étalage de saucisses et, au même moment, Nick sentit que le jeune Italien le suivait des yeux. Renonçant à son projet de bousculer West « par inadvertance », il se pencha sur un éventaire où étaient proposés des sous-vêtements au rabais. Il fit mine de s'intéresser à un pack de trois caleçons tout en observant à la dérobée West et ses deux compagnons qui s'éloignaient vers le marché couvert. Nick allait rater sa chance. Son regard se fixa sur le panier au bout du bras de la jeune femme. C'était un objet mal fait, des pointes d'osier sortant de son tressage. Une idée lui vint tout droit des rues de Manhattan.

À New York, Nick était tombé deux fois dans le panneau d'une arnaque très ingénieuse. Sur un trottoir de Midtown, un SDF portait une boîte en polystyrène pleine de pâtes. Quand il repérait sa cible, un passant à l'air naïf et gentil et, de préférence, venant du Midwest – à savoir Nicholas Brink – obnubilé par les lumières de la ville, il le percutait et envoyait valser son récipient. Cette bousculade résultait en un tas de nouilles éparpillées sur le trottoir. Il s'ensuivait des cris de colère – « Mec, je viens de claquer tout mon fric là-dedans, vingt dollars, et maintenant j'ai plus rien à bouffer pour ce soir ! Tu pouvais pas regarder devant toi ? ». Il ne restait plus au touriste candide qu'à tendre à l'homme un billet de vingt dollars en se confondant en excuses. Dès que la dupe s'éloignait, l'escroc du dimanche remettait les pâtes dans la boîte et attendait sa prochaine victime. C'était la survie dans les rues de New York dans toute sa splendeur.

Nick présenta intérieurement ses excuses à Daniela pour le généreux présent qu'elle lui avait fait le matin même. Il arracha la couture du bas de la manche gauche de sa veste prince-de-galles et la suivit le long de l'avant-bras jusque sous le coude. Dans un coin du tissu, il accrocha l'agrafe qui fermait le paquet de caleçons. D'un geste sec du bras, il parvint à faire un petit accroc. Glissant deux doigts dans ce trou, Nick s'élança à nouveau dans la foule, accélérant le pas pour ne pas se laisser distancer par le groupe.

Il le rejoignit dans la pénombre du marché où le secrétaire négociait des lambis. La jeune femme se tenait près de West, lui parlant avec animation, le panier toujours pendu à son bras. Quand Nick passa à côté d'elle, il s'arrangea pour accrocher la pointe d'osier la plus pointue, la plus longue avec le trou qu'il avait pratiqué dans sa veste. Alors, il s'élança vers l'avant, marchant d'un pas vif et entraînant le panier avec lui.

— Oh, non ! s'écria la jeune femme derrière lui. Hé ! Monsieur !

Nick se retourna, l'air choqué.

— Je suis pris à l'hameçon, déclara-t-il.

Mais, aussitôt, il regretta cette plaisanterie forcée. La jeune femme, l'air confus, détacha le brin d'osier accroché au bras de Nick. Elle avisa alors les fils décousus à hauteur de son coude.

— Je suis confuse ! Zut, j'ai déchiré votre veste.

Elle plaqua le panier contre sa hanche, comme si elle cherchait à maîtriser un chien de compagnie chahuteur. Nick se fit un devoir d'évaluer l'accroc. Il était important qu'il ne relativise pas l'incident trop vite.

— Aaahhh, geignit-il en frottant le trou comme s'il s'agissait d'un bleu qu'il se serait fait.

Elle leva les yeux vers lui, prise dans les affres du remords, les traits figés.

— Je suis confuse, répéta-t-elle. C'est une si jolie veste.

Il laissa un sourire éclairer peu à peu son visage.

— Tout va bien, dit-il très fort afin d'accentuer son accent américain. La faute à pas de chance, dirons-nous.

— Eva, qu'as-tu fait ? fit mine de s'indigner Richard Forsyth West.

Il souriait d'un air espiègle, son regard allant de la jeune femme à Nick, en partie d'un air contrit, en partie pour laisser entendre au jeune homme de ne pas accorder à cet incident plus d'importance qu'il n'en méritait. West avait cet air enjoué et détendu de ceux qui peuvent régler tous les problèmes.

— C'était ce fichu panier ? Je t'avais dit que cette horreur nous attirerait des ennuis. Mais je pensais qu'ils se limiteraient à la fureur de Karine !

Nick savait que Karine était le prénom de la femme actuelle de West.

— Et voilà qu'il détruit la vie de passants innocents !

Il inclina la tête pour mieux évaluer Nick du regard.

— C'est ma nièce, lui dit-il. Elle est redoutable. Faites-lui payer la retouche.

— Bien sûr que je vais la payer, s'écria Eva. Cela va de soi ! Sauf que je n'ai pas d'espèces sur moi.

Elle rit et se frappa le front contre l'épaule de son oncle.

— J'ai tout dépensé pour acheter ce panier rien que pour embêter Karine, c'est idiot !

— Ce n'est pas grave, je vous confisquerai vos roses en guise de dédommagement, lança Nick pour plaisanter.

Il tendit la main comme s'il voulait s'emparer des fleurs, ce qui déclencha l'hilarité générale. Par-dessus l'épaule de West, le secrétaire italien l'évaluait d'un air dubitatif. Mais cela n'avait plus aucune importance. Il avait déjà retenu l'attention de West.

— On ne vous a pas prévenu qu'il est risqué de se promener dans Venise ?

West s'exprimait d'une voix profonde et ferme, déployant chaque syllabe au gré d'une mécanique américaine bien huilée.

— Si ça n'avait pas été un accroc, ç'aurait été une fiente de pigeon. Et ces choses-là, il est impossible de s'en débarrasser. Vous devriez être content de vous en tirer à si bon compte.

— J'en apprends tous les jours. C'est mon premier séjour à Venise, mais dorénavant je saurai qu'il vaut mieux garder ses distances avec les femmes qui portent un panier.

— Nous sommes un groupe terroriste, claironna Eva. Les femmes aux paniers. Nous montons une antenne à Venise.

— Votre première fois, dites-vous ? relança West.

Nick comprit pourquoi le grain de beauté au-dessus du sourcil gauche de West se remarquait tant. C'était le seul élément qui brisait la symétrie parfaite de ses traits. Nick n'en avait jamais vu d'aussi bien proportionnés. Jusqu'aux poils blancs de sa barbe qui s'arrêtaient à la même hauteur sur chaque joue. Sa grosse tête rappelait à Nick les heurtoirs à l'effigie de lion qui ornaient beaucoup de portes de cette ville.

— Quel dommage, poursuivit-il, qu'il vous ait fallu attendre si longtemps pour venir ici.

— Je sais bien ! Il est si facile de se laisser piéger à New York et de ne jamais en trouver la sortie.

Remarque qui, de nouveau, retint l'attention de West.

— New York City ?

Nick acquiesça.

— J'adore cette ville, ajouta-t-il alors d'un ton frivole comme s'il était requis de l'affirmer par solidarité nationale. Je suis né dans cet État, à Albany, même si j'ai passé la plus grande partie de ma vie à Chicago. Je ne retourne plus par là-bas que très rarement.

Nick s'efforça de trouver une réponse susceptible d'inciter West à poursuivre la conversation – il pouvait dire qu'il avait grandi dans le Midwest, même si Dayton n'avait rien à voir avec Chicago ; en revenir au dilemme de sa veste déchirée ; demander à West depuis combien de temps il séjournait à Venise. Ses hésitations provoquèrent un blanc dans la conversation et, dans ce lac silencieux qui s'étendait de plus en plus, West se tourna vers le jeune Italien qui, l'air triomphant, brandissait un sachet de bigorneaux comme s'il s'agissait d'une tête tranchée. Nick n'intéressait plus West.

— Ce sera suffisant pour tout le monde ce soir ? demanda ce dernier à son secrétaire. Tu ne crois pas que nous ferions mieux d'en acheter trop que pas assez, Battista ?

— Je doute que nous ayons besoin d'en acheter autant, intervint Eva. C'est une des spécialités locales mais, dès la deuxième bouchée, on se dit qu'on est arrivé au bout de l'aventure.

— C'est faux, riposta West. Karine les adore. Pour elle, c'est comme le pop-corn. Je l'ai déjà vue en manger deux fois plus à elle toute seule.

Ils avaient tourné le dos à Nick qui restait sur la touche, tel un client de bar ne pouvant se résigner à ne pas être invité à la maison. À sa place, n'importe qui serait déjà parti. Mais il devait encore atteindre l'objectif pour lequel il avait provoqué sa rencontre avec Richard Forsyth West. Grâce à Clay, il lui restait une autre carte à jouer. Ce stratagème n'en appellerait pas au sens de l'humour de West, ni à sa familiarité avec des inconnus, mais, plus sûrement, à son orgueil.

— J'ai été ravi de vous rencontrer, lança-t-il en agitant la main pour capter de nouveau l'attention du groupe. Je vais vous laisser, je pars découvrir le *Martyre de saint Laurent*, du Titien, qui a été restauré depuis peu.

West, lentement, tourna la tête vers lui.

— Dans l'église des Gesuiti ?

— Oui, répondit Nick le plus naturellement du monde. J'ai appris qu'on avait ôté cinq siècles de poussière de la toile, c'est prodigieux.

West, aux anges, claqua des doigts à l'intention de sa nièce.

— Tu entends ça, Eva ?

Elle acquiesça, fidèle à son rôle qui consistait à flatter le narcissisme de West. Elle témoignait de son altruisme afin de lui éviter de devoir le faire.

— Vous parlez à l'homme qui a financé cette restauration, indiqua-t-elle à Nick.

Il dévisagea West comme s'il avait devant lui une star qui voulait passer inaperçue.

— Ce n'est pas vrai ? Sans blague ! C'est incroyable !

— Je n'en reviens pas que vous soyez au courant, s'écria West. Les experts pensaient que le jeu n'en valait pas la chandelle. Œuvre mineure d'un peintre majeur, disaient-ils. Mais j'ai insisté. Je savais que c'était un pur chef-d'œuvre. Et voilà que j'apprends qu'on vous a parlé de cette restauration à New York, qu'on vous en a dit le plus grand bien, que les gens l'adorent.

C'étaient non pas des questions, mais des affirmations et, à chacune d'elles, Nick opinait du chef. Sans discontinuer. Il était bien placé pour savoir que le charme aidait à s'attirer une amitié mais, souvent, c'était être charmé qui la cimentait.

— Je suis très fier de ce projet, poursuivit West. Et ce n'est que le début de mes travaux à Venise !

— Ne considère-t-on pas que ce tableau constitue l'une des plus belles scènes nocturnes de la Renaissance ? demanda Nick, ne faisant que répéter mot pour mot une information que lui avait fournie Clay.

West posa son panier en paille afin de pouvoir prendre Nick par les épaules.

— Eva, ordonna-t-il. Raccroche ton panier à la veste de ce jeune homme. Qu'il ne nous quitte plus !

— Auquel cas il n'ira pas à l'église admirer ton tableau, glissa-t-elle.

West retira son bras d'un geste brusque, comme quelqu'un qui n'aurait pas respecté l'espace vital de son interlocuteur. Il parut un peu gêné.

— Je compte sur vous pour me dire ce que vous en aurez pensé, dit-il. J'aimerais connaître votre avis sur les pigments. Vous verrez, ils sont éclatants.

À entendre West, on aurait pu croire qu'il avait procédé lui-même à cette restauration. Mais Nick n'aurait pu rêver meilleure occasion de lui laisser sa carte de visite, ce qui était son seul but. Il sortit son portefeuille et la prit. Il y avait déjà inscrit son numéro de portable.

— Voici ma carte. Vous pourrez m'envoyer un texto à ce numéro.

West abaissa le regard sur le rectangle blanc.

— Wickston, murmura-t-il. L'orfèvre, c'est ça ?

— Absolument, répondit Nick qui se lança dans son discours préparé à l'avance. Nous dominons plus ou moins les ventes de l'orfèvrerie coloniale à New York. Je suis venu en Italie pour rencontrer un client à Milan. Il veut que j'expertise ses dernières acquisitions de pièces allemandes. C'est ma principale activité chez Wickston. L'authentification. Mais auparavant j'ai eu envie de m'accorder une semaine de vacances à Venise. Pourquoi pas, non ? Je ne pouvais pas rater ça.

West tourna et retourna la carte de visite dans sa main comme pour évaluer le grammage du papier.

— Connaissez-vous un certain Dulles Hawkes ?

— Bien sûr. Hawkes était notre unique concurrent à New York avant qu'il mette la clef sous la porte voilà quelques années. De vous à moi, j'ai toujours pensé qu'il était un peu à côté de la plaque. Pas très fiable non plus en matière de ventes. Mais bon, ce que j'en dis…

Il fit mine de jouer la discrétion en laissant sa phrase en suspens. West approuva d'un signe de tête.

— Oui, j'ai fait appel à lui pour un ou deux achats. Ça a été une catastrophe.

West fit tourner la carte de visite une dernière fois, puis la glissa dans sa poche.

— J'ai une idée, lança-t-il. Nous organisons un petit dîner ce soir à mon *palazzo*. Ce ne sera rien d'extraordinaire, mais pourquoi ne pas vous joindre à nous ? La place ne manque pas.

— Oh oui, s'il vous plaît, venez ! s'exclama Eva en enfonçant le bouquet de fleurs dans le sac à provisions que Battista portait en bandoulière. Ce sera notre manière de nous faire pardonner d'avoir abîmé votre veste.

— Je ne voudrais pas m'imposer, protesta Nick du bout des lèvres.

Il ne s'était pas attendu à ça. Le plan était de parler à West et lui laisser sa carte de visite, rien de plus. S'il acceptait cette invitation, il devrait continuer à jouer son rôle pendant toute une soirée, plus seulement quelques minutes parmi la cohue d'un marché. Sans parler du fait que Clay serait juste à côté, séparé de lui tel un secret dissimulé derrière le mur.

— Ne réfléchissez pas trop longtemps, glissa Eva, feignant d'être vexée. Rien ne vous oblige à nous rembarrer poliment. Venise regorge d'inconnus que nous pourrons attirer chez nous.

— Non, non, je viendrai, bien sûr !

Comme pour tant d'autres choses dans sa vie, il laissa le cours de la conversation décider de son destin.

— Parfait, décréta West. Je vous enverrai l'adresse par texto. Nous sommes dans Cannaregio.

Nick connaissait déjà la localisation du *palazzo*. Il avait envisagé de s'y rendre à pied la veille au soir, juste pour voir le décor des nombreuses histoires que lui racontait Clay.

— Disons 7 heures ?

— Battista danse divinement, lança Eva en s'agrippant au bras chargé de l'Italien. C'est à ne rater sous aucun prétexte.

Elle plaisantait, c'était évident. Le feu de l'embarras colora les joues de Battista, et le regard appuyé de Nick souffla sur les braises, le faisant rougir davantage encore. Il avait dû se ridiculiser un soir en dansant devant eux.

Eva, lui présentant Battista, confirma qu'il était le secrétaire particulier de son oncle. Ils échangèrent un *Ciao* assez près l'un de l'autre pour que Nick sente l'odeur de nicotine de son haleine. West, avec force gestes du doigt, expliqua à Nick l'itinéraire pour se rendre à l'église des Gesuiti qu'il avait désormais l'obligation d'aller visiter. Nick ne doutait pas qu'on lui demanderait son avis sur le tableau du Titien dans la soirée.

Grisé par le succès, il gravit quatre à quatre les marches en marbre du Rialto. Du haut du pont, il crut halluciner en voyant passer les Warbly-Gardener à bord d'un *motoscafo* qui fila sous lui. Mais il s'agissait d'une autre famille de touristes se prélassant sur les coussins à l'arrière du bateau et Nick s'était déjà affranchi du désastre de la veille. Il était trop occupé à imaginer quels arguments il présenterait à Clay pour justifier en quoi se lier d'amitié avec West les aiderait à réussir leur plan. Ce n'était pas une trahison d'être accueilli à bras ouverts le temps d'une soirée sous le toit de cet homme. Nick pouvait rester cent pour cent fidèle à celui qu'il aimait tout en infiltrant le camp ennemi.

7

Dans la tranquillité du soir tombant, Venise basculait du passé dans le présent. Les lumières aux fenêtres détournaient l'attention des passants de l'architecture fleurie, mettant en vedette le désordre de pièces modestes. Les bourdonnements des canots à moteur couvraient ceux des cohortes de touristes. Pendant la journée, on oubliait que la mer s'étalait au-delà de la ville et que les canaux n'étaient pas que de simples cases de bande dessinée. Mais le soir, au coucher du soleil, un air marin sauvage et vif soufflait sur la ville, porté par les marées de l'Adriatique. Venise redevenait une ville portuaire, une capitale maritime bataillant pour repousser les assauts des vagues. Les flots s'accordaient autant de liberté que l'imagination dans le noir.

Nick éprouvait un malin plaisir à la perspective de la soirée qui s'annonçait. Il avait revêtu son blazer en laine vert, ayant déposé sa veste prince-de-galles chez un teinturier après sa visite de l'église des Gesuiti. Plus tôt dans l'après-midi, après s'être acquitté du droit d'entrée de un euro, il avait pénétré dans cet imposant édifice aux murs blancs comme de la crème fouettée, en forme de croix latine. Nick avait trouvé le tableau du Titien, restauré mais noirci par le temps, décevant. Il avait été beaucoup plus impressionné par le marbre veiné de vert, blanc et doré du sol dont les formes chatoyantes se répandaient sur les marches de l'autel et s'étalaient dans la nef telle la moquette préférée des femmes au foyer de Houston. Toutefois, il avait fait l'effort d'examiner la toile, allant jusqu'à détailler le torse sculptural et les cuisses extrêmement musclées de saint Laurent ; pendant qu'on le faisait griller à petit feu, le saint homme levait nonchalamment un bras vers une déchirure étoilée du ciel nocturne. Sans éprouver la moindre culpabilité, Nick apprécia l'érotisme qui émanait des tortionnaires armés autour du supplicié. Il trouvait que le peintre avait su restituer les paroxysmes et les accalmies d'une crise – il déposa ces mots, *paroxysmes* et *accalmies*, dans la banque de sa mémoire afin de les ressortir plus tard devant West.

La seule obligation dont Nick ne s'était pas acquitté dans l'après-midi était d'envoyer un texto à Clay pour le prévenir que West l'avait invité à dîner chez lui. De retour chez Daniela, il s'était convaincu que la chose la plus intelligente à faire serait de voir d'abord comment la soirée se passerait pour éviter que son petit ami ne s'inquiète pour rien. Il se pourrait que Nick n'intéresse pas du tout West et reprenne son rôle très mineur du plan initial. De toute façon, Clay et lui devaient se retrouver le lendemain dans une église à l'écart des circuits touristiques. Il lui serait plus facile de s'expliquer de vive voix. *Mission accomplie*, se contenta-t-il de taper. *À demain.*

À proximité de chez West, Nick emprunta une ruelle longue et étroite qui s'arrêtait devant une porte verte. Il se dit que ce devait être l'entrée du Dormitorio. Ce *palazzino* délabré aux volets de guingois regorgeait de nids d'oiseaux dans les fissures de la façade autour des fenêtres. Il ne vit pas de lumière, mais n'en supposa pas moins que Clay était chez lui. Il refréna le désir d'aller le retrouver et poursuivit son chemin jusqu'à la porte d'entrée du Palazzo Contarini.

Nick fit le point sur ses mensonges : *Tu travailles chez Wickston. Tu fais des expertises. Tu es ici seul avant de te rendre à Milan pour affaires*. Il vérifia le plan sur son portable et découvrit qu'il se trouvait à tout juste plus d'un mètre de l'entrée du palais. Le mur de brique céda la place à un portail en fer forgé surmonté de l'énorme sculpture d'un oiseau – lequel ressemblait beaucoup à un ptérodactyle, même si Nick supposait que l'artiste médiéval avait eu pour intention de représenter un aigle. Par le portail entrebâillé, Nick se glissa dans une courette où un carré de pelouse tondue s'accrochait, aux quatre coins, à un cyprès. Des plantes grimpantes bleues s'enroulaient autour d'une pergola bancale. Sur le mur du fond, les premiers éclats des fleurs d'une glycine blanche pendaient mollement contre le feuillage. Deux petits buissons, effeuillés, incarnaient les derniers vestiges du printemps.

La porte blindée du *palazzo* était fermée à clef. Nick appuya sur la sonnette et, au bout d'un moment, entendit des pas s'approcher. Quand on lui ouvrit, ce fut Battista qui le regarda d'un air glacial.

— Salut ! lança Nick, mettant tant de cœur à sourire qu'il en oublia de s'essayer à l'italien.

Nick trouvait le secrétaire de West assez mignon et se disait que, sous l'effet de l'alcool, ils pourraient flirter en fin de soirée autour du plat de bigorneaux. Battista lui adressa un signe de tête qui manquait d'enthousiasme avant de tourner les talons et de s'enfoncer dans l'obscurité, ce qui n'augurait rien de bon. Il portait un pantalon beige très ajusté qui rappelait à Nick un jodhpur et une chemise blanche unie à col boutonné encore marquée par les plis du pliage dans sa boîte en carton. Les poils noirs et épais de son torse velu jaillissaient du col ouvert.

Il précéda Nick dans de sombres pièces voûtées au sol dallé de rouge et blanc. Une double-porte en bois grinça en tournant sur ses gonds. Nick remarqua, avec la fascination du novice, que de l'eau verdâtre et moussue s'immisçait sous ses battants et clapotait sur les marches en marbre. Il restait sur les murs des taches d'humidité dues à des inondations précédentes, certaines à hauteur de la tête de Nick. Battista s'adossa à une colonnade au pied de l'escalier, s'accorda le temps d'allumer une cigarette puis fit un geste de la main en direction de l'étage supérieur. Le message était clair : Nick allait devoir se débrouiller tout seul pour rejoindre la soirée. Il commença de gravir les marches, lançant par-dessus son épaule :

— *Grazie, mio amico !*

À l'étage supérieur, après avoir avancé prudemment sur le palier d'un noir d'encre et tâtonné pour trouver la poignée de la porte, Nick éprouva la sensation non d'émerger en pleine lumière mais d'y basculer. L'éclairage l'éblouit, le monde devenant aussi blanc que du kérosène en flammes. Clignant des yeux, il baissa la tête et attendit de discerner le *terrazzo* sable et sombre. Deux silhouettes se découpaient en ombres chinoises non loin de lui. À mesure que les couleurs se répandaient comme du sang dans la pièce, il distingua les deux jeunes femmes qui l'observaient avec un sourire amusé. L'une était Eva, en robe de soie bordeaux aux bretelles nouées aux épaules comme des lacets. Elle vint vers lui, main tendue.

— Je sais, c'est aveuglant, dit-elle. La faute à cette lumière étrange qui provient sans cesse du canal. Souvent, nous devons mettre des lunettes de soleil à l'intérieur.

Elle ne plaisantait pas. Elle donna un petit coup de pied dans une boîte qui, posée près de la porte, en était remplie.

— Servez-vous.

— Ça va aller, répondit Nick en riant.

Il ne reconnut pas l'autre jeune femme. Elle avait de grands yeux marron, un sourire carnassier et une fossette au menton. Sa longue chevelure brune encadrait son visage et sa peau arborait le bronzage de vacances récentes. Elle portait un cardigan léger au-dessus d'un pantalon camouflage fantaisie, à rayures pêche et jaune vif, dans lesquels Nick reconnut la griffe d'un styliste italien. Eva paraissait petite, guindée à côté de cette Italienne flamboyante, et était si pâle que Nick distinguait le dessin bleuté de ses veines à ses tempes et ses poignets.

— Je vous présente Giovanna, dit Eva. Elle nous montrait ses photos de…

Elle se tut, cherchant le terme exact.

— Bref, d'un saut dans le vide au-dessus de la place Saint-Marc pendant le carnaval.

Giovanna pianota sur l'écran de son téléphone portable. Nick s'avança pour jeter un coup d'œil. Effectivement, à mesure que l'ongle écarlate de Giovanna faisait défiler des photos, on voyait une boule humaine géante de tulle, dentelle et cheveux bruns ébouriffés chuter au-dessus de milliers de fêtards. Des gros plans révélaient non seulement ses traits déformés exprimant sa peur indicible de s'écraser au sol mais aussi qu'elle était attachée à un câble noir s'étirant du sommet du campanile jusqu'à une estrade en bois installée sur les pavés.

— Je tenais à le faire ! cria Giovanna d'une voix suraiguë. Le Vol de l'ange est une tradition qui ouvre le carnaval !

— Ne nous effraie pas avec ces photos ! lança Richard West en faisant son entrée dans la pièce.

Il portait la même tenue que ce matin-là, jusqu'à ses espadrilles à rayures. Leur semelle de corde leur conférait le statut d'un accessoire très pragmatique, à les voir glisser sur le sol en marbre brillant comme un miroir. Il agitait un verre rouge, faisant tinter les glaçons.

— J'en parlerai à tes parents, Giovanna. Comment peuvent-ils te laisser risquer ta vie accrochée à ce câble. Oh, Nick ! Bonsoir. Vous êtes venu !

West lui sourit en pivotant vers une table recouverte d'une nappe bleue où s'alignaient d'autres verres à côté de bouteilles d'apéritif et d'un seau à glace.

— Laissez-moi vous servir un verre. C'est de l'Aperol Spritz. Pas très original, je sais, mais j'espère que vous aimez.

— J'adore, répondit Nick.

Il n'avait jamais goûté à ce cocktail et espérait que ce n'était pas aussi imbuvable que la grappa, l'absinthe ou toute autre nouveauté en matière d'alcools européens que les amis d'Ari se faisaient un devoir de servir en apéritif lors des soirées qu'ils organisaient.

— Mes parents sont très fiers que j'aie été choisie, rétorqua Giovanna. On considère que c'est un honneur.

— Raison pour laquelle je n'ai pas d'enfant, persifla West en versant dans son prosecco une rasade d'un breuvage orange et épais ressemblant à du sirop antitussif. Eva, promets-moi de ne jamais faire confiance aux mesures de sécurité italiennes au point d'accepter d'être poussée dans le vide depuis des dizaines de mètres de hauteur. Giovanna, on aurait pu, au moins, te suspendre au-dessus de l'eau. Il n'en manque pas à Venise.

— Je n'ai pas l'étoffe de jouer la Descente de la Vierge, répliqua Eva.

— Je ne suis pas vierge, rétorqua Giovanna.

Elle pouffa de rire et secoua la tête.

West, qui s'était approché de Nick à pas feutrés, lui tendit son cocktail. Le bord du verre rouge très épais était ciselé. Nick but une gorgée du breuvage à base d'orange amère ; il parvint à dissimuler la crispation de ses lèvres sous un sourire.

— Vous vous amusez bien ? demanda West, comme si Nick était arrivé depuis longtemps et non quelques minutes.

Nick regarda de nouveau autour de lui pour se faire une idée de la pièce maintenant que ses yeux s'étaient habitués à l'éclairage. Il contempla les lourdes tentures jaunes bordant chaque fenêtre, le miroir de cheminée piqué, le face-à-face des deux canapés tapissés d'un tissu chocolat et la bibliothèque aux vitres grillagées qui courait tout le long du mur jusqu'à la porte d'entrée. Quelques mauvais tableaux étaient accrochés çà et là, recouverts d'un vernis vert graisseux qui donnait l'impression de les voir à travers des lunettes de soleil. Sur la table basse en marbre, un vase jaune contenait les roses orangées achetées le matin même. Autour de ce bouquet, des magazines en papier glacé semblaient avoir été oubliés là, ouverts à des pages concernant justement ce *palazzo*. Nick songea que ce devait être volontaire. C'était, sans conteste, une pièce magnifique digne de reportages photo. La seule fioriture bizarre consistait en un butoir de porte en laiton, très brillant, qui maintenait ouverte l'une des fenêtres du balcon ; il semblait représenter un cerveau humain. Sans doute aurait-il semblé inapproprié à Nick s'il n'avait déjà potassé le profil de l'épouse de West.

— Votre maison est splendide. Je suis sincère, crut-il bon d'ajouter de crainte que son hôte n'eût reçu pléthore de faux compliments dans le passé.

West, l'air ravi, le tapa dans le dos. Il se tourna vers Giovanna.

— Karine et moi ne supportons pas Venise pendant le carnaval. Sinon, nous serions venus te voir te jeter dans le vide. Nous étions à Capri, qui est désert hors saison, et nous avons hiberné dans le calme plat du Quisisana pendant deux mois. Mon Dieu, c'était formidable. Sans vouloir te vexer, Giovanna, le carnaval attire de plus en plus de touristes et devient de plus en plus déprimant.

Giovanna fit la moue comme si on l'obligeait à défendre des vacances ratées qui auraient fait d'elle leur symbole.

West se tourna vers Nick.

— J'ai jeté un coup d'œil par la fenêtre juste avant le début du carnaval, c'était le déferlement. Je ne parle pas de la pluie, mais de la foule. Les gens sont devenus le temps qu'il fait à Venise. Pendant le carnaval, la ville est pleine d'ivrognes venus de Padoue affublés de masque en plastique qui vomissent du haut de chaque pont. C'en est vraiment réduit à ça. En plein après-midi !

Nick s'apprêtait à faire une comparaison avec la réunion de Père Noël cataclysmique qui conduisait à toute une journée de pillages dans Lower Manhattan chaque mois de décembre. Mais, le devançant, une voix masculine résonna depuis les profondeurs de la pièce :

— Catastrophe !

Nick ne s'expliquait pas comment il avait fait pour ne pas voir le vieillard chenu assis sur l'un des canapés. L'eût-il remarqué qu'il l'aurait certainement cru mort. Avachi sur lui-même, il avait la tête plaquée contre le mur, les yeux braqués sur la fenêtre, les bras écartés, abandonnés sur les coussins, un mégot éteint coincé entre ses doigts. Un cendrier vide en cristal taillé était posé non loin de lui, une traînée de cendres gisant sur le velours. L'Italien grêlé de taches de vieillesse tourna la tête pour faire face à son public. Il arborait une barbe grise taillée, des cheveux gris luisants, mais ses pattes et ses sourcils étaient d'un noir de jais.

— La faute à notre maire, mauvais, mauvais, balbutia-il avec un accent italien. Il est de Mestre. Il n'a que ce nom à la bouche. Il déteste Venise. Détruit notre ville avec ce complexe hôtelier qu'il fait construire à Mestre en ce moment même.

— Giacomo a raison, dit West à Nick. Notre édile est un mini-Trump du continent. Un escroc venu de nulle part et imbu de sa petite personne. Il se remplit les poches avec l'argent que *nous* rapporte le tourisme et se fiche complètement de préserver notre fragile écosystème. Ça me dégoûte. Ce nouveau site hôtelier à Mestre coûte…

— Plus un mot sur la destruction de Venise ! cria à la cantonade la femme grisonnante à la coupe au carré qui entra dans la pièce. Tu avais promis une soirée sans ces récriminations, Dick. Pas de prévisions d'enterrement de Venise, merci !

L'épouse de West était beaucoup plus belle que ne l'avaient laissé présager les recherches que Nick avait faites sur Google. Karine avait des pommettes saillantes à un point très troublant – l'image qui venait à l'esprit était celle d'enjoliveurs vintage. Elle avait retroussé jusqu'aux coudes les manches de son chemisier avec une précision digne d'un artiste d'origami, et en avait coincé le bas dans une longue jupe plissée. La raie centrale de ses cheveux était si nette que, d'un côté comme de l'autre, pas une seule mèche ne dépassait. Elle ne se présenta pas à Nick, se contentant de lui serrer la main en disant d'une voix très chaleureuse :

— Je suis ravie que nous ayons un nouveau visage à dîner.

Nick se retrouva face au large sourire de Karine. Il la complimenta pour la décoration intérieure de leur *palazzo*, même si West avait certainement dû diriger les travaux personnellement avant qu'elle ne vienne s'installer. Peut-être la seule contribution de son épouse était-elle le butoir de porte.

Karine West, née Hirscher, était née en Autriche de parents diplomates américains et avait travaillé comme directrice générale d'une clinique neurologique à Leipzig pendant trente ans. En un sens, Karine et West étaient toujours de jeunes mariés, puisqu'ils n'avaient convolé en justes noces que deux ans et demi plus tôt. Nick sentit qu'ils étaient déjà tombés dans un schéma de couple par trop commun : West s'emballant pour tel ou tel sujet, et Karine donnant de sages coups de frein.

Une Italienne corpulente aux cheveux teints tirant sur le rose apparut dans l'embrasure de la porte, portant un plateau de petits fours. Elle le présenta à l'homme assis sur le canapé.

— Elisabetta, la héla Karine en l'arrêtant d'un geste d'une main. Ne faites pas le service. Asseyez-vous à côté de votre époux. Contentons-nous d'être les invitées ce soir !

Nick s'éloigna de Karine, attiré comme une phalène par les fenêtres byzantines de l'étage noble. La lumière éblouissante s'était retirée de la pièce, laissant des halos de poussière autour des lampes d'appoint. À mesure qu'il marchait, le sol en marbre lui parut ondulé comme si les siècles l'avaient modelé pour refléter la forme de l'eau. Giovanna était sortie sur un étroit balcon de pierre. Nick la rejoignit, regardant, en bas, le canal. L'eau paraissait vert pomme sous les lueurs rosées du couchant. Ils laissèrent errer leur regard sur les toits en tuiles et, au loin, sur les flèches pareilles à des antennes et la nuit bleutée. Une vedette de la police fila, sirène hurlante et, dans son sillage, l'eau vint frapper les palines du *palazzo*. Certes Venise s'enfonçait dans le passé, mais pas dans celui de Nick. Pour lui, c'était une ville nouvelle où tout devenait possible.

— *Che bello*, murmura-t-il.

Et la pulpeuse, à défaut d'être jolie, Giovanna murmura son assentiment. Vu de là, le monde paraissait magique, son étrange beauté se perdant peu à peu dans la nuit. Nick était trop jeune pour imaginer qu'il puisse un jour posséder quoi que ce soit de concret – une maison, un appartement, même une voiture –, si bien qu'il mesurait sa réussite à l'aune des pièces dans lesquelles il parvenait à se faire inviter, ces enclaves interdites fermées par un code auxquelles il avait eu le droit d'accéder et, fût-ce brièvement, d'y habiter. En toute logique, Nick Brink de Dayton, Ohio, ne devrait pas se trouver là, raison pour laquelle il se réjouissait tant d'y être. Il avait déjà parcouru tant de chemin. En moins de deux jours depuis son arrivée à Venise, il avait réussi à être admis sur le balcon d'un *palazzo*, à la tombée du jour, tenant un verre à côté d'une jeune femme qu'on avait poussée dans le vide, accrochée à un filin, pour ouvrir le carnaval.

Lorsque Nick revint dans la pièce, West pérorait sur la mort d'un ami américain qui avait vécu des dizaines d'années à Venise.

— Topper était un généreux soutien de la conservation du patrimoine. Nous n'avions pas les moyens de le perdre. Bien sûr, nous savons *pourquoi* nous l'avons perdu, même si personne ne peut le prouver.

Nick gagna le bar et versa un peu plus de prosecco dans son verre.

— Vous êtes d'accord avec moi, non ? s'enquit West, s'adressant à ses convives les plus âgés.

Le vieux couple d'Italiens assis sur le canapé ne se prononça pas au sujet du scandale Topper. Giacomo rendit un verdict de culpabilité d'un signe de tête affirmatif, tandis qu'Elisabetta hochait la tête d'un air incertain. Eva qui, assise par terre, entortillait du bout des doigts les franges d'un tapis, demanda qui était ce Topper.

— Je ne t'ai pas raconté ?

West se lança alors dans l'histoire de Topper Horn, septuagénaire gay encore fringant héritier d'une grosse fortune amassée grâce à une chaîne de supermarchés, propriétaire d'un magnifique palais sur le Grand Canal. Topper avait un faible pour les *ragazzi*, si bien que ses amis ne s'étonnèrent pas le jour où il leur raconta qu'il avait rencontré un jeune Vénitien à la gare, un matin. Ce type travaillait comme simple agent de sécurité, vérifiant les passeports et conduisant les bergers allemands autour des chariots à bagages. Il avait déjà femme et enfant, une petite fille, sur le continent.

— Mais, ohh…, s'écria West. Soudain, nous rencontrons Luca, le pilote du nouveau canot à moteur de Topper. Un mois plus tard, Luca est promu secrétaire particulier de Topper. Le mois suivant, plus aucun d'entre nous ne parle directement à Top. Il ne garde le contact que par l'intermédiaire de Luca. Et voilà. Fin.

Mais les choses n'en restèrent pas là. Un jour, le palais sur le Grand Canal fut mis en vente et, l'année suivante, on lut une notice nécrologique annonçant le décès d'un certain Mortimer Horn, dit « Topper », mort de causes naturelles en sa villa de Monte-Carlo, à l'âge de soixante-dix-neuf ans. Le Vénitien avait tranquillement détourné tous les biens saisissables et déménagé l'argent liquide (ainsi que Topper) dans ce coin de paradis exonéré d'impôts. Luca hérita de tout et sa famille et lui appréciaient désormais de vivre à Monte-Carlo toute l'année, au cas où les vieux amis de Topper auraient des doutes.

Giacomo éclata d'un rire de faune, ouvrant grand la bouche sur ses dents en or.

— Les Vénitiens sont malins ! Vous nous sous-estimez !

— Malins, oui ! Et pervers ! renchérit West. Et très injustes ! Le pauvre Topper n'a jamais reçu ne fût-ce qu'un baiser de la part de ce type. Il n'y a rien gagné et n'a même pas eu droit à une pelle au lit ! Ce mec aurait au moins pu lui en rouler une contre sa fortune !

— Dick, tu vas trop loin, murmura Karine en piochant dans les hors-d'œuvre.

Pourtant, selon l'opinion alimentée au prosecco de Nick, cela semblait légitime. Pauvre Topper. Il aurait pu, au moins, avoir le droit de mater Luca nu.

— Nous avons là une situation plus ou moins similaire…, dit West à Giacomo d'un air entendu en désignant la bibliothèque qui courait contre le mur contigu.

Il articula silencieusement la suite de sa phrase :

— … dans l'appartement voisin.

Le cœur de Nick fit un bond dans sa poitrine tandis qu'il lançait un regard nerveux dans la direction voulue.

— Dans le fond, j'en suis responsable, continua West à mi-voix. C'est moi qui ai indirectement présenté Freddy à ce type.

— Freddy nous manque ! lança Elisabetta en choisissant une figue dans le plat. Je le revois encore en train d'emporter une trouvaille ridicule d'*il mercato delle pulci*.

— Ça s'est passé il y a trois ou quatre ans. Ce petit jeune était un Afro-Américain venu de…

West lança un coup d'œil à Nick.

— … de New York, en fait.

Nick fit les yeux ronds, mimant l'ahurissement, comme s'il n'arrivait pas à croire qu'un New-Yorkais puisse être impliqué dans un scandale à Venise. Mais, sentant qu'il avait piqué un fard, il s'empressa de boire une gorgée afin de dissimuler son trouble.

— Il était en résidence au Guggenheim. Je n'en revenais pas qu'il parle l'italien car, en général, ils ne sont même pas fichus d'apprendre la langue.

Sur le moment, Nick crut que ce « ils » désignait les Noirs américains. Il lança un regard à Eva pour voir comment elle réagissait aux propos ouvertement racistes de son oncle. Mais elle avait le visage dissimulé par le bras qu'elle tendait vers une figue. Après réflexion, il se dit qu'il était possible que West ait voulu parler des jeunes Américains ou, plus précisément, des Américains en résidence au musée Peggy Guggenheim, ce qui, de fait, corroborait les récits de Clay sur ses collègues.

— Je l'ai pris sous mon aile. Je lui ai même offert un poste à plein-temps car il me fallait un assistant pour travailler sur mes projets pour Venise.

Il leva les mains en l'air comme s'il était sous la menace d'une arme.

— Je l'ai échappé belle. Dans le genre catastrophe ! À défaut, ce petit jeune a mis le grappin sur mon voisin. Bien entendu, Freddy, le pauvre, s'est entiché de lui im-mé-dia-te-ment, comme s'il avait attrapé la fièvre. Au point qu'il l'a même fait revenir aux États-Unis pour l'installer chez lui, à Brooklyn. Vous imaginez la suite.

Les yeux bleus de West clignèrent tandis qu'il faisait sa révélation suivante.

— Devinez qui a hérité de toute la fortune de Freddy van der Haar ? Franchement, ce gamin devrait me remercier. Je n'irai pas jusqu'à dire qu'il a assassiné Freddy…

C'était reparti : pour la deuxième fois de la journée, ce soupçon. Nick tressaillit, tandis qu'Elisabetta se raidissait sur son siège.

— Tu crois vraiment que ce garçon a assassiné Freddy ? s'écria-t-elle.

West, d'un geste élégant, lui fit signe de se taire. Il se leva puis, avec un sourire retors destiné à signifier qu'il comptait continuer de subjuguer son public, marcha sur la pointe des pieds jusqu'à la bibliothèque grillagée. Il actionna un levier et l'un des panneaux se disloqua. Il le tira, révélant une porte en noyer.

— Ça communique, chuchota-t-il, agitant son index dans les deux sens comme s'il cherchait à évaluer la température de l'eau d'un robinet.

Nick regarda la porte, imaginant Clay de l'autre côté. C'était atroce pour lui de se dire qu'il n'était séparé de son petit ami que par quelques centimètres de bois ; il devrait se trouver de l'autre côté de cette porte, lové contre Clay, en train de regarder un film sur son ordinateur portable. Au lieu de quoi, il passait la soirée de ce côté-ci, prenant l'apéritif avec des inconnus, les écoutant ironiser sur des fortunes volées sans défendre l'honneur de celui qu'il aimait, dont on était en train de briser la réputation comme une piñata. Nick s'était attendu à entendre de la part de West quelques piques contre Clay Guillory – cela faisait partie du plan. Mais le prosecco lui soufflait le fantasme de pousser de grands coups de gueule pendant lesquels il se drapait dans sa dignité et arrachait des portes en noyer de leurs gonds. Les deux spritz lui avaient donné l'illusion que le présent était plus important que l'avenir. Il posa son verre et décida d'attendre le moment du dîner pour se resservir.

— C'est comment, de l'autre côté ? demanda Elisabetta comme si elle se renseignait sur un pays étranger.

West éclata de rire.

— Oh mon Dieu, c'est comme passer de Venise directement à Naples. Carrément délabré, fils électriques apparents, appliques cassées et moisissures aux murs. Sûrement infesté de souris. Les pièces ne surplombent pas le canal, si bien qu'il y fait nuit noire. Et ça sert toujours plus ou moins d'auberge de jeunesse pour les stagiaires du Guggenheim, ce dont je ne me suis jamais plaint car je respectais trop Freddy pour ça. Pourtant, même moi, j'ai des limites…

West remit le panneau de la bibliothèque en place. Juste à ce moment-là, la porte d'entrée s'ouvrit et deux autres Italiens sans âge s'avancèrent à petits pas derrière Battista. Ils avaient l'air hébété, comme effarés par cette pièce qui brillait de mille feux, au point qu'on aurait pu croire que Battista avait ramassé ce couple au hasard sur une nationale pour venir le déposer dans ce palais au bord de l'eau. Karine s'élança vers eux pour les embrasser sur les joues. West applaudit.

— Eva, Nick, dit-il. Les Vénitiens sont plus nombreux que nous ! Je déclare que ce repas est officiellement un dîner italien !

Battista annonça une mauvaise nouvelle : une personnalité de premier plan, le directeur d'une célèbre société à but non lucratif de conservation du patrimoine vénitien, répondant au prénom de Vittorio, avait téléphoné pour s'excuser. La famille royale de Thaïlande séjournait en ville et avait exigé qu'on leur montre ce qu'il y avait à voir.

Eva laissa échapper un soupir déçu.

— C'était bien la peine, dit-elle à son oncle.

West la prit par les épaules.

— Je suis désolé, mon cœur. Mais, si ça peut te consoler, sache que la Thaïlande est le royaume le plus riche. Vittorio a besoin d'agiter son escarcelle pour récolter des dons. C'est une bonne excuse. Nous le coincerons plus tard.

Karine prit la clochette posée au bout de la table et l'agita pour signaler que le dîner était prêt.

Eva serra le biceps de Nick.

— Je me retrouve assise à côté de vous, dit-elle.

— Je suis navré. C'était un rendez-vous arrangé entre vous et ce Vittorio ?

— Plus ou moins. J'aimerais travailler pour lui. C'est pour cette raison que je suis venue à Venise. Ces quatre dernières années, j'ai étudié les techniques de restauration à Toulouse. Mais, là-bas, il n'y a que des tapisseries et des châteaux médiévaux. Je veux travailler ici, à Venise, et ce type, c'est le meilleur qui soit. Il a restauré I Frari, quand même !

Nick ignorait ce que « I Frari » désignait, ce qui ne l'empêcha pas de faire entendre un murmure admiratif.

— Ne pourriez-vous pas travailler pour votre oncle ? J'ai cru comprendre qu'il soutenait ce genre de projets.

Eva l'entraîna vers la salle à manger.

— Je manque d'expérience pour m'attaquer à un chantier public. Venise ne me permettrait pas de toucher à l'un de ses trésors, même si oncle Richard réglait la facture. La bureaucratie de cette ville vire à la folie, elle doit approuver jusqu'à la moindre décision et elle ne veut embaucher que des artisans vénitiens. En revanche, j'aurais accès à ces chefs-d'œuvre sous la direction de Vittorio car c'est lui qui détient l'anneau d'or. Oh, il ne pourra pas nous éviter indéfiniment.

Elle lui murmura à l'oreille, sur un ton sans équivoque :

— Je compte traquer cet enfoiré et l'obliger à m'engager.

La salle à manger était l'exacte copie du salon jusqu'à la mosaïque du sol. La seule différence venait des doubles-rideaux de satin jaune : ils étaient tirés. Nick soupçonna que ces fenêtres-là n'offraient pas de vue sur le Grand Canal. Peut-être surmontaient-elles l'entrée du Dormitorio. Une nappe bleue recouvrait la grande table ovale ; des serviettes en lin assorties, pliées en forme de gondoles, voguaient sur des assiettes de porcelaine blanche. Le seul détail qui jurait avec l'ensemble était le panier en osier d'Eva. Visiblement, Karine avait rebondi sur la plaisanterie de sa famille en s'en servant comme centre de table. Nick crut discerner quelques fils bleu-vert accrochés à l'une des tresses d'osier. Karine en faisait le tour en allumant des bougies, tenant une allumette dans sa main tremblante.

Tandis que les invités entraient dans la pièce, West y plaçait des dessous de bouteille en argent. Il orienta le dernier vers Nick, le métal capturant la lueur de la bougie et lui décochant un reflet dans l'œil. Voir cet objet dans la main de West éveilla un sentiment de panique chez Nick. Il se rendit compte, mais un peu tard, qu'il pouvait être tombé dans un traquenard. West risquait d'en mettre un dans la main de Nick et de le défier devant ses amis d'identifier son origine et son fabricant, le plaçant dans la position d'un prestidigitateur qu'on obligerait à réaliser un tour de cartes devant un public de sceptiques. En vérité, Nick était bien incapable de faire la différence entre un dessous de bouteille français et italien, du XVIIIe ou XIXe siècle. Chez Wickston, il en avait nettoyé et astiqué des modèles anciens par dizaines, pièces de collection abordables et cadeaux de noces à la portée de tous. Mais c'était toujours Ari qui les authentifiait. Alors que Karine lançait à la cantonade que tout le monde pouvait s'asseoir où bon lui semblait…

— Pas de placement, pas de favoritisme.

… West continuait d'agiter l'objet en visant Nick, semblant s'amuser des éclats qu'il renvoyait sur lui. Nick se figea, un œil aveuglé par le faisceau lumineux. *Par pitié, ne me demandez rien*, suppliait-il intérieurement. Il avait risqué tout leur avenir, à Clay et lui, sur une invitation à dîner dans un *palazzo* luxueux dès sa deuxième soirée en ville.

— Hé, lui lança West d'un ton laissant présager qu'il s'apprêtait à lui lancer un défi.

— Oui ? répondit Nick, la peur au ventre.

Il envisagea de simuler un malaise.

La sonnerie d'un minuteur tinta en cuisine. Karine, qui retirait le couvert de trop, prévint son mari.

— Ça va brûler.

Par bonheur, West lança le dernier dessous de bouteille sur la table, puis quitta la pièce. Chacun prit une chaise. Nick se retrouva placé entre Eva et Elisabetta. La vieille femme laissa tomber dans son verre d'eau un comprimé effervescent, puis agita le contenu pétillant.

— Je me méfie de mon estomac comme du diable, lui dit-elle.

West apporta un plat fumant de pâtes cuites au four.

— Nous devions les préparer avec des bigorneaux, lança-t-il à la cantonade, mais Karine les a déjà mangés. Gardez-vous de les imaginer dans son estomac, merci !

— Dick ! geignit-elle tout en dépliant sa serviette sur ses genoux. J'en ai pris quatre ! Ils étaient mauvais ! Je vous ai épargné à tous d'être malades demain.

Les pâtes au poulet furent suivies d'une salade, puis d'un énorme morceau de parmesan sec comme un os, avec son fil à fromage, que l'on se fit passer. Cinq bouteilles de vin rouge débouchées savamment disposées sur la table permettaient aux convives de se resservir en toute impunité. Elisabetta ne se gêna pas pour le faire à plusieurs reprises et pour, chaque fois, remplir le verre de Nick dans le mouvement qu'elle faisait pour reposer la bouteille. La tablée résonnait d'éclats de rire chaleureux. Même Battista, coincé entre West et Giovanna, se détendait peu à peu. On parla italien presque tout le temps, ce qui permit à Nick de se faire oublier. Eva et Karine suivaient la conversation de manière impressionnante, tandis que West clignait des yeux et plissait les narines sous le coup d'efforts soutenus. Ce ne fut qu'au moment où la salade fut servie que la discussion reprit dans sa langue maternelle.

— Où êtes-vous descendu ? lui lança Karine depuis l'autre bout de la table.

Nick s'était préparé à cette question. En fait, il l'attendait depuis son arrivée. Il ne pouvait pas se permettre de parler de Daniela. « Venise est un village », l'avait-elle prévenu. Peut-être West la connaissait-il et finirait-il par faire le lien avec Freddy, puis avec Clay, car voilà que Nick et son petit ami se trouvaient rattachés par des amitiés alignées sur la même corde à linge. Il devait se montrer extrêmement prudent sur les faits qu'il révélerait ce soir-là. Être assis à cette table n'était pas sans lui rappeler les repas familiaux qu'il prenait à Dayton quand, alors étudiant, il y retournait pendant les vacances. Là-bas, il avait appris à esquiver les sujets dangereux, jouant le rôle d'un garçon asexué, d'un lourdaud qui ne constituait de menace pour personne, un simple passeur du plat de pommes de terre.

— J'ai trouvé à me loger près du Campo Santa Margherita sur un site de location d'appartements, répondit-il à Karine d'un ton enjoué.

Celle-ci lança un coup d'œil méfiant à son mari. West grimaça et croisa deux doigts en forme de crucifix ou de point de mire.

— Oh non, pas vous, Nick ! gémit-il. Ne le dites pas ! Ces B & B court séjour sont ce qui détruit Venise !

Giacomo, bras tendu pour se resservir du vin, grommela en signe de solidarité.

— Voilà pourquoi il ne reste que cinquante mille Vénitiens à Venise. Les autres louent leurs biens à des touristes pour un partage des bénéfices avec le continent ! Et ils ne paient pas d'impôt sur ces revenus ! Pendant ce temps-là, tous ceux qui restent ici ont droit à la tournée permanente d'un défilé d'étrangers en guise de voisins de palier !

— Dick, tu avais promis, le prévint Karine. Pas de cabale contre Venise ce soir.

C'était plus fort que West.

— Un de nos rares espoirs dans la vie est que notre ville nous survivra, mais...

Karine dodelina de la tête, si bien que, dans un éclat de rire, il cria :

— D'accord, d'accord !

Il pianota sur la table du bout des doigts.

— Nick, promettez-moi une chose : la prochaine fois que vous viendrez, vous séjournerez soit dans un vrai hôtel soit chez nous.

Nick en fut touché. Même si cette invitation à dîner ne devait pas se répéter, il avait fait bonne impression et restait le bienvenu. Il sourit avec reconnaissance, puis interrogea Karine sur Leipzig. Par chance, elle répondit sans relever sa gaffe. Nick n'était pas censé savoir qu'elle avait vécu en Allemagne.

Plus le dîner avançait, plus Nick avait du mal à ne pas trouver son hôte sympathique. West, qui s'était montré assez rosse contre Clay au salon, se révélait bien plus courtois. Il faisait preuve d'un humour généreux, scrutant les visages éclairés aux chandelles pour y surprendre les marques d'un amusement partagé. Au moment du fromage, il parla des différents projets qu'il espérait entreprendre à Venise – la restauration d'une toile de Carpaccio qui se trouvait dans une église de Murano ; la tombe en ruines d'un doge ; un banc sculpté du XVIIIe siècle qui n'avait pas été rénové après l'incendie de La Fenice. En remerciement, il ne demandait que la pose d'une plaque en cuivre sur laquelle on lirait *Résurrection financée grâce à la générosité de Richard Forsyth West.*

— Parce que c'est de cela qu'il s'agit ! Nous ne restaurons pas, nous ressuscitons. Nous ramenons des fantômes à la vie.

À l'instar de nombreux milliardaires, West voulait qu'on garde de lui le souvenir non de la manière dont il avait gagné son argent, mais de celle dont il l'avait dépensé. Après avoir piétiné plusieurs existences en amassant sa fortune, voilà qu'il était disposé à agrémenter la vie culturelle et le goût de ses semblables.

Tandis qu'il énumérait ses autres projets – à supposer que l'administration locale prenne la bonne décision de donner son approbation –, Nick remarqua que, du bout d'un doigt, Eva traçait sur la nappe des cercles de plus en plus grands.

— Arrête ! s'écria-t-elle, n'y tenant plus. Ça me tue de ne pas pouvoir travailler sur ces projets !

— Ton tour viendra, lui assura son oncle, très confiant. Nous nous y emploierons. Mais pour l'heure, poursuivit-il d'une voix de crooner, dansons ! C'est la coutume. Nick, vous n'y couperez pas, même si vous êtes nouveau.

En se levant, Nick prit conscience qu'il avait trop bu. Les flammes des bougies s'étaient fixées sur ses rétines, si bien que de fantomatiques diamants verts frémissaient dans l'obscurité autour de lui. Il parvint toutefois à atteindre le salon. Karine servit du prosecco dans ses « verres préférés » aux entrelacs tarabiscotés surmontant des pieds en forme d'hippocampe. Les invités en choquèrent le bord tandis que de la musique éclatait dans des baffles invisibles. Des airs discos italiens des années 70 sur vinyle rayé retentirent autour d'eux, à grand renfort d'accords synthétiques sirupeux, forçant tout le monde à se lever et à se réunir au centre de la pièce.

Une piste de danse était depuis toujours le seul endroit où Nick cessait de réfléchir et s'oubliait dans la gestuelle. En moins de temps qu'il ne faut pour le dire, il se défoulait en se démenant en rythme, à l'instar des quatre Italiens sans âge qui se déhanchaient et battaient des coudes. Elisabetta, surtout, s'éclatait, agitant les mains autour de ses cheveux roses. À New York, Nick ne dansait jamais avec des vieux. C'était la honte. Et pas une fois il ne l'avait fait en famille, à Dayton. Tous ces postes de radio réparés par son père traînaient aux quatre coins de la maison, mais ils n'en avaient jamais allumé aucun. Chez ses parents, ils n'avaient pas non plus le droit de boire dans les « verres préférés », ni d'entrer au salon sauf pendant les vacances (la plus grande partie de l'année, cette pièce restait vide, pareille à une salle d'époque de musée consacrée au déclin des intérieurs familiaux petits-bourgeois du XXIe siècle). Là, en tout cas, dans le confort cossu du *palazzo* de Richard West, une soirée banale de la vie quotidienne se déroulait entre gens de bonne compagnie. *Pourquoi pas ? Quel tabou avait-on donc peur de briser là-bas ?*

Elisabetta changea de mouvements quand la boîte à rythmes prit le relais ; elle donna l'impression de gravir au ralenti une colline très pentue. Karine mettait tout son poids dans une jambe, n'en finissant pas d'écraser un mégot imaginaire sous son pied. Eva attrapait, en cadence, des balles invisibles devant elle. Giovanna apparut au côté de Nick, et elle passa ses bras, en lasso, autour de son cou. Nick la prit par la taille en jetant un coup d'œil à ses faux cils épais. Elle était tiède au toucher, si belle en réalité, qu'il se sentit privilégié de la tenir contre lui. Il inclina le visage vers le creux de son cou pour humer son odeur.

Battista, seul à l'écart, semblait bouder. Nick se souvint qu'Eva s'était moquée de sa manière de danser – *Battista danse divinement.* Eva claqua des doigts pour lui intimer de les rejoindre sur la piste : le moment devait être venu pour lui de faire son numéro de clown. Battista se rembrunit, rétif un instant encore puis, se décidant, passa à l'action, bondit sur ses pieds et glissa sur le carrelage. Il pivota sur un talon, se figea, dos courbé, mains aux épaules, à croire qu'il s'apprêtait à soulever une barre d'haltères invisible. Il agita les jambes en spaghettis qu'on égoutterait, puis se laissa tomber au sol aussi lestement qu'un cobra dans son panier. Et il se releva d'un bond, sourire aux lèvres, et leva les bras en V.

La remarque faite par Eva au marché aux poissons n'était donc pas sarcastique. *Battista danse divinement.* Giovanna alla même jusqu'à lâcher Nick pour applaudir. Giacomo, s'avisant que cet ange de la Nouvelle Année se retrouvait sans cavalier, s'avança pour se substituer à Nick. Puis, alors que la musique enchaînait avec un morceau disco un peu lent, l'impensable se produisit. Nick sentit le dos de Battista se plaquer contre le sien. Il y eut des frottements d'omoplates au rythme lancinant des synthés, tandis que des voix criaient : « Encore ! Encore ! Encore ! » Nick n'aurait su dire s'il participait à une danse folklorique italienne dos contre dos ou se faisait draguer discrètement. Battista était plus petit que lui ; Nick sentait ses cheveux poisseux de transpiration contre sa nuque et ses fesses rebondies contre le haut de ses cuisses. Il s'imagina en train de l'embrasser en glissant la main sous ses vêtements pour le caresser. À la fin de la chanson, Battista s'arracha de lui d'un seul coup. Mais, quand ils se retournèrent l'un vers l'autre, Nick remarqua que l'assistant de West lui souriait d'un air engageant qui ne laissait aucun doute sur sa disponibilité d'esprit.

Nick tourna alors les yeux vers la bibliothèque, comme s'il s'attendait à voir un portrait de Clay accroché au-dessus. Pourtant, il avait le droit de s'amuser avec d'autres mecs, comme à l'époque où il sortait avec Ari ; Clay et lui étaient ouverts d'esprit, libres de fréquenter des garçons qu'ils désiraient pour libérer leur corps de la tyrannie de l'esprit. Non, Nick prenait conscience de ce que son erreur résidait dans le fait d'avoir flirté avec un type qui travaillait pour West. Il en avait oublié qui il était, oublié Clay, oublié la nature de sa mission à Venise. Dans son mocassin, la pièce de monnaie scintilla quand il quitta la piste de danse.

West avait assisté à la scène depuis le bar. Il suivit des yeux Nick qui le rejoignait, le regardant comme s'il ne s'était rien passé, et lui demanda, tout naturellement, comme s'il venait d'y penser :

— Si nous allions bavarder dans mon bureau ?

— Bien sûr.

Nick ajouta, sans trop savoir pourquoi :

— Excusez-moi. Avec grand plaisir !

Il suivit West dans un couloir étroit éclairé par des appliques murales. La lumière était orientée de manière à avantager une galerie de photos-portraits dans des cadres dorés alignés sur un mur, chacune d'elles présentant West en compagnie d'une personnalité connue qu'il tenait par les épaules ou avec laquelle il échangeait une poignée de main. Ce self-made-man avait gravi tous les échelons de la haute société juste à temps pour rencontrer Jacqueline Onassis vieillissante ainsi que Bill Gates jeune, déjà poivre et sel. Nick vit une constellation d'autres célébrités parmi lesquelles il reconnut deux vice-présidents, une pop star latino bisexuelle, une marionnette célèbre. Beaucoup d'autres visages lui étaient inconnus mais, après quelques années de fréquentation de la haute société, Nick serait sans doute extrêmement impressionné de les voir là. Au bout du couloir, West tourna à gauche. Nick s'apprêtait à le suivre quand une photo de son hôte en compagnie de Freddy van der Haar retint son attention. Freddy faisait penser à une groupie des Rolling Stones à l'époque du festival d'Altamont – bandana jaune noué autour du front, blouson de cuir noir aux manches brodées de plumes d'aigle. Cette image prise sur le vif devait dater d'un séjour récent à Venise car Nick reconnut Clay qui, l'air bougon, se tenait au côté de Freddy. Nick aurait eu envie de s'attarder devant l'apparition surprise de son petit ami – il aimait bien retrouver son regard. Mais il craignit que West s'étonne de le voir scruter cette photo-là parmi un mur de gens de la haute société. Il poursuivit son chemin, attristé de laisser Clay coincé là, dans un cadre doré, entre son meilleur ami mort et son ennemi juré. Il entra dans le bureau de West.

— Bienvenue dans mon *wunderkammer*. Ferme la porte, l'enjoignit West, passant au tutoiement.

Sauf que Nick n'en trouvait pas le battant.

— Je veux dire le rideau, reprit West. Tire-le.

Nick, empoignant le velours fauve, le fit glisser le long de sa tringle dorée. Le tissu réalisa pleinement sa mission de réduire la musique disco au silence. Nick se retourna en riant, le vin et le prosecco tiraillant encore ses pensées dans des directions opposées. Dans cette pièce spacieuse, des piles de livres d'art, dont beaucoup étaient emballés par de la cellophane, s'alignaient le long des murs. Un bureau en chêne trônait au centre de la pièce ; son plateau, en marqueterie écaille de tortue, était si large que même les bras démesurés de Nick n'auraient pu le recouvrir. Contre un mur, sur un vaisselier en acajou, s'alignaient une série d'assiettes de porcelaine. Celui d'en face présentait une fresque magnifique aux teintes translucides orangées et grises : des centurions virils et en armes portaient sur leur dos des femmes extrêmement sensuelles. Nick songea que cette peinture rendait aussi bien les paroxysmes que les moments d'accalmie d'une crise – puis se souvint que c'était exactement en ces termes qu'il comptait commenter la toile du Titien de l'église des Gesuiti. À Venise, tous les tableaux évoquaient-ils les paroxysmes et les moments d'accalmie d'une crise ? West ne lui avait pas encore demandé ce qu'il pensait de ce Titien. Désirait-il en parler maintenant ?

West s'adossa au bureau dans la pose calme et décontractée du lycéen en école buissonnière s'appuyant contre la calandre d'une voiture de sport. Ses vêtements blancs se parèrent des teintes renvoyées par les lampes de bureau, verte pour l'une, rouge pour l'autre. Dans cet éclairage diffus, West paraissait plus jeune, son corps plus robuste, le contour de ses pectoraux visible sous son pull. Il croisa les bras, puis son pied joua avec l'espadrille qui lui avait glissé du talon.

— Que penses-tu des dessous de bouteille allemands du dîner ?

Nick aurait dû s'attendre à ce que West veuille le savoir. Néanmoins, contrairement à ce qu'il avait fait pour son lieu de résidence, il n'avait pas préparé de réponse toute faite. Il était trop occupé à danser.

— Je les trouve très germaniques ! répondit-il pour gagner du temps. Je les voyais mal à la lueur des bougies, mais ils m'ont paru superbes.

Il n'ignorait pas que le meilleur moyen de s'en sortir en de telles situations était de contre-attaquer par une question.

— Combien t'en a-t-on demandé, si je puis me permettre ?

C'était la première fois que Nick tutoyait son hôte, et il savoura la sensation de se mettre sur un pied d'égalité avec lui, ne fût-ce qu'un instant. Il songea qu'il ne s'était jamais senti aussi adulte de sa vie.

— Je n'en sais fichtre rien. Ils m'ont été offerts par le frère de Karine.

Il sourit de l'air supérieur de celui qui ne se préoccupe pas de la valeur monétaire de ses biens.

— Tu t'amuses bien, au moins ? poursuivit-il, revenant sur le sujet.

West semblait vouloir s'acheminer vers un terrain sensible mais ne pas encore avoir trouvé les mots pour les guider jusque-là.

— Ah, oui ! Beaucoup.

— Parfait.

West haussa les sourcils comme s'il s'apprêtait à lancer un défi mais, semblant se raviser, les laissa retomber. Quand il inclina la tête vers la lampe verte, sa barbe prit une teinte phosphorescente tandis que ses rides se creusaient. Nick souhaita qu'il reste dans cet éclairage de façon qu'il voie en West le monstre que Clay lui avait dépeint.

— Nous nous plaisons tellement, ici, à Venise, reprit-il. Je te souhaite d'aimer cette ville autant que nous l'aimons. Il est très facile de s'en faire une idée fausse, la version des brochures publicitaires, celle des guides touristiques entre gondoliers d'opérette et regards ébahis sur le pont des Soupirs. Tout cela, c'est de la plaisanterie.

— Je ne te remercierai jamais assez. Je n'ai aucune envie de voir le pont des Soupirs.

West pouffa de rire.

— As-tu pu discuter avec Eva pendant le dîner?

Cela annonçait une nouvelle volée de questions, et Nick ne voyait toujours pas où West voulait en venir.

— Un peu, quand elle ne parlait pas italien. Il me semble qu'elle souhaite se lancer dans des projets de restauration dans Venise. Comme toi.

West approuva de la tête, mais répondit :

— Non, Eva veut se salir les mains. Moi, je me contente de mettre de l'argent sur la table. C'est elle, la véritable artiste. Tu sais, elle est plus ou moins la dernière famille qu'il me reste. Elle est très importante pour moi.

Nick n'aurait su dire si cet aveu était destiné à lui conseiller de garder ses distances avec Eva ou, au contraire, de s'en faire une alliée. Il n'eut pas le loisir de se forger une opinion car West changea de conversation. Il se leva du bureau et alla se planter devant la fresque murale. Il la contempla comme si c'était une fenêtre ouverte et non des tourbillons de plâtre sec.

— C'est magnifique, lança Nick.

Il ne devait pas en rajouter. Un compliment de trop rendrait tous les autres suspects.

— Oui. *L'Enlèvement des Sabines*. La fresque a conservé toutes ses nuances chromatiques au fil des siècles. Sa restauration n'a pas été trop compliquée. J'ai également deux superbes fresques mauresques dans ma chambre.

West se retourna vers Nick, lui adressant un sourire crispé.

— Mais toutes ces peintures ont été faites par des élèves de Sebastiano Ricci. Les van der Haar ont gardé la partie du *palazzo* qui contient les véritables trésors. Sur un plafond, ils ont une fresque de la Vierge Marie peinte par Ricci en personne.

West tapota sans vergogne *L'Enlèvement des Sabines* du bout du doigt. La fresque de la Vierge Marie devait se trouver de l'autre côté du mur.

— Ces enflures ! maugréa West.

— Ha ! renchérit Nick.

— Ce nom te dit quelque chose ? Van der Haar ? C'étaient les voisins dont je t'ai parlé.

Depuis tout à l'heure, Nick attendait le moment propice pour citer quelques vers d'un poème sur le tableau du Titien de l'église des Gesuiti. Mais voilà que Richard West lui rentrait dedans avec le nœud de l'affaire, le cœur du problème. Nick, par réflexe, recula d'un pas comme pour évaluer la situation de plus loin. Il regrettait qu'Elisabetta lui ait resservi à boire. Il avait besoin de toute sa lucidité.

— Van der Haar, répéta-t-il, l'air pensif. Tu veux parler des van der Haar de New York ?

West le lui confirma d'un signe de tête, mais Nick ne reçut pas un sourire pour le féliciter d'avoir deviné juste. West paraissait si grave, semblait soudain avoir pris un sacré coup de vieux.

— Bien sûr que je les connais, s'empressa de reprendre Nick. C'est l'une des familles néerlandasies fondatrices de l'Amérique. Leur nom a été sculpté sur le fronton d'hôpitaux et sur des fontaines dans tout New York.

Les rides de West se creusèrent, préfigurant sa réaction :

— Oui, tout juste, *eux*, rétorqua-t-il, les dents serrées. Donc, tu dois savoir qu'ils possédaient de magnifiques pièces d'orfèvrerie.

Il attrapa une monographie sur le haut d'une pile de livres et l'ouvrit à une page marquée d'un Post-it. La photographie en noir et blanc à gros grains jaunie par le temps montrait un véritable trésor – assiettes, trophées, pots à bière, tasses, théières, bols – disposé sur un vaisselier. Nick la connaissait sur le bout des doigts. Elle avait été agrandie en divers formats et accrochée en plusieurs exemplaires dans le grenier du *brownstone* de Freddy van der Haar, à Brooklyn. Cette photo avait aidé à identifier les objets ayant autrefois appartenu aux van der Haar et, par conséquent, servait aussi de référence la plus récente pour ceux que Freddy devait posséder.

— Je connais cette photo, admit Nick. Comme tous mes confrères. Les van der Haar possédaient l'une des plus belles collections d'argenterie de l'époque de l'Amérique coloniale. Au fil du temps, elle a été dispersée. Aujourd'hui, beaucoup de ces pièces sont exposées dans des musées.

Nick désigna un tastevin aux anses ouvragées faisant partie de la collection permanente du Met.

— La plupart ont rejoint des collections privées. Mais il est probable que la famille en possède toujours quelques-unes.

Ce mensonge eut tant de mal à franchir les lèvres de Nick qu'il dut les humecter pour se détendre. Crispé, il lança un coup d'œil à West, craignant de se trouver face à son regard sceptique.

— Excuse-moi, dit-il. Je dois te barber. Mais comme c'est drôle que vous soyez voisins ! Ou ne faut-il pas s'en étonner, à Venise ?

West ne le saisit pas par le col en lui hurlant « Menteur ! » au visage. Au contraire, il souriait aux anges. L'homme ridé à l'air grave avait cédé la place à plus jeune, plus impulsif, plus enthousiaste que lui. Tenant le livre ouvert dans ses mains, il recula jusqu'à son vaisselier de porcelaines de Chine.

— Tu vois ? lança-t-il, faisant aller et venir sa main entre le meuble et la page de la revue.

Nick savait déjà, par Clay, que Richard West était obsédé par la famille van der Haar – dont l'orfèvrerie était l'équivalent, pour lui, de friandises pour un enfant –, pourtant il n'en revint pas qu'il se soit fait faire la réplique exacte de ce meuble de l'époque victorienne.

— Oh, mon Dieu ! s'écria-t-il. Il est identique à celui qu'on voit sur cette photo. C'en est la reproduction presque parfaite.

West secoua la tête.

— Pas « presque ». Elle est parfaite. Oublie toute cette porcelaine de Nymphenburg de Karine, tu verras que c'est l'original.

Nick parvint à émettre un rire doucereux tout en lançant des coups d'œil entre image et réalité.

— Cette photo a été prise dans le manoir du XVIIIe siècle des van der Haar, au sud d'Albany, expliqua West. Leur famille possédait autrefois cette immense propriété près du fleuve. Quand j'étais enfant, ils la laissaient à l'abandon, elle avait été murée. Mes amis et moi y entrions par effraction pour faire du patin à roulettes dans les pièces. J'ai dû passer devant ce vaisselier, j'en suis certain !

West croisa les mains dans le dos et fit semblant de faire du patin à roulettes devant les étagères en acajou.

— Rends-toi compte, j'étais fils de mécanicien. Fauché comme les blés. Alors, pour moi, jouer dans ce manoir quand j'étais petit, c'était inouï. Les van der Haar représentaient des gens incroyablement riches, les premiers rois de notre pays.

West referma le livre d'un geste sec puis, redressant les épaules comme pour réaffirmer sa virilité après sa retombée en enfance, alla le reposer sur la pile. À présent, il était l'un des nababs d'Amérique, et non plus le fils d'un mécano qui entrait par effraction dans les maisons des autres.

— Bref, reprit-il, après avoir fait fortune et compris que je pouvais prendre mes distances avec le milieu ouvrier, je suis tombé amoureux de Venise. J'ai visité toutes sortes de *palazzi* en vente dont beaucoup étaient bien plus somptueux que celui-ci. J'aurais pu faire du cirque en achetant pour le même prix un hôtel particulier au bord du Grand Canal. Mais lorsque, il y a dix ans, j'ai appris que le Palazzo Contarini, qui appartenait autrefois aux van der Haar, était en vente… j'y ai vu comme un présage. J'ai sauté dans un avion et je l'ai acheté. J'aime ce lieu. J'aime me dire que la famille qui possédait le manoir où j'allais jouer quand j'étais gosse recevait autrefois dans ces pièces. Pour tout t'avouer, j'ai senti qu'il était de mon devoir de l'acquérir et de lui rendre sa gloire passée. Il était dans un état é-pou-van-ta-ble.

West s'appuya mollement contre son bureau comme si ce voyage sentimental dans le passé l'avait épuisé.

— J'ai fait venir le vaisselier il y a cinq ans. Ayant été averti que le manoir d'Albany était en restauration pour devenir un hôtel, j'ai appelé les nouveaux propriétaires pour leur demander s'ils voulaient bien me vendre ce meuble. Après tout, il avait un peu été la malle au trésor de cette famille. J'ai pensé que les van der Haar auraient préféré le savoir ici plutôt que croulant sous des piles de brochures faisant l'apologie de descentes en rafting sur le fleuve ou de virées au Crossgates Mall[1].

1. Centre commercial dans la banlieue d'Albany.

West sourit en tapotant l'épaule de Nick. Il le touchait avec beaucoup plus de délicatesse qu'il n'en avait mis pour caresser sa fresque murale.

— J'espère que je ne t'ennuie pas. Mon discours doit te paraître décousu, mais il a un but. J'aimerais savoir si, récemment, Wickston a acquis des pièces d'orfèvrerie ayant appartenu aux van der Haar. Je sais que vous autres êtes au courant de tout ce qui se passe à New York.

Nick n'en croyait pas ses oreilles que la conversation en soit arrivée là avec si peu d'efforts de sa part. Il était effrayant de voir à quel point on pouvait se reposer sur les effets de la cupidité d'autrui. Il semblait que, dès que Nick avait tendu à West sa carte de visite, il était écrit que ce dernier l'inviterait chez lui et lui tiendrait la jambe en lui parlant de son enfance misérable. Nick préférait penser aux gens comme à un tourbillon effréné de besoins et de désirs, une multitude d'impulsions imprévisibles même lorsque l'appât tant désiré se trouvait devant eux. Mais West allait tout droit dans leur arnaque – voire entraînait Nick qui se montrait récalcitrant – comme Clay l'avait prédit. Nick culpabilisa en songeant à l'escroquerie qu'ils montaient contre lui, pas tant à la perspective de rouler un riche dilettante retiré des affaires, mais plutôt à celle de trahir le petit garçon rêveur qui imaginait que le jour viendrait où il posséderait les trésors de son terrain de jeux secret.

— Wickston n'a jamais rien acheté aux van der Haar, récita Nick sans ciller. Parfois, une pièce leur ayant appartenu passait entre nos mains. Mais rarement. Nous ne les gardions pas longtemps, car elles sont très recherchées. D'après ce que je sais, le tout dernier héritier – oh, comment s'appelait-il, déjà ? Freddy ! – faisait le plus souvent affaire avec Dulles Hawkes. Je n'ai jamais rencontré ce Freddy.

— Il restait deux héritiers van der Haar, rectifia West, faisant étalage de son obsession pour cette famille. Freddy et Cecilia, sa sœur aînée. Mais, tu as raison, il semblerait que ce soit Freddy qui ait hérité de toute l'argenterie.

Nick, souriant du bout des lèvres, approuva de la tête.

— Oui, confirma-t-il. Freddy en a cédé quelques pièces par Hawkes jusqu'à ce qu'il se retire des affaires. Il n'a jamais voulu que ses biens soient vendus aux enchères. Cela se serait su. Ces vieilles familles s'efforcent toujours de rester discrètes en matière de dilapidation d'héritage.

En général, c'était vrai. Mais, dans le cas de Freddy, il avait évité les salles des ventes par crainte de la publicité – pas tant par discrétion mais plutôt parce que cette solution aurait permis à une foule d'experts de scruter chacune de ces reliques pour y repérer d'éventuels défauts.

— Depuis que Hawkes a fermé boutique, enchaîna Nick, il est probable que Freddy aurait fait appel à nous pour ses ventes. Mais il ne nous a jamais contactés. Nous savions qu'il possédait toujours quelques pièces de très grande valeur.

Nick surveillait West du coin de l'œil pour s'assurer qu'il n'en perdait pas une miette.

— Freddy s'accrochait à ces derniers trésors, poursuivit-il. Ils représentaient beaucoup à ses yeux. Je suppose que, aujourd'hui, ils appartiennent à ses héritiers.

Nick aurait eu envie de saluer, puis fuir à toutes jambes. Étant parvenu à formuler ses mensonges de manière beaucoup plus convaincante qu'il ne l'avait imaginé, il n'avait pas envie de saper son travail en s'attardant sur la scène de crime. Le vin l'avait aidé à conspirer, apaisant sa nervosité, et, si West avait nourri quelques doutes à son égard, Nick semblait les avoir apaisés. Il se voyait déjà en train de raconter à Clay, le lendemain, que, non seulement il avait réussi à laisser sa carte de visite à West, mais que, de plus, il avait déjà posé les jalons de la prochaine étape de leur plan. Nick lança un coup d'œil à la tenture de velours comme pour laisser entendre qu'il était temps de quitter le bureau.

Malheureusement, West n'en avait pas encore terminé avec lui.

— L'héritier de Freddy n'est autre que ce petit jeune dont je parlais, le stagiaire au Guggenheim. Il est ici en ce moment même, juste à côté.

West se tut un instant, comme si une idée lumineuse venait de lui traverser l'esprit.

— Wickston n'a jamais songé à le contacter après la mort de Freddy pour lui proposer ses services ?

C'était une question judicieuse. Que Nick préféra éluder par une belle parade.

— Voyons, Richard, nous ne sommes ni des chasseurs d'ambulance ni des prêteurs sur gages pour héritiers. Nous ne faisons pas irruption chez quelqu'un où, sous prétexte de présenter nos condoléances, nous retournerions la vaisselle en espérant découvrir la signature d'un faïencier. Si ce garçon avait voulu vendre l'argenterie de Freddy, il savait comment nous contacter.

West approuva, l'air affable.

— Ce que tu es classe ! s'exclama-t-il.

Il surjoua un nouveau silence, comme si une autre idée folle germait dans son esprit. Nick sentait que son comportement était destiné à donner de lui une image désinvolte.

— Dis-moi, serais-tu d'accord pour contacter ce gars, là, à côté – il s'appelle Clay Guillory – et te renseigner sur les pièces d'argenterie qu'il possède, qu'en dis-tu ? Pour me rendre service ?

Nick serra les dents. La proposition de West le rapprocherait de Clay alors que leur stratégie était de garder leurs distances afin qu'on ne puisse établir aucun lien entre eux, ne trouver trace d'aucune machination.

Remarquant que Nick hésitait, West s'empressa de préciser :

— J'espère que je ne te choque pas. Que veux-tu que je te dise, je suis un opportuniste impénitent ! Si tu refuses, je te considérerai toujours comme un ami. Mais, vois-tu, je tiens à acquérir ces objets, du moins ce qu'il reste de la collection familiale. C'est pourquoi je t'ai interrogé sur Dulles Hawkes, ce matin. Je m'étais adressé à lui, dans le passé, lorsqu'une pièce van der Haar avait été mise en vente. Mais Dulles était un fieffé imbécile, si bien qu'il a été incapable de me recontacter à temps pour négocier cet achat. Bref, je me disais que tu pourrais te présenter à Clay et te renseigner là-dessus. Il s'agirait de savoir ce qu'il reste de la collection et me dire ce que tout ça peut valoir.

West paraissait tellement prêt à tout pour saisir cette chance de remplir son vaisselier en acajou que Nick prit conscience de la beauté de leur plan. West obtiendrait très exactement ce qu'il voulait, et eux aussi. Bien des pièces de musée étaient en réalité des copies ; quel mal pourrait-il y avoir à ce que quelques contrefaçons estampillées collection van der Haar trônent dans l'obscurité de ce lointain *palazzo*, réceptacles de l'admiration et des empreintes digitales de West ? Elles satisferaient son ego et, dans le même temps, fourniraient à Clay et à lui le pactole dont ils avaient besoin pour vivre. Il était possible de faire le bonheur de tous dès lors que personne ne poussait le bouchon trop loin.

Nick s'employa à froncer les sourcils d'un air contrarié.

— Le problème, Richard, c'est que je ne connais pas ce Clay Guillory. Donc, si j'allais lui offrir mes services, je ne le pourrais qu'à titre officiel, au nom de Wickston. Ce qui signifie que, déontologiquement, je serais tenu de faire une estimation exacte de la valeur de sa collection et de lui dire s'il vaudrait mieux qu'il la vende aux enchères ou la propose à des particuliers.

West gonfla les joues, l'air contrarié par la conscience professionnelle de Nick – comme si celle-ci avait toujours posé problème entre eux et qu'un dîner dansant n'eut pas suffi à l'assouplir. Mais Nick avait une solution toute trouvée. Il utiliserait contre West la mauvaise réputation de son petit ami – après tout, West n'avait été que trop heureux de la lui lancer à la figure.

— Mais, relança-t-il, si Clay est le genre de garçon que tu dis, un profiteur qui s'est immiscé dans les bonnes grâces de ton ami pour détourner son héritage, qui, prétend-on, serait allé jusqu'à l'assassiner pour le toucher, il est probable qu'il ne refusera pas une proposition correcte en espèces payée de la main à la main. Ça s'est déjà vu dans ma profession, j'en ai peur ! Tu pourrais aller lui parler, Richard. Tu lui demanderais s'il possède certaines de ces pièces, voire s'il peut t'en remettre des photos. Si tu me les montres, je te dirai ce qu'elles valent. De cette façon, tu pourrais faire une offre à bas prix et bien t'en tirer.

Même, voire surtout, un homme d'affaires fortuné apprécie de réaliser une bonne opération. Nick sentit qu'il avait convaincu West qui acquiesçait de plus en plus vite à mesure qu'il lui exposait le plan. Toutefois, Nick devait s'assurer que son nom n'apparaisse sur aucun document afin qu'on ne puisse pas en utiliser contre lui – mesure de précaution.

— Il va sans dire, ajouta-t-il, que mon estimation sera officieuse. Je ne pourrais te remettre aucun certificat officiel de chez

Wickston sans avoir préalablement consulté le bureau. Disons que cet arrangement serait plus un…

Nick fit mine de se creuser la cervelle pour trouver le mot juste.

— … un service. Un conseil d'ami.

— D'où sors-tu ? demanda West d'une voix éblouie.

Il tendit la main à Nick mais, devant juger que ce geste serait insuffisant, lui donna l'accolade. Nick se surprit à rire pendant cette étreinte, bras ballants, menton coincé dans le cou de son adversaire, n'en revenant toujours pas d'avoir réussi sa mission.

— Buvons un dernier verre ! Sois le bienvenu à Venise, mon ami !

Quand ils écartèrent la tenture de velours et repartirent dans le couloir, la musique disco, réglée à fond, balaya Nick avec la force d'un vent glacial qui soufflerait sur lui après des jours passés dans une maison surchauffée. Ils pénétrèrent dans le salon où tout le monde était avachi sur les canapés ou enfoncé dans des fauteuils au gré de leur disposition dans la pièce. Tous s'étaient épuisés, à une exception près : Elisabetta, qui faisait de la marche sportive sur la terrasse, en cercles, comme si elle s'efforçait de trouver le bon rythme qui redonnerait à tous l'envie de danser.

8

Clay aimait errer en ville. Il semblait que ce soit la raison d'être de Venise : désorienter et perdre le promeneur. Prendre un mauvais virage et se retrouver à deux doigts de plonger dans un canal ou franchir un pont pour se retrouver face au mur en brique d'une impasse faisait partie de la magie fugace des lieux. Ce n'était que rarement que, sortant d'une station de métro dans Midtown, il perdait son sens de l'orientation dans New York.

Il avait mémorisé une grande partie de la topographie des lieux au cours des dix-huit mois qu'il avait vécu là. Le quartier nord de Cannaregio, ensemble d'îlots bâtis sur des remblais, formait un demi-cercle quadrillé de rues tendues d'est en ouest comme les cordes d'un violoncelle. Les quartiers sud de San Polo et Dorsoduro consistaient en une enfilade d'églises et de places, les unes débouchant sur les autres comme une route commerciale reliant des royaumes. La lente chorégraphie du tourisme autour de la place Saint-Marc transformait chaque fast-food ou magasin de luxe en relais d'étape qui mettait les badauds sur les nerfs. Par chance, il restait un quartier sur lequel Clay pouvait compter pour se fourvoyer. Dans Castello, il lui arrivait encore de se tromper de direction sans espoir et sans appel, son cerveau paniqué transmettant un signal de détresse. *Bordel, mais où est-ce que je suis ?* C'était dans ce *sestiere* que Clay devait, ce jour-là, rejoindre Nick à midi dans la basilique Santi Giovanni e Paolo.

En théorie, il était impossible de ne pas trouver cet imposant édifice. Même Clay tombait dessus plus ou moins par hasard. Il ne prit même pas la peine d'envoyer à Nick un texto plus précis que *Suis le fléchage pour l'hôpital, la basilique est juste à côté.* Ce conseil se révéla en partie inutile car d'anciens panneaux indiquaient une direction et des nouveaux une autre. À Venise, on ne se préoccupait pas du risque de désorientation d'autrui. C'était comme escalader l'Everest : on devait avoir la chance d'atteindre son but.

De fait, Clay en fut quitte pour retomber dans le même petit *campo* pour la troisième fois de la matinée et s'engager à pas lents dans une ruelle prometteuse pour, aussitôt, se rendre compte qu'il était déjà passé devant la vitrine dans laquelle s'alignaient de délicats insectes en verre. Quand, pour la deuxième fois, il se retrouva sur la Fondamenta Nuove où des fleuristes vendaient des bouquets artificiels aux personnes en deuil qui attendaient le vaporetto à destination du cimetière San Michele, il éclata de rire. Après tant d'années, cette ville pouvait encore lui passer son nœud coulant autour du cou. Il repartit à l'assaut du quartier, tourna à deux angles de rues et, pour la troisième fois de la matinée, croisa une femme qui, coiffée d'un borsalino rouge, promenait un setter irlandais. Il en allait toujours ainsi dans Venise : on ne cessait de rencontrer les mêmes personnes dans ce labyrinthe urbain.

La bruine se mua en averse. Les habitants du quartier s'abritèrent sous l'auvent des cafés. Les Vénitiens restaient stoïques face aux intempéries. Ils attendaient, avec des sourires de grands-parents blasés, que le ciel nouveau-né se fatigue. Clay accepta de se faire saucer si bien qu'il finit par atteindre la basilique avec une minute d'avance. Il pénétra dans le narthex obscur. Une bâche en plastique transparent fermait une partie de la nef pour que les touristes ne dérangent pas le déroulement de la messe – ou, sans doute, pour éviter qu'ils s'y promènent sans payer les quatre euros d'entrée. D'habitude, Clay se dispensait d'acheter le billet en parlant l'italien mais, ce jour-là, il tendit deux pièces de monnaie à la personne à l'accueil. Le texto de Nick l'informant que sa rencontre prétendument fortuite avec West s'était bien passée l'avait mis sur un petit nuage.

Il aimait beaucoup ce monument, non pour ses tableaux de maître mais pour les défunts éminents qu'elle abritait. Vingt-sept doges reposaient sous des dalles de marbre qui, pour beaucoup, formaient comme des ralentisseurs aux quatre coins du sol. Mais la sculpture préférée de Clay était le monument funéraire de Marco Antonio Bragadin. Ce gouverneur de l'île de Chypre du XVIe siècle avait été capturé lors du siège ottoman et avait subi une série de tortures toutes plus atroces les unes que les autres. Il eut le nez et les oreilles tranchés ; fut tiré par un cheval dans toute la ville ; ligoté au mât d'un navire puis fouetté ; écorché vif de la tête aux pieds. Sa peau fut envoyée à Constantinople comme trophée de guerre. Finalement, elle fut volée par un esclave vénitien qui la rapporta dans sa ville natale où, depuis, elle était conservée dans cette basilique, enfermée dans une urne sous le buste de marbre représentant cet homme qui regardait vers le ciel, son visage exprimant : *Ce n'est pas encore fini ?* Ce tombeau témoignait des souffrances qu'un être humain pouvait infliger à son semblable. Pourtant, Clay savait qu'il existait d'autres formes de torture, plus cruelles encore, que le monde pouvait infliger à quelqu'un. Elles nous retiraient ceux qu'on aimait. Elles nous obligeaient à les regarder souffrir sans pouvoir les secourir. L'humanité dispose à l'infini de manières ingénieuses de se réduire en bouillie. Ce jour-là, Clay fit l'impasse sur la visite à la tombe de Bragadin.

Des colonnes en marbre aussi hautes que les séquoias qu'on voit en Californie bordaient la nef centrale. Il faisait frais, et le chœur incurvé rappelait à Clay la forme d'une main en coupe autour de la flamme d'un briquet. Il y avait là quelques visiteurs. Il s'attarda près de l'autel dans l'ombre d'une colonne, surveillant l'entrée du coin de l'œil.

Nick n'arriva ni à 12 h 5, ni à 12 h 8, ni à 12 h 13. Mais, peu après, le battant de la porte s'ouvrit et Nick s'avança sur les dalles polies, en chaussures croco. Clay craignit de le voir percuter de plein fouet la bâche transparente, mais il ralentit à temps pour l'éviter. Une fois que Nick eut payé son entrée, Clay s'avança dans la nef. Ils ne s'étaient pas revus depuis la dernière fois qu'ils s'étaient dit *je t'aime* par texto, si bien que Clay se sentait obligé de mettre à l'épreuve la validité de cette formule en temps réel. Nick vint vers lui en accélérant le pas, son air réjoui annonçant la réussite de leur plan. Il se figea à quelques pas de lui, dans une flaque de lumière blanche que déversait un vitrail. Nick serrait et desserrait les poings contre ses jambes, comme s'il hésitait à toucher Clay dans un lieu de culte catholique.

Nick finit par déclarer forfait. Il attrapa Clay par le bras puis l'attira derrière une colonne en marbre. Une fois hors de vue, il approcha son visage du sien, les yeux fermés. Ses lèvres ratèrent la bouche de Clay, déposant sur sa pommette un filet de salive, puis, tendrement, trouvèrent la place voulue. Nick embrassait bien. Il avait peaufiné un savant panachage de modulations endiablées au fil desquelles ses baisers allaient du mode profond et vorace avant de se faire prudes et timorés comme si un doute affreux l'envahissait. Au bout d'un moment, il se détacha de Clay. Reculant d'un pas, il lui fit un clin d'œil.

— Ampoules, dit-il. Mes pieds me tuent.

— Tu as marché trop longtemps dans ces chaussures hier.

— J'ai trop dansé, pour être plus exact.

Voyant que Clay l'interrogeait du regard, il rit.

— Tu ne vas pas le croire. Hier, j'ai dîné chez West. Il m'a invité quand je lui ai parlé, le matin. À un moment, il a mis du disco et nous avons tous…

— Tu veux dire que tu y es allé ?

La veille au soir, Clay avait entendu de la musique provenant des appartements de West, comme il en résonnait toujours de l'autre côté des murs lors des dîners qu'il donnait. Clay reprenait à son compte la mimique de Freddy, qui soupirait exagérément en levant les yeux au ciel chaque fois que ces abominables rythmes commençaient à faire vibrer les planchers et les bibliothèques. (« Bien sûr qu'il aime le disco ! fulminait Freddy. Cette musique, c'est du poison auditif ! Du rythme sans âme ! ») Clay l'avait subie, assis sur son lit, bouillonnant de colère tandis qu'il feuilletait les journaux intimes et les carnets de croquis de Freddy. Mais pas une fois il n'avait imaginé que Nick pouvait se trouver de l'autre côté du mur, sifflant du prosecco et se trémoussant façon Blancs avec West et consorts. Son petit ami avait dansé au côté de l'ennemi juré de Clay. Quelle qu'aient été ses raisons, Clay le vivrait toujours comme une trahison. Cédant à la paranoïa, il imagina un scénario dans lequel il aurait arraché Nick aux bras d'Ari Halfon pour mieux le jeter dans ceux de Richard West.

— Attends ! Ce n'est pas ce que tu crois. C'était pour la bonne cause !

— Hé ! s'écria Clay en claquant des doigts devant les yeux de Nick. Tu entends ce que je te dis ? Ça ne faisait pas partie de notre plan. Tu devais lui laisser ta carte et attendre qu'il te contacte. Tu ne peux pas changer les règles en cours de route. C'est notre projet commun, pas le tien, celui que nous avons élaboré ensemble et il ne fonctionnera que si nous le suivons à la lettre. Nous n'étions pas convenus que tu ailles dîner chez les West.

— Tu veux bien m'écouter ?

Nick s'avança, mais une lame de lumière l'aveugla – la couleur de ses yeux était si belle, mélange de jaunes d'automne et de verts de fin d'été –, si bien qu'il fit aussitôt un pas de côté pour y échapper.

— Je savais ce que je faisais, reprit-il. Je suis allé chez lui pour gagner sa confiance. Une carte de visite n'y aurait pas suffi. Imagine : il me considère comme un ami désormais !

— Peut-être l'es-tu, *d'ailleurs*, lança Clay un brin caustique.

Il regretta aussitôt ce coup bas qui exposait trop clairement ses doutes.

Nick fit la moue.

— Ne sois pas idiot. Je ne pouvais pas refuser cette invitation à dîner. Pas après lui avoir sorti mon boniment selon lequel je me trouvais seul à Venise où je venais pour la première fois afin de voir la toile du Titien dont il avait financé la restauration. Si j'avais refusé, il ne m'aurait jamais téléphoné.

— Possède-t-il toujours le vaisselier à la noix des van der Haar ? s'enquit Clay, s'efforçant de décharger sa colère sur West, absent, pour ménager le petit ami faillible qu'il avait devant lui.

— Oui, il me l'a montré.

— Freddy lui en voulait à mort de l'avoir récupéré. Il le méprisait. West est un vautour qui plane sans arrêt en cercles au-dessus de la carcasse de la famille van der Haar.

À l'évidence, Clay pensait que son opinion sur West ne serait pas, à elle seule, un moyen de dissuasion suffisant. Il espérait que celle de Freddy remporterait la mise.

— Il m'a tout raconté, répondit Nick. Notamment, qu'il avait passé son enfance à l'ombre de leur manoir.

— Oh, non mais je rêve, pas cette histoire ! grommela Clay d'un air incrédule.

Il n'était pas encore disposé à pardonner à Nick.

— Il te l'a sortie avant ou après avoir dansé avec toi ?

Nick s'avança d'un pas, supportant le coup de poignard que le soleil lui planta dans l'œil, et saisit la main de Clay.

— Arrête ! Je suis à cent pour cent de ton côté. Mais c'est bien que j'y sois allé, je t'assure. Tu ne veux pas savoir pourquoi ?

Clay soupira, rendant les armes.

— D'accord, je t'écoute.

Nick commença à lui raconter la soirée, allant jusqu'à décrire le service de table, sa voix gagnant en intensité et précipitation à mesure qu'il plantait le décor de son coup monté. Clay, en l'écoutant, se demandait si Nick considérait que leur plan était un jeu – non à la vie et à la mort, mais l'exploration d'un rivage inconnu, laquelle, plus tard, serait idéalisée sous la forme d'une aventure de jeunesse. Or, ce n'en était pas un pour Clay. Il dépendait de la réussite de l'opération qu'il garde la tête hors de l'eau. Il n'avait pas de plan B. D'ailleurs, Nick était dans le même bateau que lui. Il ne disposait pas de solution de rechange. Leur attitude révélait une différence foncière entre eux, liée sans doute à celle de la couleur de leur peau ou de l'éducation qu'ils avaient reçue. Clay avait grandi dans l'idée que, pour lui, toutes les portes resteraient fermées à double tour. À vingt-sept ans, ses bras s'étaient engourdis à force de les pousser en vain. Des échecs auxquels il s'attendait. Or, tel n'était pas le cas pour la plupart des jeunes Blancs qui, chaque année, affluaient à New York. Clay les avait observés de près, comme certains étudient des colons venus s'installer sur leurs terres. Ils traitaient le monde comme si, depuis toujours, ils s'y sentaient protégés, comme s'ils ne pouvaient pas échouer, comme si même les dangers tapis dans les coins les plus reculés de la nuit ne les atteindraient jamais. Clay se demandait ce que l'on éprouvait à se sentir autant en sécurité dans la vie.

Nick, qui lui décrivait l'instant où il était entré dans le bureau de West, jeta un coup d'œil vers la nef et blêmit. Clay tourna la tête pour comprendre la raison de cette émotion. Dans la lumière éblouissante qui pénétrait par le portail ouvert, une femme se tenait à l'entrée de la basilique, agitant un mouchoir jaune dans leur direction. Elle fouettait l'air comme la passagère d'une croisière fait au revoir de la main au moment où le navire quitte le port. Elle portait une jupe marron, un corsage blanc et son visage était dans l'ombre.

— Merde ! chuchota Nick en s'aplatissant derrière la colonne. Elle nous a vus ensemble. *Merde, merde !*

Clay scruta l'inconnue pour voir s'il la reconnaissait. Une fois que son œil se fut accoutumé à la luminosité ambiante, il comprit la méprise de Nick : il s'agissait de la femme qui tenait la billetterie et elle n'agitait la main en direction de personne mais frottait la séparation en plastique avec un chiffon à poussière. Clay ricana en rejoignant Nick derrière la colonne.

— Ce n'est que l'employée qui vend les billets.

Nick se frappa le front.

— J'ai cru que c'était la nièce de West.

Clay fut rassuré de voir que Nick prenait l'affaire assez au sérieux pour craindre qu'on les démasque.

— Tu ne m'as toujours pas expliqué en quoi l'invitation de West était une bonne idée.

— Je l'ai convaincu de s'adresser directement à toi pour négocier. Pour moi, c'était le point faible de notre plan. La ficelle était un peu grosse que je surgisse, un jour, avec ma carte de visite, et que, le lendemain, tu frappes à sa porte pour lui proposer tes antiquités van der Haar. Or, hier soir, West m'a demandé si j'avais entendu parler de la collection de Freddy. J'ai répondu que non. Mais je lui ai conseillé d'en discuter avec toi et lui ai dit que je pensais que tu ne refuserais pas une offre raisonnable en espèces si jamais il t'en faisait une. Tu comprends ? Ainsi, tout se passe en douceur. Sans compter que, dès lors, tu auras l'avantage car c'est lui qui te sollicitera, et non l'inverse. Nous y sommes presque, hein ?

Clay fut bien obligé de reconnaître que, vue sous cet angle, leur supercherie s'annonçait sous les meilleurs auspices. Nick avait réussi à leur faire gagner un temps fou.

— Très bien. Je te félicite.

— Donc, tu me pardonnes ?

— Oui. Mais, Nick, écoute. Il faut vraiment que tu…

Clay bégayait car il ne trouvait pas les mots justes pour le mettre en garde contre West. Il lui semblait qu'il était très important pour Nick de recevoir l'approbation et l'affection des hommes mûrs. Seulement Clay ne pouvait prendre le risque de l'exprimer aussi crûment. Depuis deux mois qu'ils sortaient ensemble, ils avançaient hardiment dans un champ de mines – argent, sexualité, monogamie – que d'autres auraient traversé sur la pointe des pieds. Toutefois, une violente dispute avait éclaté entre eux. Elle avait eu lieu à New York le jour où Clay avait fait remarquer qu'il trouvait dingue que Nick – à un âge si avancé, à l'orée de ce tout nouveau siècle – ne soit pas encore sorti du placard auprès de sa famille. « Pourquoi ne le leur dis-tu pas, une bonne fois ? avait-il lancé d'un air un peu trop désinvolte. Ça ne choque plus personne, si ? » Clay espérait alors que mettre la pression sur Nick l'encouragerait à s'assumer. Mais Nick avait rougi jusqu'aux oreilles et eu du mal à reprendre son souffle avant de contre-attaquer : « Et toi, pourquoi tu ne parles plus à ton père ? »

Clay mesurait ses propos désormais.

— Je te demande juste de rester sur tes gardes. West peut te mettre dans sa poche en se montrant hyper chaleureux, en t'inondant d'invitations, et tu finirais par tout laisser tomber parce que tu penseras qu'il est ton ami. C'est un manipulateur. Il m'a eu, une fois.

Nick l'écoutait en hochant la tête. Il s'approcha de Clay, lui soufflant son haleine tiède au visage.

— Je ne suis pas inquiet, chuchota-t-il. Bon, je ne vais pas te mentir. Je ne le déteste pas. J'espère qu'il ne découvrira pas qu'on l'arnaque. Mais je me fiche de ce qui peut lui arriver. On retourne passer un moment chez Daniela ?

— L'appart de Daniela n'est pas notre baisodrome !

— Rien qu'une demi-heure. Nous ferons vite.

Clay allait prendre le risque de l'embrasser encore quand il entendit des couinements derrière lui. Une vieille dame au teint bilieux et aux rares cheveux jaunes peroxydés poussait un homme parfaitement assorti à elle sur ces deux points, assis dans un fauteuil roulant. Tous deux avaient le visage taillé à la serpe, mais ce fut le fauteuil qui fit sur Clay l'effet d'une apparition surnaturelle. À Venise, il était presque impossible de se déplacer de la sorte – il y avait des ponts à tous les coins de rue. Clay savait qu'il n'était pas le seul à adorer cette ville au point de faire des efforts miraculeux pour y séjourner le plus longtemps possible. La femme s'immobilisa, et le couple, se sentant de trop, leur adressa un regard confus. La femme batailla pour faire exécuter un demi-tour à son mari.

Nick s'élança vers eux pour les aider, une roue s'étant coincée contre la pierre tombale d'un doge. Clay n'en revenait toujours pas de voir l'extrême prévenance dont Nick pouvait faire preuve vis-à-vis d'inconnus. C'était l'une de ses qualités qu'il aimait le plus. Comment se faisait-il que les sept années qu'il avait passées à New York n'en aient pas eu raison ? Peut-être cette abnégation expliquait-elle le fait qu'il n'ait pas dit la vérité sur lui à sa famille ainsi que sur les raisons de sa venue à Venise, à ce moment précis, pour tenter d'arracher Clay aux sables mouvants de ses dettes. L'abnégation : une chimère, peut-être un danger, sûrement une folie. Toutefois, continuant d'observer son petit ami qui, après avoir libéré le fauteuil roulant, le poussait doucement devant lui, Clay fut certain que ce devait être le plus beau trait de caractère au monde.

— Pardonne-moi de t'avoir donné du fil à retordre, lui dit-il quand il revint.

Nick s'apprêta à répondre, mais Clay le devança :

— Pars. Je te suis dans cinq minutes et te retrouverai dans le jardin. Mais seulement si Daniela est sortie. Et nous devrons faire vite.

Dès que les clefs de Clay tournaient dans la serrure du Dormitorio, les stagiaires qui se trouvaient à la maison filaient comme des chats. Il les entendait se précipiter jusqu'au sanctuaire de leur chambre insonorisée avant même qu'il n'atteigne le haut de l'escalier. De son point de vue de propriétaire, il lui semblait que la maison était hantée par le va-et-vient cosmopolite de fantômes d'adolescents. Flyers de concerts, colis surprise étripés matelassés de timbres-poste et boîtes à pharmacie traînaient sur la table de la cuisine. La vaisselle n'était jamais faite, des bouteilles de jus de fruits avaient raté la poubelle et des phrases en langue étrangère ponctuées de smileys souriants ou tristes surchargeaient le tableau effaçable aimanté au réfrigérateur. Ces stagiaires ne respectaient que la règle la plus ancienne de la maison : ils s'arrangeaient pour que leurs déchets épargnent le plafond. Partout ailleurs, ils s'étalaient comme une ville de banlieue.

Clay aurait pu leur en vouloir de se montrer si peu soigneux et se sentir insulté par le fait qu'ils l'évitaient. Mais, il n'y avait pas si longtemps, il se trouvait de leur côté du rapport particulier entre propriétaire et locataire, si bien qu'il savait que les nantis du Peggy Guggenheim éveillaient en chacun d'eux la peur de la très vieille famille américaine inconnue. Les stagiaires restaient circonspects face à lui, même s'ils avaient été surpris de voir apparaître devant eux l'héritier de cette très vieille famille américaine inconnue sous une couleur de peau et un âge surprenants. À vrai dire, Clay n'aurait pas demandé mieux que de sortir manger une pizza avec cette bande de copains, leur conseiller quels musées visiter ou la façon de s'y prendre pour couper les files d'attente aux guichets des vaporettos. Après tout, il n'avait que quelques années de plus qu'eux. Mais encore valait-il mieux en rester à des rapports formels et distants. Seul Clay avait réussi à franchir le gouffre entre locataire et propriétaire, et il n'était toujours pas certain que le jeu en ait valu la chandelle.

Arrivé devant les appartements privés de Freddy, il découvrit une enveloppe rouge cachetée coincée dans le chambranle de la porte. Un stagiaire avait dû la trouver à l'entrée. Le nom de l'expéditeur n'y figurait pas, seul le prénom du destinataire barrait l'angle supérieur gauche. Mais Clay reconnut le papier. Il savait, pour avoir travaillé brièvement pour cet homme, qu'il le commandait dans une papeterie située dans le quartier des Zattere, et qu'il rangeait ces feuilles dans un coffret en bois florentin glissé dans un tiroir de son bureau.

Clay ouvrit sa porte fermée à clef, ôta sa veste et s'assit sur le lit. Il s'avisa qu'il avait mal reboutonné sa chemise. Il s'était vite rhabillé après avoir fait l'amour pour quitter l'appartement avant le retour de Daniela. Il ne voulait pas l'ennuyer en devenant l'intrus de plus dans son espace privé. Nick, il aurait dû s'en douter, ne s'était pas montré coopératif, nouant ses bras autour de ses cuisses pendant qu'il essayait d'enfiler son pantalon.

— Allez, quoi, arrête ! avait râlé Clay.

Pour finir, il s'était fait une raison et laissé retomber sur le lit pour serrer de son mieux ce corps dix fois trop grand pour lui. À présent, une demi-heure plus tard, Clay ressentait les courbatures que lui avait values cette vingtaine de minutes d'exercice supplémentaires ; il avait l'impression de bouger sous l'eau. N'empêche, s'il imaginait Nick nu, la faim de lui le reprenait.

Clay décacheta l'enveloppe. Le monogramme doré de West, comme toujours, couronnait la feuille de papier. Le mot était rédigé à l'encre noire, l'écriture formant un flot incliné continu pareil à la crête d'une vague océanique.

> *Clay,*
>
> *Content de retrouver Venise ? Je tenais à t'exprimer de nouveau mes plus sincères condoléances pour la perte de notre cher Freddy.* [Ce notre crispa Clay ; il n'y avait pas de pire péché que de s'inventer une amitié proche avec un mort.] *J'aimerais t'inviter chez moi pour boire un verre cette semaine. Cela fait des années que nous n'avons pas eu de véritable conversation, mon ami.* [Ami ?] *De plus, j'aimerais que nous discutions de certaines choses, te faire une proposition susceptible de nous être avantageuse à toi comme à moi. Elle pourrait même te faciliter les choses quant à la succession de Freddy, laquelle, je me doute, ne doit pas être une sinécure. Je sais que nous avons eu des différends. Mais nous sommes voisins, il est temps de les surmonter. Fais-moi savoir si tu es libre cette semaine – demain ou, pourquoi pas, cet après-midi ?*
>
> *Amitiés,*
>
> *Richard*

Clay fut très sensible au fait que « cette semaine » ait été souligné les deux fois. West pouvait toujours prétendre vouloir faire la paix, mais Clay connaissait la véritable raison de son impatience. La botte secrète de West, cet antiquaire se disant prêt à évaluer les pièces d'argenterie, ne resterait à Venise que peu de temps. Il tenait à ce que son nouvel allié s'acquitte de cette tâche avant de partir pour Milan.

Se pouvait-il réellement que ce soit aussi facile ? Que West croie le piéger alors que, depuis le début, Clay le menait par le bout du nez ? Il pouvait pardonner à Nick de vouloir que leur escroquerie ne nuise pas trop à West. Mais, pour lui, voir West être la victime de sa propre cupidité lui semblait n'être que justice. Après la mort de sa mère, il s'était dit qu'il ne souffrirait plus jamais autant. Rien d'autre ne le toucherait, à grande ou petite échelle, car il avait atteint son quota de chagrin. Seulement la perte d'un parent n'immunise pas plus contre la trahison qu'une morsure de requin contre un accident de voiture. West avait abusé de la naïveté de Clay alors qu'il était le plus vulnérable. Pourquoi Clay devrait-il culpabiliser de lui rendre la pareille ?

Il décida de répondre sans attendre à la lettre de West. Il était essentiel que ce dernier soumette les pièces à son expert secret le plus rapidement possible. Clay sortit son téléphone portable et composa le numéro. Il n'entendait pas les sonneries à travers le mur, mais se plut à imaginer West traversant ses pièces richement décorées au pas de course pour prendre l'appel.

— Allô ? glapit la voix familière.

— C'est ton voisin.

— Clay !

Tout juste si West n'avait pas crié.

— Tu as reçu mon mot ? Je l'avais remis à un stagiaire. Mais comme on ne sait jamais si... Bref, il t'est parvenu.

— Il m'est parvenu.

— Je suis ravi de t'entendre. Tu viens boire un verre ce soir, chez moi ? On dit 7 heures ?

Il ne perdait pas de temps. Mais Clay ne comptait pas lui faciliter la tâche. Il s'était juré de ne jamais remettre les pieds dans la partie du *palazzo* appartenant à West. Donc, cette fois, ils se rencontreraient aux conditions de Clay.

— Ta proposition m'intrigue, dit-il froidement. Mais ce soir je suis pris. Passe plutôt ici demain, vers 13 heures ?

— Oh, soupira cet homme peu habitué à s'adapter à l'emploi du temps des autres. Bon, d'accord. C'est un peu tôt pour boire un verre, mais pourquoi pas ? On fait comme avant, je frappe quatre fois à la porte de communication ?

— Il y a trop de cartons dans la chambre de Freddy, mentit Clay pour le seul plaisir de compliquer la tâche de Richard West. Présente-toi à la porte d'entrée et sonne.

Une fois qu'ils eurent raccroché, Clay ouvrit la fermeture Éclair d'une de ses valises de New York dont la poignée était encore entourée de l'étiquette marquée JFK à VCE. Les cendres de Freddy n'étaient pas le seul objet de contrebande que Clay avait fait passer à la douane italienne. Retournant une pile de pulls, il sortit l'emballage de papier bulle puis en extirpa les cinq faux en argent qui lui restaient de ceux ayant appartenu à Freddy. Tandis qu'il les plaçait aux quatre coins de la pièce – sur une étagère, sur la table de chevet –, il se récita, très calme, son mantra du lendemain : *Je ne me sentirai ni coupable, ni honteux. Je n'éprouverai pas de compassion pour lui. Je lui soutirerai le plus d'argent possible. Il perdra. Je gagnerai.*

9

Quelque opinion qu'on ait sur les statues équestres, les pénis en érection ou l'artiste italien Marino Marini, peu de visiteurs disconviendraient que la sculpture de bronze qui décore la terrasse du musée Peggy Guggenheim fait plaisir à voir. Le corps d'un homme nu athlétique, en érection, son membre pointant vers le bassin du Grand Canal, à dos de cheval, bras écartés et visage levé fièrement vers le ciel. Cette œuvre est une étreinte avec le soleil, un effacement de la vie individuelle devant la notion même d'existence, cet exhibitionniste montrant en toute liberté son corps imparfait sur le marché des désirs humains. Chaque jour de son stage, Clay, pour ses croquis, puisait son inspiration dans l'*Ange de la Ville* de Marini. Et il n'était pas le seul. C'était devenu un rituel parmi les stagiaires quand ils traversaient la terrasse – qu'ils soient hétéros, bicurieux, asexués, gays ; femmes, transgenres, hommes ; Américains, Portugais, Hongkongais – de serrer, en passant, cette érection à pleine main pour se porter chance. Ce Marini-là devait être, Clay n'en doutait pas, la seule statue de la planète élevant la masturbation au rang d'œuvre d'art.

Mais d'autres créations, à l'intérieur de ce petit palais en pierres d'Istrie, agissaient plus violemment sur son âme. Les de Chirico chargés de solitude, les Max Ernst mêlés de LSD, le chimpanzé dans le vide magenta de la vision cauchemardesque de Francis Bacon. « J'espère qu'ils vous accordent de longues périodes de congé, chuchotaient de nombreux visiteurs à Clay lorsqu'il surveillait l'une des salles du musée. Ce que ce doit être ennuyeux de rester planté là toute la journée ! » Ils se trompaient. Clay aimait passer son temps dans ces pièces. Elles finirent par lui devenir aussi familières que les battements de son cœur ; il connaissait chaque coup de pinceau, la moindre courbure d'un bronze poli de Brancusi, le plus petit fragment d'un collage cubiste. Clay était le stagiaire le plus passionné de tous ces férus d'art : il adorait garder les salles, vendre les billets d'entrée, tenir la *guardaroba*. Cela lui permettait de pratiquer son italien, donner des conseils sur une exposition exceptionnelle, colporter des ragots aussi bien sur Peggy G. que Pegeen, sa fille dépressive et suicidaire, sans oublier les liaisons scandaleuses de Peggy avec des artistes. Il s'occupait deux fois par semaine des visites organisées – pour mieux répandre la Bonne Nouvelle sur cette institution proche du nirvana qui l'avait sauvé : sauvé de l'Amérique, sauvé du néant qui s'ouvrait devant lui à la fin de ses études et, surtout, sauvé de la douleur déchirante qu'il avait ressentie au décès de sa mère. Cette mort avait pris une dimension géographique. À New York, cet immense chagrin existait de l'autre côté de l'océan. Ici, à Venise, et, plus précisément, entre les murs en marbre de ce musée, Clay en était à l'abri. N'écoutez pas les thérapeutes : il est tout à fait possible d'échapper à soi-même.

Le stage de Clay devait durer trois mois. Il retournerait aux États-Unis le 1er septembre. Seulement voilà, Clay Guillory sortait du lot parmi le groupe de cet été-là, d'une part grâce à sa maîtrise impressionnante de l'italien, mais aussi parce que sa curiosité intacte, jamais assouvie, en faisait le chouchou du personnel. Sa responsable de stage à la tignasse hirsute faisait remonter chaque compliment des visiteurs. Et le très respecté conservateur du musée, toujours posé, érudit, aux sourcils broussailleux d'un gris métallique suspendus comme des guirlandes au-dessus de ses yeux – qui semblait errer de salle en salle telle une présence fantomatique car les stagiaires ne l'apercevaient que très rarement –, arrêta Clay à deux reprises dans la cour pour le féliciter car il avait entendu des bribes des commentaires qu'il faisait lors de ses visites guidées. Il s'était imposé comme un membre motivé du clan Peggy Guggenheim et se sentait prêt à faire n'importe quoi – mais tout de même pas commettre un meurtre – pour le musée. Lorsque sa supérieure lui demanda s'il aurait envie de prolonger son stage de trois mois – son nouveau billet d'avion serait à leur charge –, il faillit en pleurer. Six mois dans son musée préféré de sa ville de prédilection ! Six mois dans sa toute petite chambre du Dormitorio et à savourer son petit déjeuner sous la Madone bleue! Six mois à masturber le Marini au passage et à tendre des audioguides à des couples de touristes avides de culture venant de débarquer de leurs yachts! Si on le lui avait demandé, il aurait sûrement accepté de signer pour la vie.

Clay aurait mérité le titre de stagiaire vedette. La plupart de ses pairs débarquaient à Venise avec vingt tenues de cocktail mais sans connaître un seul mot d'italien. Clay s'était entraîné comme un marathonien pendant les six mois précédant sa venue. En Italie, il eut l'impression d'avoir la langue en feu. De tous les vacataires, c'était lui qui, au restaurant, commandait pour les autres, organisait leurs virées du week-end en Toscane et notait par écrit quelle était leur coupe préférée afin qu'ils n'aient plus qu'à tendre ce morceau de papier au coiffeur pour être certains que celui-ci suivrait leurs instructions. De plus, Clay ne tarda pas à faire office de conseiller d'orientation auprès des nouveaux arrivants dont beaucoup, comme lui, n'avaient jusqu'alors jamais vécu à l'étranger. Il découvrit que sa génération avait tendance à souffrir du mal du pays. Clay qui, au contraire, associait « pays » à « avoir mal » et n'avait pas la moindre envie d'y retourner, prenait ces misanthropes sous son aile jusqu'à ce que, eux aussi, découvrent la Bonne Nouvelle de Peggy.

Clay n'incarnait pas la seule *success story* de cet été-là. Le musée avait également demandé à Bridget Messmer, Suissesse de vingt-deux ans, de prolonger son stage d'un trimestre. Ses cheveux blond platine retombaient, tels ceux qu'on prête aux anges, en rouleau sur son front. Elle avait un sourire très affable et parlait d'une voix très douce en italien, français, allemand ou anglais. Les autres stagiaires filles la détestaient parce qu'elle était très jolie, avait fait des études à la Sorbonne et se fichait éperdument de les côtoyer ou non. Bridget était le genre de personne qui semblait ne pas désirer avoir plus d'amis; personne ne rapportait l'avoir entendue faire de l'humour. Jusqu'à la responsable des stages qui avait renoncé à l'inviter au repas-pizza du vendredi soir dans la salle de pause. Elle ne résidait pas au Dormitorio, mais dans l'étage noble d'un palais, tenu secret, que lui avaient loué ses richissimes parents. Clay n'avait rien à lui reprocher, ce qui, à son avis, était déjà suspect en soi. Avec le recul, il semblait prédestiné à ce que Bridget Messmer joue un rôle de catalyseur dans sa chute.

Clay n'avait pas reparlé à son père une seule fois depuis son départ de New York. Il ne lui avait ni téléphoné ni envoyé d'e-mails ni jamais fait apparaître son visage sur le portail bleu pâle de Skype. Il s'en voulait d'avoir mis tant de distance entre eux mais, dès qu'il se décidait à reprendre contact avec lui, il se bloquait. Il était incapable de trouver des questions à lui poser au sujet de sa mère tout comme il n'avait pu retourner dans cette chambre d'hôpital avec sa vue sombre sur Manhattan – ni même lui parler quelques minutes par téléphone. L'Italie était son échappatoire. Là, il n'était le fils de personne.

À défaut, il lui envoyait une carte postale par semaine, toutes représentant un lever ou un coucher de soleil sur le Grand Canal, qu'il agrémentait de banalités sur son travail au musée. Il y inclut un mensonge. Il prétendit qu'il sortait avec un garçon, un architecte vénitien dont il était tombé fou amoureux. Il avait inventé cela pour que son père ne s'imagine pas qu'il se sentait seul ; ainsi, il aurait l'esprit plus tranquille, sachant que son fils avait quelqu'un dans sa vie. La vérité n'était guère assortie à ces images romantiques qui montraient des gondoles glissant sous le pont du Rialto. Clay souffrait de solitude. À l'extérieur du musée, il ne fréquentait personne. Ce fut alors que, en septembre, sur un toit-terrasse, il rencontra Richard Forsyth West.

Avec le recul, West et Clay devaient se croiser, dans les rues de Cannaregio, depuis des mois sans le savoir. Autant Clay fut frappé par son extrême élégance une fois qu'ils eurent fait connaissance, autant, comme inconnu, il n'était qu'un retraité américain fortuné très chic parmi d'autres. Ils partageaient un mur, un canal et une voie qui desservait leurs portes d'entrée distinctes. Mais ce fut au travail de Clay qu'ils s'adressèrent la parole.

Six jours par semaine, le musée Peggy Guggenheim ouvrait ses portes à tout visiteur s'acquittant des vingt euros d'entrée. Certains soirs pourtant, après que les canots à moteur des entreprises de restauration s'étaient amarrés à l'appontement privatif, chargés de glacières contenant nourriture et verres à vin, les salles et jardin du musée ne devenaient accessibles que sur invitation. On pouvait alors accéder au toit par un escalier dérobé afin de profiter du buffet. Plusieurs de ces cocktails privés avaient eu lieu au cours de l'été, mais Clay n'avait été invité à aucun d'entre eux. Avec son nouveau statut de stagiaire privilégié, la donne avait changé. « Sois souriant, respectueux, prévenant envers toute personne te paraissant être seule, lui avait donné comme instructions sa responsable de stage. Et surtout, surtout dis-leur bien que tu apprécies ton travail ! » Clay était nerveux, il avait vingt-trois ans et n'était pas habitué à manier ces menus propos, mais il se faisait une joie de profiter de ces avantages. Naturellement, la jolie Bridget aussi avait été conviée. Tandis qu'il faisait tapisserie sur le toit-terrasse, il l'observait qui déambulait parmi les hôtes de marque en fine connaisseuse de ce genre de fête. Elle portait une robe longue imprimée de bleuets et buvait de l'eau pétillante du bout des lèvres, si bien que Clay songea que cette soirée-toit n'était pas la première à laquelle elle participait cet été-là. Si Bridget personnifiait la sophistication de leur programme de stages internationaux, Clay en vint à se dire que lui-même devait incarner sa diversité, une réalité qui lui faisait plaisir et horreur à la fois. Cela ne l'empêcherait pas d'être un stagiaire modèle ce soir-là. Il sourirait. Il vanterait les mérites de leur programme. Il arracherait les solitaires à leur isolement.

En ce mois de septembre, la touffeur estivale s'accrochait au littoral adriatique. La lumière cuivrée du soir teintait les *palazzi* le long du Grand Canal d'un ambre brumeux moyen-oriental. La fin de l'été ramenait l'influence byzantine – de même que des traces de transpiration sur le col de la seule chemise potable de Clay. À Venise, les teinturiers étaient trop coûteux pour sa bourse hebdomadaire, si bien qu'il était allé jusqu'à boutonner son col contre sa pomme d'Adam.

Clay chercha des yeux quelqu'un à secourir. Il craignait que sa responsable ne le surprenne à ne rien faire, ne parler avec personne, ce qui ne manquerait pas de figurer dans son dossier. Les corps les plus proches de lui étaient éclairés par les reflets orangés du soleil couchant ; derrière eux, s'étendait la forêt ombreuse et impénétrable des invités. Ce fut alors que Clay remarqua comme un casque blanc au-dessus d'un visage assez âgé, encore beau, qui faisait penser à celui d'un berger comme on en verrait dans une vieille publicité pour une marque de cigarettes. Clay croisa le regard de cet homme et, intimidé, détourna le sien. Quelques instants plus tard, ils se regardèrent encore. Ce petit jeu de séduction se poursuivit, détourner les yeux, les reporter vers l'autre et recommencer. Clay apprécia cette attention, d'autant plus pendant ce passage à vide vénitien. À dire vrai, il n'avait jamais été attiré par les Blancs plus âgés que lui. Les hommes blancs, de manière générale, gardaient un certain mystère pour lui. Son premier petit ami, qu'il avait connu au lycée, était vietnamien, le deuxième (son premier rencart) bangladeshi puis, en fac, il était sorti pendant deux ans avec un Jamaïcain, Mark, qu'il avait même présenté à ses parents (il fallait voir comment sa mère était tombée sous son charme). Il s'était plu à imaginer que son premier Blanc serait un Vénitien or, au lieu de cela, *nulla e niente*. Mais voilà que ce vieux beau était apparu à ses côtés, en costume blanc impeccable et mocassins en daim vert amande. Clay aperçut comme une minuscule estafilade rouge dans la partie inférieure de sa chemise, contre ses côtes ; sur le moment, il crut que c'était du sang mais, en regardant de plus près, il se rendit compte qu'il s'agissait d'un monogramme : *RFW*. L'inconnu bavardait avec une femme enveloppée dans un cocon de dentelles bleu marine et, pour illustrer son propos, il se servait de son verre à vin comme d'une loupe. Soudain, un serveur qui passait, heurtant la femme, la fit trébucher. Elle se rattrapa à son interlocuteur qui, lui-même, vacilla, ses pieds se rapprochant dangereusement du rebord du toit. Clay le retint par les épaules et le tira vers lui pour l'éloigner du vide.

— Hou la ! s'écria l'homme en prenant conscience du danger encouru.

À une dizaine de mètres en contrebas, se trouvait la statue de Marini.

— Je vous remercie.

Puis, se tournant vers la jeune femme à ses côtés, il ajouta :

— Silvana, tu veux ma mort !

— Mille excuses, lança-t-elle sur le ton de quelqu'un qui avait pour principe de ne jamais en présenter.

L'inconnu tapota Clay dans le dos.

— Vous êtes Clay Guillory, c'est ça ?

— Oui, répondit-il, décontenancé. En effet.

— J'ai entendu dire le plus grand bien de vous. Un stagiaire de premier ordre !

Clay fut le premier surpris de s'être fait cette réputation.

— N'exagérons rien, louvoya-t-il.

L'homme rit haut et fort, haussant son sourcil surmonté d'un grain de beauté.

— Vous ne me facilitez pas la tâche !

Ils se serrèrent la main.

— Richard Forsyth West, dit-il.

Ses ongles étaient manucurés, mais sa paume calleuse.

— Enchanté. On m'a dit que vous pourriez être intéressé par du travail supplémentaire pendant vos jours de congé. Contre rémunération, bien entendu.

Un « Oh » échappa à Clay. C'était un « Oh » collectif exprimant deux déceptions distinctes. *Oh, je ne suis pas votre genre de mec.* Et *Oh, le musée pense que je demande la charité et que j'ai besoin de me faire plus d'argent.* Clay chercha du regard la perfide responsable des stages aux cheveux en bataille.

— Je suis désolé. Me serais-je mal exprimé ? s'enquit West d'un air très sincère. Je m'emballe, je m'emballe ! Voyez-vous, je lance ma société de conservation du patrimoine de Venise. Une entreprise individuelle, je précise. Il n'y a qu'un employé, et vous l'avez devant vous. J'espère que le second se trouve en face de moi en ce moment même. C'est une association à but non lucratif dédiée à la préservation de monuments que personne autour de nous ne semble vouloir protéger, surtout à cause de la bureaucratie italienne et de la paperasserie qui ligote les mains de tout le monde avant que quiconque ait le temps ne serait-ce que de pointer le doigt.

West donna un coup de coude à Clay.

— Quelle est la plus grande contribution de l'Italie à la civilisation moderne en dehors des pâtes et des paparazzis ?

Il riait déjà à sa propre plaisanterie, et Clay ne s'offrirait pas le plaisir de lui donner la réponse toute faite : *la paperasserie.*

— Bref, j'ai demandé au Peggy Guggenheim qui était leur meilleur stagiaire en ce moment. Je veux un Américain, un malin, mais aussi quelqu'un qui parle l'italien. Le Peggy m'a répondu « Clay Guillory ». Sauf qu'on m'a assuré que je ne pourrais pas vous débaucher. Vous leur seriez trop précieux. J'ai seulement obtenu le droit de vous demander si vous voudriez bien m'apporter votre aide pendant votre temps libre.

West savait se vendre. Son air implorant et son autodérision adoucissaient la double déception. De plus, Clay crut percevoir l'espièglerie d'une drague dans ses yeux qu'il écarquillait et sur son sourire aguicheur.

— Ah bon, le Peggy vous a dit tout ça ?

West le dévisageait, le regard brillant.

— Vous pouvez me dire de ne plus vous importuner, lança-t-il. Sentez-vous libre de me fausser compagnie.

Ce fut ainsi que Clay commença de passer ses deux jours de congé hebdomadaire dans le *palazzo* de West. Même s'ils partageaient le même toit et que le bruit courait qu'il existait une porte de communication secrète entre les deux habitations, Clay, ses dimanches et lundis de libre, quittait le Dormitorio, empruntait la ruelle, tournait à gauche, parcourait dix mètres, traversait un jardin et se servait du double de clef que lui avait confié West pour pénétrer dans le Palazzo Contarini. Oui, le pactole de trois cents euros par jour était une motivation suffisante – Clay avait du mal à joindre les deux bouts avec son salaire au musée, sans compter que les remboursements de son prêt étudiant se tenaient en embuscade en fin d'année comme les voleurs qui rôdent autour de la gare routière de Port Authority. Mais, surtout, Clay aimait la compagnie de Richard West. La plus grande part de son travail consistait à de menues tâches d'assistant – commander des fournitures de bureau, mettre à jour un site Web flambant neuf qui, au bout du compte, fit long feu, réserver dans des restaurants pour les repas de West avec des conservateurs de musée de la ville, commander ses costumes à des tailleurs napolitains ou turinois. Mais un après-midi par semaine était consacré à la visite d'un site, si bien que les deux hommes partaient explorer une petite église à Torcello ou examiner une peinture délabrée de Bellini dans une ancienne caserne des Giardini. Ils discutaient de l'éducation qu'ils avaient reçue. West avait grandi dans la misère, « une pauvreté cimentée, notre cour n'étant même pas en terre battue car la terre coûtait trop cher ». Il avait fait fortune dans les années 90, investissant dans la technologie californienne depuis son confortable bureau à Chicago. « On te critique si tu gagnes de l'argent grâce à l'informatique, disait West. On pense que tu mènes le monde à sa perte. Mais il ne faut pas reprocher au progrès l'utilisation que nos concitoyens en font ! Mon credo a toujours été : quand une occasion se présente, saisis-la. Les questions sur l'éthique, tu te les poseras plus tard. » West n'y allait pas avec le dos de la cuiller, mais Clay sentait que le rôle de Seigneur Maléfique de la Haute Technologie avait laissé des plaies. Fallait-il y voir la raison pour laquelle West tenait tant à sauvegarder les trésors de Venise ? Il voulait faire quelque chose que l'on pourrait montrer du doigt en s'écriant : « Regardez ! Comme c'est devenu beau ! »

Clay consacrait deux jours par semaine à mettre sur pied des stratégies destinées à la sauvegarde de Venise, et les cinq autres à sa véritable passion, le Guggenheim, où il s'efforçait de faire le bonheur des visiteurs. C'était le paradis, avec de l'argent en banque. L'arrivée de Richard West ne l'avait pas entièrement guéri de sa solitude – en marchant jusqu'à son travail, il cherchait toujours des yeux le petit ami idéal –, mais il avait trouvé un compagnon, quelqu'un à qui se confier, avec qui rire. West était divorcé depuis sept ans et « sortait plus ou moins » avec la directrice d'un hôpital spécialisé dans la recherche sur les maladies neurologiques, en Allemagne. N'empêche qu'ils partageaient une indéniable complicité et un certain humour lors de leurs promenades, de leurs dîners, si bien que Clay ne savait plus trop sur quel pied danser ; si le petit jeu de séduction de West se muait en véritables avances, il se pourrait qu'il lui laisse entendre que quelque chose serait possible entre eux. Un jour, arrivant au *palazzo* avec quelques minutes d'avance, Clay, dans le miroir de la salle de bains, surprit le reflet de West en train de se sécher au sortir de sa douche. Il s'autorisa à détailler le corps massif, encore bien dessiné de l'homme vieillissant qui avait posé un pied sur l'abattant des toilettes, bourses pendantes sous ses fesses galbées, la cicatrice ronde de son BCG imprimée tel un horodateur sur son biceps, une mèche blanche comme le givre retombant sur son front bombé.

Malgré le réseau et les obligations sociales de West, il était évident que lui aussi se sentait seul à Venise. Un mois après le début de leur arrangement, ces deux-là prirent l'habitude de dîner ensemble, plus seulement les dimanches et les lundis, dans divers restaurants étoilés de la ville. Souvent, dans la soirée, ils s'envoyaient des textos. Clay n'était jamais entré dans la chambre de West; les portes en restaient toujours closes. Mais il se plaisait à l'imaginer au lit de l'autre côté du mur, riant à telle ou telle plaisanterie qu'il venait de lui envoyer.

Un soir que Clay était couché, ne trouvant pas le sommeil, frappant les moustiques sur ses bras et comptant les autres qui patientaient, posés sur les poutres – à Venise, ces bestioles étaient des chasseurs bien plus rusés que leurs alter ego ivres de sang de New York –, son portable avait bipé, signalant la réception d'un texto. Il était de son patron.

> S'il te plaît, prends-la en photo. Je meurs d'impatience de voir à quoi elle ressemble.

Clay répondit aussitôt :

> J'hésite, c'est risqué. Je ne voudrais pas que l'on sache que je la fais circuler. C'est privé.

> Je ne le dirai à personne. Oh, allez, prends-en juste deux, vite fait, maintenant.

« La » était la Madone bleue de Sebastiano Ricci qui ornait le plafond de la cuisine du Dormitorio. Clay connaissait tout de l'obsession malsaine de West pour les van der Haar et les trésors qu'ils avaient amassés au fil du temps – il prononçait ce nom de famille avec la sorte de vénération que les adolescents réservent aux voitures de sport italiennes ou aux grands couturiers français. West n'avait jamais réussi à se faire inviter au Dormitorio par ses héritiers actuels et, de temps à autre, il sondait Clay pour essayer de savoir si ce lieu recélait encore quelque trésor caché.

Clay se rendit sur la pointe des pieds dans la cuisine, alluma la lumière et, en ayant l'impression de violer l'intimité de la Madone nue, prit, avec son portable, quelques photos. Il les envoya à West.

> Ah, oui, magnifique, merci… Si seulement Freddy et sa sœur en prenaient soin autant que je le ferais.

Cet automne-là, chargé de travail et d'espoirs, passa trop vite. Novembre apporta les pluies glaciales venant de l'Adriatique et un avenir incertain. Les Vénitiens ne manquaient pas d'astuces pour lutter contre l'*acqua alta* qui inondait la ville à marée haute. Ils bouchaient leur seuil avec des planches et dressaient un réseau de passerelles en bois le long des rues ; ils enfilaient par-dessus leurs chaussures des bottes en caoutchouc hautes jusqu'aux genoux pour patauger dans les lacs du *campo* ; ils calaient les pieds de leurs meubles dans des vases ou des tasses pour les protéger des flots montants. L'avenir de Clay, lui, restait imperméable aux effets compensatoires. Son stage se terminerait avec le mois en cours si bien que, sans travail ni visa, il devrait retourner aux États-Unis. Il n'en avait aucune envie. Pour survivre, il lui fallait rester.

Une fois de plus, le Peggy lui offrit une planche de salut. Un matin, alors que Clay quittait son poste à la *guardaroba*, sa responsable de stage lui fit signe de la suivre dans les jardins. En souriant jusqu'aux oreilles, ce qui ne lui ressemblait pas, elle l'informa que la direction envisageait de lui confier un poste de *capo*[1]. Clay savait qu'il avait existé dans la hiérarchie du musée un échelon entre les stagiaires et sa responsable, mais il croyait que celui-ci avait été supprimé en raison de coupes budgétaires. Elle lui expliqua que non, que, ces derniers temps, ils n'avaient tout bonnement pas trouvé de candidats à leur goût parmi les stagiaires. À présent, ils en avaient deux, dont Clay – si cela l'intéressait. Était-ce le cas ?

Le miracle tenait au fait qu'il s'agissait d'un poste à plein-temps doublé d'un visa de travail avec un salaire décent. Si cette place ne lui apporterait pas l'opulence, elle lui permettrait de rester dans la ville de ses rêves en continuant à travailler pour le musée qu'il aimait.

— Oui, pensez à moi ! S'il vous plaît ! implora-t-il.

Sa responsable lui assura que les deux candidatures seraient examinées équitablement. Sur ce, elle fila à travers les jardins et, après coup, Clay devina contre qui il entrait en lice. Cela tombait sous le sens. Bridget Messmer faisait découvrir à trois princes

1. Équivalent de chef d'équipe.

saoudiens grassouillets les sculptures extérieures. Ils lui demandèrent de photographier la jolie blonde qu'elle était, et elle accepta de mauvaise grâce de prendre la pose en s'asseyant sur la chaire iconique du Peggy.

— J'ai besoin de décrocher ce poste, confia Clay à West pendant leur dîner, ce soir-là, à la Da Arturo, une trattoria minuscule à la sortie de la place Saint-Marc. Je crois que je n'ai jamais rien tant désiré de ma vie. Ils ne vont quand même pas le donner à Bridget!

West poussa vers Clay une assiettée de calamars frits.

— Tu l'obtiendras, assura-t-il, très confiant. Personne ne s'investit autant que toi dans le travail ou ne se soucie plus de la réputation du musée. Cette candidate n'a aucune chance.

— Bridget Messmer.

Clay sentit ses mâchoires se crisper en prononçant ce nom.

— Elle est très cultivée, très ambitieuse, très tout.

— Elle ne t'arrive pas à la cheville, répondit West en tendant le bras au-dessus de la table pour serrer les doigts de Clay. Et, s'ils sont assez bêtes pour ne pas te choisir, une autre occasion se présentera. Je sais, tu es jeune, alors tu as l'impression que ce sera ça ou rien. Mais, crois-moi, écoute un vieux monsieur – tu aurais plus à y gagner si ce poste te passait sous le nez.

Clay secoua la tête et repoussa la main de West. Il refusait de se laisser tranquilliser par un atterrissage forcé.

— Tu ne comprends pas. Il n'y a pas d'autres postes à pourvoir. Pas de cette sorte. Dans ce musée, je me sens à ma place. Cela me permettrait d'obtenir un permis de travail et de rester en Italie.

Il buvait son quatrième verre de vin, si bien qu'il continua de parler sans réfléchir :

— Je ne peux plus retourner à New York. Pas depuis la mort de ma mère. Mon avenir est à Venise.

West s'essuya la bouche avec sa serviette, puis leur resservit du vin.

— Tu l'obtiendras, d'accord? Ne t'inquiète pas.

Clay remarqua que West avait les yeux brillants – pas vraiment larmoyants, mais plutôt comme s'ils présentaient les premiers symptômes d'une allergie. West abaissa le regard sur la table.

— Je suppose que, en devenant *capo*, tu n'auras plus le temps de travailler sur nos – enfin mes – projets...

Clay pouffa de rire. Cela lui faisait chaud au cœur : il était rare d'être aussi demandé.

— Sans doute que non. De toute façon, tu auras besoin de quelqu'un à plein-temps. Si je suis nommé *capo*, je pourrai t'adresser nos meilleurs éléments. Hé, je continuerai de commander tes costumes si c'est ce qui te tracasse.

West s'enfonça dans son siège en souriant.

— Même si nous ne travaillons plus ensemble, tu pourras toujours compter sur moi, dit-il. Sache-le.

Il claqua des doigts et pointa l'index vers Clay, comme un père en colère.

— Hors de question que tu repartes d'ici, tu m'entends ?

— Oui, patron !

— *New York*, grommela-t-il. Il n'y a qu'à New York et dans quelques États d'Afrique de l'Est déchirés par des guerres que l'on considère que le simple fait de survivre est un signe de réussite sociale. New York, c'est très bien, mais *Venise*...

Il prononça ce mot comme il disait *van der Haar*.

— ... c'est la vraie vie.

Il se révéla impossible de damer le pion à Bridget Messmer. Clay jouait de son charme américain, affichait l'emblème national d'un sourire éclatant doublé d'un abord chaleureux ainsi que de la bonne volonté de travailler sans rechigner du matin au soir. Mais Bridget avait pour elle sa remarquable efficacité inculquée par son pays natal, son bon sens helvétique, son aptitude naturelle, pour ne pas dire météorologique, à prévoir un trop-plein de touristes et à diriger la circulation des visiteurs. Pendant les jours qui précédèrent la décision finale, Clay eut l'impression de danser pour sauver sa vie pendant que Bridget devait être en train de remplir les déclarations fiscales du musée. Chaque matin, en se rendant au travail, il se glissait dans telle ou telle église, laissait tomber un euro dans un tronc ainsi que les écriteaux le prescrivaient pour qu'un vœu se réalise, puis faisait brûler un cierge.

Un jour, sa responsable de stage lui demanda de la suivre dans les sous-sols jusqu'à la salle de pause, referma la porte puis le pria de s'asseoir à la table de conférence avant qu'elle ne lui annonce la nouvelle. Les murs de la pièce étaient jaune vif, teinte que Clay décrirait plus tard sous l'appellation de « plein soleil sur le bonheur mis en joue ». Mais, à mesure qu'elle parlait, tout devint gris.

— Nous avons décidé de ne pas te retenir pour ce poste, dit-elle, mains jointes devant elle dans une posture de défense.

Clay entendit le verdict, contrairement à son cœur puisqu'il continuait de battre. D'ailleurs, il résonnait si fort à ses oreilles que, durant quelques instants, ses coups sourds furent pour lui les seuls bruits audibles, juste son cœur qui cognait dans le sous-sol d'un palais au cœur d'une ville baignant dans l'eau à des milliers de kilomètres de New York.

— Je suis vraiment désolée, Clay. Je sais que tu y tenais. Sache que nous avons tous apprécié ton investissement auprès du Peggy Guggenheim pendant ces six mois. J'espère qu'ils t'auront été bénéfiques. Bien entendu, tu peux occuper la chambre que tu loues pendant encore deux semaines. Et, comme promis, nous prendrons à notre charge ton vol de retour.

Les yeux de Clay le picotaient sous la lumière aveuglante des spots. Le contreplaqué verni de la table de conférence se brouilla.

— Donc, vous avez choisi la belle fille blanche, finit-il par dire.

La responsable des stages fit les yeux ronds. Elle paraissait choquée mais aussi, à voir la façon dont elle plissait les lèvres, déterminée à ne pas se laisser impressionner.

— Je t'en prie, Clay. Ce n'est pas loyal envers Bridget.

Cet après-midi-là, ce fut auprès de Richard West que Clay courut chercher de la consolation. Il s'assit sur un repose-pieds en cuir qu'il avait tiré pour le placer dans un reflet du soleil hivernal éclatant, tandis que West tournait en rond derrière lui. Là, dans ce sanctuaire, Clay pouvait se laisser aller à pleurer.

— Je repars dans deux semaines.

Deux semaines ; pas de visa de long séjour ; un aller simple pour New York ; son père furibond et malheureux.

— Quels idiots patentés faut-il qu'ils soient pour avoir promu quelqu'un d'autre que toi ! fulmina West, ses pieds nus giflant le sol en *terrazzo*. Tant pis pour eux. Ils ne trouveront jamais personne de plus talentueux, de plus motivé que toi. Quelles andouilles !

Il ne cessait de tourner en rond puis, soudain, se figea.

— Attends, cela ne veut pas dire que tu doives partir.

— Comment ça ? s'enquit Clay de l'air le plus ingénu qu'il sut prendre.

Il avait espéré que West lui lancerait une bouée de sauvetage.

— Explique-toi, insista-t-il.

— Reste ! Tu disais toi-même que j'aurais besoin d'une personne à plein-temps une fois que mes projets seraient lancés.

Hilare, surexcité, il abaissa le regard sur Clay.

— Travaille pour moi ! Ainsi, rien ne t'obligera à repartir ! Nous réglerons cette histoire de visa. Tu as perdu la tête si tu t'imagines que je vais me passer de toi !

C'était loin d'être le travail rêvé de Clay, mais cela lui permettrait de rester à Venise. Son sauveur avait parlé.

Quelques semaines plus tard, par un après-midi où il faisait doux, Clay pressait le pas dans le quartier de San Polo, après avoir fait une course pour son nouveau patron. Il songeait à son déménagement imminent du Dormitorio. Il avait trouvé un studio mansardé au loyer abordable, vers le Ghetto, à six minutes de marche du Palazzo Contarini. Distrait, pensant aux affaires qu'il allait devoir empaqueter, il se trompa de rue et se retrouva sur un petit *campo* qu'il ne connaissait pas. D'un côté, il vit un magasin de céramiques poussiéreuses et, de l'autre, un café dont l'auvent rayé de rose abritait deux tables. Tandis que Clay se dirigeait vers le puits au centre de la place, il aperçut un homme au visage de hibou attablé dans l'ombre de la terrasse. C'était le conservateur du Peggy Guggenheim. Il était seul et lisait un journal, sa veste en tweed jetée en cape sur ses épaules. Le premier réflexe de Clay fut de faire demi-tour et de filer sans être vu. Mais, aussitôt, il s'arrêta. Pourquoi l'éviter ? Il avait le droit de déambuler dans la ville. Voire d'aller le saluer. Il fit volte-face et se força à marcher d'un air dégagé vers le café. Chaque pas qu'il faisait lui offrait de nouvelles raisons de déguerpir. Mais, bientôt, il fut trop tard.

— Bonjour Clay, lui lança le conservateur du musée, très aimable, mettant une main en visière pour se protéger du soleil.

Clay nota qu'il se souvenait de son prénom. Il s'était attendu à de la réserve, de la froideur, voire de l'indifférence, mais pas à de l'amabilité.

— Je crains que vous n'ayez découvert où je me cache après le travail pour tromper ma femme avec des mots croisés.

— J'espère que je ne vous dérange pas.

Son interlocuteur secoua la tête et, d'un geste, l'invita à s'asseoir en face de lui.

— Oh, ça ira, merci, dit Clay. Je voulais juste m'arrêter pour vous remercier.

Le conservateur haussa ses sourcils broussailleux, intrigué.

— De m'avoir permis de faire un stage au Guggenheim…

— Au Peggy Guggenheim, rectifia le conservateur.

— Oui, au Peggy.

Clay se sentit rougir.

— C'était énorme pour moi. J'ai apprécié chaque moment. Même si on ne m'a pas choisi lors de la promotion, eh bien, ce stage m'a sauvé. Au sens premier du terme. Il a changé le cours de ma vie. Alors, je vous en remercie.

Le conservateur du musée Peggy Guggenheim laissa errer son regard sur le *campo*, comme s'il réfléchissait à la solution d'une définition de ses mots croisés. Puis il le reporta sur Clay.

— De rien. Et merci à vous. Merci non seulement d'avoir été un de nos stagiaires les plus motivés que, de mémoire, nous ayons connu, mais aussi d'être venu me trouver et de m'avoir parlé comme vous venez de le faire.

Il prit son stylo-bille et en tapota le journal.

— Bon, reprit-il, maintenant que nous sommes en confiance, je dirais que j'ai tout de même été un peu abasourdi quand j'ai appris ce que vous pensiez de nous. Nous nous targuons depuis toujours de notre politique de non-exclusion. Je ne vois pas ce que nous aurions pu faire de plus pour mieux vous traiter, Clay, mais si vous étiez mécontent et ne vous sentiez pas respecté depuis le premier jour, je regrette que vous ne vous en soyez pas ouvert à nous.

— Pardon ?

Les mains de Clay se crispèrent sur le dossier de la chaise inoccupée.

— De quoi parlez-vous ? Je n'ai jamais rien dit de tel. Je n'ai jamais été mécontent. Je n'ai jamais eu quoi que ce soit à vous reprocher, ni au musée ! Du premier au cent quatre-vingtième jour que j'y ai passés !

Le conservateur plissa tant les lèvres qu'il donna l'impression de se forcer à sourire malgré une rage de dents. Il parvint à ne pas être le premier à cligner des yeux dans le duel de regards qui s'ensuivit.

— Ne revenons pas là-dessus, déclara-t-il. Je suis ravi que vous ayez apprécié votre stage. *Basta !* C'est ce qui compte. Quoi que vous ayez raconté à Richard au sujet du musée et qu'il m'ait dit quand nous devions choisir notre *capo* doit rester entre nous trois. C'est de bonne guerre, non ?

Il serait exagéré de dire que Clay battit le record du monde du sprint entre ce *campo* de San Polo et l'entrée du Palazzo Contarini dans Cannaregio. Depuis cinq cents ans qu'ils coexistaient, il s'était bien trouvé quelqu'un qui avait suivi ce même itinéraire à travers la ville en courant et battu Clay d'une fraction de seconde. Il n'empêche que, lorsqu'il traversa le dernier pont de pierre, il avait les genoux en feu et un goût de sang dans la bouche. Il courait pour éviter de penser, haïr ou regretter. Et parce qu'il risquait d'exploser dès qu'il s'arrêterait. Dans le jardin aux fleurs fanées du palais, il sortit son double de clef de sa poche, ouvrit la porte en fer forgé et gravit l'escalier quatre à quatre jusqu'au refuge de West.

Les lumières brûlaient. Un morceau de musique, très chargé en violons, suintait des baffles. Un pantalon et un blazer blancs traînaient par terre. Le regard de Clay s'arrêta sur la double-porte en chêne massif de la chambre de West. Pour la toute première fois, les battants en étaient ouverts. Clay s'avança vers cette pièce à pas lents. Il se disait que ce devait être ainsi que les assassins ou les cambrioleurs marchaient chez leurs victimes.

West l'avait bien eu. Il l'avait spolié de ce qui lui tenait le plus à cœur pour garder à sa disposition le serviteur loyal et reconnaissant qui, dès lors, serait disponible à plein-temps pour lui obéir au doigt et à l'œil. Clay s'arrêta dans l'embrasure de la porte, conscient de ce qu'on devait le voir depuis l'obscurité qui régnait dans la pièce. Il ne connaissait ni sa superficie ni son orientation.

— Entre ! cria West. J'ai besoin de toi.

Avançant dans la pénombre, il huma un parfum de genièvre et de jasmin. Arrivé devant le lit, il s'immobilisa. Sur le matelas, il distinguait le corps de West : ses bras musculeux étendus sur une rangée d'oreillers blancs, son bas-ventre poilu saillant dans l'interstice entre le maillot de corps côtelé et le boxer-short. Il avait surélevé une jambe, la calant sur une pile d'oreillers, laissant pendre un pied dont il agitait les orteils et qui, dans le noir, faisait penser à une main tendue pour recevoir un baiser.

— Dieu merci, te voilà ! Je me suis tordu la cheville en descendant d'un *traghetto* à Santa Sofia. J'ai dû avancer à cloche-pied jusqu'à la maison.

Il se tut, puis sa voix résonna de nouveau.

— Que se passe-t-il ? Oh, ne t'inquiète pas. Je n'aurai sûrement besoin que d'une poche de glace.

Une main tâtonna sur le mur jusqu'à l'interrupteur. La Némésis de Clay se trouvait juste en face de lui, alanguie sur son lit *king size*.

West sourit d'un air enjoué, comme si sa cheville tordue n'était que matière à une plaisanterie digne d'être relayée au cours du dîner ce soir-là. Soudain, son visage se figea.

— Ne te retourne pas, ordonna-t-il. Ou plutôt si. Jusqu'à cet instant, je ne m'étais jamais rendu compte à quel point ils étaient affreux. Le passé peut être très choquant, non ?

Clay fit volte-face. De part et d'autre de la double-porte se trouvait une fresque sur laquelle figuraient les silhouettes de deux Maures. Ces deux Noirs étaient torse nu. L'un portait un rocher sur son dos ; l'autre, représenté en *contrapposto* efféminé, tenait entre ses mains un rouleau de soie diaphane. Des serviteurs anonymes morts depuis des lustres.

— Affreux, non ? lança West quand Clay lui fit de nouveau face, le regard furieux. Dommage que nous ne soyons pas autorisés à peindre par-dessus. Mais le fait que ce soit des œuvres d'art importantes ne nous empêche pas de les recouvrir d'une tenture.

Clay se fichait pas mal de savoir quel poisson West essayait de noyer. Il était trop tard pour qu'il cherche à le comprendre. Il ne nourrissait qu'une pensée : *Salaud*. Jetant son double de clef sur le lit, il cria :

— Je démissionne !

Il dévala l'escalier, puis traversa le jardin à grandes enjambées. Il courut pendant une dizaine de mètres dans la ville qu'il aimait avant de s'engouffrer dans la ruelle jusqu'au Dormitorio. Là, il se mit à marcher, titubant, plaquant ses mains contre sa nuque. Il atteignit la porte d'entrée à la peinture écaillée et s'effondra contre le battant, sanglotant comme un gosse. Il pleura dix, vingt minutes, ou seulement deux. Il n'aurait su dire combien de temps il resta là, le front pressé contre le bois, les traits défaits. Le bruit de pas qui résonna sur les pavés le ramena soudain à la réalité.

— Vous, là ! cria-t-on derrière lui. Hé, vous, à la porte, qui pleurez.

C'était une voix grave, éraillée, mais qui possédait la vivacité pétillante de celle d'une héroïne d'un film des années 40. Clay redressa la tête. Un homme mince comme un fil se tenait devant lui, un portfolio noir calé sous son bras. Il portait un vieux manteau de vison et, au-dessous, une chemise en flanelle tachée de moutarde. Le lobe de son oreille gauche était percé d'un rubis. Un bandana de soie pêche encerclait son front, laissant apparaître de fines mèches grises. Super, songea Clay. Un autre vieux Blanc faisant mine de se soucier de moi pour mieux profiter de la situation. Il tint pour acquis que celui-là essaierait de le peloter. Ce qui ne l'empêcha pas de se sentir gêné qu'il l'ait surpris en pleine crise de larmes.

— Hé, vous m'entendez ? insista l'homme en portant une cigarette à ses lèvres. J'habite dans ce *palazzo*. Allez ouste, dégagez ! Les endroits ne manquent pas où vous pourrez pleurer sur votre sort. Vous m'empêchez de rentrer chez moi.

Choqué par ce manque de délicatesse, Clay bondit sur ses pieds. Il prononça alors les tout premiers mots qu'il adressa à Freddy van der Haar. En quelques minutes, cette rencontre aurait pour conséquences qu'ils monteraient boire un thé à l'étage, sous les auspices de la Madone bleue, puis, peu à peu, qu'ils se lieraient de la plus belle amitié de sa vie d'adulte – un lien si singulier, si sacré que seul pourrait le décrire le terme « filial ».

Les premiers mots que Clay adressa à Freddy furent :

— C'est toi qui vas dégager, connard. Moi aussi, j'habite ici.

Après toutes ces années, West était toujours aussi ponctuel. Comme convenu par téléphone, le lendemain, à 13 heures, l'interphone du Dormitorio résonna. Clay dévala l'escalier étroit en pantalon de velours côtelé et polo en laine blanc. Un demi-cercle humide en imprégnait le col là où il l'avait mordillé. Ce matin-là, son estomac s'était rappelé à son bon souvenir – de violentes crampes, des douleurs qui donnaient des teintes orangées à ses paupières gonflées –, le faisant gémir, assis sur les toilettes, serrant les dents tant que le calvaire persistait. Le diagnostic tombait sous le sens : le stress, tout bêtement, lui jouait ses tours habituels en le frappant dans le ventre. Il irait acheter des analgésiques dans l'après-midi. L'armoire à pharmacie de Freddy en était remplie mais leur date d'expiration remontait à l'année de naissance de Clay.

Arrivé au rez-de-chaussée, il rajusta son col pour cacher les traces de salive. Ouvrant la porte, il fut cueilli par une température plus clémente qu'il ne s'y était attendu. Une nuée d'oiseaux pépiaient dans les jardins alentour. Les voix de baryton des gondoliers résonnaient depuis le Rio della Sensa. L'air soufflant de la ruelle annonçait un été torride, des après-midi moites passés à l'abri du grillage noir d'une moustiquaire et de longues excursions sur des plages sablonneuses. En Italie, le printemps était la saison bénie des relations publiques. Richard West fit justement son apparition, levant le regard sur les quatre volées de marches de cette maison décrépite. Clay ne s'était pas donné la peine de faire le ménage pour sa venue – tout au plus avait-il laissé un mot sur le tableau des internes les priant de ne pas être à la maison dans l'après-midi. À présent, en sa qualité de tout nouveau copropriétaire, il regrettait cette décision. West ne se gênait pas pour examiner l'état des lieux. Il portait son habituel costume en lin blanc, duquel dépassait une pochette à pois rouge et bleu marine. Une bouteille de limoncello oscillait au bout de son bras comme une cloche d'école.

— Clay ! s'écria-t-il, calant la bouteille contre sa cuisse. Quelle journée ! Merci de prendre le temps de me recevoir ! J'avais hâte de te voir.

Clay dut faire un effort surhumain pour ne pas lui claquer la porte au nez. Et pour lui rendre son sourire. Mais il n'était plus le jeune ingénu qui avait travaillé pour cet homme quatre ans plus tôt. Entre-temps, il s'était endurci. Le fantôme de Freddy lui chuchotait à l'oreille : *Ne fais pas entrer ce salopard dans notre maison ! Jamais de la vie ! Tu es devenu fou ?*

— Entre, dit-il, l'y encourageant d'un geste de la main.

Le sol du vestibule était toujours jonché de morceaux de carton crasseux. Clay désigna la bouteille de limoncello.

— Il est un peu tôt pour un digestif, non ?

West se fendit d'un petit rire en franchissant le seuil.

— Bien vu ! Karine en a rapporté toute une caisse de Capri, se plaignit-il, dévalorisant son propre cadeau. J'essaie d'en venir à bout le plus rapidement possible. Ne me cafte pas si, sans le vouloir, j'oubliais cette bouteille chez toi sans l'avoir ouverte.

West lui adressa un clin d'œil complice. Clay l'ignora puis, s'élançant dans l'escalier vers le bel étage, il s'exclama :

— Excuse-moi pour le désordre. Les nouveaux stagiaires ne sont pas des fanas du ménage.

Mais, lorsqu'il se retourna, West ne le suivait pas. Il apparut quelques instants plus tard, souriant d'un air innocent tout en feignant d'être ralenti par son âge, plaquant une main sur sa cuisse. Mais ses yeux le trahirent. Bleus et vifs, ils inspectaient chaque recoin couvert de toiles d'araignées et les installations électriques vétustes du Dormitorio. Des yeux qui, à présent, faisaient abstraction de Clay pour se repaître de ce qu'ils voyaient par la porte ouverte du *piano nobile*. West plaqua la bouteille de liqueur contre le torse de Clay, comme s'il se servait d'un jouet pour divertir un enfant, puis s'élança dans la pièce, visage levé vers le plafond, anticipant son plaisir. Il pirouetta dans ses mocassins bordeaux, en petits pas imprécis, admirant la Madone bleue de Sebastiano Ricci.

Clay frémit d'angoisse : se pouvait-il que West soit venu non pour parler de l'argenterie mais seulement pour admirer enfin ce chef-d'œuvre oublié ? Le fantôme de Freddy avait-il raison ? Clay n'aurait-il jamais dû ouvrir sa porte à Richard West ? Il savait qu'il était déloyal envers son ami mort en permettant à West de pénétrer au Dormitorio. Freddy avait toujours crié « *Verboten !* » dès que son voisin tentait de s'immiscer entre ces murs au fil des années. Toute tentative de rapprochement amical faisait se dresser un majeur très fin jauni par la nicotine. Freddy haïssait West depuis bien plus longtemps que Clay et la trahison dont il estimait avoir été victime verrouillait sa porte d'entrée. Freddy prenait ses inimitiés très à cœur – il mettait de la passion dans ses haines comme d'autres en insufflent à leurs premières amours.

— Il ne nous prendra jamais vivant ! avait-il juré, faisant mine de défendre les bibliothèques en écartant ses bras maigres devant elles.

Il s'adossait aux rayonnages et dardait des regards furibonds à son unique spectateur, telle une starlette de mélodrame.

— Sais-tu ce que cherchent les types tels que West, mon chou ? Ils me crachaient dessus, ça, passe encore, je pouvais le tolérer. Mieux : je le prenais comme un honneur. Puis ils ont appris que nous possédions une qualité qu'ils n'avaient pas. En plus de tout ce qu'ils nous avaient pris et volé, voilà qu'ils voudraient être *intéressants* à présent ! Mais nous n'allons pas les laisser nous en dépouiller.

Il y avait certainement du vrai dans ce constat. Mais Freddy était mort, Clay était fauché et recevoir West n'était que sa première trahison. La seconde se passerait lors de la vente. Ces contrefaçons van der Haar avaient maintenu Freddy financièrement à flot ces dernières années, mais il avait toujours refusé que ces objets de famille, aussi faux soient-ils, entrent dans la collection de son ennemi juré. La seule stipulation donnée par Freddy à son marchand, Dulles Hawkes, était qu'il les vende à n'importe qui – franchement, n'importe qui dans le monde entier – à une exception près : Richard Forsyth West.

— Il pourra toujours m'appeler tout son soûl, avait ajouté Freddy au téléphone. Son petit vaisselier restera vide.

Pour Freddy, c'était un point d'honneur : au soir de sa vie, il mouillait son lit, il se vomissait dessus, il ne se souvenait plus du prénom des garçons qu'il avait aimés, ne reconnaissait plus son propre visage dans le miroir. Mais il mourrait avant que West mette la main sur un autre trophée van der Haar, fût-ce un faux.

— Sublime, chuchota West, comme frappé de stupeur, en levant le bras vers la fresque.

Du bout des doigts, il suivit dans le vide le contour de la Madone nue.

— Époustouflant. Je regrette que ma nièce ne la voie pas.

Clay déboucha la bouteille de limoncello.

— Je te sers un verre ?

West laissa retomber son bras et ses yeux, comme si on venait de l'arracher à un rêve.

— Oh, rien qu'une larme. Mais il nous faudra ajouter un glaçon.

Clay regarda dans le congélateur, mais ne trouva qu'un bac à glaçons vide.

— Il n'y en a plus.

West poussa un soupir résigné.

— Oh, eh bien soit. Buvons-le en hommes.

Clay servit la liqueur jaune et sirupeuse dans deux petits verres, doutant qu'il soit possible de la boire « en hommes ». Ou « en femmes ». On ne pouvait que la consommer en idiots. Il préférait ne pas penser aux effets que cette substance épaisse aurait sur son estomac. Il fit glisser l'un des verres sur le comptoir. Avant de le prendre, West désigna le plafond.

— Elle a vraiment besoin d'être restaurée, fit-il remarquer. Des taches d'eau s'y sont incrustées. Pour ne pas dire des moisissures. Tu devrais demander à une professionnelle de s'en occuper avant qu'il ne soit trop tard.

— Je ne suis revenu que depuis quelques jours.

West hocha la tête, puis but une gorgée. Il examina avec indulgence l'affreuse pièce aux murs en Placoplatre. Deux vieux fauteuils dépareillés semblaient implorer qu'on les euthanasie. Une souricière en carton était calée derrière l'un d'eux et, d'un côté, dépassait une queue rosâtre.

— Te voilà donc propriétaire des lieux ?

Dans les faits, Clay en était le co-indivisaire. Frederick et Cecilia van der Haar avaient, à parts égales, hérité des biens de leurs parents. Depuis des décennies, leur nom figurait dans la *visura catastale*, à savoir le registre cadastral vénitien.

Mais à côté du nom de la sœur de Freddy figurait à présent celui de Clay. Ce dernier n'avait jamais rencontré Cecilia, la sœur « mal lunée » perdue de vue depuis des lustres. À en juger par la réaction de Cecilia à l'annonce du décès de son frère – un petit mot envoyé par son notaire informant Clay « qu'elle avait été prévenue et demandait, pour ménager sa famille, qu'il ne soit pas fait mention de "sida" dans l'avis de décès » –, il n'avait pas la moindre envie de la rencontrer. Freddy se refusait à prononcer son prénom. Il l'avait supprimée de leurs photos d'enfance en la barrant d'un trait noir comme s'il annulait un chèque. « Ils se trompent, *darling*. Quoi qu'ils en disent, on peut choisir sa famille », n'avait de cesse de lui répéter Freddy.

— Alors ? insista West, scrutant son ancien assistant face à lui de l'autre côté du comptoir. Tu en es le propriétaire ? Ça y est, cet endroit t'appartient ?

Clay n'avait pas prévu de mentir sur ce sujet – son plan était d'exploiter son lot de contre-vérités au sujet des fausses pièces d'argenterie. Mais là, sous le regard condescendant de West, il ne put résister à la tentation de tordre un peu la vérité. Il doutait que, cet après-midi-là, tout autre moment puisse le satisfaire autant que celui d'annoncer à West qu'ils étaient des égaux devant la loi italienne. Cela faisait longtemps que le Clay Guillory que West avait connu, ce jeune assistant aussi loyal qu'un labrador, qui retenait par cœur les mensurations et les tables de restaurant préférées de West, n'existait plus.

— Absolument, répondit Clay, savourant la décontraction qu'il mettait dans sa réponse. Le Dormitorio m'appartient. Freddy savait combien j'aime Venise. Nous voilà voisins de palier, toi et moi. C'est cocasse, non ?

Au point que cela eut pour effet de crisper les paupières de West, comme s'il avait senti un courant d'air glacial.

— Et la sœur ? demanda-t-il.

— Quoi, la sœur ?

Clay porta son verre à sa bouche et laissa glisser la liqueur de citron sur ses gencives.

— Elle n'est pas copropriétaire ?

— Non. Freddy avait récupéré sa part voilà longtemps en échange d'autres propriétés. Sa sœur a toujours détesté Venise. Qui sait où elle se trouve maintenant ? Au Brésil, je crois.

— Diable ! Quelle chance tu as. Je n'en reviens pas.

Il fit un clin d'œil à Clay comme s'il le complimentait de son excellente stratégie lors d'une partie d'échecs, comme s'il ne méritait pas d'avoir fait cet héritage après s'être occupé pendant quatre ans de son ami mourant.

— Je ne peux m'empêcher de penser...

West laissa sa phrase en suspens.

— De penser quoi ? demanda Clay d'un ton sec.

Il avait senti venir une accusation : *que tu t'es révélé être un gigolo très malin.* Clay s'appuya contre le comptoir. Le plan ne fonctionnerait pas s'il se laissait aller à exprimer sa rancœur. Remporter cette bataille ne l'aiderait en rien. En fait, il ne gagnerait que s'il acceptait de jouer le rôle du perdant qui avait un besoin très urgent de liquidités. Il se força à boire une autre gorgée de limoncello, avant de répéter d'une voix plus douce :

— De penser quoi ?

— Si tu savais comme je suis fier de toi, répondit West d'une voix chaleureuse. C'est vrai, nous avons connu des hauts et des bas. Mais je fais partie de ceux qui disent qu'il vaut mieux, lorsqu'on regarde en arrière, ne pas porter un regard trop intransigeant sur le passé. Je préfère, de loin, être impressionné par l'individu que j'ai en face de moi.

West leva la main qu'il avait posée sur le comptoir et la laissa en l'air, un bref instant, immobile entre eux, avant de l'agiter comme un chef d'orchestre.

— Te voilà exactement à l'endroit où tu voulais être, reprit-il, intelligent comme tu l'es et avec toute la vie devant toi pour en profiter. J'ai toujours su que tu avais quelque chose de spécial. J'espère que tu ne m'en veux pas de te le dire.

— Je te remercie, dit Clay froidement, finissant son verre en évitant de croiser le regard de West. À part ça, quelle est cette proposition à laquelle tu faisais allusion dans ta lettre ?

West, s'écartant du comptoir, glissa la main dans la poche de son pantalon pour y tripoter de la petite monnaie. Il parut vouloir regarder par une fenêtre, mais la modeste cuisine n'en avait pas. Faute de mieux, il se rabattit sur la Madone bleue de 1698, levant les yeux vers elle comme s'il quêtait un oracle divin.

— Gérer la succession de Freddy doit être compliqué. Nous savons, toi et moi, dans quel merveilleux grand désordre il vivait au jour le jour.

— Oui. C'est un vrai défi. Je commence tout juste à mettre de l'ordre dans ses affaires.

— Ce ne doit pas être facile.

West marcha au ralenti, suivant le tracé d'un huit imaginaire sur le linoléum, avant de s'immobiliser.

— Permets-moi de t'exposer mon idée. Tu n'ignores pas que je m'intéresse à certains objets qui ont appartenu à la famille de Freddy.

Il ménagea un silence afin de s'assurer que Clay l'écoutait attentivement.

— Notamment à ses orfèvreries anciennes.

Autre silence.

— On dit que Freddy possédait encore un certain nombre de pièces de très grande qualité. Tu as dû en hériter.

West, à nouveau, se tut. Clay ne comptait pas lui faciliter la tâche. Il avait envie de le voir se contorsionner en louvoyant entre sa cupidité et le vernis de ses bonnes manières. West finit par laisser échapper un petit rire exaspéré.

— Clay, tu es si jeune. J'imagine que tu n'as pas envie de t'accrocher toute ta vie à une poignée de vieilleries du XVIIIe siècle. Ces décorations de table sont bonnes pour nous, les vieux.

Il détourna le regard.

— Du coup, je me disais, ma foi, pourquoi est-ce que je ne t'en libérerais pas ? Nous pourrions nous éviter de passer par les salles des ventes et les antiquaires qui prennent toujours une bonne marge avant que tu voies la couleur de l'argent.

West baissait les yeux à présent, en homme riche répugnant à parler finances.

— Je te réglerais en espèces, bien entendu, et pourrais exposer de très belles pièces van der Haar dans l'une de leurs demeures ancestrales. De ton côté, tu disposerais de liquidités pour pourvoir à l'entretien de la propriété de Freddy.

West redressa la tête pour voir la réaction de Clay. Lequel s'appliqua à écarquiller les yeux d'un air éberlué.

— Je vois, bafouilla-t-il. Ha ! Je ne m'attendais pas…

Il se retourna, incapable de retenir un sourire. Il s'en délecta un instant, puis regarda de nouveau West qui, adossé au comptoir, finissait de boire son limoncello.

— Je ne voudrais pas dépasser les bornes, ajouta-t-il. Si ma proposition te semble malvenue, n'hésite pas à me le dire. Je n'insisterai pas. Si tu préfères les conserver… Ou alors ces rumeurs sont fausses, et toutes les pièces d'argenterie des van der Haar ont déjà été vendues. Ou bien tu préfères les proposer sur le marché ouvert, instable, auquel cas je te souhaite bonne chance. Je te prie seulement de me permettre de jeter un coup d'œil à la collection que tu possèdes encore et de te faire une belle offre en espèces, qui restera entre nous. Tu ne trouveras pas de meilleure proposition, je te l'assure. Tout ce que je te demande, c'est de me répondre tout de suite. La semaine prochaine, je pourrais avoir changé d'avis. C'est toi qui vois.

West attendait depuis des années l'occasion de mettre la main sur une part du butin des van der Haar mais, dans huit jours, il pourrait avoir changé d'avis. Clay devait reconnaître une chose : il négociait ses achats en douceur. Cela l'aiderait à s'épargner plusieurs minutes de son jeu de dupes : si West s'était montré moins convaincant, il aurait été obligé de singer une série de sautes d'humeur entre incertitudes du cœur et nécessités bancaires.

— Il en reste moins que tu crois, déclara-t-il sur un ton glacial. Freddy a vendu ou donné bon nombre d'entre elles. Il n'en avait conservé que quatre ou cinq, celles qui comptaient le plus pour lui.

Clay n'était pas le seul, dans cette cuisine, à se retenir de sourire. West s'y employait avec tant d'ardeur qu'on avait l'impression que son visage menaçait d'exploser. Il pinçait tant les lèvres que sa bouche faisait penser au nœud d'un ballon de baudruche trop gonflé.

— Freddy ne les avait jamais fait évaluer ?

— Non, répondit Clay d'un air candide. Freddy se moquait de leur valeur. Il ne les conservait pas pour l'argent.

— Bien sûr, chuchota West d'un ton empreint de respect. Et tu ne les as montrées à personne ? À un expert ?

Clay renforça son air ingénu.

— Pour être honnête, je n'y ai jamais songé. Depuis la mort de Freddy, je n'ai pas le temps de me préoccuper de ce genre de choses. J'ai perdu mon ami le plus cher. À aucun moment, je n'ai pensé à faire évaluer sa collection préférée.

— Pardon, dit West en rougissant tant que Clay s'en voulut d'en être la cause. Excuse-moi. Leur valeur marchande m'importe peu, à moi aussi. Je dis cela pour que tu saches que ce n'est pas pour cette raison que ces pièces m'intéressent. Mon intention est de les préserver dans une maison qui, autrefois, appartenait à la famille. Je pense que c'est ce que Freddy aurait souhaité. Je n'essaie pas de me les approprier pour en tirer profit. Mon but est de respecter l'héritage van der Haar.

S'il avait entendu ça, Freddy aurait fait un infarctus. Clay, lui, dut seulement se retenir de lever les yeux au ciel.

— Tu n'aurais pas des photos, par hasard ?

— Des photos ? répéta Clay comme s'il s'efforçait de trouver la traduction d'un mot en langue étrangère. Freddy en prenait beaucoup. C'était un photographe d'art. Tu en voudrais aussi ?

— Non, non. Je te parle de photos des pièces d'argenterie. Tout document les concernant. J'en aurais besoin pour pouvoir te faire une offre raisonnable. Je suis certain qu'elles sont authentiques, bien entendu, mais même mon œil novice apprécierait de les voir.

— Oh, ça, c'est facile, répondit Clay, s'autorisant pour la première fois à sourire ouvertement. La plupart d'entre elles sont ici.

— Ici ? Tu veux dire, ici même, sous ce toit ?

Soit West commençait à sentir l'arnaque, soit il se félicitait de sa chance. Il avait en face de lui un petit jeune âpre au gain, un trésor à portée de main et un expert en argenterie secret à disposition.

— Freddy les avait rapportées de New York il y a quelques années, mentit Clay. Il avait toujours eu dans l'idée de ne plus héberger de stagiaires et de se retirer ici. Mais la rapidité avec laquelle sa maladie a progressé ne lui en a pas laissé le temps...

Clay n'attendit pas que West lui serve une nouvelle dose de compassion. Il lui était déjà assez douloureux de tirer profit de la mort de son ami. Il s'éclipsa de la kitchenette, laissant la porte des appartements de Freddy grande ouverte pour que son visiteur puisse suivre ses déplacements depuis l'autre pièce.

— Ce doit être pour cette raison que je ne les ai jamais montrées à un marchand, cria-t-il. Elles prennent la poussière ici depuis une éternité !

Il lança un coup d'œil en arrière pour s'assurer que West l'observait. Il traversa rapidement la pièce tendue de velours, attrapant sur le secrétaire un bol à punch ciselé, sur l'étagère un pot à bière posé à l'envers et un plat à gâteau sur la table de chevet. Après avoir récupéré une saucière et un tastevin planqués derrière la porte, il trottina dans la salle commune, les bras chargés de ce butin d'imitations.

À dire vrai, Freddy avait bel et bien possédé une superbe collection d'authentiques antiquités, et sa robuste toxicomanie qui avait duré des années 70 jusqu'au milieu des années 90 avait été financée grâce à elle. Freddy était incapable de se souvenir du nombre de pièces qu'il possédait à l'origine ni des différentes périodes où il s'en était séparé. (« Tu ne vas pas me demander qui a volé mon téléviseur couleur lors de la panne de courant de 1990, tant que tu y es ! ») Sauver les apparences en s'évitant les vérités impitoyables des documents officiels était, depuis longtemps, une manie familiale. Freddy était peut-être ruiné, mais il possédait toujours le sésame de sa particule. L'Amérique ne s'embarrassait pas de titres honorifiques ; elle préférait les noms de famille. Le monde faisait confiance aux van der Haar par habitude, ainsi qu'aux Rockefeller, aux Roosevelt, aux Astor, aux Schuyler ou aux Vanderbilt – comme il n'en accordait aucune aux Guillory et autres Brink. Freddy n'avait pas attendu Clay pour écouler des contrefaçons, seulement il en parlait avec fierté, comme s'il s'agissait d'œuvres d'art illégales. De plus, il s'arrangeait pour qu'elles correspondent à des pièces réellement répertoriées dans les inventaires familiaux. Elles lui avaient rapporté près de deux millions de dollars pendant les vingt dernières années de sa vie. Cependant, à cause de ses dépenses compulsives, il devait toujours plus d'argent.

Les faux de Freddy n'étaient pas entièrement des imitations. Comme les meilleurs mensonges, chacun d'eux contenait une part de vérité. Le couvercle et la poignée du pot à bière ancien venaient bien de l'illustre collection familiale, ayant flotté sans base pendant plusieurs siècles avant que Freddy ne demande à son orfèvre véreux du New Jersey de les adapter sur une authentique antiquité achetée sur eBay pour deux mille dollars. De son côté, le bol à punch s'improvisait sucrier. Freddy conservait sa base décorative, où figurait le poinçon authentique de son fabricant du XVIIIe siècle, sur laquelle il faisait souder une coupelle ne portant aucune marque distinctive ; ainsi, un objet ancien estimé à dix mille dollars se muait en une rareté valant vingt fois plus. Dans le monde imaginaire de Freddy, une banale cuiller à soupe se prenait à rêver d'orner le plat d'un service de table précieux. « Peut-on faire plus américain ? » lançait joyeusement Freddy pour parer à toute critique. La dernière étape de sa fabrication de faux consistait à plonger sa création dans du sulfure de potassium pour en accélérer le vieillissement, avant de la secouer une centaine de fois dans un sac rempli d'écrous et de boulons afin de la marquer des rayures et entailles justifiant sa prétendue traversée des époques.

Clay déposa les objets sur le comptoir de la cuisine. C'étaient les derniers faux de la collection de Freddy, ceux dont son marchand, Dulles Hawkes, avait assuré qu'ils ne tromperaient pas le plus naïf des professionnels. Un amateur pourrait se laisser abuser, mais pas un expert. Même un grand dépressif mourant, fauché, avait renoncé à l'espoir de les vendre. Mais à présent, grâce à Nick, ils revenaient d'entre les morts pour jouer leur double jeu. À la clarté des lampes qui trouait la pénombre de la petite cuisine, sous le regard de la Madone nue au-dessus d'eux, ces ustensiles semblaient luire d'orgueil. Ils paraissaient si authentiques vus au travers du regard bleu et surexcité de Richard West.

— Oh, bon sang ! gémit-il. Et personne, en dehors de la famille, ne les a admirés depuis des siècles ?

Il s'autorisa à soulever le pot à bière en le prenant par son anse.

— Je crois que non, répondit Clay, ne sachant s'il devait faire voler la légende en éclats ou continuer de le prendre pour un idiot.

— Génial !

— Il existe une photo ancienne sur laquelle on voit certaines de ces pièces à l'arrière-plan d'un salon chez les van der Haar. Il faudrait que je la cherche.

West approuva de la tête tout au long de cette information qui ne présentait aucun intérêt pour lui. Il pensait à une meilleure solution qu'une photographie.

— Clay, je peux te demander une faveur ? Accepterais-tu que j'emporte ces pièces de mon côté du *palazzo* jusqu'à demain matin ? Ça doit te paraître idiot. J'aimerais les voir posées sur le vaisselier et réfléchir au prix équitable que je pourrais t'en proposer. Je suis incapable de tomber amoureux d'elles en quelques minutes face à ce comptoir de cuisine. Ton éclairage est affreux, cher ami !

À première vue, c'était une demande absurde, mais Clay ne discuterait pas. Il fallait que West emprunte ces objets pour que leur plan fonctionne.

— Oh, sans problème. Du moment que…

— Merci. C'est adorable de ta part.

West fit un geste vers le trésor.

— Dis-moi, poursuivit-il. Pour toi, quel en serait le bon prix ? Combien veux-tu pour le lot ?

Clay fit la moue. Son estomac commençait à protester de devoir digérer le citron fermenté.

— Je n'en ai pas la moindre idée, articula-t-il malgré la douleur qu'il ressentait.

West s'esclaffa.

— Moi non plus ! Je ne suis pas un expert. Je suis totalement incapable de les estimer. Bon, puisque nous sommes d'accord pour traiter cette affaire hors des canaux habituels, je vais devoir me fier à mon instinct. J'ai le très mauvais pressentiment que, quelle soit la somme que je te propose, elle sera atrocement surévaluée !

Il dévisagea Clay en mettant beaucoup d'affection dans son regard, si habitué à remporter des victoires qu'il semblait avoir oublié qu'il pourrait lui arriver de perdre. Pour une fois, Clay put lui adresser un sourire sincère. Il lui était reconnaissant d'avoir menti en le regardant droit dans les yeux quand il lui avait affirmé n'avoir aucun moyen de faire évaluer ces objets. Cela le libérait de la culpabilité qu'il avait ressentie, lui qui s'était juré de ne pas en éprouver. West projetait de lui acheter ces pièces à bas prix tout en donnant l'impression à Clay de lui rendre service.

La porte d'entrée s'ouvrit en grinçant et des pas résonnèrent dans l'escalier. Clay et West se retournèrent et virent un jeune Allemand aux boucles blond cuivré se glisser dans la pièce. Il portait un sweat-shirt Yale et un pantalon de toile froissé.

— Je suis désolé, dit-il. Je ne fais que passer. J'ai oublié mon ordinateur portable.

Le stagiaire, suivant les consignes de la responsable de stage du Peggy Guggenheim, avait appris à être intimidé par tout adulte traînant dans les parages de la fresque de la Madone.

— Pas de problème, lui répondit Clay.

Il fila dans le couloir à grands pas comme Clay le faisait au début de son séjour. Peu après, il réapparut avec son portable et réitéra ses excuses. Clay remarqua que West matait ce jeune étudiant pendant qu'il descendait l'escalier. Il se sentait protecteur envers les stagiaires qu'il hébergeait, si bien qu'il lança, un brin provocateur :

— Tu ne recherches pas un nouvel assistant, dis-moi ?

— Oh que non ! J'en ai déjà un. Il est formidable, un Vénitien de surcroît. Ce qui m'aide beaucoup pour mettre sur pied nos projets de restauration. De plus, c'est un Vénitien comme on n'en fait plus : il est digne de confiance.

— Toutes mes félicitations, répondit Clay d'un ton amer.

West ricana decrescendo de façon très désagréable. Dans le silence qui suivit, il tapota son alliance contre le comptoir.

— Tu sais, reprit-il en interrompant son geste, je n'ai jamais pardonné à Freddy de t'avoir volé. Tout comme je n'ai toujours pas complètement digéré que tu te sois jeté dans ses bras et m'aies abandonné alors même que tout commençait.

Cet aveu frappa Clay avec une telle violence qu'il dut faire un effort sur lui-même pour se reprendre. West s'était exprimé sur un ton d'une sincérité absolue, comme s'il pensait vraiment que Freddy était la raison de leur séparation. N'avait-il donc pas compris que Clay avait appris la vérité ? Ou pensait-il que saboter un emploi dans un musée de renom était un incident mineur qui ne méritait pas d'encombrer sa mémoire ? Clay aurait eu envie de rétorquer, mais aucun argument ne lui vint. Depuis des années, il portait sa colère en lui, présumant que West éprouvait des remords dès que leurs chemins se croisaient lors de ses séjours à Venise. Or, cet homme ne ressentait pas une once de culpabilité. Pire, il avait réécrit cet épisode de façon à en être la victime. Clay le dévisagea, à l'affût d'une trace d'ironie. West, l'air triste, gardait les yeux baissés, donnant l'impression qu'il attendait que Clay exprime des regrets. Cela dépassait l'entendement. Mais Clay ne céderait pas à la colère. Il ne laisserait pas West torpiller le plan destiné à le délester d'une petite fortune.

— Freddy ne m'a pas « volé », précisa-t-il néanmoins. Je ne t'appartenais pas, je ne suis pas un objet, on ne peut pas me dérober, Dick.

— Cela n'a plus aucune importance.

— Je n'étais pas l'assistant de Freddy. J'étais son petit ami.

— Pardonnons et oublions. C'est du passé. Je ne juge pas ce que tu as fait.

Clay se demanda si les rumeurs qui infestaient Manhattan avaient trouvé le moyen d'atteindre Venise. Il ne pourrait plus y échapper. *À ton avis, pourquoi ce petit jeune a-t-il tué notre cher Freddy qui ne savait plus ce qu'il faisait ? Pour la succession des van der Haar, pardi !*

Il laissa errer son regard sur les faux étalés sur le comptoir. Les larmes qui lui étaient montées aux yeux faisaient miroiter leur finition gris mat. Il se tourna vers l'évier et se baissa pour fouiller dans un meuble. Son cœur battait à tout rompre, et il sécha ses larmes contre ses genoux.

— Prends tout, dit-il à l'homme de l'autre côté du comptoir. Je vais te trouver un carton.

Il espérait que Nick profitait du beau temps printanier.

10

On avait promis à Nick une journée pleine de surprises. Tôt ce matin-là, Richard West l'avait réveillé par un texto :

> Bonjour, mon beau ! Eva et moi avons hâte de te revoir, nous avons donc décidé de gâcher ton après-midi en te réservant quelques sensations fortes. Tu es dispo ?

Ils le retrouvèrent au pont de l'Accademia. Nick ne savait pas s'ils viendraient à pied ou en vaporetto, puis il les aperçut qui descendaient l'escalier. Battista les talonnait, un étui à poster noir sortant de son sac à dos tel un télescope. Comme ils approchaient, Eva, d'un geste vif, sortit un vêtement d'un sac venant d'un magasin de prêt-à-porter. À mesure qu'elle le dépliait, il révéla de fines rayures jaunes et grises, puis des manches ainsi qu'un col et des revers. Eva courut jusqu'à Nick et lui plaqua la veste sport contre le buste, la jetant par-dessus sa tête comme une cape de coiffeur.

— Qu'est-ce que ça signifie ? demanda-t-il en palpant la soie.

— Nous nous sentions coupables d'avoir déchiré ton ancien modèle, expliqua Eva.

— Elle te plaît ? s'enquit West, tout sourires, semblant sûr de son fait. Il n'existe qu'une seule boutique de mode masculine digne de ce nom à Venise, juste après le pont du Rialto. Nous nous sommes fiés à notre instinct pour ta taille.

— J'adore, assura Nick avant même de l'enfiler.

La veste tombait parfaitement sur lui.

— Vous n'auriez pas dû. Sans rire. C'était inut…

— Oh, par pitié ! se lamenta Eva en lançant un regard déçu à son oncle. Je t'avais dit que nous ne devions pas compter sur lui pour nous épargner le numéro de l'humilité à l'américaine. Nous allons devoir perdre du temps à le convaincre de la garder.

— Bon, très bien, soupira Nick, rendant les armes. Rassurez-vous, je ne vous remercierai même pas.

West partit d'un rire en affichant un air de connivence.

— C'est superflu entre amis.

Nick avait du mal à associer cet homme chaleureux et généreux au faux jeton malintentionné du portrait que Clay lui en avait fait. Il en vint à se demander si ce que son ami lui reprochait ne reposait pas sur un malentendu. West avait cru, à tort, aider Clay en anéantissant ses chances au musée. West devait considérer que ses propres projets étaient plus prometteurs et, de toute façon, le débauchage impitoyable d'assistants n'était-il pas la norme dans la plupart des milieux professionnels ? Si cela était arrivé à Nick, il aurait certainement pris la manœuvre de West comme un compliment – *il me veut vraiment à ce point-là !* Nick accordait à son petit ami le bénéfice du doute. Clay, malgré sa débrouillardise venue de la rue, semblait décontenancé par les procédés peu orthodoxes, mais ordinaires, autour desquels le monde tournait.

— D'autres surprises dans cette direction, lui indiqua West par un geste de la main.

Nick suivit la Némésis de Clay sur les pavés.

Ils empruntèrent des voies tortueuses en direction du quartier de Dorsoduro. Nick naviguait dans la marée humaine, effleurant des épaules et des sacs publicitaires. Bientôt, ils longèrent le musée Peggy Guggenheim au bord d'un canal dont l'eau était verte comme des algues.

— Musée magnifique, si tu as le temps d'y aller, Nick, lança West mine de rien. Le directeur est un ami.

La deuxième surprise les fit passer dans une ruelle étroite et sinueuse où une niche en façade renfermait une statuette de la Vierge Marie. Ils émergèrent le long du Grand Canal dans la lumière orangée du soleil. Eva se précipita à bord d'une longue gondole toute simple pendant que West laissait tomber des pièces de monnaie dans la main du gondolier. Nick mit prudemment le pied dans l'embarcation noire à fond plat, puis s'assit à côté d'Eva.

— Une gondole ! s'exclama-t-il pour masquer son embarras.

Il savait que ces promenades passaient pour une activité honteuse de touriste, mais cela ne l'avait pas empêché d'avoir envie d'en faire une pendant son séjour.

— Un *traghetto*, rectifia Battista en prenant place sur le siège en face du leur.

— Ces barques sont les dernières bonnes affaires dont on peut profiter à Venise, renchérit West. Un euro par personne. Dans dix ans, soit elles n'existeront plus, soit elles coûteront vingt euros la balade. Celle-ci nous mènera place Saint-Marc en un rien de temps.

Le *traghetto* quitta la rive. Les gondoliers fendaient le vitrail des flots à coups de rame. Tout Venise tanguait au fil de leur avancée dans la voie navigable emblématique. C'était la première fois que Nick se déplaçait dans la ville sur l'eau, s'il oubliait le désastre du *motoscafo* qu'il avait partagé lors de son arrivée – et c'était chose faite. Il tourna la tête pour mieux s'imprégner du décor autour d'eux, faisant abstraction de la musique rap qui s'échappait du baladeur de l'un des rameurs. Ce fut le regard que lui lança Battista, à qui la surexcitation d'Américain moyen de Nick n'échappa pas, qui l'incita à se calmer. Battista avait posé son sac à dos entre ses jambes, l'étui à poster calé contre sa cuisse. Sur la poche avant du sac était fixé un pin's représentant le drapeau vénitien rouge et or. Les mots *Residente Resistente* le barraient en diagonale. Nick dut prononcer chaque syllabe dans sa tête pour en percer le sens. Il dévisagea Battista, son flirt vénitien qui lui résistait, puis s'appliqua à lui sourire. N'obtenant pas de réaction de sa part, il laissa tomber.

Eva avait dû remarquer la tentative de séduction de Nick car, d'un air un peu perfide, elle demanda :

— Nick, tu as un petit ami ?

— Oui, répondit Nick sans réfléchir, puis, se rendant compte de la dangerosité du sujet, il rectifia son propos. Ou, plutôt, j'en avais un jusqu'à récemment, à New York. Nous avons rompu.

Eva se tourna vers Battista pour enfoncer le clou.

— Et toi, tu… ?

Il la foudroya du regard pour lui faire comprendre de ne pas s'engager plus avant dans cette voie. Il ne devait pas vouloir étaler sa vie amoureuse devant son employeur.

— Les gondoliers se sont habitués à gagner des fortunes ! observa West, parlant très fort comme pour dominer le bruit d'un moteur inexistant. L'argent des touristes coule à flots pour eux, ce qui implique qu'ils ne soutiendront pas des mesures visant à la protection de Venise. Eva, t'ai-je dit que Francisco avait emmené toute sa famille aux Seychelles à Noël dernier ? Comment diable voulez-vous que nous convainquions des gondoliers tels que lui de revenir à un salaire annuel raisonnable ?

Nick préféra ne pas se mêler de la conversation. Les remous provoqués par le passage d'une vedette transformèrent leur embarcation en taureau donnant des ruades. Une fois que les vagues furent retombées, Nick reporta le regard sur les palais, l'un couleur de sachet de thé imbibé d'eau, l'autre de sorbet à la pêche. Il n'avait pas envie que les *traghetti* n'existent plus dans dix ans. Ils semblaient si bien s'intégrer au fragile écosystème culturel du monde, donc il fallait absolument les sauver comme on devait préserver les rhinocéros blancs du Kenya. Nick se sentit immensément reconnaissant d'avoir pu venir à Venise avant que meurent ses derniers envoûtements.

— C'est formidable que tu œuvres pour la sauvegarde de Venise, dit-il à West. Je mesure l'importance de tes projets.

— C'est comparable à ton travail en orfèvrerie. S'assurer que les trésors du passé tombent entre de bonnes mains. Nous transmettons des merveilles, d'une génération à l'autre, en espérant que personne ne les abandonne.

Ils accostèrent contre la berge, et tous débarquèrent en mettant beaucoup de zèle à crier *Grazie !* aux gondoliers. La troisième surprise de la journée survint lors de la traversée de la place Saint-Marc où une foule se pressait au coude à coude, s'émerveillant, s'énervant et posant pour des photographies dans ce parc touristique géant. Des mélodies jouées au piano résonnaient sur les terrasses extérieures des cafés. Nick parvint à rester dans le sillage de son groupe grâce à l'étui à poster qui faisait office de périscope dans la foule. Ils atteignirent le bord de l'eau à l'autre extrémité du quai. Des mouettes fendaient l'air de leurs ailes en scalpels ; des panneaux indiquaient les horaires des traversées directes pour la plage du Lido. Le groupe se dirigea vers le palais des Doges à la façade en mosaïque de losanges blancs et roses. Cette autre surprise donna lieu à la présentation de laissez-passer VIP à l'accueil.

Eva montra des signes de nervosité tandis qu'ils gravissaient l'escalier des Géants. Elle ne cessait de coincer sa mèche derrière ses oreilles, de redresser son cardigan jaune, de rajuster l'écharpe en soie qu'elle avait nouée comme un foulard de marin autour de son cou. Elle finit par confier à Nick :

— Nous allons faire une visite de l'atelier de restauration ! Et tu sais qui l'a validée ? Vittorio !

Voyant que ce prénom ne provoquait aucune réaction, elle chuchota :

— Le directeur de l'organisme où je rêve de travailler ! Donc, il devrait être là, je vais enfin le rencontrer. Sois franc…

Elle l'arrêta dans l'escalier.

— … tu me trouves « embauchable » ?

Des boutons d'urticaire rosissaient son menton, d'autant plus irrités qu'elle les avait grattés à plusieurs reprises. Nick lui assura que lui-même l'engagerait sur-le-champ, mais fut soulagé qu'elle ne lui demande pas de le lui jurer. Ils ne virent aucun signe de l'hypothétique Vittorio dans ces arrière-salles encombrées. À sa place, la vedette du lieu était un guerrier solitaire du XVIe siècle, tout noir à force de rester tant d'années dans le gypse et la suie, qu'un restaurateur en blouse bleue nettoyait en s'aidant d'un pointeur laser. Ils se regroupèrent autour de la statue pour le regarder faire, Battista filmant la scène avec son téléphone portable. Le restaurateur décolla un millimètre de résidu noirâtre incrusté dans le haut de la cuisse du guerrier comme s'il effaçait un tatouage relevant d'une erreur de jeunesse. Au-dessous, se trouvait la cicatrice blanche du marbre de Carrare. Eva le mitrailla de questions. Nick se surprit à envier l'intérêt qu'elle lui portait. Il n'avait pas encore trouvé sa vocation. L'orfèvrerie n'était qu'un pis-aller. Il espérait toujours qu'une révélation lui tendrait les bras et le soulèverait de terre en lui déclarant : « Je suis ta passion. » En attendant, il avait Clay.

Quand ils repartirent, West s'efforça de consoler Eva.

— Vittorio a dû avoir une réunion de dernière minute. Ne sois pas déçue.

— Oui, répondit-elle d'un air morose. J'ai le sentiment qu'on ne me donnera jamais ma chance ici. Ce sera retour en France pour nettoyer des tapisseries médiévales.

Eva s'excusa pour se rendre aux toilettes. Elle devait avoir envie de s'isoler un moment.

— C'est l'heure ? s'enquit Battista.

— Oui, répondit West. Vas-y. Je ne veux pas que tu sois en retard pour ce rendez-vous.

D'un signe de tête, il désigna l'étui à poster.

— N'oublie pas de rapporter les plans, ajouta-t-il.

Battista resserra sa bandoulière puis, sans dire au revoir, s'éloigna dans le couloir dallé de marbre. West secoua la tête, l'air furax.

— Je pourrais étrangler Vittorio pour nous avoir posé un lapin. Voilà qu'il évite Eva et, carrément, moi parce qu'il a compris que j'attends qu'il lui trouve une place.

— Je suis sûr qu'une fois qu'il l'aura rencontrée...

West se crispa.

— Ce n'est pas si simple ! Les jeunes restaurateurs, il y en a des dizaines à Venise. Mon piston n'y change rien !

Nick soupçonnait que c'était ce dernier point qui enrageait le plus West. Il ne devait pas supporter qu'il existe encore dans le monde des gens qu'on ne pouvait ni acheter ni amadouer. De toute évidence, il avait fait miroiter à sa nièce un poste qu'il ne pouvait lui offrir. Mauvaise semaine pour son sentiment de supériorité. Au téléphone, la veille au soir, Clay lui avait raconté avoir menti à West en se présentant comme unique propriétaire du Dormitorio et que ce dernier avait paru furieux que son ancien assistant soit devenu son voisin.

— Ridicule ! Il devient trop difficile de trouver du travail ici, bougonna West. Si je n'aimais pas tant Venise, je me ferais une joie de la regarder sombrer.

Eva les rejoignit à la sortie, les joues encore humides de l'eau dont elle les avait aspergées.

— On va boire un verre ? proposa-t-elle sans entrain. Cela me ferait le plus grand bien.

— Impossible, répondit West en désignant Nick du doigt. J'ai besoin que ce jeune homme soit sûr de son jugement pour notre prochaine surprise.

Il adressa un sourire à Nick.

— Tu es prêt ?

Nick plissa le front comme s'il ne voyait pas du tout de quoi West voulait parler, alors qu'il savait déjà ce qui l'attendait. Il anticipait ce moment depuis sa conversation téléphonique de la veille au soir avec Clay et avait répété son rôle toute la matinée. Toutefois, alors qu'il marchait au côté de West et Eva dans la Strada Nuova vers leur palais dans Cannaregio, son anxiété grandissait. Tandis que West s'évertuait à remonter le moral de sa nièce – recourant même à la bonne vieille tactique avunculaire de lui proposer de lui offrir une glace –, Nick se répétait intérieurement les arguments d'antiquaire qu'il devrait avancer.

Il se souvint à peine avoir franchi les deux derniers ponts. Bientôt, le trio se retrouva dans le jardin du Palazzo Contarini. West ouvrit la porte blindée et taquina Nick en lui lançant :

— Par ici, dernière surprise droit devant nous.

Puis ils gravirent l'escalier obscur.

Karine était assise tout au fond du salon sur l'un des canapés chocolat. Elle portait des lunettes noires et lisait une revue scientifique. Elle avait dû se réfugier dans ce coin de la pièce pour échapper à la lumière aveuglante du soleil qui entrait en lames de couteau par les fenêtres. Du pied, elle caressait le butoir de porte en laiton qui avait émigré là.

— Salut, tout le monde ! lança-t-elle. Nick, ta veste est superbe !

Avant que Nick ait eu le temps de la remercier pour ce compliment qu'elle adressait avant tout à son mari pour ses goûts, West lança :

— Nous allons dans mon bureau. Tu nous accompagnes ? Je te préviens : les conclusions auxquelles nous aboutirons seront peut-être décevantes. Ne te fais pas de souci, ton mari enquête prudemment. À tout de suite.

Nick fut soulagé de voir Karine décliner l'invitation. Eva suffisait comme témoin de trop, à en juger par les questions qu'elle avait posées au restaurateur du palais des Doges.

— Je m'en remets à vous, répondit Karine en levant son magazine comme si elle s'apprêtait à écraser un moustique. Moi, j'investis dans l'avenir.

— Comme tu voudras, marmonna West.

Il fila dans son couloir bordé de photographies, puis disparut derrière la tenture de velours. Eva et Nick lui emboîtèrent le pas. Au bout du passage, Eva s'arrêta si brusquement que Nick la bouscula. Elle désignait du doigt la photo de son oncle en compagnie de Freddy et Clay.

— C'est lui, dit-elle en tapotant le visage de Freddy. Cette argenterie appartenait à sa famille.

Puis elle fit glisser son index sur les traits mélancoliques de Clay.

— Et lui, c'est le gamin qui en a hérité.

Nick batailla contre lui-même pour ne pas rétorquer que ce « gamin » avait quelques années de plus qu'elle, parlait mieux l'italien qu'elle et avait réussi à décrocher un premier travail à Venise sans l'aide de West.

Eva s'approcha de la photographie pour mieux l'étudier. Nick fit semblant de la découvrir et l'examina une seconde fois. Ni Freddy ni Clay ne paraissaient se réjouir d'être plantés à côté de West. L'accoutrement ridiculement rock de Freddy rendait impossible de déterminer la période de l'année (la garde-robe des rock stars ignore les saisons), si bien que Nick s'intéressa de près à son petit ami en quête d'un indice. Chemise rose chiffonnée-chic, pas de veste. Jean blanc. Mais, lorsque son regard s'arrêta sur les pieds de Clay, il n'en revint pas. Il portait des mocassins noirs qui n'avaient rien d'exceptionnel à part le reflet, saisi par le flash de l'appareil photo, de la pièce de monnaie coincée dans la bordure du contrefort du pied droit. Si Eva baissait les yeux, elle remarquerait peut-être que ceux de l'expert impartial qu'il était censé être camouflaient une pièce de monnaie identique au même endroit.

— Tu le trouves séduisant ? demanda-t-elle. C'est le voisin actuel d'oncle Richard. Il a hérité de la fortune van der Haar. Obtenir tout ça si jeune, tu te rends compte ? Je me demande s'il l'a réellement tué.

— Ton oncle nous attend, lui rappela Nick sèchement.

Eva l'évalua du regard, troublée. En tout cas, la pièce de monnaie était trop petite pour qu'on la remarque. Nick se dit qu'il pourrait la mettre sur le compte d'une coïncidence, d'une nouvelle tendance de la mode, ou encore d'un code gay au terme duquel le scintillement du cuivre leur permettait de se reconnaître aux quatre coins de la planète. Mais le croirait-elle ? Son front s'était nimbé de transpiration.

— Tu as remarqué ce qu'il porte? reprit Eva en faisant courir son doigt le long des bras de Freddy. Ces plumes d'aigle sur ses manches ? Quel allumé ce devait être, hein ? Aller jusqu'à laisser toute sa fortune à…

Nick dépassa Eva pour empoigner la tenture. Il batailla à l'aveuglette avec les plis de velours fauve et émergea dans le bureau de West. L'éclairage encastré était réglé au maximum. La lumière donnait l'impression qu'ils se trouvaient dans une salle d'interrogatoire, même si West ne l'avait augmentée que par égard pour Nick. Ce dernier envisagea un instant de retirer la pièce de monnaie de sa chaussure, mais Eva l'avait déjà rejoint.

— Alors, qu'en penses-tu ? demanda West, accompagnant sa phrase d'un grand geste du bras en direction du vaisselier en acajou.

Cinq pièces d'argenterie s'y alignaient. Les porcelaines de Karine, évincées de leur place, se retrouvaient éparpillées au petit bonheur la chance sur des piles de livres. Nick s'avança et ouvrit sa bouche béante pour simuler qu'il n'en revenait pas.

— Tu as réussi ! s'écria-t-il. Comment as-tu fait pour les obtenir si rapidement ? Ce sont les van der Haar ? De ton voisin ?

West, hilare, croisa les bras.

— Cela t'étonne ? Si je te racontais le nombre de cerceaux de feu à travers lesquels j'ai dû sauter, tu ne me croirais pas. J'ai jonglé, j'ai marché sur une corde raide au-dessus du vide – j'ai exécuté tous ces numéros rien que pour convaincre ce gamin de bien vouloir me les prêter jusqu'à demain. Bref, les voici ! Je ne pouvais te laisser quitter Venise sans que tu jettes un coup d'œil dessus.

D'un pas léger, Nick se dirigea vers ces objets comme s'il était, dans son esprit, lié à eux au point de ne pouvoir résister à la tentation de s'en approcher dès l'instant qu'il se trouvait en leur présence. À un mètre de distance, Ari aurait repéré les défauts qui les identifiaient comme faux. Nick s'accorda le temps d'arriver à un verdict, puis s'écria :

— Juste ciel ! Ils sont renversants !

Il passa de l'un à l'autre, main tendue, doigts repliés comme s'il se retenait de toucher ces trésors.

— Tu permets que je les examine ?

— Si je le permets ? s'écria West. Je ne te laisserai pas sortir de cette pièce avant que tu ne l'aies fait ! C'est la raison pour laquelle tu es là. J'ai besoin de savoir s'ils sont authentiques. Je n'ai pas confiance en ce petit jeune. Je le crois capable de rouler sa propre mère. Mais, si ces objets sont réellement d'époque, j'ai besoin que tu me dises quelle est leur valeur sur le marché.

Il se tourna vers sa nièce.

— Grâce à Nick, reprit-il, nous allons faire l'affaire de notre vie. Je vais marchander un max avec Clay en lui proposant de le payer en espèces. Nous les obtiendrons pour une bouchée de pain !

Eva gratifia son oncle d'un regard sceptique. Nick aimait bien Eva. Il la considérait comme une amie. Il regrettait qu'elle ne souffre pas d'une forte migraine qui l'obligerait à quitter la pièce.

— Nick pourra nous dire tout ça en une évaluation ? s'étonna-t-elle.

Nick la regarda en prenant le pot à bière. Celui-là même dont Ari s'était servi pour lui montrer les signes indéniables qu'il ne pouvait s'agir que d'un faux. Il adressa un large sourire à Eva qui se tenait devant un décor mural représentant une scène de viol et de pillage.

— Bien sûr que oui, susurra-t-il. Comment crois-tu que je gagne ma vie ?

Tout était dans la manière de manipuler un objet.

Ari Halfon avait enseigné à Nick l'importance de le tenir bien en main quand on l'examinait devant un client. Une part de comédie s'imposait dans le rôle d'un expert. Après tout, une évaluation n'était, par définition, rien d'autre que l'opinion d'un professionnel ; par conséquent, Ari mesurait l'importance d'en donner une qui soit étayée par les arguments qu'on attendait de sa fonction.

Au grand soulagement de Nick, pendant la plus grande partie de l'évaluation, West et Eva l'observèrent à distance respectueuse, de l'autre bout de la pièce, comme s'il était un vétérinaire appelé parce qu'une vache vêlait. Ils devaient supposer que le silence total et beaucoup de place lui étaient indispensables pour pouvoir se concentrer, ce dont Nick profita pleinement : tapotant les objets, soupirant d'un air songeur, retournant une coupe pour faire mine de vérifier l'état de sa base, faisant courir ses doigts sur les ciselures et les gravures, examinant un poinçon directement sous l'éclairage, air dubitatif immédiatement suivi d'un soupir de soulagement. Il nourrit son interprétation de ses quatorze mois d'apprentissage passés chez Wickston, reprenant les gestes, les expressions et le subtil pas de deux entre œil et main d'Ari Halfon.

Ce petit numéro avait un prix. Pas celui de la culpabilité. Nick avait déjà accepté d'utiliser le nom de Wickston pour réaliser leur plan. West n'avait pas l'intention de remettre ces pièces sur le marché ; Ari ne venait jamais à Venise, si bien qu'il y avait peu de risques que leurs routes se croisent. Et, surtout, Nick ne devrait pas remettre de rapport d'expertise de la maison Wickston. Il se contenterait de donner un avis à titre amical. Non, la souffrance venait de devoir agir comme Ari, d'imiter ses petits gestes précis, de se racler la gorge, comme lui, chaque fois qu'il prenait une nouvelle pièce en main, de la reposer, comme lui, avec moult précautions sur son étagère, de coincer, comme lui, son col de chemise entre deux doigts tandis qu'il se donnait l'air d'être plongé dans ses pensées. Ces manies lui rappelaient l'homme qu'il avait aimé et qui lui manquait. Ce n'était pas l'amour qui les avait fixées dans sa mémoire – sinon, Nick serait toujours à New York. Seule avait pu les inscrire en lui sa capacité à se couler dans le moule de l'homme qu'Ari avait voulu qu'il soit.

Au terme de sa prétendue évaluation, Nick refit surface devant son public en soupirant un interminable :

— Oh la laaaaaaaaaa !

— Oh la la, oui ? s'enquit West. Elles sont authentiques ?

— Et comment ! Pour moi, cela ne fait aucun doute. Ces modèles sont superbes. Ils devaient appartenir aux van der Haar depuis des siècles. C'est incroyable qu'ils n'aient jamais été perdus ou partagés entre les vingt branches d'héritiers.

— Qu'est-ce qui te permet de dire qu'ils sont si anciens que ça ? demanda Eva.

West lui donna un coup de coude pour lui intimer le silence.

— Ma chérie, ce n'était pas le genre de famille qui achetait de l'occasion. C'étaient des *van der Haar*.

Nick sourit, puis poursuivit :

— Je ne vous dis pas que ces pièces sont l'équivalent de la coupe des Fils de la Liberté de Paul Revere. Elles ne feront pas exploser les records de fréquentation des musées, ce qui n'empêche qu'elles seraient dignes de figurer dans leurs collections.

Nick préféra ne pas insister sur leur portée historique. Rien ne sentait plus l'escroquerie que de certifier à quelqu'un qu'il avait fait une découverte remarquable.

— Mais je puis vous assurer qu'elles possèdent les poinçons des orfèvres new-yorkais les plus réputés du XVIIIe siècle. Il est dommage que je n'aie pas mon matériel avec moi, mais je suis en mesure d'évaluer certaines caractéristiques à l'œil nu.

Nick ne laissait aucune place à l'improvisation. La crédibilité de son numéro tenait aux semaines qu'il avait passées à le répéter et à le préparer. Si West nourrissait encore des doutes sur son professionnalisme, son savoir apparemment encyclopédique du sujet les apaiserait. Nick prit le pot à bière qui, selon Ari, était le moins réussi des faux.

— Regarde le poinçon *SS* de Simeon Soumaine à l'intérieur du couvercle. Cet artiste avait la manie de le graver dans les endroits les plus improbables. Ses couvercles et ses anses étaient souvent plus amples que le corps du récipient, ce qui donne un double effet de légèreté et de solidité. Il a beaucoup travaillé pour les grandes familles néerlandaises de son époque. Il n'est guère étonnant que les van der Haar aient fait appel à lui. Cette pièce a dû être fabriquée entre 1720 et 1725, avant que Soumaine n'ait la main trop lourde côté ornementations.

Nick n'en revenait pas de débiter autant de sottises. C'était du grand art. Elles semblaient très argumentées, extrêmement convaincantes même à ses propres oreilles. West les gobait toutes, marquant son assentiment par des signes de tête, bras croisés dans le dos comme un enfant bien élevé. Seule Eva qui, derrière son oncle, se mordillait l'intérieur des joues, inquiétait Nick.

— Ça t'ennuie si je te pose quelques questions ?

— Bien sûr que non, mentit Nick d'un air engageant.

Contre toute attente, Eva s'exprima d'une voix incertaine, lui balançant des revers mollassons. Pourquoi ces objets paraissaient-ils si mats comparés à l'argenterie française ou britannique qu'elle avait vue ? Les créations américaines avaient-elles moins de valeur que leurs cousines européennes ? Cette sorte de boucle gravée sur le côté avait-elle une signification particulière ?

Nick répondit chaque fois sans se démonter. Il en vint à se demander si les quatorze mois pendant lesquels il avait travaillé chez Wickston ne l'auraient pas, en réalité, transformé en fin connaisseur. D'un certain côté, il regrettait qu'Ari ne puisse l'entendre ; il serait fier de ce que Nick avait retenu de ses enseignements.

— À l'école d'art de Toulouse, je n'ai étudié que les tableaux, les tapisseries et les fresques, admit Eva. J'ai un peu touché au marbre et au bois. Mais jamais aux métaux.

À l'entendre, on aurait pu croire qu'elle dressait la liste des drogues qu'elle avait essayées. Nick s'estima heureux qu'elle n'ait aucune connaissance en argenterie. Elle rit en tirant les manches de son cardigan par-dessus ses mains.

— Je t'avais sous-estimé, Nick. J'ai craqué pour ton visage d'ange. Mais, *flûte*, tu en connais un rayon !

Nick, pour changer, prit le bol à punch. Le pot à bière était le faux le plus évident, mais ce modèle-là présentait aussi des défauts. Il aurait dû être martelé à partir d'une unique feuille, mais Nick sentait sous ses doigts les minuscules points de soudure autour de la base. Il le tendit vers West en désignant le motif gravé autour de l'anneau central.

— Tu vois ce motif ciselé ?

— Oui, en effet ! murmura West religieusement, comme si voir revenait réellement à croire.

Ils passèrent en revue chaque pièce l'une après l'autre dont Nick, à titre gracieux et fallacieux, vantait la beauté, la qualité artistique et la forme. Quand ils en eurent terminé, West n'en pouvait plus d'entendre ce jargon d'antiquaire que Nick, de son côté, s'était fatigué à réciter. Il s'assit dans le fauteuil de bureau de West, la nuque raide et le cerveau en miettes. Il se sentait si fatigué qu'il lui semblait que s'il posait la tête sur le bureau, il s'endormirait. D'un autre côté, il ne touchait plus terre à l'idée d'avoir réussi son petit numéro, transformé toute cette camelote en objets précieux. Nick se souvint que, lorsqu'il était petit, il restait assis très longtemps à la table de la cuisine avec ses feutres et ses crayons de couleur à tenter de reproduire un billet de un dollar à la perfection avec l'espoir qu'un commerçant n'y voie que du feu. Les gosses du monde entier devaient s'essayer à l'art de la contrefaçon. Ils rêvaient de devenir faussaires tout comme ils espéraient devenir présidents.

West sortit son portable de sa poche et prit des photos du trésor van der Haar, positionnant les objets de façons différentes comme s'ils étaient ses petits-enfants venus lui rendre visite.

— Félicitations, reprit Eva.

— Réserve tes félicitations pour plus tard, répondit son oncle. Ils ne sont pas encore à moi.

Il se tourna vers Nick et lui demanda :

— Alors, qu'en penses-tu ? Sois franc. Combien ces pièces valent-elles ?

— Difficile à dire, biaisa Nick.

Sauf qu'il n'en était rien. Nick et Clay étaient déjà convenus de demander sept cent mille dollars pour le lot. Cela suffirait pour que Clay solde ses emprunts, rembourse son père et leur laisserait plus de trois cent mille dollars pour vivre dans l'immédiat. Ils ne descendraient pas au-dessous de six cent mille. Nick croyait en leurs chances de réussite – au point que, soudain, sept cent mille lui parurent représenter un montant ridiculement bas pour un milliardaire désireux de posséder des objets qu'il convoitait. Mais il devait rester prudent. Il ne pouvait pas se montrer trop gourmand à la dernière seconde. Donner une somme exorbitante risquerait d'encourager West à demander un autre avis. Il devait garder le sentiment de faire une affaire.

— Ces cinq antiquités valent bien plus d'un million de dollars sur le marché actuel, fit-il mine de conseiller. Voire un million trois ou quatre.

West parut à la fois ravi et horrifié par ces montants.

— Mais seulement dans le cas où elles trouvent un acheteur motivé. En ce moment, l'orfèvrerie n'a pas trop la cote. C'est cyclique. Dans cinq ans, les goûts auront évolué et ce sera son grand retour en force. À long terme, cela représentera un investissement extrêmement sûr.

West ne dit rien. Il ferma les yeux. Il devait mesurer ses désirs matériels à l'échelle de ses revenus faramineux – ou, plus probablement, il s'efforçait de déterminer la plus petite offre en espèces que Clay aurait des chances d'accepter.

— C'est beaucoup d'argent, protesta Eva.

West rouvrit les yeux et cracha, entre ses dents :

— Je le sais, merci !

— Votre jeune voisin doit ignorer que ces pièces ont autant de valeur, reprit Nick. Bon, je me doute qu'il n'est pas idiot. Il pourrait lancer des recherches sur Google et établir une estimation raisonnable. Mais si tu lui proposes de le payer immédiatement…

Nick désirait obtenir plus de trois cent mille dollars ; il en voulait cinq, sept, un mil…

— … pourquoi ne pas lui en offrir huit cent mille ? Croyez-moi, c'est une affaire comme on n'en fait pas deux dans une vie ! Je crains que, si vous lui proposez moins, il ne se tourne vers Christie's. Et, là, vous auriez tout perdu. Ces pièces ont encore plus de valeur prises séparément. Les sociétés de ventes aux enchères le savent pertinemment. Il te serait impossible de les poser de nouveau côte à côte sur ton vaisselier. Et, même si tu le pouvais, les impôts à eux seuls…

— Je sais, je sais, l'interrompit West en se frappant la cuisse. Huit cent mille. C'est donné, on est d'accord ? Je ferais une affaire ?

— Ce n'est rien de le dire. Je connais des collectionneurs qui seraient prêts à tuer pour posséder deux de ces coupes à pareil prix.

— Huit cent mille, répéta West comme s'il s'efforçait de s'acclimater à ce montant. Pour ces beautés, je devrais pouvoir les lâcher.

Oui ! avait envie de crier Nick. Il se voyait déjà en train de courir jusqu'au Dormitorio pour annoncer la nouvelle. *Clay, ça y est, tu n'as plus de dettes !* Il avait non seulement assuré leur avenir mais, en plus, leur faisait gagner quatre cent mille dollars d'argent de poche au lieu de trois cents.

Cependant, alors même que Nick se réjouissait, une pointe de regret émergea dans ses pensées. Certes, cela représentait beaucoup d'argent, mais combien de temps quatre cent mille dollars leur permettraient-ils de vivre en Europe ? Tout au plus quatre ou cinq ans. Six s'ils regardaient à la dépense. Et évitaient toutes les régions méditerranéennes où le niveau de vie serait au-dessus de leurs moyens. Combien de temps tiendraient-ils avant de devoir sauter des repas ou séjourner dans des villes moins séduisantes afin de ne pas grever leur budget ? De semaine en semaine, celui-ci diminuerait. Clay pourrait revenir au Dormitorio – il en était le propriétaire. Mais Nick n'y séjournerait jamais avec lui tant que West serait son voisin. Alors, dans quatre ou cinq ans, une fois l'argent dépensé, que se passerait-il pour lui ? Retour à New York ? Retour à Dayton ? Retour à la case départ ?

Nick savait que son accès de pessimisme pouvait être dû à sa nervosité et au fait que la surexcitation venant de son pari se dissipait. Cependant, des doutes commencèrent à le titiller sous l'éclairage des lampes astrales du bureau de West : aurait-il dû prendre le risque d'aller jusqu'à demander un million de dollars ? Voire un million deux ? Pourquoi ne s'était-il pas montré plus gourmand ? Tout le monde l'était. Soudain, il lui apparut que leur plan n'aurait jamais pu échouer. C'était eux qui avaient joué trop prudemment. West disposait d'un tas de fric au bout de ses doigts. Pourquoi n'avaient-ils pas tenté de lui en soutirer davantage ?

Il se secoua pour échapper à cette spirale, cligna des yeux et revint à la réalité. West et Eva se tenaient devant le décor mural de l'*Enlèvement des Sabines* qu'ils examinaient sous l'éclairage puissant.

— Rassure-moi, tu ne les as quand même pas autorisés à utiliser du solvant AB 57 ? demandait-elle à son oncle.

— J'ai fait appel aux meilleurs restaurateurs de tableaux disponibles, répondit West sur la défensive. Les produits dont ils se sont servis, je ne m'en souviens pas. Si j'ai bien compris, il y avait pas mal de colle animale remontant à une tentative antérieure pour raviver les couleurs.

Eva hocha la tête, l'air abattu.

— Le AB 57 décolle des bandes de vernis et d'huile. J'aurais utilisé un solvant moins agressif. Tu sais, ces dix dernières années, on a fait beaucoup de progrès en matière de restauration.

West mit les poings sur les hanches, puis inspecta sa fresque d'un regard furieux. Il semblait peu enclin à supporter que sa nièce adorée le sermonne sur les techniques de conservation.

— Alors, tu devrais aller à côté ! Tu verrais comment il laisse la sienne se détériorer, c'est honteux ! De mon point de vue, ce gamin commet un crime contre Venise en ne faisant pas restaurer cet authentique Sebastiano Ricci !

West se lança dans la description de l'exceptionnelle Madone bleue qu'il avait enfin pu voir de ses propres yeux. La fresque était couverte d'une couche de suie qui s'était accumulée au fil des siècles, le corps voluptueux, opalescent de la Vierge aussi jauni et fripé que celui d'une Sicilienne de quatre-vingt-dix ans.

— Les colombes qui l'entourent s'effritent. Toutes ! Elles tombent en poussière dans les bols de céréales des stagiaires du Guggenheim ! Quant au fond bleu, il est de la couleur d'un œil au beurre noir.

Eva réagissait à chacune de ces atrocités par des variations d'expressions horrifiées. West la supplia de ne pas essayer d'imaginer ce que les fumées de cigarettes et du four faisaient subir à la Sainte Vierge.

— Une honte ! rugit-il. Mais les van der Haar n'ont jamais fait figurer ce Ricci dans les registres municipaux. Donc, personne ne peut intervenir pour le sauvegarder. Il est entre les mains de Clay Guillory. Je suis sûr qu'un projet de restauration sera la première dépense qu'il fera avec l'argent de son héritage.

— Y a-t-il un moyen que je voie cette fresque ? supplia Eva. Tu crois qu'il me laisserait entrer pour que j'y jette un coup d'œil ?

Un grommellement hargneux s'échappa d'entre les lèvres de West.

— Pas l'ombre d'une chance. *Pas. L'ombre. D'une. Chance.*

Il sauvait la face auprès de sa nièce en faisant passer son nouveau voisin pour un démon.

— Je n'irais pas jusqu'à dire qu'il a assassiné Freddy. Je ne me le permettrais jamais, contrairement – *tu peux me croire* – à d'autres.

Mais il ne risque pas de nous autoriser à examiner cette peinture. Il me foudroyait du regard chaque fois que je levais les yeux vers le plafond.

— Quand vas-tu lui rendre cette argenterie ? Je pourrais venir avec toi.

— Oh, je ne compte pas la lui rendre.

West se tourna vers Nick, quêtant son approbation.

— À ton avis, demanda-t-il, dois-je lui envoyer mon offre par texto ? S'il l'accepte, je ferai virer la somme. Si je lui rends ces pièces, je crains qu'il ne change d'avis ou ne les retienne en otage pour augmenter son prix. De plus, ça l'empêchera d'envoyer des photos chez Christie's.

— Oui, c'est mieux ainsi, approuva Nick.

Il les écoutait distraitement car depuis un moment, pendant que West et Eva jacassaient à propos de la fresque de la Madone très détériorée, une sirène s'était déclenchée dans son esprit. Elle retentissait de plus en plus fort, se faisait plus insistante et chassait ses inquiétudes pécuniaires avec autant d'efficacité que la lumière de la cuisine dans son appartement merdique de Brooklyn avait fait fuir les rongeurs. Et si Clay et lui tentaient d'obtenir plus encore ? Ils y avaient réussi une fois. Pourquoi pas deux ? Clay, sans le vouloir, avait préparé le terrain en mentant à West lorsqu'il avait prétendu être l'unique propriétaire du Dormitorio. Pourquoi ne pas transformer cet autre mensonge en vérité ? C'était peut-être de la folie – un risque frisant le délit majeur –, mais Nick était sûr d'une chose : cette occasion ne se présenterait pas deux fois dans leur vie.

— Qu'en penses-tu, Nick ? lui demandait West. Passons au salon. Allons boire un verre, le premier de la centaine dont je te suis redevable pour te remercier de ton aide.

Nick se leva.

— Oui, répondit-il, reprenant ses esprits. Excuse-moi. Excellente idée.

11

Tout avait commencé par de légers trottinements.

Sauf que ce n'était pas cette expression que Nick avait employée pour décrire les petits bruits de mauvais augure qui résonnaient au plafond de l'appartement d'Ari, Riverside Drive. Nick les avait suivis des yeux du salon à la cuisine où, comme par enchantement, ils avaient cessé. Un peu plus tard, alors qu'il attendait que le café soit passé, ce tapage fantomatique recommença de plus belle. Cette fois, Nick le pista jusqu'au salon puis la salle à manger où Ari, en caleçon, était adossé contre l'embrasure de la porte. Avec la paume de sa main, il frottait distraitement les poils qui dépassaient de l'élastique de son slip – légèrement plus frisés que le linceul de poils qui enveloppait le reste de son corps – tout en parlant au téléphone.

— Non, c'est trop près de la ville, dit-il à l'agent immobilier de Pennsylvanie avec lequel il discutait. Oui, dix hectares au minimum. Et, à présent, j'aimerais aussi que ce soit situé dans un bon secteur scolaire. Je sais, j'avais dit que je m'en moquais, mais j'ai changé d'avis.

Nick décocha un coup d'œil à son petit ami pour attirer son regard. Qu'il orienta vers les bruits importuns à hauteur du plafonnier.

— Alors, tu as entendu ? s'écria-t-il dès qu'Ari eut raccroché.

— Entendu quoi ? demanda Ari en se gratouillant le nombril.

— Cette débandade ! C'est la deuxième fois ce matin.

Nick frissonna, horrifié.

— Ce sont des souris, dit-il.

— Mais non.

— Je te dis que si ! Je reconnais leur bruit. Elles sont dans les murs.

— Ce ne sont pas des souris.

Nick claqua des doigts, pris d'une inspiration.

— Mais j'y songe ! s'écria-t-il. Ça fait un bail qu'on n'a plus droit au *tic tic tic* des talons aiguilles de la voisine du dessus. Elle doit avoir déménagé et, dans ces moments-là, les souris en profitent. Pour elles, c'est le pied un appartement inoccupé.

Le remue-ménage au plafond recommença de plus belle.

— Tu oses me dire que tu ne l'entends pas ?

— Andouille ! s'exclama Ari, hilare. Notre voisine du dessus, je l'ai croisée hier. Mais tu as raison, elle ne porte plus ses hauts talons. Écoute attentivement, tu veux bien ?

Nick se concentra, s'efforçant de discerner, dans ce vacarme qui le dégoûtait, un indice qui lui indiquerait ce qui pourrait en être à l'origine si ce n'étaient pas des souris.

— Tu ne vois vraiment pas ce que c'est ? insista Ari. Marcella a adopté un bébé salvadorien. Ce sont ses bruits de pas.

Au fil des semaines, Nick se dit que, à choisir, il aurait préféré les rongeurs. Il aurait dû saisir le sens des propos que son petit ami avait tenus à l'agent immobilier de Pennsylvanie. Ari avait exigé un secteur scolaire. Depuis que Nick le connaissait, Ari envisageait d'acheter une maison de campagne pour y passer les week-ends, épluchant les annonces immobilières pendant son temps libre sans penser sérieusement en faire une résidence « portes ouvertes ». Les quartiers scolaires cotés étaient, jusqu'à présent, le cadet de ses soucis. Mais un soir, autour d'un plat de lasagnes végétariennes relevant d'une expérience scientifique ratée concoctée par Nick, Ari lança :

— Si tu avais le choix, tu préférerais adopter ou que l'un de nous fasse un don de sperme pour féconder un ovule ?

— Tu oublies que le grand avantage d'être adulte est de ne pas être *obligé* de choisir.

— Supposons que ce soit le cas.

— N'est-ce pas plus amusant d'envisager le contraire ?

Ari goba une bouchée orangée.

— De toute façon, reprit Nick, cette idée ne va-t-elle pas à l'encontre de tes lois cardinales sur le nihilisme et la vie de bohème ?

— Comment ça ?

— Tu sais, notre opinion sur la galerie interminable de crèches que deviennent toutes les rues latérales de Manhattan. Ari, tu profites de chacun de nos déplacements en taxi pour m'expliquer que les vieux quartiers de New York sont détruits par les bacs à sable.

Ari baissa le nez dans son assiette.

— On évolue, répondit-il d'une voix posée.

Puis il changea de tactique.

— Il est évident que le gène Halfon est une forme de vie supérieure. Je suis sûr que nous tomberons d'accord pour qu'on utilise mon sperme.

Là, Nick était censé monter au créneau pour défendre le portefeuille illustre d'attributs associés au fait d'être membre à vie de la famille Brink. Pourtant, il ne dit rien. Il aurait préféré laisser tomber son visage dans le plat de lasagnes et sangloter en demandant pardon à Ari.

Cette discussion au sujet du bébé ne venait pas sur le tapis par hasard. Nick en était certain. Ari avait dû deviner que Nick le trompait. Mais, dans son esprit de partisan de la fidélité absolue, il se disait que le meilleur moyen de garder Nick serait de faire évoluer leur relation : leur problème venait du fait que leur couple stagnait, sa survie dépendait donc d'un engagement plus audacieux, plus définitif. Enfants. Mariage. Un quartier scolaire digne de ce nom au sein des collines pennsylvaniennes infestées de tiques. Pendant ce temps-là, Nick se faufilait en douce dans un *brownstone* de Bed-Stuy trois après-midi par semaine pour le seul plaisir de tomber amoureux de l'assassin de Freddy.

La faute en revenait à Ari. Nick s'en était convaincu. S'il n'avait pas insisté pour que Nick annonce en tête à tête à Clay Guillory que son argenterie n'était pas authentique, ils ne seraient jamais sortis ensemble. Mais Ari n'était pas en cause. C'était Nick. Il y voyait davantage un défaut, l'absence chez lui du gène de la fidélité, si bien qu'il se réveillait contre le corps mince et chaud d'Ari, qu'il aimait tendrement, tout en languissant de désir pour celui, brûlant, de Clay, son regard grave et ses lèvres qu'il mordillait distraitement, sourcils froncés. Rien ne réjouissait davantage Nick que de faire éclater Clay de rire malgré lui, à part l'entraîner dans l'escalier jusqu'à la petite chambre aux draps gris boulochés.

Nick aurait préféré qu'il ne s'agisse que de sexe car le désir physique avait forcément une date d'expiration. Mais le plus souvent, pendant ces cinq à sept, Nick et Clay restaient assis en bas côte à côte, bras ou jambes entrelacés, sur la carcasse d'un canapé défoncé à regarder de vieux films en noir et blanc piochés dans la vaste collection de DVD de Freddy. Ou bien Nick aidait Clay à formuler les descriptions de curiosités ayant appartenu à Freddy qu'il mettait en vente sur eBay. Un carton de têtes de mannequins ; des babouches « état neuf » ; une collection de films pornos fétichistes couches-culottes gays (« Ne juge pas Freddy ! » se récriait Clay par mesure préventive) ; un plateau de backgammon aux pions en dents de gazelle ; deux mini-grills George Foreman rose bonbon ; un blouson en jean vintage prétendument taché par Candy Darling un jour qu'elle avait vomi ; vingt enregistrements pirates de Greta Keller. Un mois avant que Nick rencontre Clay, une salle des ventes avait envoyé un camion de déménagement à l'adresse de Jefferson Avenue pour débarrasser les biens les plus précieux de Freddy. Ces adjudications avaient permis de régler près d'un an de factures d'électricité impayées, et Clay priait pour que celles de la collection d'affiches d'art de Freddy permettent de continuer d'éclairer le *brownstone* jusqu'à ce qu'il trouve un acheteur.

— Impossible de vendre un bien immobilier à son prix si l'électricité est coupée, expliqua Clay. Les visiteurs comprennent qu'on est à terre, ils portent le coup de grâce.

Nick connaissait déjà les erreurs des premières impressions. Il s'était lourdement trompé sur la fortune de Freddy van der Haar, aveuglé par sa particule. Beaucoup plus grave, il avait méjugé les rapports que Clay entretenait avec Freddy et l'argent. Une pile de courrier non décacheté de plus en plus importante s'entassait dans l'entrée du *brownstone* vétuste et la cassette du vieux répondeur téléphonique débordait de menaces de mort à répétition (à la longue, la ligne fixe fut coupée pour devenir une simple facture de plus envoyée par la poste). Parfois, alors qu'ils étaient assis sur le canapé, Nick et Clay se figeaient jusqu'à ce que cessent les coups répétés frappés à la porte.

Quand on vit et travaille avec la même personne, il est compliqué d'organiser une liaison. L'excuse que Nick servait à Ari pour justifier de partir du magasin à 16 h 20 au lieu de 18 h 15 trois après-midi par semaine était un cours de varappe fictif censé avoir lieu dans Brooklyn et qu'il prenait, disait-il, avec son vieil ami Leo. S'entraîner à l'escalade lui semblait être une idée suffisamment farfelue pour être crédible, sans compter qu'elle lui offrait une raison de ne pas avoir envie de faire l'amour avec son ami. (« Aïe ! Ne me touche pas, j'ai mal partout ! De la tête aux pieds ! ») Nick se rendait compte qu'il était hypocrite et égoïste, il n'en était pas fier, mais se sentait incapable de coucher avec Ari tout en étant l'amant de Clay. Au cours de ces mois, ce furent les seuls points qu'il marqua sur le tableau des scores de sa dignité personnelle.

— Connaissant un peu Leo, je m'étonne qu'il rempile pour une semaine de cours, s'exclama Ari un matin tandis qu'il se brossait les dents. Y aurait-il un go-go dancer au sommet de la paroi rocheuse ? Un dealer d'ecstasy ? Dis-moi, comment se fait-il que Leo escalade à tout-va ?

Nick éclata de rire en se faisant un devoir de fourrer sa tenue de sport dans son sac de gym.

— Ari ! geignit-il sur le ton faussement blessé qu'on associe à la vie de couple réussie. C'est important pour moi de voir mes vieux amis. Leo est le seul qu'il me reste depuis que je suis arrivé à New York.

Ari passa la tête hors de la salle de bains.

— Je te comprends tout à fait ! Sans compter qu'il me tarde d'admirer ta musculature de grimpeur à la villa que nous louerons cet été, en Pennsylvanie.

Chaque mot de cette réponse lui soufflait : *Je t'aime, Nick.*

Il fut pris d'accès de panique. Il s'enfermait dans les toilettes du magasin, s'asseyait sur la cuvette et pleurait en se frappant le crâne. Puis il en sortait et, ayant repris courage, partait en courses pour le travail. Il prenait une voix douce en répondant au téléphone. Il organisait le planning hebdomadaire d'Ari avec la fougue d'un adolescent jouant à un jeu vidéo. *Déjeuner lundi, 12 h 30 au Michael's avec le conservateur du musée Winterthur ; conférence téléphonique, 2 h 45, avec Bonhams*[1] *; 3 h 15, évaluation d'un coffret à cigares*

1. Maison de ventes aux enchères internationale.

galuchat et argent du XIX*e siècle*. Pendant les mois de février et mars, Nick devint un employé modèle, un petit ami modèle. Il n'empêche que, trois fois par semaine, dès que les aiguilles argentées de la pendule murale au-dessus du bureau de l'accueil se chevauchaient, il attrapait son sac de sport et se précipitait vers son monde parallèle.

Pourquoi tombait-il amoureux fou ? Avec Clay, Nick n'avait plus l'impression d'être un éternel apprenti. Enfin, ses opinions lui paraissaient dignes d'intérêt. Clay lui donnait le sentiment d'être important, d'être unique. De plus, il y parvenait sans lui offrir le moindre cadeau, sans lui dire quelle couleur lui allait le mieux. Dans le *brownstone* délabré de Jefferson Avenue, Clay l'écoutait, l'interrogeait et, lorsqu'ils n'étaient pas d'accord, il n'essayait pas à toute force de le rallier à son opinion. Par ces après-midi d'hiver qu'ils passaient étendus sur le lit de Clay, Nick recevait de plein fouet l'insoutenable réalité de sa jeunesse – non pas en herbe devant encore faire ses preuves, mais ouverte aux audaces, sans limite et assoiffée d'avenir. Plus le temps passait, plus Nick imaginait une vie sans nuage où Clay et lui parcouraient le monde ensemble, libres d'aller où bon leur semblait.

En réalité, Clay, contrairement à Nick, était pieds et poings liés. Il devait rembourser des dettes colossales même pour lui qui appartenait à une génération qui avait d'ores et déjà remis sa vie d'adulte entre les mains des banques américaines. L'endettement de Clay effarait Nick. Son montant et sa durée revenaient à être tiré dans la gueule d'un requin, saignant abondamment mais restant en vie, ramené à la surface juste assez de temps pour reprendre un bol d'air avant d'être à nouveau entraîné par le fond.

— Je ne regrette rien, dit Clay. C'était pour soigner Freddy. Tu as le droit de penser que j'ai été stupide, et sans doute est-ce vrai. Mais je ne pouvais pas l'abandonner. Si c'était à refaire, je recommencerais.

Clay trouverait du travail – deux ou trois, voire quatre emplois si nécessaire – dès qu'il aurait terminé de régler la succession de Freddy. Régler signifiait vendre. Tout serait dispersé pour diminuer la dette. Nick argua que ce *brownstone* de la seconde moitié du XIXe siècle devait à lui seul valoir une petite fortune. Bed-Stuy ne subissait plus la vague de criminalité que le quartier avait connue des décennies plus tôt. Ses rues étaient devenues bobo, très cotées, dont les habitants flanqués de leur zoo personnel sur pattes étaient désormais les figures incontournables. Malheureusement, la vente du *brownstone* couvrirait à peine les retards de traites et d'impôts que Freddy ne payait plus depuis des décennies, sans parler de ses frais d'hospitalisation et pharmaceutiques, de ses factures de cartes de crédit, de ses prêts bancaires colossaux, des avances régulières que lui avait accordées sa galerie – autant de dettes diverses et variées qui s'étaient accumulées. Le pire étant que Clay en avait contracté à titre personnel afin d'aider Freddy, et c'étaient ses créanciers qui tambourinaient le plus fort à la porte.

— Paradoxalement, la seule chose que je ne peux pas vendre est celle qui a le plus de valeur, expliqua Clay à Nick.

Il avait hérité de la part de Freddy dans un minuscule *palazzo* à Venise, dont l'autre part revenait à la sœur introuvable qui jamais n'accepterait de s'en défaire.

— Crois-moi, Freddy a essayé. Il lui avait demandé, à une époque où il était en fonds et désirait posséder tout le palais, si elle accepterait de vendre, mais elle avait repoussé son offre. Il avait fait une autre tentative quand il s'était retrouvé dans la dèche parce qu'il avait réellement besoin d'une rentrée d'argent, mais elle lui avait opposé la même réponse. Elle déteste Venise et n'est pas retournée dans cette maison depuis trente ans, mais elle la garde, je crois, par pur ressentiment.

— Au moins, il te revient quelque chose, dit Nick, préférant regarder le bon côté de la situation. La moitié d'un *palazzo*, ce n'est pas rien.

— Oh, tu parles ! J'ai beau aimer Venise, j'aurais préféré hériter d'un déchiqueteur de billets pour détruire toutes ces factures.

Lequel n'aurait pas été utile à Clay si ces derniers faux van der Haar étaient passés pour d'authentiques reliques. Auquel cas Freddy les auraient vendus à Dulles Hawkes depuis des années pour acheter des bibelots et autres babioles que Clay se ferait un plaisir d'écouler sur eBay. Il envisageait de faire fondre les contrefaçons pour vendre l'argent au poids.

Nick et Clay, torse nu, s'embrassaient sur le lit – la boucle de la ceinture de Clay froide comme de la glace sur le ventre de Nick – quand, soudain, une idée frappa Nick avec la force d'un tsunami. Il repoussa Clay et se redressa.

— Et si je les évaluais ?

Clay le regarda d'un drôle d'air.

— Que tu évalues quoi ?

— Tes faux. Si, en ma qualité de représentant de la maison Wickston, je convainquais quelqu'un qu'ils sont tout ce qu'il y a de plus authentique ? En privé. Hors du circuit des salles des ventes. Comme Dulles Hawkes les aurait vendus. Puisqu'il a pris sa retraite, il apparaîtra tout à fait logique que tu aies fait appel à un nouveau marchand.

Clay secoua la tête.

— Écoute, persista Nick. Il nous faudrait trouver quelqu'un de suffisamment riche qui ne connaisse pas Ari et ne soit pas lié au milieu de l'orfèvrerie. Qui ne vive pas à New York. Ça pourrait marcher ! C'est moi qui décroche le téléphone au magasin. C'est moi qui tape les rapports d'expertise. Si nous nous débrouillons bien, Ari ne l'apprendra jamais, l'acheteur non plus. Et tout le monde sera content.

Clay continuait de secouer la tête.

— Des centaines de faux se vendent chaque année, ils sont seulement pourvus du bon certificat d'authentification. Pourquoi n'en irait-il pas ainsi avec les tiens ?

Clay secouait la tête de plus en plus énergiquement.

— Il faudrait s'adresser à quelqu'un qui croit dans le nom van der Haar. Mon Dieu, c'est le cas de milliers de gens ! Ce serait ton salut. Tu pourrais éponger tes dettes. Rembourser ton père.

Nick savait que cet argument ferait son petit effet : la tête de Clay s'immobilisa. Mais il se demandait ce que la suite lui réserverait.

Il bondit du lit. Ramassa son sweat-shirt qui traînait par terre et l'enfila.

— Non, dit-il, les yeux fixés sur un coin de la pièce. Je me débrouillerai. On a bien déliré, mais il est temps que tu partes.

Nick se leva d'un bond et prit Clay par le bras.

— Arrête, murmura-t-il. J'essayais seulement de…

Clay se dégagea.

— Je ne veux léser personne, même pas ceux qui seraient trop bêtes pour n'y voir que du feu. Freddy l'a fait, très bien. C'était un grand enfant. Moi, je m'y refuse. Soumettre ces objets chez Wickston était une erreur. Et toi, tu ne dois pas mentir à ton petit ami pour m'aider. Tu vis avec lui, Nick. Tu sembles l'oublier.

— Non, je ne l'oublie pas.

En vérité, l'univers d'Ari et celui de Clay étaient tellement différents dans l'esprit de Nick que celui-ci ne parvenait même pas à visualiser le visage de son petit ami quand il se trouvait dans cette chambre de Bed-Stuy.

— Bon, on peut toujours rêver. C'est sûrement une idée farfelue. Mais réfléchis-y, d'accord ? Dis-toi que ça te permettrait de t'en sortir. Songe à la peine de prison qui t'attend, ces dix prochaines années, si tu ne règles pas ces dettes. De plus, si nous ciblons bien, Ari n'en saura jamais rien. Tu n'es pas un saint, Clay ! Il n'y aurait donc personne à qui tu aimerais jouer un sale tour ? Quelqu'un que Freddy aurait connu et qui aimerait posséder une partie de la collection van der Haar, sans se méfier ?

— Si je voulais emprunter cette voie, je n'aurais pas besoin de toi. Freddy connaissait pas mal de monde qui fréquentait le grand banditisme. Notamment, un trafiquant du milieu, à Paris, qui pourrait fabriquer tous les faux nécessaires pour écouler ces pièces. Je n'ai pas besoin de ton aide, Nick. Je m'en sors toujours bien. Je…

Nick se risqua à poser la main sur son épaule.

— J'aimerais t'aider, d'accord ?

Il laissa le silence s'insinuer entre eux.

— Réfléchis-y, c'est tout ce que je te demande, ajouta-t-il.

Un après-midi de mars, ce jour où Ari était parti en voiture dans le Connecticut faire une estimation chez un collectionneur de longue date, Deirdre Halfon se présenta à la boutique.

— On déjeune ensemble ? proposa-t-elle à Nick. Je t'invite.

— Je ne peux pas. Je garde le magasin.

— Scotche une affichette sur la porte, et le tour sera joué. « Parti déjeuner, de retour à 14 heures. »

Deirdre portait un pull-over patchwork et une longue jupe en cuir, tenue dont elle aurait été choquée, et sûrement agacée, d'apprendre qu'elle était redevenue à la mode.

— Laisse-moi deviner, Ari ne veut pas de ce genre d'annonces. Il a ses petites manies.

La critique de Deirdre servait aussi à vanter les qualités du fils qu'elle avait élevé.

— Mais il ne pourra rien te reprocher si c'est sa propre mère qui le fait !

À regret, Nick alla chercher son manteau, laissant Deirdre rédiger le mot d'absence. Depuis peu, il la considérait plus comme une espionne du camp ennemi qu'une mère de substitution.

Ils partirent vers le nord, marchant dans l'Upper East Side, échangeant des remarques sur le récent délabrement urbain que l'on remarquait aux vitrines vides à partir du 70th Street puis, au contraire, sur toutes ces nouvelles boutiques de seconde zone qui avaient fleuri au-delà de 80th Street. Deirdre entraîna Nick dans un pub aux tables recouvertes de papier de boucherie blanc. Elle en désigna une, dans un coin. Pendant que Nick la suivait à travers la salle, elle lança :

— Ce restau existe depuis toujours. Jackie O. venait y déjeuner très souvent.

Tous deux commandèrent une salade Cobb, sans bacon. En mangeant, ils s'en tinrent à des sujets de conversation anodins, comme le nouveau dada de Haim, l'ornithologie et le jogging (« Attention, précisa Deirdre, j'entends par là qu'il pratique l'ornithologie pendant qu'il fait son jogging »), et les derniers excès protégés par le Deuxième Amendement. Quand il ne resta dans leurs assiettes que des restes de salade, Deirdre se livra à un jeu de regards théâtral pour surveiller l'ensemble du restaurant, comme si elle craignait qu'on les écoute, puis elle se pencha vers lui par-dessus la table.

— Ari me tuerait s'il savait ce que je vais te dire. Mais je pense qu'il te parlera avant la fin de l'été.

Nick eut une crampe d'estomac, et baissa les yeux sur son bol de salade comme s'il contemplait le vide du haut d'une falaise.

— Tu dois aimer les surprises, je ne devrais pas aborder le sujet, dit-elle tandis que les larmes lui montaient aux yeux. Tu l'aimes, Nick ? Tu aimes mon fils ?

Elle semblait bouleversée à l'idée que quelqu'un aime son fils. Ou à celle que quelqu'un puisse ne pas l'aimer. Nick sentit ses lèvres trembler et ses yeux s'embuèrent.

— Oui, je l'aime, lui assura-t-il. Je l'aime tellement, *tellement*. N'en doutez pas.

Tous deux pleuraient à présent et Deirdre fit faire à sa main un vrai parcours d'obstacles afin de contourner la salière, le poivrier, les verres à eau et les sachets roses de sucre en poudre pour serrer fort le poignet de Nick.

— Nous avons tous tellement envie que tu fasses partie de la famille !

Elle donnait l'impression de penser que les Halfon constituaient un cercle privilégié très fermé et que, pour y être admis, on devait remporter l'adhésion du groupe. Nick la pria de l'excuser. Penché au-dessus de la cuvette des W-C. dans les toilettes pour hommes, il vomit sa salade.

Comment cela avait-il pu arriver ? Nick faisait des projets d'avenir dans deux mondes très différents. Sur les trois bungalows disponibles en Pennsylvanie, Ari en avait choisi un pour sa location estivale.

— Nous l'aurons du 1er mai au Labor Day. Je n'arrive pas à croire que je dise un truc pareil – ça fait très bobo, en deviendrais-je un ? –, mais tout dépend du genre de piscine dont nous voulons disposer. Eau salée, revêtement ardoise, coque plastique en forme de haricot avec plongeoir.

Le bambin de l'appartement du dessus grandissait à vitesse grand V, prenant un nombre de kilos indécent si l'on devait se fier au son de ses pas pesants qui, constamment, sillonnaient leur plafond. Ces bruits lourdauds, pires que ceux de talons aiguilles, couvraient la symphonie matinale répercutée par les conduits d'aération que Nick aimait tant écouter.

— De plus, Nick, cet automne, tu m'accompagneras lors de certaines estimations. Nous embaucherons quelqu'un pour rester à l'accueil et tu travailleras directement avec moi. Il est temps que tu prennes des responsabilités, sinon tu finiras par t'ennuyer.

Clay, sur l'autre rive de l'Hudson, avait choisi la cible de leur arnaque, un milliardaire américain méprisable vivant à Venise qui faisait une fixette flippante sur le nom des van der Haar. Il était connu pour vouloir acheter l'argenterie de Freddy.

— Je ne supporte pas ce gros con. Mais tu pourras dormir tranquille, Nicky, en sachant que ces faux le combleront de joie.

Le plan vénitien mutait comme un virus – Nick ne devait plus rédiger un faux rapport d'expertise sur le papier à en-tête Wickston ; ni appeler au débotté Richard Forsyth West pour lui soumettre cinq fabuleuses antiquités du XVIIIe siècle ayant appartenu aux van der Haar ; il lui suffirait de louer une chambre au Dormitorio, de repérer les trésors que contenait ce palais et... Non, oublier cela, trop compliqué, trop de coïncidences. Venise était une petite ville. Nick pourrait faire la connaissance de West soi-disant par hasard sur un vaporetto, lui laisser sa carte puis, au moment opportun, lui prodiguer de bons conseils à titre amical. Nick eut le sentiment que Clay, à dessein, minimisait son rôle pour lui épargner toute responsabilité.

— D'ailleurs, ce n'est même pas la peine que tu viennes à Venise, assura Clay. Il te suffira de parler à West par téléphone. Ou sur Skype. Ta petite gueule d'ange devrait le faire craquer.

— Je veux venir ! réagit Nick. Je te l'ai dit, je ne peux pas rester avec Ari. C'est terminé. Prends l'avion pour Venise, et je te rejoindrai là-bas quelques jours plus tard. C'est notre plan, pas le tien. J'espère que tu tiendras le choc en me voyant débarquer !

Ils montèrent au deuxième étage, dans la chambre, où ils se déshabillèrent. Clay s'allongea sur le dos puis, une fois en érection, enfila un préservatif. Il veillait à se protéger : capote en cas de pénétration, petit comprimé bleu chaque matin pour réduire presque à zéro la possibilité de contamination par le virus du sida. Nick, lui aussi, aurait voulu pouvoir prendre ce petit comprimé bleu – mince, il rêverait de se balader avec des préservatifs dans son portefeuille. Mais ces protections étaient superflues pour les couples fidèles destinés à rester ensemble toute la vie. Dans la logique folle du monde actuel, les personnes vivant une relation exclusive seraient les plus susceptibles de contracter une MST, alors que celles aux mœurs plus dissolues s'en sortaient sans mal. Nick enfourcha Clay et fit gonfler ses biceps car Clay lui avait dit que ça l'excitait de voir le tracé en toile d'araignée de ses veines bleutées sous sa peau. Nick s'accorda le temps d'apprécier la manière dont le cou de Clay glissait vers une symphonie de muscles, son ventre imberbe et le nœud saillant rosâtre de son nombril. Nick mit du lubrifiant puis attendit de recevoir Clay en lui. Clay nicha sa tête dans le creux de l'oreiller, comme s'il se préparait à entreprendre un long voyage. Abaissant le regard sur lui, Nick éprouva un élan d'amour qu'il n'osa pas nommer de crainte de le détruire. Sans compter que, au-delà de ce sentiment, il en flottait d'autres tout aussi volatils : celui de reconquérir sa jeunesse, d'avoir vingt-cinq ans, et que le monde lui-même retrouve son authenticité, sa rotondité, son éternité.

— Je préfère celle avec la piscine en ardoise, répondit Nick à Ari ce soir-là. Je déteste les formes haricot. De plus, celle-là domine un champ d'orge qui sera très joli en été.

Ari avait emmené Nick dans son bar préféré de Morningside Heights où d'irréductibles chanteurs d'opéra amateurs massacraient des arias. Pour l'heure, une femme d'un certain âge au crâne rasé, les épaules enveloppées d'une étole, ne parvenait pas à captiver l'auditoire par son interprétation d'un air de *Così fan tutte*.

— Oh, c'est aussi ma préférée, s'écria Ari, les yeux remplis d'enthousiasme. Cette villa sera idéale pour nous. D'ailleurs, le propriétaire souhaite la vendre. Si nous nous y plaisons, nous essaierons de le convaincre de déduire du prix le montant de la location estivale. Le terrain fait vingt hectares, et c'est un excellent secteur scolaire.

— Minute ! Arrête ! S'il a mis sa maison en vente, dois-je comprendre qu'elle n'est pas meublée ? Je n'ai pas envie de passer la plus grande partie du mois de mai à courir les magasins pour acheter du mobilier.

Nick était parfaitement conscient de ce que, dans son autre vie, il serait, en mai, bien loin de la campagne pennsylvanienne – selon le plan, soit il se trouverait à Venise en train de mettre la dernière main à leur arnaque, soit Clay et lui vadrouilleraient en Europe, pécule en poche. Mais ce monde-là était si déconnecté de celui dans lequel il vivait avec Ari dans ce bar lyrique de l'Upper West Side qu'il ne voyait pas où était la contradiction.

Ari le caressa dans le dos. Nick comprit alors que ce qui nourrissait encore son affection pour lui n'était plus la soif inextinguible d'un amour naissant, mais plutôt l'assurance constante et tacite d'être aimé – et peut-être ce sentiment-là était-il infiniment plus précieux que l'autre. Nick dévisagea son petit ami qui sirotait sa bière tandis que la voix de la chanteuse grimpait dans les aigus vers une note qui lui resterait aussi inaccessible que la lune. Ari, si généreux, si confiant, qui lui avait donné un toit, un travail, une formation. Nick savait qu'il ne serait jamais capable de tirer la balle de l'abandon dans ce front. Il ne le pourrait pas – cela reviendrait à se suicider.

— Tu es au bord des larmes, murmura Ari. Ne les retiens pas. Laisse-toi aller, cette pauvre dame chante avec ses tripes. Elle n'aurait pas perdu sa soirée si elle te voyait pleurer.

Mais le temps finit par lui forcer la main, réglé sur le tic-tac de la pendulette murale en argent de chez Wickston. Clay avait raconté à Nick que, à Venise, l'horloge de nombreux bâtiments publics n'avait plus d'aiguilles : l'armée napoléonienne avait fait fondre le plus de métaux précieux possible. Si la plupart de ces excès avaient été restaurés – Clay convoqua l'image des quatre chevaux de bronze de la place Saint-Marc –, retrouver l'heure exacte n'avait pas été d'une importance capitale pour les Italiens. Mais, à New York, le temps comptait. En fait, Nick avait acheté un billet d'avion sur lequel était imprimée une date précise : un aller simple en classe économique pour Venise le 4 avril au soir. Non remboursable. Nick avait pris sa décision : il devait tout dire à Ari. Ce qui ne l'empêchait pas de se rendre au travail chaque matin et de faire mille sourires sans que jamais il n'en parle. Au contraire, il allait et venait sur le parquet, écartant les pieds ou pivotant sur les talons pour discuter de l'emplacement de son futur bureau. Entre-temps, Clay avait trouvé un acheteur pour le *brownstone* de Freddy. C'était le dernier obstacle avant leur arnaque vénitienne. Une partie de Nick avait prié le ciel que cette vente ne se fasse jamais.

Fin mars, Nick ne pouvait plus continuer à faire comme si de rien n'était et devait braquer un bon coup s'il ne voulait pas basculer dans le vide. Ce soir-là, Ari et lui avaient travaillé plus tard que d'habitude à la boutique, inventoriant une série de pièces d'argenterie guatémaltèques rares qu'Ari avait décidé de vendre et enveloppant dans du papier de soie une collection d'or précolombien qu'il ne désirait pas écouler car il estimait que cela dépassait sa compétence. Tandis qu'ils se rendaient en Uber au restaurant de sushis qui se trouvait non loin de chez eux, Nick avait conscience de ce que, au même moment, Clay traversait le ciel à plus de dix mille mètres d'altitude, au-dessus de l'océan Atlantique à destination de Venise, sa valise pleine de fausse argenterie coloniale américaine du XVIIIe siècle. D'un certain côté, Nick était à l'origine de tout ce stratagème.

Le ciel se violaçait à leur arrivée au restaurant, et il faisait nuit quand ils en repartirent. Ils remontèrent Broadway Avenue en silence, traversant les dalles du trottoir sur lesquelles la poussière scintillait comme du diamant. Ari s'arrêta au coin de la rue pour donner quelques pièces à un clochard à moitié ivre et indifférent au sang qui coulait d'une de ses tennis. Ari avait pour habitude d'offrir sa menue monnaie de la journée à l'un des SDF du quartier. S'il pouvait prendre plaisir à assister à l'étalage de vraies cruautés new-yorkaises, lui-même n'en faisait jamais preuve.

Ils tournèrent dans 104th Street, marchant vers l'Hudson. C'était maintenant ou jamais. Nick devait parler… là… ou là… ou là. Il laisserait les mots jaillir de sa bouche, trois ou quatre, pas plus, qui précipiteraient les choses et suffiraient pour tout dire. Mais chaque pas qu'ils faisaient offrait la promesse d'un pas de plus, puis d'un autre que Nick pouvait bien faire avant de dévaster le monde d'Ari. Il parcourut toute la rue, prisonnier de sa peur. Il ne savait pas comment présenter la chose. Il lui serait plus facile d'abandonner les soixante prochaines années de sa vie à Ari que de l'anéantir fût-ce un instant. Nick avait déjà connu ces grands moments de silence, quand il vivait dans l'Ohio. Il savait les gérer.

Tandis qu'ils traversaient West End Avenue, il envisagea tout bonnement de ne rien dire. Il pourrait ne pas s'envoler pour Venise quatre jours plus tard. Clay comprendrait. Il devait bien se douter que Nick ne pouvait pas sacrifier tout ce qu'il avait construit avec Ari. En fait, Clay devait déjà pressentir qu'il ne le rejoindrait pas. Pour autant, Nick contacterait Richard Forsyth West par Skype et négocierait la vente de manière à aider Clay sans ternir la réputation de Wickston. S'il se taisait, il pourrait passer l'été à la campagne, en Pennsylvanie, élever un enfant qui ressemblerait un peu à Ari, faire du jogging en s'adonnant à l'ornithologie sans oublier de perdre son temps, une fois par mois, en boîte avec Leo. Cette manière de vivre n'était pas si mal que ça. Elle était toujours mieux qu'il ne l'aurait rêvé. Il avait à peine vingt-cinq ans, n'était encore qu'un gamin en vérité et son aventure avec Clay pouvait être mise sur le compte d'une erreur de jeunesse. Ari lui demanderait s'il voulait l'épouser au bord de la piscine en ardoise donnant sur le champ d'orge, il lui répondrait oui, puis s'en tiendrait là pour la vie.

Quand ils s'engagèrent dans Riverside Drive, Ari sortit les clefs de sa poche. De l'autre côté de la chaussée, le parc bruissait de vagues mouvements. Une autre idée traversa l'esprit de Nick. Un agresseur pourrait surgir devant eux, agiter un pistolet et exiger qu'ils lui remettent leur portefeuille. Nick ferait un geste brusque et l'homme lui tirerait une balle dans le cœur. Ce serait encore le meilleur moyen d'en finir. Mais New York n'était plus malfamée et ses habitants ne pouvaient plus compter qu'on les détrousse quand ils rentraient chez eux à pied.

— Nous devrions acheter une voiture, dit Ari en glissant la clef dans la serrure de la porte sécurisée.

— Oh, arrête, où la garerions-nous ? répondit Nick pendant qu'ils traversaient le hall d'entrée.

L'ascenseur les déposa au cinquième étage, puis Ari fit tourner le verrou de leur appartement. Une fois qu'ils furent entrés, Nick ne se retourna pas pour le fermer.

Au salon, Ari posa le saphir sur le sillon d'un disque de Schubert. Les baffles diffusèrent une mélodie triste, lente. C'était la Sonate pour piano en si bémol majeur, D 960. Nick la connaissait par cœur.

Ari goba un losange nicotinique puis s'assit sur le canapé, bras tendus sur le dossier. Nick restait immobile dans l'entrée. Il lui suffisait de se taire et de se persuader qu'il était heureux. De s'asseoir et d'écouter ces notes de musique. Tout son avenir n'exigeait de lui que faire quelques pas de plus. Dans un an, il pourrait se tenir à cet endroit même en qualité d'époux et de père.

— Quelque chose ne va pas ? s'enquit Ari en le regardant fixement. Pourquoi restes-tu planté là ?

Nick ferma les yeux et appela Ari. Son prénom retentit sous forme de deux syllabes distendues, toute la vie de Nick coincée dans sa gorge.

— Ari, il faut que je te dise un truc. S'il te plaît, écoute-moi.

Maintenant que Nick avait donné son évaluation bidon, il ne lui restait plus qu'une chose à faire à Venise : attendre. Le lendemain matin, West fit parvenir à Clay une offre de sept cent cinquante mille dollars pour toute sa collection. *Quel enfoiré !* répondit Nick lorsque Clay lui apprit la nouvelle par texto.

> Je lui avais dit de t'en proposer 800 mille. Voire de pousser jusqu'à 900 et regarde-moi ça !

Mais Clay se dégonfla à la perspective de négocier avec un requin des affaires. Il se dit que sept cent cinquante mille dollars représentaient déjà cent cinquante mille de plus qu'il ne l'avait espéré, et accepta sans marchander.

Il faudrait attendre quatre jours pour que le virement soit effectué sur le compte de Clay. Période durant laquelle il était toujours possible que West reprenne ses esprits et bloque le transfert. Nick et Clay tombèrent d'accord qu'il valait mieux qu'ils ne se voient pas – ne se parlent même pas par téléphone – tant que le compte ne serait pas crédité de cette somme. Il leur semblait qu'aller arroser ça ou même se retrouver dans une église leur porterait malheur.

Nick, pour autant, ne se reposa pas sur ses lauriers. Il se lança dans des préparatifs, dans l'espoir de convaincre Clay d'adhérer à son nouveau plan, qu'il trouvait génial. Il acheta un nettoyant pour argenterie et fit envelopper le flacon dans du papier de soie, comme du champagne, pour l'offrir à West la prochaine fois qu'ils se verraient. Il envoya à Eva un florilège de textos drolatiques auxquels elle répondait par des mots d'esprit ou des séries d'émoticônes obscènes. Nick aurait peut-être besoin d'elle pour réussir son plan. Au matin du troisième jour, il lui adressa le message suivant :

> Mon client de Milan est retenu à Genève, du coup il se peut que je reste ici un peu plus longtemps que prévu. Je suis désolé de vous faire courir le risque de me revoir.

Eva répondit par l'émoticône représentant deux mains jointes en prière.

Nick était sûr d'avoir conquis Daniela depuis son arrivée. S'il existait un domaine dans lequel il excellait depuis qu'il habitait New York, c'était celui d'être un colocataire modèle. Il sentait si sa présence était appréciée – quand, par exemple, il mettait son talent de grand échalas à son service en attrapant tel ou tel ustensile de cuisine sur une étagère en hauteur – ou s'il devait se faire discret. La tâche ménagère de Nick consistait à récurer la salle de bains et à y passer la serpillière comme s'il nettoyait une scène de crime. Lorsqu'il informa Daniela qu'il resterait une huitaine de jours de plus (« Si cela ne te dérange pas, évidemment »), elle fit simplement oui de la tête pour lui signifier son accord et lui rappela sa promesse de l'inviter à dîner en ville.

Nick se promena dans Venise, lisant les annonces affichées dans les vitrines des agents immobiliers. Il prit rendez-vous avec l'un des plus en vue, prétextant avoir hérité d'un appartement situé près de la place Saint-Marc, qu'il comptait mettre en vente. S'agissait-il d'une opération compliquée ? Comment devait-il s'y prendre pour la réaliser au plus vite ?

— Ça peut être très long. Mais, si nous trouvons un acheteur qui a un coup de cœur, vous n'en reviendrez pas de voir à quelle rapidité cela peut se faire, lui certifia le professionnel avec un sourire engageant. Beaucoup de visiteurs fortunés tombent sous les sortilèges de Venise. Les autorités municipales ont trouvé, comment dire, « opportun » de verrouiller la vente avant qu'ils ne changent d'avis. Ce revirement a souvent lieu à l'aéroport. Nous faisons en sorte de les faire signer avant leur départ.

Un après-midi, Nick, traversant le Campo Santa Margherita, avisa des étudiants qui accrochaient un drap blanc en travers d'un balcon à un premier étage. Les mots *No grandi navi* y étaient peints en rouge par-dessus l'image d'un bateau de croisière. Une étudiante aux cheveux roses distribuait des prospectus annonçant une prochaine manifestation contre le développement de Mestre. Nick regagna l'appartement de la Calle Degolin où Daniela, dans le jardin, s'entraînait sur son rameur. Il se demanda si, pendant ses moments de sport à domicile, il valait mieux passer inaperçu. Daniela portait un jogging gris à bandes vertes. Elle allait et venait à un rythme endiablé, mais son visage était incliné sur le côté et son regard lointain comme si la lecture d'un livre la plongeait dans des pensées abyssales. Cette impression devait venir du fait qu'elle avait retiré ses lunettes. Le va-et-vient régulier du siège coulissant créait un souffle qui faisait frémir les pages d'un journal posé sur la table du jardin. Nick prit le risque de s'asseoir. Mais il demeura sur le bord de la chaise, prêt à déguerpir au premier signe d'agacement.

— Pas-pos-si-ble ! gémit Daniela en glissant vers l'avant.

Nick s'apprêtait à s'excuser quand, lorsque le mouvement se répéta, elle ajouta :

— Cette histoire dans le journal.

Nick baissa les yeux sur l'article écrit en italien qui n'avait aucun sens pour lui, illustré par la photographie d'un site de construction sur la côte. Les structures en béton inachevées lui faisaient penser à des mausolées ou à des morceaux de sucre. Il les reconnut pour les avoir vues sur le flyer de la contestataire.

— Grâce à notre petit maire…, souffla Daniela au gré des ellipses que lui imposaient ses retours en arrière, ils vont bâtir une mini-ville de chambres d'hôtel bas de gamme à Mestre… des milliers de lits pour autant de touristes en plus… Tout ça pour qui ? À part notre petit maire qui s'est rempli les poches pour avoir donné son accord à ces projets… Tout ça pour la ville de Mestre… mais tous ces touristes sup-plé-men-tai-res ne vont pas venir ici pour visiter Mestre… Ils prendront le train pour la journée afin d'envahir Venise… Tout ce qu'ils réussissent à faire, c'est baguenauder à droite à gauche et boucher les canalisations…

Nick en conclut que Daniela était réellement obsédée par les toilettes.

— Autrement dit, encore plus de monde, toujours plus de boutiques de masques de carnaval et adieu les services que sont en droit d'attendre les Vénitiens pour la vie quotidienne… Plus de dentistes, plus de teinturiers, plus de bouchers... Comment fait-on pour vivre dans une ville irréelle ?... Nous, les Vénitiens, sommes une espèce en voie d'extinction !... Et, pendant ce temps-là, ces promoteurs immobiliers étrangers et anonymes qui ne révèlent pas leur nom par crainte de représailles, s'enrichissent sur notre propre mort.

Nick regrettait de ne pouvoir la présenter à Richard West. Les prophéties apocalyptiques qu'ils partageaient sur Venise en auraient sûrement fait des compagnons d'armes.

Daniela, arrêtant de glisser, tendit la main vers sa serviette. Nick attendit sans rien dire, espérant qu'une minute de silence équivaudrait à une période de deuil suffisamment respectueuse pour la ville avant de changer de sujet. S'il avait interrompu l'entraînement de Daniela, c'était dans le but de glaner des renseignements qui pourraient lui être utiles.

Daniela se tamponnait les joues.

— Benny arrive de Shanghai dans quelques jours. Tu vas l'adorer. Porte son manteau que je t'ai donné, d'accord ?

Nick approuva de la tête, se gardant d'évoquer le dommage qu'il lui avait fait subir. Mais effectivement, quand il repensait au point plus général soulevé par Daniela, il lui avait fallu plus d'une heure pour trouver un couturier pour réparer la manche. Ce faisant, il était passé devant une centaine de boutiques de souvenirs.

— Une chose m'intriguait..., commença-t-il. Je voulais te demander quelque chose sur quelqu'un.

— Une chose t'intriguait ? Du moment qu'elle ne t'intrigue plus !

— Ha ! Non. Elle m'intrigue toujours. C'est au sujet de la sœur de Freddy. Cecilia van der...

— Sa sœur *aînée*, souligna Daniela, comme si ce détail était tout ce que Nick avait besoin de savoir.

— Clay m'a dit qu'ils ne se voyaient plus depuis très longtemps.

Il allait à la pêche aux renseignements, mais Daniela ne mordit pas à l'hameçon.

— Qu'ils ne s'entendaient pas, poursuivit-il, et que personne ne sait où cette Cecilia se trouve actuellement.

Daniela plia la serviette avec précaution, comme si ces gestes renfermaient l'énoncé d'une réponse rigoureusement exacte. Mais, quand elle en eut terminé, elle la jeta par terre.

— Cette femme est un monstre ! s'écria-t-elle. Une horreur pure. Freddy la haïssait. Sa sœur et lui étaient des ennemis jurés. Clay m'a raconté que sa seule réaction à la mort de Freddy avait été de faire envoyer un mot par son notaire. Je suis surprise qu'elle ait fait cet effort.

— Où est-elle...

— Les chevaux ! hurla Daniela.

Saisissant la poignée du rameur, elle la brandit telle une skieuse nautique furax.

— Voilà tout ce qui compte pour elle. Je suis bien placée pour dire qu'il faut croire dur comme fer en ses obsessions, mais Cecilia n'avait qu'une chose en tête depuis toute petite. Les chevaux. Elle faisait du saut d'obstacles et... oh, tu sais, comment dit-on déjà... – ses pieds dansèrent sur le sol – du dressage. La voltige ! En un mot comme en cent, Cecilia a grandi dans une écurie. Freddy a toujours dit que c'était à cause d'elle que leurs parents ont fini ruinés. Il faut voir les sommes que, à onze ans, cette petite peste leur a fait claquer en demi-sang andalous et néerlandais. Franchement, tu imagines Freddy sur un cheval ?

Nick ne s'y risqua pas. Cela faisait des mois qu'il manipulait certains de ses objets personnels, mais il avait toujours du mal à imaginer le physique de cet homme.

— Il a toujours été un citadin, reprit Daniela. Né avec une cuillère en argent dans la bouche. Donc, je ne te dis pas la guerre fratricide.

Nick revint à la charge.

— Où vit-elle... ?

— Elle désapprouvait le mode de vie de son frère. C'était ainsi qu'on appelait la chose à l'époque. Un « mode de vie ». Comme on dirait un « mode de livraison ». Comme si préférer les garçons, faire de l'art et mener une existence foncièrement libre équivalait à choisir la tapisserie du canapé de son salon. « Oh, Freddy nous aura tout fait. Oh, Freddy salit la réputation de la famille. Oh, Freddy est un dépravé de la pire espèce. » Oh, il aura élevé la dépravation de la pire espèce au rang d'art, crois-moi. En revanche, la petite Cecilia van der Haar, avec ses cheveux bruns frisés qui lui descendaient jusqu'aux fesses, ne salissait certainement pas la réputation des van der Haar en claquant la fortune familiale pour nourrir et dresser son écurie.

Daniela laissa tomber la poignée du rameur.

— Je suis ravie que Clay ne l'ait jamais rencontrée. Encore heureux que, pour une fois, elle n'ait pas causé plus de tort et ait décidé de garder ses distances. Je suis sûre que si elle avait trouvé Clay installé dans le *brownstone* de Freddy... Étant donné son état d'esprit raciste, élitiste, jamais elle ne l'aurait accepté.

Nick renonça à réitérer sa question, supposant que « Où vit-elle ? » fonctionnait comme un mot de passe ouvrant sur une digression. À défaut, il demanda :

— Tu l'as déjà rencontrée ?

— Une fois ! Quand elle est venue à Venise. Qu'elle déteste, évidemment. Nous n'avons pas de chevaux. De plus, les noms poussiéreux des vieilles familles ne nous impressionnent pas, or c'est bien la seule chose qu'elle ait pour elle. Mais oui, la petite Cecilia van der Haar nous a fait, une fois, l'honneur de sa visite. Ce devait être vers la fin des années 80. Elle était accompagnée de son nouvel époux et, naturellement, ils étaient descendus à l'hôtel parce que le Dormitorio, déjà à l'époque, était beaucoup trop en ruines à son goût. Freddy, pour une fois, avait hâte de revoir sa sœur. Il voulait se réconcilier avec elle. Il était en période sèche, il avait décroché de l'héroïne. *Ahh !* Oui, ce cheval-là, Freddy le montait à l'époque. Mais, lorsque sa sœur est arrivée à Venise, il ne planait pas.

Daniela, bouche entrouverte, fit mine de s'assoupir.

— Il a tout essayé pour faire la paix avec Cecilia. Mais elle n'a rien voulu entendre ! À peine était-elle descendue du vaporetto qu'elle l'insultait. Elle l'a traité de tarlouze, de camé, elle l'a humilié. Elle lui a fait grief d'avoir du succès avec ses photographies et a exigé qu'il prenne un pseudonyme pour qu'il ne salisse pas le nom qu'*elle* portait. Elle est allée jusqu'à lui reprocher d'avance – je le jure devant Dieu, je me trouvais dans la pièce – la honte qu'il jetterait sur leur famille si jamais il chopait le sida ! Comment peut-on menacer son frère de souffrir de la maladie qui, au même moment, emportait la plupart de ses amis ? *Comment ?* Aucune empathie, voilà comment ! Elle n'avait rien d'humain, cette femme ! Avec le recul, je crains que Freddy n'ait été déjà contaminé à l'époque. J'espérais qu'il serait épargné puisqu'il était une folle du dessus.

— Une quoi ?

Daniela pouffa de rire.

— Une folle du dessus. C'est ainsi que nous surnommions les gays passifs qui préféraient s'asseoir sur leur partenaire.

Elle agita les doigts pour souligner le caractère fatalement éphémère de l'argot d'une époque.

— Mais, vois-tu, reprit-elle, Freddy se piquait, et je suis sûre que ce sont les aiguilles qui l'ont plombé.

Daniela se tut un moment.

— Qu'est-ce que je disais, déjà ? demanda-t-elle.

— Que Cecilia était venue à Venise.

— Exact ! À la décharge de Freddy, il a encaissé la fureur de sa sœur mais ça a fini par exploser lors d'un dîner qu'elle avait organisé au palais Gritti. Son nouveau mari était plein aux as, bien sûr, et elle voulait se faire mousser devant un groupe d'aristocrates italiens. Elle avait fait dresser une table sur le toit-terrasse et tout devait correspondre à l'étiquette de la vieille école qui lui importait tant. Elle avait établi elle-même le plan de table, à savoir *homme, femme, homme, femme.* Ai-je besoin de te raconter la suite ?

Daniela recula d'un coup sec le long du rameur, comme pour permettre à Nick de voir son corps.

— Fin 80, j'étais déjà comme je suis aujourd'hui. Une vraie femme. J'en ai toujours été une, d'ailleurs. Mais la petite Cecilia van der Haar s'arrangeait pour planter une épine dans le pied de Freddy à la moindre occasion, et elle m'a fait asseoir entre deux femmes, c'est-à-dire à la place d'un homme.

Nick fit la moue.

— La garce.

— Je crois que personne d'autre n'en a fait cas. Mais moi, oui, et Freddy aussi, évidemment. Il s'est levé, il a traité sa sœur de pétasse, a répété le mot en italien, et il est parti en trombe. Freddy et sa sœur ne se sont plus jamais reparlé.

Daniela désigna une bouteille d'eau minérale sous la table. Nick la prit et la lui tendit. Profitant de ce qu'elle buvait, il se risqua à revenir au sujet qui le préoccupait.

— Où est-elle maintenant ?

Daniela haussa les épaules.

— Aucune idée ! Elle s'est remariée deux autres fois. Avec des hommes riches pouvant financer ses caprices équestres. Aux dernières nouvelles, elle vivait au Brésil. Ou était-ce en Argentine ? Bref, dans un haras quelque part en Amérique du Sud.

— Son nom figure toujours sur le titre de propriété du Dormitorio au côté de celui de Clay.

Daniela sourit.

— Je vois là l'ultime vengeance de Freddy. Ne pas permettre à Cecilia de mettre la main sur son précieux refuge vénitien. Freddy a dû adorer l'idée que sa sœur le partage avec un jeune gay noir du Bronx. Mais ça n'a aucune importance. Elle déteste Venise.

Nick, levant les yeux, remarqua la présence d'un homme sur une terrasse en hauteur. Il fumait une cigarette.

— Ton voisin nous observe, chuchota-t-il.

Daniela redressa la tête et salua l'homme en italien.

— C'est lui le Turc qui s'est pointé un beau jour avec le titre de propriété de l'immeuble ?

Même sans lunettes, Daniela parvint à regarder Nick d'un air soupçonneux.

— Je t'ai entendu le dire à Clay le jour de mon arrivée.

Daniela eut un sourire blasé.

— Non, lui, c'est le *Signor* Breghetto. Jusqu'à récemment, il croyait que sa famille possédait cet immeuble depuis des siècles.

— Il ne peut pas porter plainte pour prouver sa bonne foi ?

Elle secoua la tête.

— Mon nouveau propriétaire turc est un escroc de première. Sa seule erreur est d'avoir choisi de s'installer à Venise. Aucun doute qu'il possède cet immeuble. Mais je ne donne pas cher de sa peau.

12

Les jours d'accalmie, un vaporetto peut serpenter au gré des flots au rythme lent d'une parade navale. Les touristes complètent le tableau, saluant les passants de la main. Cet après-midi-là, tandis que le bateau-bus filait dans la lagune, secoué par les vagues et les bourrasques de pluie, les passagers, à l'intérieur de la cabine, avaient l'impression d'être sur une pierre qui faisait des ricochets sur l'eau avant de couler.

Clay avait déjà mâché trois pastilles roses de *mal di stomaco*, mais son ventre gargouillait toujours. L'eau agitée de la lagune ne l'aidait en rien, pas plus que les vibrations du moteur du bateau surchargé, si fortes qu'il en claquait presque des dents. Malgré tout, il se sentait heureux. Plus heureux qu'il ne l'avait été depuis très longtemps et, cela, grâce à Nick. Il regarda par la vitre tandis qu'ils passaient devant San Michele. Des bourgeons printaniers s'accrochaient aux branches des arbres visibles au-dessus des murs du cimetière. Clay se dit qu'il enverrait à son père un mandat de cent vingt mille dollars pour rembourser sa dette, ce qui devrait enfin mettre un terme à leur brouille qui n'avait que trop duré. Les sept cent cinquante mille dollars de West avaient atterri sur son compte le matin même. Pour la première fois depuis des années, il pouvait regarder son avenir en face et discerner des points positifs par-delà les barreaux de prison de ses dettes.

Même le mauvais temps de ce jour-là était son allié : avec cette pluie, il était peu probable que Nick et lui croisent l'une de ses connaissances à Murano. Certes, l'argent était entre leurs mains, mais ils devaient encore préserver leur secret tant qu'ils n'auraient pas quitté la ville. C'est pourquoi Clay avait pris le vaporetto de la ligne 4.2 qui le déposerait de l'autre côté de la lagune, loin, sur leur lieu de rendez-vous. Aucun Vénitien ne se rendait à Murano pendant l'orage. Seuls des touristes purs et durs, ruisselants d'eau, s'y entassaient.

Nick et lui pourraient partir dans le Sud dès le lendemain. Ils loueraient une chambre à Palerme, regarderaient les pêcheurs détacher les thons de leurs filets sur l'île de Favignana. Était-il trop tôt dans l'année pour se baigner à Pantelleria ? Oui, mais plus pour longtemps. Et puis, ils pouvaient envisager une autre destination en Europe : au Portugal, en Finlande, et il avait toujours eu envie de découvrir Copenhague. Tout cela leur tendait les bras. Nick était l'étoile polaire de son avenir. Il n'en demandait pas davantage.

Plus tôt dans la matinée, Clay s'était rendu seul aux Gallerie dell'Accademia, ainsi qu'il le faisait une fois par semaine quand il vivait à Venise comme stagiaire. Pendant une bonne heure, il était resté assis sur le banc devant sa toile préférée, une immense scène de repas signée Véronèse. Ce n'était pas tant à elle qu'il rendait visite, mais à lui. À l'un des personnages, un jeune Noir en tenue rose et blanc qui gravissait l'escalier dans le coin inférieur gauche de la toile. Plusieurs Noirs figuraient dans ce banquet vénitien du XVIe siècle – des serviteurs, surtout, comme les Maures dans la chambre de Richard West, ou des émissaires enturbannés. Cependant, le personnage préféré de Clay ne faisait pas partie de ces figures attendues. Sa silhouette le touchait, autant que les apparitions d'hommes ou de femmes noirs chaque fois qu'ils traversaient l'écran de la télévision dans sa jeunesse, le plus souvent au second plan derrière les rôles principaux tenus par les vedettes blanches qui, elles, ne sortaient jamais du champ.

Le Repas chez Lévi de Véronèse faisait partie des trésors du musée, mais Clay doutait qu'un autre visiteur soit jamais resté devant ce tableau aussi longtemps que lui. Il ne parvenait pas à mettre le doigt sur ce qui le fascinait tant chez ce jeune homme. Il ressemblait un peu à son cousin Gad que « la rue avait pris », comme lui disait sa tante quand il était petit. (Clay se demandait souvent si le fait qu'il soit gay ne l'aurait pas épargné – en l'empêchant de passer par certaines ruelles et pénétrer dans certains immeubles. Être gay lui avait peut-être sauvé la vie.) Non, ce n'était pas la ressemblance avec son cousin mort. Quelque chose dans l'expression de ce jeune homme incitait Clay à revenir le voir – son menton baissé, son regard fuyant, sa tête nue, ses sourcils haussés comme s'il mettait le visiteur au défi en lui demandant *Qu'y a-t-il ?*, se drapant dans sa dignité. Il n'était pas à sa place dans ce festin, comme s'il existait un autre lieu où il serait plus important pour lui qu'il soit. Clay passa une heure à regarder cette silhouette, heureux de lui avoir rendu visite une dernière fois avant de quitter la ville. Qui pouvait dire dans combien de temps il y reviendrait ?

Le vaporetto gémit, tel un éléphant blessé, contre le quai en béton, annonçant l'arrivée à Murano. Le bateau tangua puis s'immobilisa tandis qu'un employé prenait au lasso le point d'amarrage. Dans la cabine, les touristes se poussèrent les uns les autres vers la sortie, gesticulant pour ne pas perdre l'équilibre. C'était une drôle de façon de mettre le pied sur une île réputée pour son verre si fragile. Clay se pressa sur le quai, suivant la foule qui se dispersait le long de la ruelle bordée de boutiques de verriers. Le restaurant qu'il avait choisi se situait sur un tout petit *campo* que la plupart des touristes prenaient, à tort, pour une cour privée.

Clay rectifia sa coiffure avant d'entrer dans la trattoria, dont les fenêtres en œil-de-bœuf avaient l'épaisseur de bouteilles de soda. L'établissement était si vieux que Clay sentit une odeur de vinasse qui, depuis des décennies, imprégnait les lattes du parquet. Il avisa Nick assis à une table au fond de la salle. Il portait un pull marin qui se défaisait au col et sur sa peau s'accrochaient encore des gouttes de pluie. Nick, sexy, séduisant, arborant son sourire *Qui-ça-moi* ? Il avait appris à se servir comme d'une arme de son charme innocent du Midwest. Clay faisait trop confiance à son petit ami pour s'inquiéter de savoir s'il pourrait la manier contre lui.

— Salut, dit Clay, le cœur léger, en s'asseyant.

— Je nous ai commandé du vin.

— Parfait.

Il se pencha vers Nick et chuchota :

— Si tu savais comme j'ai envie de t'embrasser, là, tout de suite.

— Dans ce cas, pourquoi ne le fais-tu pas ?

— Nooon…, se récria Clay.

Mais, aussitôt, il se pencha par-dessus la table et plaqua ses lèvres sur celles de Nick. Cela lui semblait d'une audace inouïe de donner ce baiser dans ce lieu public et non pas dans une église plongée dans la pénombre ou à l'abri dans l'appartement de Daniela. Il se rassit, tout sourires, adoptant une pose décontractée.

— Nous avons réussi ! Merci à toi, Nicky. Je me fais l'effet d'être un homme nouveau. Tous ces ennuis du passé ne me hantent plus.

— Tu m'en vois ravi.

— C'est grâce à toi que tout a fonctionné.

Clay ouvrit sa paume sur la table, et Nick la serra dans sa main. Il était heureux, enfin, de pouvoir s'adresser à Nick sans devoir parler à mi-voix.

— Je ne te remercierai jamais assez, tu sais. Nous pouvons partir dès demain si tu veux. Choisis un endroit, puis ce sera à mon tour. Faisons comme ça, d'accord ? Que dirais-tu de...

Un serveur en smoking posa deux verres de vin rouge entre eux, chacun rempli à ras bord. S'il les avait vus s'embrasser, il paraissait s'en moquer. Tous deux aspirèrent une gorgée avant de trinquer.

— À notre fortune ! dit Clay en guise de toast.

Nick approuva de la tête, mais sans enthousiasme. Il n'avait pas l'air de quelqu'un qui venait d'entrer en possession de centaines de milliers de dollars.

— Qu'est-ce qui ne va pas ? C'est ton argent aussi.

— Tout va bien, répondit Nick.

Il dévisageait Clay qui, instinctivement, s'essuya la bouche.

— Excuse-moi, se reprit-il. Oui, nous avons réussi. Tu as obtenu ce dont tu as besoin, c'est le principal.

— Qu'est-ce qui viendrait en second ?

Nick s'esclaffa et but une gorgée.

— J'ai réfléchi, dit-il.

Il soupira à fond et reprit :

— Trois cent cinquante mille dollars après que tu auras réglé toutes tes dettes. Je sais que ça peut paraître beaucoup, mais est-ce le cas ?

Clay se rembrunit. Sa réponse était oui, mais le ton de Nick indiquait clairement qu'il devrait penser le contraire.

— En réalité, ce n'est pas tant que ça quand on songe au coût de la vie en Europe. Les voyages en avion, les hôtels et les repas. Les fringues, les accessoires de toilette et tout le reste. Les frais médicaux si nous tombons malades. Je pense que ce montant devrait nous permettre de tenir trois ou quatre ans, pas plus.

— Trois ou quatre ans, c'est déjà bien, rétorqua Clay en serrant le poing sur la table.

— Certes. Je ne dis pas le contraire. Je me demande seulement : que se passera-t-il au bout de ces trois ou quatre ans ? Toi, tu possèdes le Dormitorio, mais moi, sur quoi me rabattrai-je ?

Nick s'appuya sur ses coudes et le reste de son corps parut s'amollir sous ses épaules. Il exhala, l'air perdu.

— Clay, écoute-moi. Je n'ai pas envie de retourner à New York.

Les yeux de Nick s'embuèrent de larmes. Clay se dit que le fantôme d'Ari Halfon devait lui passer par la tête chaque fois qu'il pensait à cette ville. Il ne comprenait que trop bien la peur de repartir là-bas et que la perte d'un être cher pouvait redéfinir les frontières.

— Plus rien ne me rattache à New York, poursuivit Nick d'une voix plus forte, plus déterminée. Que dirais-tu de rester à l'étranger plus longtemps encore, tant que nous le voudrions – avec plus d'argent ? Et si nous trouvions un moyen de mettre la main sur plusieurs *millions de dollars* supplémentaires ?

Nick remit sa main sur celle de Clay qui le sentit essayer de glisser ses doigts dans son poing fermé. Il se déroba.

— Plusieurs millions de dollars, répéta-t-il d'un ton glacial. On peut savoir comment tu comptes t'y prendre pour les obtenir ?

— J'ai eu une idée. Laisse-moi te l'exposer, d'accord ?

Nick se redressa, et un sourire farouche apparut sur son visage avant qu'il ne se soumette à cette épreuve du feu.

— Nous vendons le Dormitorio à Richard West. Exactement comme nous l'avons fait pour l'argenterie, nous lui proposons d'acheter la maison à un prix ridiculement bas, ce qu'il serait fou de refuser. Nous lui donnerions l'impression qu'il abuse de ta naïveté, que tu lui proposes l'affaire du siècle. Nous savons qu'il se damnerait pour posséder tout le *palazzo* van der Haar. Il nous règle, et nous filons.

Un bref instant, le présent se dilua, laissant au passé toute latitude pour faire ce qu'il savait faire le mieux : il engloutit Clay sous des flots de culpabilité et de chagrin. Il revit Freddy à Brooklyn, si malade qu'il pouvait à peine inspirer les bouffées d'oxygène, suppliait Clay de l'étouffer avec un oreiller pour mettre un terme à ses souffrances mais, dans ses rares moments de lucidité, lui faisait jurer ne jamais se séparer du *palazzino*, au moins pas avant que Cecilia ne crève. Il ne voulait pas que sa sœur mette la main sur son paradis terrestre.

Clay choisit de se réfugier derrière la réaction qui lui parut s'imposer. Il rit.

— Tu es impayable, Nicky. Tu oublies que je ne possède pas le Dormitorio. Je n'en suis que le co-indivisaire. L'autre étant Cecilia van der Haar, et elle n'acceptera jamais de vendre. Elle me pourrirait la vie, comme elle l'a fait avec son frère. Du moins, si je parvenais à retrouver sa trace.

— Tout juste ! Elle a disparu, elle ne saura jamais que tu as vendu. Qui se soucie de savoir qu'une vieille dame de quatre-vingts ans qui possède un élevage de chevaux en Amérique du Sud est toujours propriétaire de la moitié d'un bien en Italie où elle n'a plus remis les pieds depuis trente ans ? De toute façon, elle est sans doute sénile à l'heure qu'il est !

— Dis donc, tu as vraiment pensé à tout.

Clay s'était attendu à avoir une tout autre conversation avec Nick. Le Portugal. La Finlande. La mer Tyrrhénienne là où ses flots se dissipent vers les côtes tunisiennes.

— Sauf au fait que le nom de Cecilia figure à côté du mien sur le titre de propriété. On ne peut rien y changer.

— Tu pourrais dire que tu as sa procuration.

Nick rougit. Il parut gêné d'avoir pensé à tout, jusque dans le moindre détail.

— De toute façon, reprit-il, grâce au mensonge que tu as fait à West, il croit déjà que tu es le seul propriétaire du *palazzo*. Alors, quelle importance que le nom de Cecilia figure toujours au bas d'un vieux registre vénitien ? Les van der Haar étaient des gens tête en l'air qui ne se sont jamais décidés à l'en retirer. West ne connaît pas la sœur de Freddy. Ni son caractère. Elle est trop âgée pour voyager, raison pour laquelle tu la représentes. Allez, quoi, si on lui agite sous le nez l'affaire d'une vie, tu crois vraiment qu'il s'amusera à jouer la carte de la prudence ? Pas si nous faisons en sorte que tout paraisse légal. Qu'il en vienne à penser que c'est maintenant ou jamais. Je n'ai pas encore réfléchi à tous les détails, mais si nous agissons vite…

— Non, trancha Clay. Non, Nicky. Tu deviens trop gourmand. Cela risque de nous attirer des ennuis. Contentons-nous de ce que nous avons obtenu. Écoute, même si nous trouvions le moyen de falsifier le titre de propriété, on finirait par le découvrir.

— Dans dix ans ! Vingt ans ! Voire jamais, comme ce Turc qui s'est approprié la maison où vit Daniela. Un jour, tu m'as dit que tu connaissais des gens capables de fabriquer des faux. Et si, dans plusieurs années, on le découvrait, nous serions si loin qu'on ne nous retrouverait jamais.

Nick délirait. Il confondait des salles de bal en marbre, des façades couvertes de dorures et des gondoles capitonnées de velours avec la vie réelle. Les gens perdaient la tête à Venise car il y manquait la pauvreté, la laideur et le combat au quotidien. Clay devait rappeler à Nick la dure réalité du monde.

— Et qui risquera gros si le pot aux roses est découvert ? Moi ! Je serais bon pour purger une peine de prison à vie en Italie. C'est moi qui trinquerais pour faux et usage de faux, pas toi.

Tout en disant cela, Clay se rendit compte que l'inverse était vrai concernant l'argenterie. Nick, en connaissance de cause, avait posé sa tête sur le billot, alors que Clay pouvait prétendre tout ignorer. Il reprit, d'une voix plus douce :

— Je ne peux pas vendre la maison, d'accord ? Ton idée est géniale, et je ne t'en veux pas de l'avoir eue. Mais j'ai fait une promesse à Freddy.

— Seulement celle de ne pas la laisser tomber entre les mains de sa sœur. Si nous la vendions à West, nous la court-circuiterions. Freddy ne pouvait pas penser que tu garderais cet endroit toute ta vie. Ce n'est pas un mausolée.

— Je suis désolé, Nick. Je ne peux pas le trahir. Ma réponse est non.

Nick le regarda, incrédule, comme si c'était Clay qui délirait.

— *Le trahir ?* Tu l'aimais, ça, je comprends. Mais Freddy est mort. Tu lui as tout sacrifié pendant les dernières années de sa vie. Tu as même emprunté de l'argent à ton père rien que pour lui permettre de continuer à profiter de cette maison. Tu t'es mis en quatre pour le servir. Quand Freddy cessera-t-il de te demander toujours plus ? Il est mort et il continue de le faire.

Nick leva les mains pour couper court à toute réaction.

— Je deviens trop gourmand, reprit-il d'une voix plus posée. Si j'ai accepté de t'aider pour la vente de tes faux, c'est pour te permettre d'éponger les dettes sous lesquelles tu croulais à cause de Freddy. Du coup, je ne pourrai plus jamais remettre les pieds à Venise. Je suppose que toi, tu prévois de le faire. Si tu as besoin de cette maison pour faire le deuil de Freddy, c'est toi que ça regarde. Tout ce que j'en dis, c'est que nous avons cette possibilité ici et maintenant, que cet homme riche serait prêt à acheter un bien qui est à ton nom. Quand nous retrouverons-nous dans cette position ?

Nick posa la main sur le poing fermé de Clay.

— En tout cas, reprit-il, même si nous en restons là, sache que je ne regrette pas d'avoir agi comme je l'ai fait. Tout ce que je te demande, c'est de réfléchir à cette possibilité. Pense au temps que durerait notre avenir si nous réussissions notre coup.

Clay comprit qu'il devait faire un choix : Nick ou Freddy, le vivant ou le mort, Venise ou partout ailleurs. Quelques heures plus tôt, assis sur le banc des Gallerie dell'Accademia, il avait fait ses adieux à ce jeune homme solitaire qui gravissait les marches de la loggia, celui qui, depuis cinq siècles, foudroyait du regard tous ces visiteurs qui passaient devant lui. C'était peut-être la dernière fois qu'il le voyait. Nick disait vrai. Clay pleurait ses morts depuis trop d'années, d'abord sa mère, puis Freddy. Il risquait de se laisser dévorer par son deuil le reste de sa vingtaine, puis de sa trentaine, et de finir sur une plage déserte, celle-là même que son père arpentait. Il pouvait s'en tenir là et s'accrocher à ce *palazzo* de la taille d'un placard qui ravivait son chagrin d'avoir perdu Freddy et sa haine envers West. Ou tout envoyer promener. Nick et lui pourraient partir avec quelques millions de dollars, et se glisser ensemble dans ce monde qui s'offrait à eux.

— Comment procéderions-nous ? s'enquit-il d'un air indécis.

C'était déraisonnable. Mais tout ne l'avait-il pas été jusqu'alors ?

Nick reprit sa main, l'air surpris que Clay soit d'accord avec sa proposition. Il lui fallut quelques instants pour reprendre ses esprits.

— Nous devrions le déterminer. Nous ne le ferions que si nous étions sûrs de ne pas nous faire arrêter.

— Nous devrions être très futés.

— Nous le serions, assura Nick. Nous le serons.

Puis, après un silence, il ajouta :

— Je t'aime.

Il faisait trop mauvais temps ce jour-là pour laisser l'avenir se glisser dans le présent. Volant bien au-dessus de l'archipel vénitien, un avion de la British Airways déverrouilla ses trains d'atterrissage en approchant de l'aéroport Marco Polo. À bord de cet appareil, assis dans le dernier siège côté couloir, un vieil antiquaire éméché, obèse, somnolait, le menton retombant sur son épaule. Il n'entendit pas les consignes données par le pilote, mais cela n'avait pas d'importance.

Dulles Hawkes arriva en douceur à Venise.

Deuxième partie

UN GRAIN DE SABLE DANS LES ROUAGES

13

Clay donna la mort à Freddy en automne. Il le tua le premier jour de froid d'octobre alors que le gel nocturne, que le soleil matinal était trop faible pour faire fondre, argentait la terrasse côté jardin. Clay avait toujours aimé les débuts de l'arrière-saison à New York – son printemps, ainsi qu'il le nommait, avec ses airs mélancoliques teintés d'espoir. Mais, ce jour-là, les épais doubles-rideaux vert bilieux restèrent fermés devant les fenêtres du *brownstone* et Clay ne mit le nez dehors que pour ouvrir la porte à la nouvelle infirmière venue pour les soins palliatifs. Nul autre meurtrier dans l'histoire de l'humanité ne s'était jamais donné autant de mal que lui pour permettre à sa victime de continuer à vivre. Nul autre assassin ne s'était jamais senti plus inutile, car Freddy semblait se débrouiller très bien tout seul pour mourir. Il ne s'alimentait plus depuis des semaines, et l'infirmière ne parvint pas à trouver son pouls.

— Je crois qu'il est mort, murmura-t-elle de sa voix rauque aux accents haïtiens.

Clay baissa les yeux sur le lit où le squelette fripé, jaune vif, bredouillait à propos de drogues.

— Oui, sans doute. Mais il ne peut pas s'empêcher de parler.

Lorsque Clay et Freddy s'étaient rencontrés à Venise, près de quatre ans plus tôt, ils avaient eu un coup de foudre amical l'un pour l'autre. Leur amitié avait été si évidente, si dévorante, si complémentaire, qu'ils avaient eu le sentiment de ne pas avoir besoin de la période d'essai polie pendant laquelle deux êtres apprennent à se connaître et que, dès le deuxième jour, chacun levait déjà les yeux au ciel en réaction à telle ou telle petite manie agaçante de l'autre. Clay prit conscience d'avoir rencontré bien plus qu'un petit flirt ne devant durer que le temps de son séjour à l'étranger ou qu'un allié de poids dans sa haine de Richard West. Il reconnaissait en Freddy un orphelin, comme lui, qui n'ouvrait pas son cœur à n'importe qui. Il se sentait en sécurité auprès de lui – sûr de pouvoir lui faire des confidences sans devoir se censurer. Freddy donnait l'impression contradictoire d'avoir traversé toutes les épreuves de la vie (« Je sais ce que c'est d'être fauché et de vivre à la rue sans même avoir un manteau comme oreiller ») et d'être encore fasciné par les moments de tension les plus banals qui soient (« Et après ? Que s'est-il passé quand la caissière a répondu à la cliente qu'elle n'avait plus de timbres ? »). Il parvenait à tordre le monde au point de donner le sentiment qu'on pouvait survivre aux plus grandes catastrophes ou de transformer l'incident le plus banal en bizarrerie fabuleuse. Ses côtés pénibles faisaient partie de son charme, ou du moins avait-il le courage de ne pas dissimuler sa part la plus sombre – ses siestes à n'importe quelle heure de la journée, sa mauvaise haleine de fumeur, son rire caquetant à faire vibrer les plombages de Clay et sa propension à chaparder des cendriers en passant devant la terrasse des cafés. Freddy était coriace et décomplexé, un gay né dans la même ville que Clay, à l'humour percutant qui s'imposait à Venise comme sa plus belle pièce de mobilier. Pour Clay, leur relation devint une évidence. C'était comme si, au bout de six mois passés à garder les chefs-d'œuvre accrochés dans les galeries au bord de l'eau du musée Guggenheim, il passait de spectateur à artiste.

Freddy aussi avait tout de suite dû sentir qu'ils partageaient des affinités. Quand vint le moment pour Clay de quitter sa chambre de location du Dormitorio, il lui avait aussitôt proposé de l'héberger sans présenter la chose comme une main tendue.

— Amène tes sacs de mon côté, *darling* ! Faisons simple !

Pourtant, Clay comprit que Freddy lui sauvait la mise. Les autres stagiaires qui séjournaient au *palazzino* le virent, avec stupéfaction, empaqueter ses affaires, passer sous la Madone bleue et les porter dans l'aile interdite habitée par l'héritier de la *très* vieille famille américaine. Ces deux-là restèrent à Venise jusqu'à fin décembre, fêtant le nouvel an avec Daniela puis, lors des premiers bancs de brume de janvier, prirent le chemin de la gare ferroviaire.

— Sois tranquille, dit Freddy. Nous reviendrons.

Il faisait tourner un jeu de clefs imaginaire au bout de son doigt.

— Nous reviendrons quand nous voudrons. Nous sommes les propriétaires des lieux.

— Tu en es le propriétaire, avait rectifié Clay, le cœur serré.

Freddy lui avait empoigné le bras et l'avait fixé de ses yeux gris étoilés par ses vaisseaux sanguins.

— Non, avait-il répondu. Nous deux.

Ils avaient acheté des billets de train à tarif réduit pour Paris où ils avaient occupé une chambre du Ritz réservée à l'année par un « très vieil et très cher » ami de Freddy. Clay ne tarderait pas à se rendre compte qu'un nombre étonnant de personnes faisaient partie des « très vieux et très chers amis » de Freddy, réseau mondial de personnages de l'ombre, d'artistes autrefois célèbres, de toxicomanes repentis et de militants *gender fluid* qui mettaient à sa disposition leur chambre d'amis. Au Ritz, ce « très vieil et très cher » ami était du genre chaleureux et douteux, un Français corpulent répondant au nom d'Antonin Marceau qui annonça à Clay sans ambages qu'il était l'un des plus gros fournisseurs du marché parallèle parisien.

— Je te le dis pour le cas où, un jour, tu aurais besoin de quelque chose de spécial, avait-il ajouté avec un clin d'œil charmeur. Et, par « quelque chose », j'entends tout ce que tu veux. Des documents ? Un nouveau passeport ? Chaque demande devient un défi personnel dès l'instant qu'elle émane d'un ami.

Ils étaient installés à une table basse ornée de dorures et encombrée de plats de pommes de terre cuites au four nappées de caviar noir. Après la révélation d'Antonin, les deux Libanais baraqués assis sur le canapé face au leur semblèrent ne pas seulement faire partie du décor mais plutôt ressembler à des gardes du corps ou à des escort boys. En fin de soirée, le Français s'éclipsa dans la pièce voisine pour passer des coups de fil professionnels.

— Minuit, avait-il lancé d'un air guilleret, est l'heure où tout le monde a envie de quelque chose.

Freddy s'était penché vers Clay pour lui chuchoter à l'oreille.

— Antonin n'a ni téléphone portable ni adresse e-mail ! Mais il peut faire livrer des semi-automatiques n'importe où dans les cinq minutes ! N'est-il pas extraordinaire ?

— Pourquoi aurait-on besoin d'un semi-automatique ?

Freddy avait haussé les épaules, l'air déçu.

— Clay, tu ne comprends donc pas l'intérêt de la chose ? Ne me dis pas que tu as subi un tel lavage de cerveau que tu en es arrivé à croire que tu pourras trouver tout ce qu'il te faut dans la vie dans une boutique !

De Paris, ils s'étaient rendus à Vienne, puis à Berlin, résidant chez d'autres « très vieux et très chers amis ». Freddy était accueilli comme le vestige précieux d'un monde hippie qui n'existait plus ; souvent, leurs hôtes organisaient des soirées au cours desquelles ils l'exhibaient comme un vieux tigre de zoo, une bête autrefois féroce que, désormais, les enfants pouvaient caresser sans danger. À la longue, Freddy avait fini par se lasser de tous ces tripotages et décidé que le moment était venu de rentrer à New York.

Clay avait peur de retourner dans la ville qu'il avait fuie à la mort de sa mère. Il ne se voyait pas remettre les pieds dans ce petit appartement hanté du Bronx où son père patrouillait, replié sur lui-même. Il avait dit à Freddy qu'il préférerait qu'on l'enchaîne à un arbre ici même, dans le Tiergarten.

— Je comprends, avait répondu Freddy et, pour la deuxième fois, il lui avait proposé de l'héberger.

Clay pourrait rester dans son *brownstone* de Brooklyn aussi longtemps qu'il le désirerait et, en échange, il aiderait Freddy à classer ses archives de photographies d'art. Bed-Stuy semblait suffisamment éloigné du Bronx. Le projet de Clay consistait à rentrer au pays sans revenir chez lui.

— Je ne serai pas trop dans tes jambes ? avait-il demandé afin d'en être certain.

— Tu n'as donc rien compris ? avait rétorqué Freddy en époussetant la cendre de cigarette qui venait de tomber sur sa chemise.

Ses cheveux gris plus longs que d'habitude lui donnaient un faux air de vieille petite fille. Il avait tourné la tête vers Clay en un mouvement d'oiseau au long bec.

— Dans mes jambes, c'est justement là que je veux que tu sois.

Ce *brownstone* du XIXe siècle, situé sur Jefferson Avenue, appartenait à Freddy depuis le début des années 90. Il l'avait acheté pendant l'une de ses rares périodes fastes au cours de sa longue et erratique carrière artistique. « Teinte de vingt-huit hivers à Brooklyn » était l'expression la mieux choisie pour décrire la couleur de sa façade, encore que Clay trouvât qu'elle commençait à pencher vers « escargot pourri ». Son intérieur faisait passer le Dormitorio pour un centre thermal bas de gamme. Les couloirs étaient de véritables sentiers de randonnée. Les couvertures dissimulaient tantôt une flopée de verres à whisky n'ayant plus été lavés depuis 2003, tantôt le corps d'un ami âgé endormi qui était passé leur rendre visite et ne se décidait pas à repartir. Freddy avait pour manie de collectionner, et pas seulement les soirs où, ne trouvant pas le sommeil, il traquait les bons coups à faire dans les salles des ventes en ligne ou sur eBay ; une simple balade jusqu'au coin de la rue pour acheter des cigarettes pouvait déboucher sur la rencontre avec un objet du désir qu'il réussissait à entraîner sur le balcon.

Clay aurait dû mesurer les difficultés financières de Freddy van der Haar dès l'instant où il avait mis le pied dans le *brownstone* au terme de leur trajet en métro depuis l'aéroport. Aucun interrupteur ne fonctionnait. Mais, comme tout le monde, il était fasciné par l'aura du nom van der Haar. Une grande famille de Blancs propriétaires dans différentes villes du monde ne pouvait tout bonnement pas être sans ressources. Freddy était trop orgueilleux pour admettre la vérité, si bien que, pour donner le change, il allumait des bougies plantées sur des chandeliers rococo ou sur le bec verseur de cannettes de soda vides.

— De toute façon, c'est plus drôle comme ça, non ? concluait-il.

Et ce n'était pas faux.

Clay savait qu'il devrait chercher du travail en ville et téléphoner à son père pour le prévenir de son arrivée. Or, vivre la galère de cette routine quotidienne à New York n'existait pas dans l'univers de Freddy. Clay éprouvait le sentiment d'avoir été admis dans un cercle privilégié vibrant d'œuvres d'art et de traits d'esprit, où le temps, toujours décalé, se situait plutôt entre 1979 et 1983 ou n'importe quand avant que les rues de la ville ne ressemblent au patrimoine immobilier d'un oligarque. Si Clay décidait de partir, il doutait de pouvoir retrouver son chemin pour revenir, et il aimait trop le monde de Freddy pour prendre ce risque. Il n'en revenait pas de voir que cet homme râleur, excentrique, qui ne décollait pas de son canapé, si caustique envers les inconnus, qui pouvait être une véritable épine dans le pied d'autrui, le traitait avec une affection toute naturelle. Freddy avait pris Clay sous son aile et l'invitait à explorer, peu à peu, les arrière-salles de sa vie.

— Ça, c'est le collier de coquillages que mon premier petit ami m'avait fait. C'était dans une vie antérieure, en 1972, il travaillait comme apprenti peintre. Il est mort plus tard, pendant la Grande Peste, il a sauté du haut d'un escalier de secours avant que la maladie ne le rattrape. Vas-y, mets-le autour de ton cou.

Les histoires que Freddy racontait subjuguaient Clay ; elles étaient comme des dépêches qu'il recevait d'une ville fantôme inconnue, déchirée par une guerre, et qui semblait ne partager que très peu de points communs avec celle de sa naissance. Clay était bien décidé à suivre aussi longtemps qu'il le pourrait la formation que Freddy lui offrait : une éducation *queer* – pas seulement gay, mais multiforme. Ainsi, au fil des mois, Freddy et lui pratiquèrent leur italien ; ils tuèrent des cafards en préparant des repas de pâtes et en lisant à voix haute les biographies de peintres de la Renaissance ; ils regardèrent de vieux films ; ils piquèrent des crises de fou rire. Pour Clay, c'était ce qui se rapprochait le plus d'une vie de famille depuis la mort de sa mère. Il se donnait six mois pour trouver du travail. Six mois pour téléphoner à son père.

En attendant, Freddy avait besoin de lui. Jefferson Avenue, Clay avait tout le loisir de s'entraîner à être le résident en titre, celui qui contactait régulièrement Consolidated Edison pour négocier que l'électricité ne soit pas coupée, qui faisait disparaître les piles de bazar mystère comme par magie et qui, en cachette, mettait dans la poubelle de leur voisin les cages à oiseaux et autres cerceaux cassés. Il s'immergea dans le classement des archives photographiques de Freddy, ce qui n'était pas une mince affaire. Freddy avait réalisé des dizaines de milliers de portraits noir et blanc de lui-même et de ses amis au fil des décennies – on y voyait Freddy à vingt ans, petit minet aux cheveux longs en tee-shirt et short en jean dans une rue de Manhattan, les sourcils épilés, fumant une cigarette, jambes croisées aussi fines que celles d'un chameau, jouant les grandes coquettes. Freddy était devenu aussi accro aux objectifs des appareils photo que ses amis à la drogue, sa passion virant à l'obsession romantique lorsqu'il suivait un amant d'une nuit depuis les magnifiques montées des débuts de soirée jusqu'aux douloureuses descentes du petit matin. Mais son travail ne consistait pas seulement à passer en revue les comportements décalés et les dommages collatéraux; parmi les piles de photographies, pareilles à des fleurs séchées écrasées entre deux pages d'un livre, se trouvaient des moments plus doux, plus tendres, d'amour et de compagnonnage qui faisaient monter les larmes aux yeux de Clay. Souvent, il montrait des photos à Freddy et s'enquérait, de manière si insistante que ce dernier en était surpris, comme s'il lui demandait son chemin : « Qui étaient ces garçons? De quoi vivaient-ils? Comment faisaient-ils pour être aussi libres? »

Au fil des années, Gitsy Veros, la galeriste de Freddy, avait trait presque toute la valeur commerciale des mamelles flétries de ces archives. Pour être honnête, Freddy avait eu besoin de cet argent – il se trouvait toujours « au bout du rouleau, *darling*, j'ai atrocement besoin de thune ». De ce fait, le marché de l'art comptait bien trop de van der Haar pour que ses photographies lui servent encore de bas de laine. Ce qui n'empêchait pas Gitsy et d'autres amis de Freddy « de la grande époque » de voir en Clay un trublion qui s'employait à soutirer de leur ami malade jusqu'à son dernier dollar. Quand ils passaient à la maison, ils toisaient Clay, en silence, l'air hautain. Ils tressaillaient de mécontentement quand Freddy ou lui terminaient une phrase pour l'autre : « Chou, tu pourrais aller me chercher » « la loupe, elle est… » « dans le sucrier à la cuisine » « pour que je montre à Gitsy » « les trous dans le tapis persan » « au cas où elle saurait » « à quoi ressemblent des œufs de mite ». Chacun d'eux s'était glissé dans le délire de l'autre et Gitsy, en particulier, vivait cela comme une trahison. (Plus tard, elle lancerait à Clay : « Tu n'as jamais côtoyé le vrai Freddy. Tu as seulement connu le Freddy malade, et ça ne compte pas. »)

— Laisse-la dire, soupirait Freddy entre deux bouffées de sa cigarette mentholée. Je suis désolé qu'elle soit aussi rosse. Je lui parlerai.

Clay soupçonnait Freddy de ne l'avoir jamais fait. Forcément, cela devait lui plaire que deux personnes qui comptaient pour lui se disputent son amitié.

Leur relation ne fut jamais sexuelle. Il n'y eut même pas le désir non réciproque d'un vieil homme pour la chair fraîche d'un jeune d'une vingtaine d'années. Il n'était pas toujours facile de connaître les pensées de Freddy. Il pouvait passer des jours à parler par citations interposées. Il les puisait partout, allant du Livre des Psaumes à la chaîne de télévision QVC[1], d'Edith Wharton à Barbara Stanwyck en passant par Édith Piaf. Il pillait les dialogues de vieux films, toujours ceux de l'héroïne loufoque ou du mauvais garçon. C'était une forme d'art, une conversation en collages, mais Freddy était aussi capable de quitter ses scénarios pour parler à cœur ouvert. Lorsque Clay lui suggéra de passer par un site de rencontres, il leva les yeux au ciel et répondit qu'il avait renoncé depuis des années à la possibilité aussi bien de tomber amoureux que de s'envoyer en l'air. Il ne pouvait plus exploiter ces filons.

— Baiser était ma seule préoccupation quand j'étais jeune, c'était le vent le plus fort que j'entendais mugir. Aujourd'hui, je ne me rappelle même pas le bruit que son souffle faisait à mes oreilles.

À New York, beaucoup de gays se retrouvaient objets de désirs sur le tard, menant à soixante-dix ans une vie sexuelle bien plus trépidante que dans leur jeunesse. Freddy, lui, avait renoncé à cette partie de lui-même.

Clay supposait que c'était dû au fait d'avoir accompagné tant de ses amants aux portes de la mort. À force d'avoir le cœur brisé pendant vingt ans, avait-il fini par se fermer pour de bon ? Freddy parlait de Paul, le Français, d'Éric, le Canadien, ou de Mike, de Trenton, les grands amours de sa vie, tous morts autour de la trentaine, comptant parmi la première vague de victimes d'un fléau aussi vaste qu'un océan. Clay avait vu des garçons sur les photos de Freddy, vivant les dernières années de leur vie comme s'il s'agissait des premières, défiant la mort qui approchait à grands pas. Clay avait beau faire, il ne s'imaginait pas traverser un tel cataclysme. Freddy avait survécu, mais n'avait pas été épargné.

Le soir, lorsqu'il sortait, Clay ne parlait jamais de son espoir de rencontrer un mec chez qui il aurait envie d'aller. Mais Freddy, en peignoir éponge, le déduisait des séries de pompes qu'il faisait avant de se changer ou du gel qui scintillait dans ses cheveux.

— Tu aimerais concrétiser ce soir, hein ?

1. Qualité Valeur Confiance : chaîne télévisée de télé achat.

— Je vais retrouver des amis, c'est tout, répondait Clay en bouclant sa ceinture.

Il se sentait ridicule de culpabiliser de laisser Freddy seul, mais ne pouvait rien y faire.

— Je me demande qui sera l'heureux élu, lança Freddy en fermant son peignoir. Tu feras ton choix en boîte. Un conseil : n'attends pas le garçon de tes rêves, contente-toi d'en choisir un qui soit pas mal. Tu sais que tu peux l'amener ici, si tu le souhaites. Ça ne me dérange pas.

— Oui, répondit Clay d'un ton sec, le regard fuyant. Je sais, je sais.

Mais Clay n'en ferait jamais rien. Un intrus pourrait rompre le charme qui opérait entre eux. Freddy avait renoncé à la sexualité, mais cela ne l'empêchait pas d'avoir un faible pour la beauté, et Clay n'avait pas envie d'agiter un beau mâle sous son nez comme un joli bibelot qu'il n'aurait pas le droit de toucher. Sans compter qu'une autre raison, plus égoïste celle-là, était en jeu. Clay était devenu possessif. Il ne voulait pas courir le risque de faire entrer un autre jeune homme que lui dans le *brownstone* de crainte que celui-ci ne soit sensible à la magie de Freddy et ne tente de le conquérir. Il n'y avait pas que les quartiers qui s'embourgeoisaient ; on s'arrachait aussi les fortes personnalités hautes en couleur.

Les soirs où il sortait, Clay prenait le métro presque jusqu'au bout de la ligne. Sur le plan de la ville, Lower Manhattan faisait penser à une grosse pieuvre qui étendait ses tentacules dans toutes les directions. Parfois, Clay devait s'immerger totalement dans cette pieuvre pour suivre l'un de ses tentacules aussi loin que l'aéroport. Remontant au niveau du sol, il s'empressait de s'enfoncer de nouveau dans ses entrailles, descendant dans une boîte de nuit où la musique, les spots et les amis tournoyaient dans l'obscurité épaisse, souterraine. Il retirait sa chemise et dansait à n'en plus finir sous des canalisations métalliques qui envoyaient du chauffage dans des appartements d'inconnus et évacuaient leurs eaux usées. Parfois, il suivait un Noir, un Asiatique, un Blanc ou un métis jusqu'à son petit appartement en désordre de Brooklyn ou du Queens. Là, il se sentait jeune et heureux, dormant par intermittence contre le corps glabre d'un amant dont il avait déjà oublié le prénom. Dans le lit de ces garçons, il recouvrait brièvement ses esprits et se disait qu'il serait temps pour lui de vivre à plein-temps dans le New York du présent. Il devait trouver un emploi. Affronter son père qui le croyait toujours en stage en Italie. Vivre une relation régulière avec un mec de son âge plutôt que continuer à enchaîner ces rencontres éphémères et anonymes. Clay filait en douce avant que son coup d'un soir ne s'éveille et reprenait le métro pour rentrer à Bed-Stuy, partageant souvent la rame avec les zombis banlieusards de la première heure de pointe. Il fermait la porte du *brownstone*, jetait les paquets écrasés de sa consommation de Newport Lights de la nuit et poussait un soupir de soulagement. Le monde réel attendrait toujours son retour. Mais il ne se sentait pas encore prêt à s'y conformer.

Ils avaient si peu d'argent que Clay finit par imposer des mesures d'austérité, comme couper les cheveux de Freddy lui-même dans la cuisine et résilier l'abonnement au câble. Ils prirent l'habitude de s'emmitoufler dans des manteaux et des couvertures à toute heure du jour et de la nuit pour brancher le chauffage le moins souvent possible. Freddy cria à l'abus de faiblesse en voyant sa nouvelle coiffure et en s'apercevant qu'il ne pouvait plus regarder ses chaînes de télévision préférées, mais même Clay se rendait compte que ces économies de bout de chandelle équivalaient à vouloir dégager une avalanche avec une pelle à déneiger. Malgré tout, ils économisaient assez d'argent pour, deux fois par an, acheter les deux allers-retours pour Venise les moins chers qu'ils pouvaient trouver et, le cœur battant, bras dessus bras dessous, s'envoler vers leur destination de prédilection. Parfois, Freddy le forçait à étudier une peinture d'autel pendant près d'une heure. Durant la période où Clay avait été gardien de musée, il n'avait jamais vu quelqu'un être ému aux larmes par une œuvre d'art. Mais les épaules de Freddy tremblaient et ses yeux s'embuaient à la vue d'une Vierge Marie Renaissance en train de langer sa lumière du monde qui venait de naître.

— Parfois, je crains d'être en train de leur faire mes adieux, que c'est la dernière fois que je les vois, avouait-il.

Clay serrait alors sa main dans la sienne.

— Nous reviendrons, répondait-il. Nous sommes ici chez nous.

Le début de la fin se présenta sous la forme de difficultés respiratoires. De retour à New York, Freddy haletait après avoir gravi trois volées de marches tandis qu'un souffle sec, sifflant secouait sa poitrine tel un réveil sonnant sous une couverture.

— Ça va ? lui demandait Clay.

Freddy éludait sa question d'un geste de la main.

— Ne t'inquiète pas pour moi. Je suis increvable. J'ai un côté cafard, on ne se refait pas.

Son état finit par devenir chronique.

— J'ai du mal à reprendre mon souffle, se plaignait Freddy juste avant d'attraper la cigarette coincée derrière son oreille.

— Arrête de fumer ! criait Clay. Je t'offrirai des patches !

— C'est au-dessus de nos moyens ! rétorquait Freddy sur le même ton, n'hésitant jamais à brandir l'argument des fins de mois difficiles lorsque ça l'arrangeait.

Un jour, il fit un malaise dans la baignoire. Ensuite, ses chevilles enflèrent, puis il se mit à vomir dans l'évier.

Un médecin vint, puis un deuxième, un cinquième et un dixième. Le diagnostic n'était pas bon et empirait d'heure en heure. Freddy passa des radios, fit des analyses de sang et d'urine et fut obligé de monter, nu, sur une ancienne balance de pharmacie. Clay accompagnait Freddy à chacun de ses examens, durant lesquels le patient restait étrangement amorphe. On aurait presque pu croire, tandis qu'il attendait dénudé, dans un box d'hôpital vert menthe, voir son cœur battre à tout rompre dans sa poitrine efflanquée. Freddy avait peur.

Un jour, Clay fondit en larmes dans le taxi qui les ramenait Jefferson Avenue. Il savait ce à quoi il fallait s'attendre de la part des hôpitaux, des traitements et des médecins toujours prêts à abattre les cartes de l'optimisme.

— Arrête ça ! cria Freddy. Je vais m'en tirer. Si tu dois chialer, je préfère que tu descendes.

Il baissa la vitre et laissa le vent sale de Manhattan lui rincer le visage.

— De toute façon, je ne peux pas mourir maintenant. J'ai encore trop de raisons de vivre.

— Ah oui ? réagit Clay en se frottant les yeux. Lesquelles ?

Freddy se mit à rire.

— Eh bien, pour commencer, tu n'as pas encore terminé de classer mes archives.

Clay savait que toutes les photographies devaient revenir à Gitsy. Freddy et lui n'avaient jamais parlé de leur conservation au-delà du fait de les classer par ordre plus ou moins cohérent. Leur survie importait-elle à Freddy ? Espérait-il secrètement qu'elles puissent bâtir sa légende et lui réserver une place dans l'éternité ? Clay regarda par la vitre tandis que le taxi roulait au pas sur le pont de Brooklyn. Il se dit que ça devait représenter un poids terrible d'avoir, à un moment donné, eu du succès. Quelle tâche délétère que celle de se préoccuper, tandis que s'effrite son corps, de ce qu'on laissera en héritage.

Il se tourna vers Freddy. Les ombres du pont suspendu tranchaient la lumière du jour autour d'eux.

— Parce que tu penses laisser quelque chose d'important derrière toi ?

La formulation était brutale, mais Freddy ne broncha pas. Seuls ses doigts réagirent, tâtonnant sur la banquette arrière jusqu'à ce qu'ils trouvent la main de Clay. Il répondit alors :

— Je laisserai quelque chose d'important derrière moi.

Ils ne se dirent plus rien pendant le restant du trajet.

Freddy était convaincu de s'en sortir. Pour montrer qu'il avait raison, il passa les mois suivants à fumer et à boire plus que de coutume, mettant ses poumons et son foie à rude épreuve. Le pouvoir destructeur de ces faiblesses restait mineur comparé à celui des tueurs qui le rongeait de l'intérieur. Un Axe du mal détruisait les organes de Freddy, et cela depuis tant d'années déjà. L'hépatite, qui avait détérioré son foie, s'autorisait des incursions dans ses reins. Le cancer squattait la paroi de ses poumons et menaçait de faire une percée dans ses os. Le virus du sida était le meneur indolent et incontesté du groupe. Il attendait son heure, hilare, fin stratège, affaiblissant le système immunitaire de Freddy pendant que sa bande de petits malfrats allait au front.

— J'ai une idée, s'écria Freddy. Partons pour Venise !

Mais il dut commencer sa chimiothérapie. Au début, les séances parurent lui faire du bien et, après quelques jours de léthargie comateuse, il retrouvait son énergie et gambadait dans le *brownstone*. À chaque fois, Clay se réjouissait de ces améliorations, même si elles les faisaient descendre en spirale dans le puits de la faillite financière. Pendant plusieurs mois, ils ne parlèrent pas ouvertement de ce danger. Clay se contentait d'aider son ami à tenir le coup au jour le jour. L'assurance-maladie de Freddy refusait de rembourser la plupart de ses frais médicaux. Pas pris en charge. Au-delà des plafonds de protection. Pour finir, Clay se résolut à demander ouvertement à Freddy s'il n'existait pas un fonds d'urgence secret van der Haar dans lequel il pourrait puiser.

— Gitsy m'avait prévenu qu'un jour ou l'autre tu finirais par me demander de fric, plaisanta Freddy en s'étendant sur le canapé défoncé du rez-de-chaussée.

Il reprit son sérieux. Il n'y avait pas d'argent, pas de fonds d'urgence, pas de placement secret van der Haar. Seulement une montagne de dettes de plusieurs millions de dollars.

— Je suis sincèrement navré, s'excusa Freddy, l'air grave. Tu ferais mieux de ne pas perdre ta jeunesse enfermé ici, avec moi. Je ne suis pas ton problème. Pose un bidon d'essence près de la porte en sortant, et sache que je t'aime.

Clay comprenait que Freddy ne plaisantait pas, ni sur l'amour ni sur l'essence. De toute manière, il excluait de partir. Il l'avait déjà fait alors qu'une personne aimée était gravement malade, et il avait du mal à survivre à son sentiment de culpabilité. Cette fois, au cœur de la tempête, il serait le bon fils et resterait.

Une huitaine de jours après la révélation de l'état de ses finances, Freddy contracta une pneumonie. Sa rate aussi était infectée, et il fut admis à l'hôpital où on le garda trois nuits. Clay ne se tourmenta pas des coûts engendrés par ce séjour. Il commençait à adopter la mentalité *mettez-ça-sur-la-note-de-la-vie* de son ami. Quand on est enterré jusqu'à la taille, quelle importance qu'on le devienne jusqu'aux épaules ? Freddy sortit de l'hôpital avec une nouvelle complication : œdème. Ses jambes étaient pleines d'eau, chaque mollet enflé aussi large qu'un cou. Des bas de contention seraient nécessaires – ainsi qu'un fauteuil roulant et le réaménagement du salon, au rez-de-chaussée, en chambre. Son séjour à l'hôpital l'avait terrifié. Il jurait avoir vu tourner autour de son lit des fantômes vêtus de blanc (« Tu veux parler des infirmières ? »), et entendait toujours résonner dans sa tête les hurlements des autres patients. Il se disait prêt à faire n'importe quoi, à signer tous les documents qu'on voudrait pour ne plus jamais retourner dans ce genre d'endroit. Clay aussi détestait les hôpitaux, si bien qu'il ne lui fut pas difficile, quand Freddy le lui demanda, de jurer de ne plus l'y envoyer.

Peu après, Freddy fut mis sous oxygène. Cela limitait ses gestes à régler le débitmètre au bout du flexible vissé en haut de la bouteille. Clay suggéra de lever des fonds pour payer ses frais médicaux.

— Tu es l'un des derniers pionniers de l'art moderne de New York. Je suis sûr que tes amis trouveraient le moyen de faire venir quelques banquiers milliardaires à un cocktail organisé en ton honneur. Nous avons besoin de cet argent. Cruellement besoin.

Freddy refusa.

— Je ne veux pas qu'on me voie, dit-il en faisant un geste vers sa bouteille d'oxygène et ses jambes enflées. Pas dans cet état.

Pourtant la vraie raison de son refus n'était pas la vanité. Pour Freddy, la seule chose pire que la mort était la honte et, après avoir été, pendant soixante-treize ans, un *van der Haar de New Yâââk*, il ne supportait pas l'idée que son état de santé soit rendu public. Il aimerait encore mieux s'immoler par le feu.

Clay avait dépassé les plafonds de ses cartes de crédit pour payer les frais médicaux. Il accumula les agios pour ne pas avoir réglé ses échéances de prêts étudiant. Quatre banques lui refusèrent un prêt personnel avant que l'enseigne la plus douteuse de toutes lui octroie vingt mille dollars à un taux qui ne séduirait que des kamikazes. La majeure partie de cette somme fut engloutie en allers-retours chez les médecins. Freddy, entre son fauteuil roulant et sa bouteille d'oxygène, était trop encombrant pour monter dans un taxi ; souvent, les conducteurs d'Uber menaçaient de l'emmener tout droit aux urgences en l'entendant haleter et gémir. La solution fut de louer un van avec chauffeur. Ces véhicules coûtaient une petite fortune, et leur intérieur était souvent éclairé par des arcs-en-ciel de lumière stroboscopique. Mais, comme leurs clients de base étaient des adolescents fortement alcoolisés, on ne trouvait rien à redire à l'état de Freddy. À New York, l'argent permettait de franchir tous les obstacles. Le prêt ne tarda pas à s'évaporer, si bien que Clay décida qu'il ne lui restait plus qu'une solution.

Son père dirigeait la sécurité d'un tout nouvel immeuble de bureaux dans Riverdale. Ce coin du Bronx était plus résidentiel que celui où Clay avait grandi, mais on y vivait toujours au rythme du *street style*. Il ne se sentait pas si mal que ça d'être revenu dans ce quartier, même par cette journée d'été torride où des gens s'entassaient sous les auvents des boutiques comme dans les rames du métro aux heures de pointe. L'immeuble était construit en verre fumé et avait la forme de trois pierres en onyx lisses se rejoignant à leur sommet. La construction avait dû coûter des centaines de millions de dollars, mais Clay était prêt à parier que pas une personne vivant à proximité – ou même y travaillant – ne pouvait dire qui en était propriétaire. Ces locaux flambant neufs étaient encore inoccupés, mais le père de Clay avait pour mission de donner l'impression qu'ils étaient déjà sous haute surveillance. Les uniformes des agents de sécurité étaient gris-brun. De loin, ils se fondaient dans la teinte du verre, produisant un effet de ricochets optiques quand les vigiles faisaient leur ronde autour de l'immeuble.

Le père de Clay sortit par une porte de secours. Bien qu'il supervise une équipe de vigiles, son uniforme était de la même teinte que celle des autres, presque de la couleur de sa peau. Des talkies-walkies pendaient contre ses hanches, comme les pistolets que portent les shérifs dans les westerns. Depuis bientôt trois ans qu'il n'avait plus revu son père, Clay constata qu'il était devenu presque chauve et avait pris de l'embonpoint. Ces dernières années, Clay pensait s'être émancipé de ses origines grâce à son internat au Peggy Guggenheim. En se retrouvant face à son père, englobant du regard l'uniforme impeccablement repassé et maculé de transpiration, il prit conscience que son travail enviable au musée n'était rien de plus qu'une version plus noble d'agent de sécurité.

— Regarde-toi, lança son père en tendant la main comme s'il lui proposait un bras de fer.

Clay la serra dans la sienne, tandis que son père se cognait doucement contre son buste en une étreinte fugace.

— Tu as vieilli depuis la dernière fois que je t'ai vu, poursuivit-il. Tout juste un peu grossi aussi, à cause de ces platées de pâtes !

— Je suis désolé, ça fait si longtemps. Je suis rentré, oh, depuis à peine un mois, mentit Clay. Je ne voulais pas venir te voir tant que je n'étais pas installé afin de te dire où je vis.

Son père, qui aurait pu s'en offusquer, se contenta de dodeliner de la tête d'un air résigné. Son fils était un adulte désormais. Ils bavardèrent, immobiles dans la chaleur poisseuse du soleil, comme si proposer à Clay de se réfugier dans l'immeuble avec air conditionné eût constitué un manquement au protocole. Son père n'avait jamais été un tyran, mais Clay ne pouvait pas s'empêcher de penser que cette discussion sous le cagnard était un moyen d'évaluer son endurance. Son père s'exprimait posément, lui donnant des nouvelles de ses cousins et de ses tantes – qui s'était marié, qui s'était fait larguer. Au bout d'un moment, Clay aborda la vraie raison de sa visite.

— Je me demandais… L'assurance-vie de maman…

— Oui, et alors ? réagit son père en plissant le front, des gouttes de transpiration roulant dans son cou.

— Je sais qu'elle en avait souscrit une, et que cet argent t'est revenu, mais elle voulait qu'une partie de la somme serve à rembourser mes prêts universitaires. Je me disais que, maintenant que je suis revenu…

Son père rajusta ses talkies-walkies. Il donna un coup de pied à son ombre qui s'étendait sur le ciment. Sa bouche remuait entre ses joues tombantes comme s'il mâchait un chewing-gum, ce qui, Clay le savait, était interdit par le règlement. Les promoteurs ne voulaient pas que des chewing-gums mâchés souillent le revêtement noir de la chaussée.

— Il y a de l'argent, déclara son père. Et, oui, ta mère aurait souhaité qu'il finance tes études. Combien dois-tu à l'université Fordham ?

Son père citait toujours le nom complet de l'établissement. Il ne disait jamais « Fordham » tout court.

— Cent treize mille dollars.

En vérité, il devait cent douze mille deux cent quatre-vingt-un dollars pour ses quatre années d'études à l'Université jésuite d'arts libéraux. Mais la part lui revenant de l'assurance-vie de sa mère ne rembourserait pas cette dette-là. Clay la consacrerait à maintenir Freddy en vie.

Son père serra sa ceinture, sûrement pour se donner une contenance.

— Donne-moi ton adresse, je t'enverrai un chèque, répondit-il. D'accord ?

Clay fut soulagé de voir que son père ne semblait ni agacé ni sceptique. Il écrivit ses coordonnées, Jefferson Avenue. Son père prit le morceau de papier, le lut un long moment, puis le plia et le glissa dans la poche de sa chemise.

— Tu es allé sur la tombe de ta mère ?

— Pas encore, répondit Clay, baissant les yeux sur son ombre projetée sur le goudron, enfonçant son talon à l'arrière de son propre crâne. Je vais le faire. Promis.

Peu après la réception du chèque, l'oncologue de Freddy lui recommanda de suivre une chimiothérapie expérimentale, plus puissante. Les premiers résultats des études indiquaient que le taux de réussite était supérieur chez les patients vivant avec (« ou mourant avec », ainsi que Freddy aimait à le rectifier) le virus du sida. Le généraliste de Freddy était partagé.

— Il est toujours risqué de changer de traitement. Autres médicaments, autres effets indésirables, autres résultats. Vous pourriez faire un ictère. Entrer en rémission. Être épuisé.

Mais il lui agita sous le nez la carotte des délices.

— Vous pourriez aussi aller mieux.

Il était impossible de s'opposer à cet argument – même si le traitement était encore au stade de l'expérimentation, même s'il était hors de prix.

— J'aimerais tant recouvrer des forces, approuva Freddy. Ne fût-ce qu'une journée. Tout ce que je demande, c'est de ne pas devenir chauve.

Si la première chimiothérapie l'avait revigoré, cette combinaison de toutes nouvelles molécules le fit basculer par-dessus bord et couler à pic. La douleur était insupportable, et lui faire sa toilette le devint tout autant. Freddy hurlait jusqu'à en perdre conscience, puis revenait à lui et criait de plus belle. Il vomissait tant que le salon finit par être jonché de seaux. Les diarrhées étaient pires que tout car il ne pouvait ni les prévoir ni les maîtriser. Les couches pour adultes n'aidaient en rien.

Bizarrement, Freddy ne perdit pas ses cheveux. Ils devinrent blancs et brillants, décolorés peut-être par les suées nocturnes et le suc gastrique. Au bout d'une quinzaine de jours, la douleur reflua assez pour que Freddy ne crie plus à toute heure du jour et de la nuit. Le calme reprit alors ses droits Jefferson Avenue. Clay téléphona à l'oncologue.

— Excellent, dit le médecin. Laissons-le reprendre des forces, nous prévoirons d'autres séances dans trois semaines.

Cette deuxième série eut les mêmes effets catastrophiques que la précédente mais, cette fois, Clay demanda de l'aide. Des infirmières venaient, puis passaient comme l'orage. La plupart d'entre elles abandonnaient car le patient « n'était pas du tout coopératif ». L'une d'elles prétendit que Freddy lui avait mordu la main. Une autre sortit de la chambre en trombe en criant : « Ce type devrait être hospitalisé ! » Heureusement, à New York, il y avait autant d'infirmières que d'apprenties comédiennes : on en trouvait toujours une nouvelle envoyée par une agence d'intérim qui, le matin, attendait devant la porte sans se douter du film d'horreur qui l'attendait.

Un après-midi, alors qu'ils arrivaient Jefferson Avenue au retour d'un rendez-vous chez le généraliste de Freddy, Clay vit la silhouette ventripotente d'un Noir d'un certain âge, posté sur le trottoir non loin de la porte d'entrée du *brownstone*.

— Attendez-moi ici, j'en ai pour une minute, dit-il à Freddy et à l'infirmière, assis à l'étroit à l'arrière du 4x4.

Clay descendit, puis piqua un sprint.

Son père ne portait pas son uniforme marron foncé alors que c'était un jeudi. Clay craignit qu'il ait pris un jour de congé pour lui rendre visite. Il tenait à la main une feuille de papier à l'en-tête de l'établissement bancaire auprès duquel Clay avait contracté ses prêts étudiant. Clay avait fait son changement d'adresse, pourtant ils avaient dû envoyer les derniers relevés de compte au domicile de ses parents.

Clay se doutait de ce qui l'attendait mais, malgré tout, au huitième pavé du trottoir où il rejoignit son père, il ne réussit pas à formuler une excuse valable.

— C'est quoi, ça ? cria son père en secouant la feuille de papier devant lui. Tu as prolongé ton emprunt. Tu n'as rien remboursé. Où est passé l'argent de l'assurance-vie de ta mère ?

Son père, fou furieux, s'exprimait d'une voix tranchante que Clay ne lui connaissait pas.

— Qu'en as-tu fait ? À quoi l'as-tu dépensé ?

Il postillonnait. Il tremblait. Clay était effrayé de l'entendre hurler de la sorte. Il lançait des coups d'œil autour de lui aux immeubles rénovés soit au cas où quelqu'un se méprendrait et appellerait la police, soit qu'il doive lui-même le faire si jamais son père se précipitait sur Freddy dans le 4x4.

— Papa, je t'en prie.

Il tendit la main vers la lettre, mais en vain.

— J'avais besoin de cet argent. Je rembourserai mes prêts. Quelle différence cela...

— Cet argent devait régler tes frais universitaires. Pas être claqué comme bon te semble.

Son regard furieux se porta au-delà de Clay.

— C'est qui, ça ?

Clay pivota sur lui-même. L'infirmière n'avait pas suivi sa consigne de rester dans le véhicule. Elle avait ouvert le hayon, fait sortir Freddy amaigri enveloppé d'un jeté lavande dans le halo des warnings.

— Que fais-tu avec ce vieillard ? Tu le ramènes de l'hôpital ?

Le père de Clay sourit d'un air courroucé.

— Tu claques l'argent de ta mère au profit d'un Blanc riche, un *van der je-ne-sais-quoi* ?

Son père avait dû lire le nom sur la boîte aux lettres du *brownstone*.

— Bordel, à quoi tu joues, Clay ?

— Je l'aide. Il est malade. Je l'ai conduit chez le médecin.

— Oh, tu l'aides ! Quel gentil garçon tu fais ! Ta mère aurait bien aimé que tu l'aides, elle aussi. Moi aussi, j'aurais bien aimé que tu m'aides.

Il écarta ses doigts devant lui.

— Cinq ! C'est le nombre de visites que tu lui as faites pendant son hospitalisation. Je les ai comptées. Cinq ! Elle aussi les a comptées. Je suis allée la voir tous les jours pendant des mois. Tu as trouvé le moyen de ne passer que cinq fois alors qu'elle était mourante. Et maintenant, tu dépenses son argent pour ce vieux machin, ce…

Clay souhaitait que son père crache un terme méprisant qui lui permettrait de le haïr pour l'avoir prononcé – avoir cette bonne raison de lui en vouloir l'aiderait énormément. Mais son père n'utilisa aucun de ces mots-là. À la place, il serrait et desserrait son poing.

— Je ne veux plus te voir ! cria-t-il à son fils. Inutile de revenir à la maison. Même quand tu te seras rendu compte de ton erreur.

Il jeta la lettre de la banque aux pieds de Clay et s'éloigna à grands pas sur le trottoir en courbe jusqu'à se fondre parmi les jambes tatouées et les enfants portés sur les épaules dans Bedford-Stuyvesant.

Lorsque Clay revint près du 4x4, Freddy lui demanda de sa voix étranglée :

— Qui était cet horrible individu ?

— Mon père.

Clay glissa son bras derrière les épaules fines comme un cintre de Freddy. De longs doigts très doux glissèrent sur son crâne, les doigts de Freddy. Ils serrèrent le bas de sa nuque. Il se figea, et la main de Freddy resta là, exerçant sa tendre pression. Ils demeurèrent ainsi quelques instants encore dans l'obscurité environnante, et Clay dut mobiliser toutes ses forces pour reprendre ses esprits, soulever ce corps frêle et le porter à l'intérieur de l'immeuble.

Parfois, dans la nuit, Clay divaguait, se disant que ce n'était pas un homme qu'il tentait de sauver, mais un pan de l'histoire de New York. Si Freddy mourait, un chapitre important de la ville disparaîtrait avec lui : tous ces péchés et ces transgressions sublimes, tous ces jeunes gays sur des milliers de photographies en noir et blanc, toute cette beauté sauvage, envolés en fumée. Freddy incarnait le dernier pont et, le jour où il s'écroulerait, cette ville tapie en lui serait perdue à jamais. Clay l'avait déjà compris : New York n'avait pas de mémoire ; seuls existaient les vivants. Mais, de toute façon, peu importait qui ou quoi il croyait sauver. Au bout de quatre séances de ce traitement expérimental, Freddy ne fut plus en mesure de le supporter.

Il mourrait bientôt. Toutes les infirmières de soins palliatifs sans exception affirmaient qu'il n'en avait plus que pour quelques heures à vivre, puis pour quelques jours. N'empêche que l'été avançait de semaine en semaine, que la chaleur augmentait d'un mois sur l'autre. Les mauvaises herbes se desséchaient dans le jardin. Les mouches mouraient sur les rebords des fenêtres. Et Freddy, à bout de souffle, à bout de forces, chacune de ses inspirations faisant penser au combat du siècle, continuait d'exister. Il était très difficile de tuer un cafard.

La toute nouvelle chimiothérapie de Freddy ne fut pas la plus mauvaise période de sa maladie. Ils avaient fini par atteindre le pire, l'attente de l'arrivée de l'ange retardataire de la mort. Dans ses moments de lucidité, Freddy implorait les infirmières.

— La morphine, servez-vous-en pour me porter le coup de grâce, je vous en supplie.

Elles réagissaient par un gémissement épuisé comme pour dire *Croyez-moi, je fais ce que je peux.* Un jour, dans la cuisine, l'une d'elles dit à Clay :

— Je lui ai injecté la dose la plus forte possible. Suffisante pour tuer un cheval. La plupart des patients hospitalisés meurent à ce régime-là, mais je ne peux surdoser que dans la limite d'une marge d'erreur acceptable !

La mort dont Freddy avait besoin se trouvait donc quelque part au-delà de cette limite.

Août et septembre s'éternisaient, et tout ce que Clay pouvait faire, c'était rester au chevet de Freddy en lui tenant la main.

— Je t'en supplie, mets-moi un oreiller sur la tête, que je ne respire plus…

Freddy le traquait du regard depuis le lit, ses lèvres aussi sèches que des dunes de sable.

— Je t'en supplie, Clay. Je. N'en. Peux. Plus.

Le bout de ses doigts tapotait le dos de la main de Clay comme les gouttes d'une pluie insistante.

Au premier jour de l'automne, Clay reçut la nouvelle infirmière. Ils bavardèrent de tout et de rien dans la cuisine pendant qu'il lui offrait un café. Ensuite, elle se mit au travail, prenant le pouls de Freddy, changeant sa perfusion, ajoutant la pochette de sa dose matinale de morphine. Les muscles de Freddy se détendirent comme des élastiques coupés. Clay resta assis dans le fauteuil près du lit tandis que la femme à l'accent haïtien un peu rauque montait à l'étage pour aller aux toilettes.

Clay se précipita jusqu'au tiroir dans lequel il prit l'aiguille qu'il avait dérobée dans le sac d'une infirmière la semaine précédente. Pressée de partir, celle-ci n'avait rien remarqué. Depuis deux ans, Clay faisait tout ce qui était en son pouvoir pour maintenir Freddy en vie. À présent, le seul service qu'il pouvait rendre à son meilleur ami était de l'aider à partir. Clay s'assit dans le fauteuil, se pencha vers Freddy et lui chuchota à l'oreille :

— Ferme le poing. Un dernier geste, et ce sera fini. Je te le promets. Essaie de serrer mon doigt.

Freddy parvint à enrouler sa paume autour du pouce de Clay. Une unique veine gonfla sur son bras long et gris.

Clay retira l'embout de protection. Il espérait que cette quantité de morphine ajoutée à la dose de cheval qui coulait déjà dans les veines de Freddy serait suffisante. Il n'osait pas lancer une recherche sur Google là-dessus de crainte que la police ne fasse des vérifications.

— Freddy, murmura-t-il d'une voix douce. Je t'aime.

Il l'embrassa tendrement sur le front. Puis sur chaque île tiède de ses paupières closes. Freddy serrait le pouce de Clay de toutes ses forces comme le passager d'un avion s'abîmant en mer s'agrippe à son accoudoir en implorant la clémence de Dieu.

— Allez, mon grand, dit Clay. Le moment est venu.

Il respirait avec peine. Ses doigts tremblaient autour de la seringue.

— Je t'aime tant. Je te remercie pour tout. Je te remercie de m'avoir ouvert ta porte.

Un acquiescement. Un petit râle triste coincé au fond de la gorge.

— Pense à Venise, d'accord ? Pense à cette ville fantastique, à toutes ses lumières le long du Grand Canal. Nous sommes là-bas, sur l'eau. Je suis avec toi. Je suis tout à côté de toi, là-bas. D'accord. Le moment est venu.

L'aiguille s'enfonça dans la veine et Clay posa son pouce sur le piston.

— Je t'aime. Bon voyage.

14

À vendre directement par propriétaire cause départ : palazzino *du XVe siècle. Travaux à prévoir, affaire à saisir, prix à débattre. Idéal pour extension. Se renseigner ici.*

Clay regrettait de ne pouvoir planter ce panneau devant la porte et attendre que Richard West le voie. Nick et lui étaient tombés d'accord que la meilleure façon d'inciter West à se porter acquéreur du *palazzino* van der Haar – et ainsi rendre son faste d'autrefois et ses dimensions originelles au Palazzo Contarini – serait de lui donner l'impression que l'idée venait de lui. Cette tactique avait très bien fonctionné pour l'orfèvrerie grâce au rôle central joué par Nick. Mais, cette fois, il ne pouvait exercer une quelconque influence car il éveillerait les soupçons. Tout reposait sur Clay. Naturellement, il pouvait toujours informer West qu'il avait l'intention de vendre, mais cela lui laisserait le temps de se renseigner. Ils voulaient qu'il saute sur l'occasion, agisse dans l'urgence par crainte de rater l'affaire de sa vie, et se fie à son instinct – se prenne pour le chasseur alors qu'il était la proie. En fin de compte, Clay concocta une méthode directe pour qu'il apprenne la mise en vente. Venise avait le système de code postal le plus déroutant qui soit; les erreurs de distribution du courrier étaient fréquentes.

— C'est cela, en effet, je souhaite vendre ma partie du palais Contarini, répondit Clay au téléphone à un agent immobilier de la ville. J'aimerais convenir d'un rendez-vous afin que veniez visiter, le plus tôt sera le mieux.

Le Palazzo Contarini se trouvait au 4228 de la rue – numéro commun aux van der Haar (4228A) et aux West (4228B). Clay savait depuis l'époque où il avait été l'assistant de Richard que celui-ci supportait mal d'être le bêta d'un aussi ridicule alpha.

— Oui, midi, demain, parfait. Je m'appelle Clay Guillory. L'adresse est le 4228B, B comme *bacio*. Pressez l'interphone et dites à la personne qui vous répondra que vous venez faire l'évaluation du bien en vue de sa vente. *Grazie mille !*

Le lendemain, à l'heure dite, Clay se posta à la fenêtre de l'étage donnant sur la rue. Il vit un homme chauve en costume bordeaux à la veste un peu trop large pour lui se diriger vers la porte, l'air agacé. Clay aperçut West qui le suivait des yeux depuis le bout de la ruelle. Le temps que Clay descende en courant pour lui ouvrir, West avait disparu.

— Excusez-moi, je vous avais dit B ? J'aurais juré avoir dit A… A comme *amore*. Enfin, peu importe, entrez.

Il le guida au gré d'une visite informelle. Selon l'état de la pièce dans laquelle ils entraient, le visage de l'homme passait de l'horreur pure au comble du ravissement.

— *Ha una belleza particolare !*

Et le professionnel d'expliquer qu'il s'agissait, en effet, d'un bien particulier, très petit, dont la vente constituait un véritable défi. Celle-ci eût été grandement facilitée si les van der Haar avaient divisé leur bien horizontalement par étage, et non en le découpant de haut en bas comme une tranche de gâteau. Lorsque Clay mentionna que la fresque de Sebastiano Ricci ne figurait pas dans la liste des *vincolati* que le gouvernement italien s'était engagé à sauvegarder, il s'attendait à provoquer une réaction ennuyée.

— Oh, voilà qui nous simplifiera la tâche ! s'exclama son interlocuteur. Cela ralentirait la transaction de plusieurs mois si nous devions demander les autorisations nécessaires ! Vous n'aurez aucune déclaration à faire ! La fresque facilitera la vente, sans compter que les nouveaux propriétaires en feront ce qu'ils voudront !

Les fils électriques apparents et les appliques rouillées ne le gênaient pas ; il ciblerait des acquéreurs recherchant des biens à restaurer. Toutefois, il ne voulait pas donner de faux espoirs à Clay. L'immobilier vénitien restait un marché occidental. Les cheikhs et les oligarques russes se désintéressaient des *palazzi*.

— Pas assez bling-bling, dit-il comme pour souligner leur manque de goût. Trop de réglementations. Pas de piscine, pas de sauna. Il est plus facile d'amarrer un yacht dans la lagune.

Restait le retraité européen fortuné.

— Des Français nous avaient fait des propositions récemment, dit Clay.

L'agent immobilier établirait une estimation du bien dès son retour à l'agence, mais quatre millions d'euros lui semblaient être un prix de départ raisonnable. En entendant ce chiffre énorme, Clay s'efforça de rester impassible sans donner l'impression que ses yeux avaient explosé dans son crâne.

Son meilleur espoir pour la vente du Dormitorio n'était pas un riche retraité français. C'était son voisin américain et, comme un fait exprès, une dizaine de minutes après le départ de l'agent immobilier, il entendit quatre coups sourds frappés derrière la bibliothèque de la chambre de Freddy. Il ouvrit la porte en noyer, et fut un instant aveuglé par le soleil de l'après-midi. West apparut dans l'encadrement.

— Ça va ? s'enquit-il d'un ton pressant qui ne correspondait pas à sa question.

Sans laisser à Clay le temps de répondre, West marmonna une excuse pour justifier son intrusion.

— Je voulais m'assurer que le montant de notre transaction était bien arrivé sur ton compte. C'est le cas ?

— Oui. Merci de ton règlement rapide. J'espère que les pièces te plaisent toujours autant.

— Absolument ! Il faudra que tu passes à la maison un de ces soirs, tu les verras sur le vaisselier.

West baissa les yeux et regarda son espadrille tracer une ligne invisible sur le *terrazzo*.

— Tu comptes rester à Venise encore un moment ou bientôt partir ?

Allez, pose-moi la question, songea Clay. *Allez, demande-moi tout de suite si je vends. Dis-moi que ça t'intéresse et que tu m'en offriras un meilleur prix si je ne passe pas par une agence.*

— Je vais un peu prolonger mon séjour. Il me reste encore des affaires de Freddy à trier. J'ai du pain sur la planche.

— Je m'en doute.

Comme s'il cherchait à gagner du temps, West renouvela son invitation, mais le cœur n'y était pas.

— Quand tu viendras, il faudra absolument que tu restes dîner. Karine en sera ravie.

Karine connaissait-elle l'existence de Clay ? Savait-elle qu'il avait été le collaborateur de son mari avant qu'elle quitte l'Allemagne pour venir s'installer à Venise ?

— Dîner, ce serait...

Clay laissa sa phrase en suspens, l'air vague.

— Parfait ! s'exclama West avec des accents de sincérité. Je regarde quel est notre emploi du temps, et je te dis.

Clay tendit la main vers la poignée de la porte pour signifier que la conversation était terminée.

— Une dernière chose ! bredouilla West en piquant un fard. Un agent immobilier a sonné chez moi par erreur tout à l'heure. Il voulait te voir pour faire une estimation ?

— Ah, je suis désolé. Nos adresses...

West pouffa de rire.

— Je reçois toujours des paniers garnis envoyés du Wisconsin par des parents qui se demandent comment leur fille s'en sort.

— J'ai dit aux stagiaires de faire expédier leur courrier au Guggenheim. Je télépho...

— Oh, ce n'est rien, ne t'inquiète pas.

West traça une autre ligne du bout de sa chaussure que, cette fois, il se décida à franchir.

— Pour en revenir à ce type, j'espère que cela ne veut pas dire que tu mets en vente. Nous n'allons pas déjà nous perdre de vue, dis ?

West lança un coup d'œil par-dessus l'épaule de Clay, se dressant sur la pointe des pieds comme pour lui montrer qu'il lui tardait de franchir le seuil de cette porte. Il ne cherchait pas à dissimuler son intérêt. West faisait partie des rares personnes qui ne cachaient jamais leurs désirs.

— Il ne t'en a pas parlé ? fit mine de s'inquiéter Clay.

— Je ne voudrais pas être indiscret... mais ça me concerne un peu. Nous partageons la couverture et un mur, tout de même !

Clay hésita, préparant ses phrases avec soin. Plusieurs millions d'euros étaient en jeu.

— En vérité, je n'ai pas encore pris de décision concernant le *palazzo*. J'adore Venise. Mais je ne suis pas sûr de pouvoir entretenir cet endroit pendant que je m'efforcerai de reconstruire ma vie, post-Freddy, à New York.

— Post-Freddy ? répéta West d'un air goguenard. Je vois que tu reprends le dessus.

— Il le faut bien.

Clay inspira à fond, puis souffla le plus lentement qu'il le put.

— Je te rassure, reprit-il, tu devras attendre encore un peu avant que je quitte les lieux. Mais, si cela arrive, je suis certain que mes remplaçants ne seront pas de ceux qui reçoivent des colis de la part de parents inquiets.

West pinça les lèvres. Clay savait que sa boutade au sujet de la distribution du courrier sous-tendait une menace. Les nouveaux occupants du Palazzo Contarini pourraient se révéler bien plus dérangeants qu'une rotation de stagiaires de l'Ivy League. Ils risquaient même d'être plus fortunés que les West, et donc mieux placés, plus exigeants et plus audacieux pour lancer de vastes travaux de rénovation.

— J'ose espérer que…

West s'interrompit, puis relança la machine de manière plus directe, en homme d'affaires.

— Lorsque, voilà dix ans, j'ai acheté la moitié de ce palais, Freddy et moi avions passé un accord tacite…

Il renonça également à cette approche qu'il jugea sans doute trop agressive.

— Vendre n'est pas une décision à prendre à la légère, finit-il par argumenter d'une voix plus posée.

— Pour l'instant, je veux seulement avoir une estimation par un professionnel. Je suis confus qu'il t'ait dérangé.

— Quel a été son avis, si je puis me permettre ?

Clay botta en touche.

— Il n'a fait qu'un rapide tour du propriétaire. Il n'a pas…

— Je comprends. Mais que t'a-t-il dit ?

Le moment était venu pour Clay de sauter le pas. En ne vendant que de l'argenterie à Richard West, il pouvait encore reprendre le cours de sa vie à New York : un père dont il s'était éloigné, des cartons de livres et de vêtements, un diplôme d'une université locale. Mais il savait quel serait le prix à payer s'il lui vendait le *palazzino* : il ne pourrait jamais reprendre le cours de son ancienne existence. Un jour ou l'autre, West découvrirait l'escroquerie – une infraction grave punie d'une peine de prison – et lancerait la police à ses trousses. Clay s'apprêtait à se construire un avenir en cavale. Dans ce but, Nick et lui auraient besoin d'un maximum d'argent.

— Son chiffre tourne autour de cinq millions d'euros, répondit-il sans broncher. Voire plus.

Il tentait le diable, mais c'était devenu une habitude ces derniers temps.

— Il faudra faire des travaux, c'est certain, reprit-il. Mais la fresque de Ricci augmente considérablement la valeur du bien.

West en était toujours à digérer le « voire plus ».

— Vraiment ? Je n'aurais jamais cru que ça puisse aller chercher aussi loin. Ne le prends pas mal, mais ce n'est pas beaucoup plus grand qu'un dressing. Il a vraiment dit plus de cinq millions ?

Clay haussa les épaules.

— Ça fait beaucoup, c'est sûr, admit-il.

— Tu as tous les titres de propriété en règle ? Je veux dire, ils sont tous à ton nom ? Le testament n'a pas été contesté par la sœur de Freddy ? Pas de retards à cause de l'administration italienne ou de la *visura catastale* ?

— Tout est en ordre, continua de mentir Clay. Comme je te le disais, sa sœur est hors circuit depuis très longtemps. Selon l'agent immobilier, l'obtention de tout document administratif supplémentaire ne devrait présenter aucune difficulté.

Clay voyait que West traitait ces informations comme autant de nutriments. Se pouvait-il qu'il gobe tout ? Le plan bancal que Nick et lui avaient concocté dans un restaurant de Murano semblait fonctionner.

Une voix féminine cria depuis les coulisses de l'éclat du soleil.

— Dick ?

West tourna la tête.

— Oui, ma chérie. Une seconde.

Il parut contrarié quand il reporta son attention sur Clay.

— J'aimerais t'en reparler plus tard.

Clay hocha la tête.

— Je dois te dire que ça m'affecte énormément, reprit-il. Je me sens investi de la mission de préserver l'intégrité de ce *palazzo*, ce qui comptait beaucoup pour Freddy, ai-je besoin de te le rappeler, même s'il n'entretenait plus vraiment sa partie sur la fin.

Clay se crispa.

— Je te serais reconnaissant de me laisser le temps de la réflexion avant de le mettre en vente. Comme tu disais toi-même que tu n'as pas encore pris ta décision…

Clay n'avait nullement l'intention de lui donner le temps de peser le pour et le contre.

— Ce sera fait d'ici quelques jours. Je n'ai pas l'intention de rester à Venise pendant la saison touristique.

West ricana.

— Certains biens mettent des années à trouver un acquéreur et leur prix de vente baisse peu à peu, dit-il. Prépare-toi à cette possibilité. Il se peut que tu doives attendre très longtemps.

— Oui, l'agent immobilier m'a prévenu que ça arrivait une fois sur deux. Mais, si leur prix de vente correspond au marché, ils partent comme des petits pains.

La voix de Karine résonna de nouveau avec plus d'insistance, si bien qu'ils se dirent au revoir. Clay ferma la porte de communication. Maintenant que cette étape cruciale du plan avait été franchie, il s'attela à préparer la suivante. Il avait déjà parcouru les papiers administratifs de Freddy pour repérer des exemples de la signature de Cecilia van der Haar, et savait, grâce à ses recherches sur Internet, que trois documents officiels au minimum seraient nécessaires pour convaincre un notaire italien. Cette prochaine étape s'annonçait la plus délicate et la moins évidente. Elle nécessitait un numéro que seuls pouvaient exécuter les amis sans foi ni loi qui avaient gravité autour de Freddy. Il y avait des avantages, finalement, à avoir construit sa vie aux marges de la société. Personne n'avait jamais chuchoté de tuyau en Bourse à l'oreille de Clay mais, grâce à Freddy, il connaissait des gens susceptibles de lui livrer des fusils d'assaut n'importe où dans le monde en un rien de temps.

Il chercha sur Google le numéro de téléphone du Ritz à Paris.

— Pourrais-je parler à Antonin Marceau ? demanda-t-il à la standardiste, faisant appel à son français de terminale.

— M. Marceau n'accepte pas les appels provenant de l'extérieur. C'est lui qui les passe. Il ne les prend pas.

C'était là l'un des barrages fantasques typiques érigés par l'un des plus vieux et plus chers amis de Freddy.

— Je peux lui laisser un message ?

— Monsieur ne souhaite pas qu'on lui en communique.

— D'accord. Il séjourne bien au Ritz en ce moment, non ?

— Oui, je vous le confirme.

— Sera-t-il toujours chez vous la semaine prochaine ?

— Forcément, répondit la femme d'une voix si lasse que Clay ne parvint pas à déterminer si elle considérait que ce truand baraqué roi du marché parallèle incarnait un art de vivre à la française ou un fantôme encombrant.

— Alors, quand vous le verrez, merci de lui dire qu'un de ses amis viendra lui rendre visite.

15

En cette fin de matinée, le soleil réchauffait les joues de Nick alors qu'il traversait un vaste *campo* bordé de terrasses de café. Il tenait dans sa main, enveloppé dans du papier aluminium, le flacon de nettoyant pour argenterie qu'il comptait offrir à Richard West. Il ne pouvait ouvertement tenter de le convaincre d'acquérir le Dormitorio, mais il existait d'autres moyens de persuasion susceptibles de favoriser le plan. Plus tôt ce matin-là, il avait envoyé un texto à Eva pour lui proposer de déjeuner. Dans sa réponse, elle lui avait envoyé l'adresse d'un restaurant de poissons dans Cannaregio, non loin de la Sacca della Misericordia.

En passant dans une ruelle, aux pavés que la pluie nocturne avait rendus glissants, Nick huma cette odeur vénitienne que Clay aimait tant. Il essaya à son tour de lui trouver du charme, mais elle lui rappelait trop la cave de son enfance. Soudain, un groupe de touristes lui barra le chemin, ne laissant qu'un passage aussi étroit qu'une galerie de fourmilière que les promeneurs devaient emprunter en se mettant à la queue leu leu. Au moment où Nick s'y faufilait, il aperçut Battista qui venait en sens inverse. Celui-ci portait une chemise noire rehaussée d'une cravate en soie bleue. De son sac à dos autour de ses épaules, dépassait son sempiternel tube noir. Il semblait guider un vieil Italien qui le suivait avec peine. L'homme, presque chauve, avait de rares fines mèches grises plaquées sur son crâne et une cigarette éteinte coincée entre les dents. Il serrait contre son torse, comme un tas de bûches, un attaché-case bourré à bloc. Battista s'arrêta sous l'enseigne d'une trattoria et, d'un geste, invita son compagnon à y entrer. Nick l'appela avant qu'il ne lui emboîte le pas.

Battista leva les yeux et, pour une fois, un vrai sourire illumina son visage. Nick accéléra le pas vers lui pendant qu'il allumait une cigarette. Par la vitre de la trattoria, Nick vit l'homme s'asseoir à une table occupée par une femme. Une pile de classeurs était posée dans l'assiette devant elle comme si c'était le plat qu'elle avait commandé, et son compagnon posa les siens dans sa propre assiette. Il avait échappé à Nick que les déjeuners professionnels existaient aussi à Venise.

En général, il n'était pas attiré par les fumeurs, mais il devait reconnaître que, chez Battista, cette dépendance ne manquait pas de charme. La fumée s'enroulait autour des cheveux bruns de l'Italien en suivant leurs crans et leurs boucles. Deux piqûres de moustique avaient enflé dans le haut de son cou.

— Je te croyais déjà parti à Milan.

— Pas encore, répondit Nick en esquissant un sourire qu'il espéra séducteur.

D'un signe de tête, il désigna le tube en carton.

— Tu le trimballes toujours avec toi ?

Battista tendit la main derrière lui pour palper son sac à dos. Son pin's *Residente Resistente* étincela sous le soleil.

— Ce sont des plans très importants pour les projets de M. West. Nous y avons travaillé jour et nuit. Ça m'a beaucoup occupé ces derniers temps.

Il fit un clin d'œil avant d'ajouter :

— Trop occupé.

Nick avait appris que, en Italie, adresser un clin d'œil à quelqu'un, petit signe qui était rare à New York et ne se faisait pratiquement jamais dans l'Ohio, était une marque d'affection traditionnelle. Nick aimait bien cette version plus amicale de l'assistant de West. Il se dit que, s'il s'était montré distant lors de leurs rencontres précédentes, ce devait être parce que son patron se trouvait toujours dans les parages.

— Tu devrais prendre des vacances.

— Impossible ! rétorqua Battista en secouant énergiquement la tête comme si pareille demande équivaudrait à un suicide social.

Pour un jeune Vénitien, occuper le poste de secrétaire particulier d'un Américain richissime devait représenter une position bien plus prestigieuse que Nick ne l'avait imaginé.

— Tu aimes travailler pour Richard?

— Beaucoup.

Battista ôta de sa langue quelques brins de tabac, semblant réfléchir sérieusement à toutes les implications soulevées par sa réponse.

— Tu connais la situation des jeunes à Venise?

— Non, admit Nick.

— Elle est difficile. Il y a très peu d'offres d'emploi pour restaurer ma ville. J'aime beaucoup les projets de M. West, car ils viennent en aide à Venise, ils la ramènent à la vie. La majorité des postes proposés aux jeunes Vénitiens de mon âge consistent à faire le mariole, à distraire les touristes en mettant des costumes ou en les emmenant faire des balades en bateau. Presque tous mes amis…

Il passa sa langue sur les gouttes de transpiration qui s'étaient formées au-dessus de sa lèvre supérieure.

— … ont dû, après leurs études, déménager sur le continent pour trouver du travail. Tous mes anciens camarades de promo, sauf deux, sont partis et ne reviendront pas. Mais, grâce à M. West, je peux rester ici, et c'est toute la différence. Je me rends utile à la sauvegarde de Venise. C'est important, non?

Nick tenta de s'imaginer vivre ainsi, vouloir faire pour Dayton tout ce qui était en son pouvoir au lieu d'en être parti du jour au lendemain et ne plus jamais y penser. C'était peut-être dû au fait qu'elle ne s'enfonçait pas sous l'eau. Ou qu'elle lui avait clairement fait comprendre qu'elle n'en avait rien à faire de lui. Nick se surprit à envier l'amour que Battista éprouvait pour sa ville natale.

— C'est formidable que tu puisses t'y consacrer. Ne laisse pas Venise se faire massacrer. Ce serait une fin très cruelle.

— Quand on songe à la difficulté d'obtenir des autorités locales les autorisations de travaux de restauration, il semble qu'elle tente de se suicider.

Nick se tourna vers la vitre de la trattoria. L'homme et la femme piochaient dans leurs documents.

— Sur quels projets travailles-tu avec eux?

Battista tira le tube en carton de son sac à dos comme s'il s'agissait d'un sabre de samouraï.

— Des trucs importants, répondit-il, restant dans le vague. Bleus, certificats, plans. Des tas d'autorisations et d'inspections doivent être validées avant que nous obtenions l'accord pour une restauration. Très compliqué et top-secret.

Nick connaissait par cœur les écrans de fumée diffusés par les sous-fifres pour mieux se valoriser – un déluge de mots pour masquer leur ignorance des faits. Lui-même avait usé de cette technique chez Wickston. Il soupçonnait que le rôle de Battista se limitait à déposer son tube en carton sur la table, puis attendre dehors le moment où il devrait régler l'addition du repas avec la carte bancaire de West. Ce qui ne l'empêcha pas de hocher la tête d'un air impressionné. Des âmes charitables avaient dû faire la même chose pour lui.

— Je suis sûr que vous obtiendrez le feu vert, dit-il.

— Ce n'est qu'un projet parmi d'autres. Aujourd'hui, je vais commencer une nouvelle mission. Coups de fil, recherche des filiations et datations. Migraines assurées !

Il jeta son mégot par terre et sortit son téléphone.

— Donne-moi ton numéro. Je t'ajouterai sur WhatsApp. On pourrait prendre un pot avant que tu ne partes pour Milan.

Nick, s'efforçant de ne pas se voir en train de rouler une pelle à Battista après quelques verres, lui laissa son numéro puis le pria de l'excuser.

— Je déjeune avec Eva.

— Essaie de lui remonter le moral. Elle devra bientôt retourner en France si elle ne trouve pas de poste. Tu vois ? Cette ville n'est pas faite pour les jeunes.

Nick se composa un air compatissant. Pour la réussite du plan, c'était précisément la mauvaise nouvelle concernant Eva qu'il avait espéré entendre.

Il courut pour arriver à temps au restaurant. Eva était déjà avachie sur une table d'angle. Elle mâchonnait une touillette en parcourant le journal local, tournant les pages consacrées aux horreurs du nouveau complexe touristique apocalyptique de Mestre ainsi qu'à la menace d'une grève des transports imminente. On parlait aussi d'une extinction de masse des oiseaux de rivage en Toscane, pour ceux qui avaient le malheur de voler hors de Venise. Ces mauvaises nouvelles seraient les compagnes idéales de Nick. Quand il s'assit en face d'Eva, elle feula comme un fauve.

— Je suis d'une humeur exécrable, le prévint-elle. Mais je te promets de faire comme si tout allait bien lorsque nous passerons la commande.

— Pourquoi donner le change alors que tu peux m'entraîner par le fond avec toi ?

— Excellente idée !

Elle lança le journal sur le côté, puis se tapa le front.

— Ce geste résume les derniers jours que je viens de passer à chercher un emploi. Chercher ! Au point où j'en suis, autant que je regarde par la vitre si j'en vois passer un. Cela compte aussi, non ?

— Bien sûr.

— Tu as dû remarquer que je ne mets plus aucun message sur Instagram. J'en ai marre de me vanter de la vie que je mène dans une ville qui, à l'évidence, ne veut pas de moi.

— Oh, Eva. Poste au moins une autre photo d'une gondole approchant d'un pont. *S'il te plaît !*

Nick se sentait dans son élément en compagnie d'Eva – ils avaient le même sens de l'humour et posaient le même regard sur les choses dans le flou de leur appréciation mutuelle. Il était aussi aidé par la solitude inhérente d'une compatriote dérivant depuis trop longtemps en terre étrangère. Nick avait besoin de son amitié afin de faire pression sur West. Il le pensait prêt à faire n'importe quoi, ou presque, pour sa nièce. Après avoir commandé, Eva continua de faire la tête.

— Ne sois pas trop pessimiste concernant tes projets, dit-il en pianotant sur la nappe rose. Qu'en est-il de celui dont ton oncle et toi parliez l'autre jour ? C'était une idée formidable.

— Lequel ? demanda-t-elle d'un air interdit.

— Heu…

Nick fit semblant de faire un effort de mémoire.

— La fresque du Palazzo Contarini que tu disais vouloir restaurer.

— J'adore ta conversation, alors tu comprendras mon extrême tristesse de n'avoir aucune idée de ce à quoi tu fais allusion, répondit-elle en riant.

Il claqua des doigts au-dessus de la corbeille de pain.

— Ton oncle et toi évoquiez bien la possibilité de restaurer… Mon Dieu, de quoi s'agissait-il, déjà… Pourquoi est-ce à moi de me souvenir de tes ambitions à ta place ? … une fresque représentant la Vierge Marie sur un plafond, de…

Il fit mine d'hésiter.

— Tiepolo ? C'est bien Tiepolo qui a peint cette fresque dans la maison contiguë à celle de ton oncle ?

— Sebastiano Ricci !

Eva attrapa une tranche pain, comme en récompense de sa bonne réponse.

— Oui, tu parles de la fresque de la Madone bleue. Elle est dans un état déplorable. D'après oncle Richard. Je ne l'ai pas vue de mes yeux. Notre jeune voisin n'est pas un intime. Les West sont ses ennemis jurés, alors il faut l'approcher avec une extrême prudence. Tu as raison, j'aimerais beaucoup travailler sur cette fresque. Oh, ce serait le rêve !

— Il me semblait que Richard pensait qu'il y aurait un moyen pour que tu y parviennes ? J'avais mal compris ?

— Venise te fait perdre ta lucidité. Tu commences à m'inquiéter.

— Je t'assure que ton oncle en a parlé. Je ne sais plus si c'était quand nous nous trouvions tous les trois dans son bureau, ou plus tard, au salon, quand tu avais trop bu.

— Cela se voyait tant que ça ?

— Ce n'est rien de le dire.

— Ah bon ?

— J'étais gêné pour toi. Mais, sans rire, ton oncle a dit que ce serait formidable si tu pouvais travailler sur cette œuvre. Il a raison, quand on y songe. La fresque n'est pas répertoriée, je me trompe ? Elle ne figure pas dans les archives municipales. L'administration locale n'aurait pas son mot à dire sur le choix du restaurateur. Elle est dans une propriété privée. Mon Dieu, elle est là, tout près, elle se détériore de l'autre côté du mur de chez ton oncle et personne ne lève le petit doigt pour la sauvegarder. C'est terrible, surtout quand on songe que c'est justement ta formation et que, tout ce que tu peux faire pour passer le temps, c'est déjeuner avec moi.

— Je sais.

— C'était une excellente idée que tu la remettes en état.

— Ça l'est toujours ! s'écria-t-elle, sur la défensive.

Soudain, elle se redressa.

— Tu sais, c'est même la meilleure qui soit. Les Vénitiens ne pourraient pas m'empêcher de travailler sur ce projet ! J'aurais le contrôle total du chantier et je le réussirais, en bannissant les produits chimiques dont ils se sont servis pour décaper *L'Enlèvement des Sabines*.

— Il faudra que tu m'expliques pourquoi tu ne t'écoutes pas quand tu as bu.

— Parce que je ne me souviens de rien. Je t'assure, je ne...

— Oh, je ne sais même pas qui est Sebastiano Ricci !

Nick écarta les mains devant lui pour souligner sa totale ignorance.

— Attends une seconde ! Et si je restaurais cette fresque ? Pourquoi pas ?

Elle le défiait du regard.

— Mon oncle a-t-il dit comment on pouvait y accéder ? lança-t-elle. Il déteste le garçon d'à côté. Il a passé des dîners entiers à déblatérer sur son compte, à le traiter de petit magouilleur qui cache bien son jeu. Tu te souviens de ce qu'il a dit, au juste ?

— Non, pas du tout. Demande-le à Richard. Je ne me rappelle rien. Cette idée me paraît folle.

— Voyons, ce n'est pas fou, loin de là.

— Surtout quand on pense au temps qu'il faut à ton oncle pour obtenir les autorisations pour tout nouveau projet de restauration.

Elle ne l'écoutait plus, son regard vagabondait de-ci de-là sur la toile cirée rose. Nick n'eut pas besoin d'insister. D'un geste amical, il prit la main d'Eva pour l'écarter de sa bouche.

— Ne te bourre pas de cuticules. Partageons plutôt ces tranches d'espadon.

Pendant le repas, Nick évita d'aborder le sujet de la Madone bleue, espérant s'en dissocier. Mais le peu d'attention qu'Eva lui accordait était le signe encourageant qu'elle réfléchissait déjà au moyen de s'introduire chez leur voisin.

Lorsque l'addition leur fut présentée, elle s'en saisit avant Nick.

— Je t'invite. Tu viens de me sauver la vie.

Il fit alors glisser le flacon d'antioxydant sur la table.

— Tu pourras donner ça à ton oncle ?

— Tu le feras toi-même. Nous sommes à deux pas de la maison et je sais que cela lui fera plaisir de te voir.

Ils marchèrent côte à côte dans la chaleur printanière. Ils croisèrent un groupe de jeunes gondoliers, chacun d'eux portant un chapeau de paille entouré d'un ruban rouge. Fringants dans leur uniforme neuf, ils faisaient penser à de jeunes recrues de l'armée surexcitées, envoyées en première ligne pour remplacer les soldats fatigués et blessés.

— Karine est à la maison, dit Eva, ne parle pas de la fresque Ricci.

— Pourquoi ? Serait-elle opposée à ce que tu y travailles ?

— Oh, oncle Richard et elle ont un accord. Il peut investir dans ses projets tant qu'elle a le droit d'investir dans les siens. Je crois qu'ils se sont disputés parce qu'elle trouvait qu'il dépensait trop. Alors, je préfère qu'on n'aborde pas le sujet si elle se trouve dans la pièce.

— Quels projets a-t-elle ?

Ils approchaient du Palazzo Contarini. Nick se retenait de lancer des coups d'œil dans la ruelle menant chez Clay.

— Elle se plonge à fond dans la recherche scientifique, tout ce qui est cartographie du cerveau ou toute autre spécialisation sur laquelle elle travaillait à Leipzig. C'est un couple atypique, deux personnes fortunées ayant des intérêts différents auxquels chacune veut se consacrer.

Ils pénétrèrent dans le jardin, puis Eva déverrouilla la porte en fer. Avant qu'ils ne s'engagent dans l'escalier, elle se tourna vers Nick et lui offrit le large sourire glacial d'une criminelle professionnelle.

— Ne t'inquiète pas, dit-elle. J'atteindrai cette fresque dussé-je détruire le mur à coups de masse au beau milieu de la nuit.

— Tu me fais peur, Eva, répondit-il gaiement.

Quand ils ouvrirent la porte du salon, ce ne fut pas la voix de Karine qui résonnait depuis les profondeurs de la maison. Nick entendit les sons monotones de celle de West en provenance de son bureau, entrecoupés du rire niais de son interlocuteur. Lorsque l'inconnu prit la parole, Nick ne comprit pas ce qu'il disait, néanmoins son accent anglais chantant lui parut étrangement familier. Il frissonna. La tenture de velours s'écarta, et West s'élança dans le couloir. Nick tendit son cadeau, prêt à débiter un cours théorique sur les bonnes techniques de polissage.

— Nick ! s'écria West tandis qu'il entrait dans la lumière du soleil qui inondait le salon. Quelle bonne surprise ! Je comptais justement t'appeler aujourd'hui.

Avant que Nick ait le temps de réagir, le visiteur cria depuis le bureau :

— Le mien sans glace, s'il te plaît !

Nick, reconnaissant la voix, se figea. West s'approcha de lui et lui glissa à l'oreille :

— Ne le prends pas mal. Ce n'était pas pour avoir un second avis, je te le jure. J'ai entièrement confiance en ton jugement.

— Un second avis sur quoi ? interrogea Nick, parlant soit à voix haute soit pour lui-même, il n'aurait su le dire.

Son pouls battait fort dans ses oreilles et les reflets aveuglants de la lumière renvoyés par le papier d'aluminium du paquet qu'il tenait dans la main lui donnaient la nausée.

— J'ai eu envie de me vanter, voilà tout, dit West avec un sourire coupable. Je sais, c'est puéril. Mais, après tant d'années pendant lesquelles cet abruti d'ivrogne n'a pas été fichu de mettre la main sur une seule pièce d'orfèvrerie van der Haar, je n'ai pu résister à lui envoyer un e-mail sarcastique. Je ne te mentirai pas : ça m'a fait un bien ! Ne t'inquiète pas, je lui ai bien dit que c'est à toi que je devais tout.

West serra l'épaule de Nick.

— J'ai mon expert Wickston personnel.

— Quoi ? lâcha Nick d'une voix éteinte car il n'avait pas la force de parler plus fort. Je ne sais pas…

Il y eut un instant de silence, puis la tenture de séparation roula le long de la tringle et le cauchemar de Nick devint réalité. Dulles

Hawkes avait encore pris de l'embonpoint depuis les mois que Nick ne l'avait plus revu, mais il transpirait toujours autant à en juger par les auréoles qui marquaient ses aisselles. Il cligna des yeux à cause du soleil, puis mit sa main en visière pour mieux voir. West recula, comme pour laisser deux chiens de la même race se flairer.

— Dulles ! lâcha Nick sur le ton d'une insulte.

— Nick, Nick, Nick, chantonna le vieil homme avec un léger vibrato. Quel heureux hasard de tomber sur toi ici, à Venise !

Au-dessus du cou de taureau de Dulles, flottait un sourire. Nick n'aurait su dire s'il devait y voir de l'animosité, de la bienveillance, de la cruauté ou de l'ironie. Quoi qu'il en soit, même si le double passe-temps favori de Dulles, l'alcool et la cocaïne, s'était amplifié à la retraite, il était toujours capable de dire que les antiquités van der Haar disposées sur le vaisselier étaient des faux. En fait, il le savait depuis longtemps puisqu'il avait lui-même conseillé à Freddy de ne pas chercher à les vendre. De plus, il n'ignorait pas que Nick ne travaillait plus chez Wickston. Nick envisagea un instant de courir se réfugier dans la salle de bains. Il s'imaginait déjà sautant par la fenêtre dans le canal, nageant jusqu'à l'aéroport et téléphonant à Clay pendant qu'il attendrait que soit annoncé le décollage de son avion. Pourtant, il continua de sourire, sa seule échappatoire du moment.

Dulles lui tendit la main. Au moment où Nick la serra, Dulles lui tapota la paume du bout de l'index tout en le regardant d'un air entendu. Nick s'empressa de reprendre sa main.

— Richard était justement en train de m'expliquer comment tu l'avais si bien conseillé sur les toutes dernières pièces d'antiquité van der Haar, lança Dulles, le regard pétillant de malice. On peut toujours faire confiance à une estimation Wickston ! Les plus exactes qui soient dans le milieu, maintenant que je me suis retiré des affaires.

Nick rit haut et fort, puis se tourna vers l'endroit de la pièce que le soleil éclairait, le seul qui lui donnait un sentiment de sécurité.

— J'étais chez moi, à Londres, quand j'ai reçu l'e-mail de Richard. Il se trouve que j'allais partir pour Rome, si bien que je me suis dit : « Tiens, et si j'allais passer quelques jours à Venise pour admirer ces splendeurs de l'Amérique coloniale ? »

— Ce sont des pièces superbes, n'est-ce pas ? releva Eva, assise sur le canapé plongé dans l'ombre.

— Oh, la la ! Ce n'est rien de le dire ! renchérit Dulles d'une voix de tête.

Il tira un mouchoir de sa poche de pantalon, en tamponna ses joues moites, puis le roula en boule dans son poing. La soie rouge semblait fleurir entre ses doigts grassouillets. Nick eut soudain l'impression d'y voir de la viande hachée.

— Elles sont magnifiques ! Freddy était un ami proche en plus d'être un client de longue date. Je suis vert de jalousie qu'il ne me les ait pas confiées de son vivant. Quel chameau, ce Freddy !

Nick sentait que Dulles ne le quittait pas des yeux, raison pour laquelle lui-même fixait toute son attention sur West, immobile devant le bar. Les platitudes de Dulles au sujet de l'argenterie avaient donné du ressort à leur hôte. C'était tout juste s'il ne dansait pas en versant une mesure de vodka dans un verre.

— Un nuage de plus, s'il te plaît, l'encouragea Dulles. Oh, n'aie pas peur d'avoir la main lourde. Je suis à la retraite ! J'ai enfin le droit de boire !

West lança un regard par-dessus l'épaule de Dulles.

— Je t'en sers une, Nick ?

— Non, non, je te remercie. Je dois partir. J'ai une réunion…

Son cerveau fut incapable de lui souffler la fiction d'un nom ou d'un lieu. Sa seule certitude était qu'il devait s'éclipser sans regarder Dulles en face.

— Je voulais juste te déposer cette petite surprise.

West se dirigea vers Dulles et lui tendit sa vodka, puis prit le paquet que Nick lui tendait. Il arracha l'emballage et rit aux éclats en découvrant le cadeau qui, jusqu'alors, s'imposait. À présent, il semblait être un rappel moqueur de la traîtrise de Nick.

— Du nettoyant pour argenterie !

— Et la meilleure marque, assura Dulles, alors qu'il n'en était rien. Nick devait astiquer des *milliers* de pièces chez Wickston. Il connaît les bons produits. J'étais justement en train de dire à Richard que, selon moi, les lave-vaisselle détruisent notre métier. Non, non, écoutez…, ordonna-t-il, levant la main pour faire taire un contradicteur inexistant, puis avalant une gorgée de vodka avant de reprendre : Plus personne ne veut perdre son temps à faire briller un service de table. C'est de l'entretien. Cela exige du respect et de l'huile de coude. Tout ce qui est beau, tout ce qui a du sens, tout ce qui est sa-cré requiert des efforts. Le lave-vaisselle est le dieu domestique de la céramique et de la matière plastique. Mais, pour nous, c'est le diable. Juste ciel, la plupart des gens n'ont même plus de salle à manger.

Dulles pouffa de rire en lançant des coups d'œil à son auditoire. Ce fut alors qu'il dut se rendre compte que Nick s'obstinait à détourner les yeux, car sa phrase suivante se révéla acérée dans le but de faire son petit effet.

— Nick, puisque nous parlons boutique, que devient Ari ? Je lui ai promis de le rappeler.

— Il va très bien, répondit Nick en donnant à Dulles ce qu'il voulait, à savoir son regard.

Parler d'Ari lui fit monter des larmes aux yeux.

— Il faut vraiment que je parte, dit-il.

Dulles lui sourit.

— Comme c'est dommage. Et si nous nous retrouvions cet après-midi ? Je détesterais que nous manquions cette occasion de nous revoir avant que tu files à Milan auprès de ton client.

— Oh, c'est que…

Nick secouait la tête.

— Mais si, j'insiste ! Je vais à New York si rarement désormais. Ce sera sûrement la dernière fois que nous nous reverrons.

Dulles avala une gorgée de vodka, puis ses doigts cherchèrent à l'aveuglette dans la lumière du soleil pour trouver le bras de West.

— Richard, suggère-nous un musée tranquille où Nick et moi pourrions nous rejoindre dans, disons, deux heures. Un endroit plein d'œuvres d'art extraordinaires, mais sans troupeaux de touristes se ruant dans toutes les directions.

— La Scuola Grande di San Rocco ! cria Eva depuis son siège en encoignure.

Elle donnait de petits coups de pied au butoir de porte.

— C'est là qu'on peut admirer les plus beaux plafonds peints de Venise, poursuivit-elle en souriant à Nick d'un air espiègle. Je les trouve sublimes. Pas toi, oncle Richard ? Je m'étais spécialisée dans ces fresques à Toulouse.

— Les Tintoretto de l'église San Rocco sont divins, affirma West. Allez-y, vous devriez absolument les voir.

— Oui, Nick, il le faut, conclut Dulles avec langueur. À San Rocco dans deux heures, ça te va ? Je suis impatient de t'y retrouver, nous avons du temps à rattraper.

Cela n'augurait rien de bon. Ni pour les deux heures avant le rendez-vous, ni pour toutes celles qui suivraient. Clay et lui auraient mieux fait de quitter la ville sans attendre. Mais ils étaient devenus trop gourmands. Ils étaient restés à Venise une journée de trop.

L'imposante façade géométrique en marbre blanc de la Scuola Grande di San Rocco pouvait passer pour le prototype d'une banque d'affaires. L'édifice se dressait sur un *campo* à deux pas de l'église des Frari, non loin de chez Daniela et, par malheur pour Nick, plus près qu'il ne l'avait cru du *palazzo* de West. Cela lui laissait trop de temps pour angoisser, regretter et concocter des plans d'action compliqués mais vite abandonnés tandis que, inquiet, il faisait les cent pas devant un glacier. Il repensait à sa rencontre avec Dulles, encore et encore, mais elle l'avait tellement effrayé qu'il ne parvenait pas à se rappeler les détails importants. Cette incapacité lui permettait de réinventer ce qui s'était joué. Il réussit presque à se convaincre que Dulles croyait vraiment à l'authenticité de ces pièces, était sincèrement blessé que Freddy ne lui ait jamais proposé de les vendre et que ce vieil alcoolique dégoulinant de transpiration désirait seulement faire le point avec lui sous le paradis provisoire offert par les peintures du Tintoret avant que chacun parte de son côté. Nick décida de ne pas informer Clay de ce problème. À quoi bon l'inquiéter trop tôt ? Il lui revenait de le régler. Dulles en rirait peut-être : *Mon Dieu, moi non plus, je ne supporte pas Richard West ! Je suis ravi que vous l'ayez escroqué ! Je vous félicite ! Ça faisait des années que j'en avais envie, mais Freddy s'y opposait !* Nick s'efforçait de guider son cirque d'optimisme à travers une terre vaine et sans espoir aucun. Et pour cause : la confiance en l'avenir valait bien mieux que la réalité de ce que Dulles pourrait menacer de faire

– ou, pour autant qu'en savait Nick, avait déjà fait depuis deux heures et plusieurs autres verres de vodka. Il les avait sûrement déjà discrédités.

Vint le moment pour Nick d'affronter son destin. Il paya les huit euros d'entrée de la *Scuola*. Ses pas résonnèrent sur le sol de la salle du rez-de-chaussée, puis il gravit un escalier en pierre sans un regard pour les immenses toiles d'Antonio Zanchi représentant la Vierge Marie apparaissant au-dessus d'une ville frappée par la peste. L'étage s'ouvrait sur une vaste salle de bal tout en dorures. Nick scruta la pénombre, en quête de Dulles. Il ne vit que des visiteurs qui allaient et venaient, tête baissée sur l'iPad brillant qu'ils tenaient entre leurs mains. En s'approchant, Nick se rendit compte qu'il s'agissait en fait de miroirs qui leur permettaient d'examiner le plafond, baissant la tête au lieu de la lever.

Nick en prit un sur une table d'appoint. Les murs de la salle étaient couverts de personnages en bois sculpté. Pour certains, leur corps était tranquille et angélique, tandis que d'autres semblaient se tordre et se débattre. C'était une forêt sombre de serpents, de chaînes et de bouches déformées par des cris. Nick préférait les peintures du Tintoret au-dessus de lui, surchargées d'un déluge de saints venant de nues d'un blanc étincelant. Il lui fallut quelques instants pour s'adapter à la vision inversée offerte par le miroir, mais son cerveau prit de nouveaux repères et, bientôt, au gré de ses pas, il se perdit dans les représentations de ces scènes bibliques peintes sur le plafond à caissons. Il se figea quand un monstrueux visage gris-vert éclipsa ces visions.

Dulles se trouvait devant lui, tenant un catalogue en papier glacé. L'un des personnages représentés sur le mur figurait en couverture : un homme aux cheveux longs et aux yeux bandés qui tirait la langue.

— « La Beauté de la Vertu et la Laideur du Vice », lut Dulles, déchiffrant la légende en bas de page. En réalité, c'est plutôt l'inverse, non ? La laideur de la vertu, la beauté du vice.

Il s'exprimait d'une voix fluette, moins plaintive, plus compatissante que d'habitude qui résultait soit d'une tentative de rapprochement soit de la règle de tranquillité imposée par le musée, soit tout simplement du fait que sa marche à travers la ville après avoir ingurgité trop de vodkas l'avait vidé de son énergie. Dulles enfonça l'ouvrage entre les mains de Nick, puis roula en boule son mouchoir rouge et se tamponna les narines nimbées de transpiration.

— Garde-le. Je l'ai acheté pour toi à la boutique.

— Je vous remercie, répondit Nick après un bref instant d'hésitation.

Il ne savait pas trop comment réagir. À New York, lorsque Dulles passait chez Wickston, il évitait tout contact. Bureaux, portes et escaliers étaient ses barrières de prédilection. Pour l'heure, il choisit de feuilleter le catalogue d'un air très intéressé.

Dulles posa sa paume moite sur la main de Nick pour lui signifier de remettre sa lecture à plus tard.

— Nick, roucoula-t-il. Mais dans quelle arnaque es-tu allé te fourrer ?

— De quoi parlez-vous ?

— Épargne-moi ça. Nous savons toi et moi que ces pièces d'argenterie van der Haar sont aussi authentiques que ta carte professionnelle. Ce qui me surprend, c'est que Richard ait pu croire qu'un adorable petit minet dans ton genre au joli sourire à fossettes...

Dulles, sans crier gare, tendit ses doigts noueux vers la joue de Nick, mais ce dernier esquiva.

— ... pouvait réellement être un honorable antiquaire capable de faire des estimations dignes de confiance. Ton petit numéro a vraiment dû l'impressionner.

Dulles s'esclaffa et parut apprécier les échos de son rire aux quatre coins de la salle. Un homme qui, assis sur une chaise pliante, dessinait sur un carnet à croquis, tapa du pied pour exiger le silence. Dulles ne parla pas plus bas pour autant ; il se contenta de s'approcher de sa victime.

— Je vais te dire ce qui me préoccupe : sur quelle base le jeune Guillory et toi vous partagez-vous les sept cent cinquante mille dollars ? La moitié chacun ? Tu mériterais au moins soixante-quinze pour cent de la somme au vu du numéro exceptionnel que tu as dû exécuter.

— Clay ne sait rien. Il ignore que ces objets sont des faux. Il en a hérité de Freddy et est persuadé qu'ils sont authentiques.

Il lui semblait qu'endosser toute la responsabilité du coup monté revenait à jouer plus finement. D'une part, cela protégerait Clay et, d'autre part, il était convaincu d'avoir plus de chances de convaincre Dulles de le laisser tranquille s'il pensait qu'il avait agi seul.

Dulles sifflota d'un air dubitatif.

— À d'autres ! Ce gigolo new-yorkais est au courant. Je ne marche pas. Freddy était fauché comme les blés à la fin de sa vie, et ce petit profiteur veut se rémunérer pour le temps et les efforts qu'il lui a consacrés. Pourquoi diable se serait-il amusé à nettoyer le vomi de van der Haar pendant des mois et des mois ?

Il en profitait pour dévisager Nick, son regard s'attardant sur ses traits.

— Tu es en beauté, Nick. Ce hâle te va à ravir. J'ai toujours dit à Ari que je te trouvais extrêmement séduisant. Je suppose qu'il n'a pas la moindre idée de ce que tu traficotes ?

Voyant que Nick ne répondrait pas, Dulles lui tapota les pectoraux. Puis sa main descendit, lentement, lui caressant le torse en légers tourbillons.

— Ari ne se doute de rien, répondit-il à sa place. Je le crois incapable de faire quoi que ce soit de malhonnête, et toi ? Mais, ne t'inquiète pas, je comprends. J'ai moi aussi connu pas mal d'années de vaches maigres quand j'ai débuté. Il faut bien survivre. Ari a les moyens d'avoir des scrupules car il vient d'un milieu aisé. Nous n'avons pas cette chance, toi et moi.

Les doigts de Dulles s'arrêtèrent au niveau du nombril de Nick.

— Une petite recommandation pour la prochaine fois, reprit-il. Essaie de fourguer des pièces un peu plus présentables. C'était malin de choisir un novice comme West qui a les yeux plus gros que le ventre et n'a jamais cherché à s'instruire dans les domaines qui l'intéressent. Mais, dans quelques années, quelqu'un viendra lui rendre visite dans son *palazzo* et l'éclairera.

— Merci du conseil.

Nick recula d'un pas, laissant la main de Dulles flotter dans le vide.

— Que désirez-vous ?

— Ce que je désire ? répéta Dulles comme s'il parcourait un menu.

Il s'épongea le front. La réponse semblait s'imposer d'elle-même : ce qu'il était en train de faire, à savoir tourmenter Nick.

— Vous n'étiez pas sur le point de partir pour Rome quand vous avez reçu l'e-mail de West, je me trompe ?

— Je partirai pour Rome après-demain. Pour ne rien te cacher, ce passage en Italie ne faisait pas partie de mes projets. Mais rassure-toi : il m'est arrivé de voyager bien plus loin pour beaucoup moins que ça. Comme je te le disais, j'ai toujours eu l'œil sur toi.

La prise de conscience du double sens que Dulles mettait dans ses paroles monta peu à peu, comme de la bile, dans la gorge de Nick. Ce n'était pas l'argent qui l'intéressait, ce qui eût été beaucoup plus simple. Ils auraient pu lui donner cinquante mille dollars contre son silence.

— Soyez sérieux, Dulles, implora Nick.

— Tu ne sors plus avec Ari. Ce ne sera pas une infidélité. Je suis sûr que tu t'en remettras vite.

— Je ne veux pas.

— Ça, je m'en doute.

Dulles arracha le catalogue des mains de Nick, puis sortit un stylo d'une poche de sa veste. Il écrivit en rouge en travers de la dernière page intérieure.

— Je suis navré que nous ne puissions le faire ce soir, dit-il. J'ai un dîner de prévu avec une amie de longue date, une princesse. Une Thurn und Taxis, pour tout te dire.

La propension de Dulles à s'adonner au *name dropping* alors qu'il exerçait un chantage pour obtenir des faveurs sexuelles disposa Nick à ne l'en mépriser que davantage. Il remarqua qu'il avait des dents cariées. Mais ce n'était pas le moment de se préoccuper des défauts physiques de Dulles Hawkes. Ce dernier plaqua le catalogue contre la poitrine de Nick qui l'ouvrit pour voir ce qu'il avait écrit. C'était presque illisible.

— Hôtel quoi ? demanda-t-il.

— Hôtel Grazia Salvifica. Chambre 503. 17 heures demain ? Juste à côté de la gare. Ne t'emballe pas. Hélas, ce n'est même pas un trois étoiles.

Nick ferma et le catalogue et les yeux. Dulles saisit cette occasion pour lui peloter les fesses.

— Un agréable moment de relaxation, chuchota-t-il. Je n'en demande pas plus. Je te promets de ne pas me montrer trop exigeant. Ça marche ?

Un groupe de scolaires, tels des guerriers prenant d'assaut un château fort, gravissait l'escalier quatre à quatre.

16

L'esprit de Nick récidivait, scindant le monde en deux. Ce ne fut que tard dans la nuit qu'il prit conscience que le rendez-vous à l'hôtel de Dulles était incompatible avec le projet de retrouver Clay avant le départ de son train. Clay devait quitter Venise peu après 19 heures, et Nick aurait voulu lui dire au revoir sur le quai. La gare de Venise-Santa Lucia était une dalle de ciment en forme de presse à sandwich remplie de touristes dont les bagages débordaient de tous côtés. C'était l'endroit le plus sûr de la ville pour abriter une rencontre furtive ; personne ne traînait là à moins d'avoir de bonnes raisons de le faire. La gare se trouvait à proximité de l'hôtel Grazia Salvifica, mais Nick ignorait le temps que durerait cette rencontre et le jeune homme qu'il serait en repartant.

Il resta couché toute la nuit, les yeux clos mais sans parvenir à trouver le sommeil. Il laissa la porte de sa chambre fermée, mais Daniela et son petit ami étaient deux tourtereaux qui s'agitaient dans la cuisine – riant, s'embrassant, se précipitant pour sortir une bouteille du réfrigérateur, se lançant de petits reproches qui imposaient de tendres explications. Benny était un quinquagénaire fringant. Comme la plupart des couples de plus de trente ans, Daniela et lui étaient mal assortis jusqu'au moment où ils se trouvaient dans la même pièce et devenaient parfaitement harmonieux. Benny plaquait ses cheveux bruns par du gel qu'il séparait avec une précision chirurgicale, et son menton en galoche donnait souvent, en présence de Nick, la fausse impression qu'il s'adressait à lui. Nick avait imaginé qu'il serait plus âgé, plus réservé et mécontent de trouver un autre homme au domicile de sa petite amie. Mais, dès qu'il fit sa connaissance, lui aussi tomba sous son charme. Daniela avait consacré des jours entiers à préparer son arrivée. Nick lui avait donné un coup de main pour nettoyer les sols et étendre une bâche verte au-dessus de la cour, comme l'auvent d'une caravane. Ils avaient invité Nick à dîner avec eux, mais il avait décliné. Il savait qu'il ne serait pas de bonne compagnie. Emprisonné dans sa chambre, banni du sommeil qui lui aurait permis de se réfugier dans l'oubli, la tête enfouie sous deux oreillers, il passa huit des dix heures suivantes à se morfondre, seul. Au matin, il quitta son lit plus brisé encore que lorsqu'il s'y était réfugié.

Nick traîna dans l'appartement plongé dans l'obscurité. Les tourtereaux avaient quitté le nid pour le laisser seul. Lorsque Clay téléphona, Nick débarrassait la table de la cuisine.

— Tu ne vas pas le croire ! cria Clay dans l'appareil. On le tient !

Un coin de la bâche verte s'était détaché dans la cour, alors, par la fenêtre, Nick regardait le tissu claquer sous la brise.

— Tu ne me demandes pas ce qu'il s'est passé ?

— Si, bien sûr, répondit Nick en sursautant.

Il insuffla de la chaleur dans sa voix pour ajouter :

— Oui, excuse-moi. Je suis toujours là. C'est génial !

Clay eut un rire un peu agacé.

— Bref, ce matin, j'ai reçu un message de West. Il veut me parler. Il m'a demandé s'il pouvait venir avec sa femme et sa nièce visiter le Dormitorio. Oh, mec, il aimerait savoir si je serais d'accord pour signer une *scrittura privata,* ce qui correspond à un compromis de vente sous seing privé doublé du versement d'un acompte afin de verrouiller la négociation. Je veux tout régler au plus vite pour que nous puissions filer. Nicky, c'est vraiment en train d'arriver ! Pour tout te dire, je pensais que ça ne marcherait pas. Je nous croyais fous !

Nick se rendait compte qu'il lui revenait de parler, mais ne pouvait s'empêcher de se racler la gorge chaque fois qu'il s'apprêtait à le faire.

— Nicky ? Tu es là ?

— Oui, oui. C'est génial !

Nick s'efforça de trouver une réaction appropriée.

— Que lui as-tu répondu ? As-tu fixé un prix ?

— Pas encore. Je lui ai dit que je quittais la ville pour deux jours, mais qu'il pourrait venir avec sa famille dès mon retour. C'est mieux de le faire attendre. Nicky !

Clay avait crié comme s'il venait de reconnaître quelqu'un qu'il avait perdu de vue depuis longtemps.

— Nous pourrions devenir milliardaires ! Nous ! Tu y crois ? Nous mènerons la grande vie.

— Nous mènerons la grande vie, répéta Nick.

Il pourrait se laisser porter indéfiniment par le courant de la voix de Clay.

— Tout dépend de Paris, reprit Clay. C'est le dernier maillon de la chaîne. J'espère que je saurai convaincre Antonin de nous aider. Il m'avait dit que si jamais j'avais besoin de...

— Tu y parviendras. Tout se passera comme prévu, et nous partirons d'ici. Ne tergiversons pas, d'accord ? Agissons et tirons-nous.

Nick fut persuadé de s'être montré assez convaincant dans ses dernières phrases. Il se rendit compte qu'il se trompait au moment où Clay lui demanda :

— Que se passe-t-il ? Tu n'as pas l'air dans ton assiette.

— Je vais bien. Tout va bien. Seulement, je ne pourrai pas... euh... Je ne pourrai pas venir te retrouver à la gare ce soir. Je suis vraiment désolé. J'ai un empêchement.

— Un empêchement ?

Clay n'avait pas besoin de dire l'évidence : qu'avait-il bien pu se passer dans une ville étrangère où Nick ne connaissait pour ainsi dire personne ? Nick soupira.

— Il y a un hic. Mais ce n'est rien d'inquiétant, s'empressa-t-il d'ajouter avant que Clay lui demande de quoi il s'agissait. Je contrôle. C'est au sujet de l'argenterie. C'est lié à l'époque où je travaillais chez Wickston, ça n'a rien à voir avec la vente des van der Haar. À m'entendre, tu dois te dire que c'est grave, alors que pas du tout. Je suis désolé.

Il devait ne pas s'embrouiller dans ses explications.

— Ce n'est rien. Ne t'inquiète pas. Je t'assure. Concentre-toi sur Paris, d'accord ? Tout va bien. Je gère.

— Nicky, soupira Clay. Tu préfères qu'on arrête là ? Dis-moi la vérité. Nous ferions peut-être mieux de laisser les choses se décanter et ne pas nous précipiter pour essayer de vendre…

— Non, non ! Tout baigne. Je n'aurais pas dû en parler. C'est un couac sans importance que je vais régler. Tu me fais confiance, non ? Moi aussi, je sais gérer. Je ne suis pas totalement incompétent.

— Je le sais bien.

— Va à Paris. Nous sommes si près du but. Dès que nous aurons le fric, nous filerons.

— Tu veux que je passe chez Daniela avant de partir ?

Un tout autre jour, Nick aurait accepté. Mais là, c'était impossible. Il ne se voyait pas passer l'après-midi entre les bras de Clay avant le « petit moment de détente » dans un hôtel deux étoiles entre ceux d'un homme qui le dégoûtait. Le contraste lui serait trop insupportable.

— Benny est de passage, répondit-il. Laissons-les profiter de l'appartement aujourd'hui.

— *Ooohh !* Il est beau mec, ce Benny ?

— Oui. Assez craquant. Daniela est au septième ciel, c'est tout juste si elle n'est pas passée en orbite autour de Proxima b.

Clay pouffa de rire, ce qui apaisa Nick.

— Je t'aime tant, dit-il.

Puis il attendit, les larmes aux yeux, que ces mêmes mots lui soient renvoyés en écho par une autre voix que la sienne.

17 heures était le pire moment qui soit dans Venise. Les plaisirs de la journée s'étaient dissipés et ceux du soir ne s'étaient pas encore déployés sous le ciel assombri. Même les vendeurs à la sauvette qui s'échelonnaient le long du défilé de touristes dans la Strada Nuova se désintéressaient de leurs souvenirs de pacotille hors de prix ; ils haussaient les épaules et feignaient de ne pas comprendre ce que leur disait le chaland plutôt que de vérifier dans leur stock s'ils n'avaient pas d'autres tailles ou d'autres coloris. Entre le pont du Rialto et la gare, le flot des passants, encore assez dense, camouflait Nick qui, grâce à son téléphone portable, suivait l'itinéraire jusqu'à l'hôtel Grazia Salvifica. Ce n'était pas la première fois de sa vie qu'il

se rendait dans un hôtel bas de gamme pour un plan cul. Ni qu'il allait dans ce type d'établissement pour ce genre de rendez-vous alors qu'il était amoureux d'un autre mec. Mais c'était la première fois de sa vie que Nick savait exactement qui était l'homme qui l'attendait, la première fois qu'il ne pouvait tout bonnement pas lui poser un lapin sans arrière-pensée.

Le Grazia Salvifica ressemblait à ses concurrents qui se succédaient le long du Rio Terà San Leonardo. Son enseigne écarlate indiquait son nom en lettres dorées. Ses portes automatiques s'ouvrirent en chuintant, et sur ses parois en verre fumé étaient affichés des articles sur TripAdvisor et les autocollants des cartes de crédit acceptées par l'établissement. Ce bâtiment de quatre étages en stuc rose n'avait jamais été l'égal d'un des *palazzi* grandioses qui s'espaçaient le long du Grand Canal, mais il ne faisait aucun doute qu'il avait servi de résidence à une famille noble de la Renaissance. Depuis soixante-dix ans, la chaîne hôtelière qui le possédait avait réaménagé sa vaste superficie en chambres et installé une longue réception en faux marbre, un ascenseur vitré au centre de la cage d'escalier et une pièce contiguë au hall d'entrée où des boîtes de céréales ainsi que des pichets de jus d'orange étaient proposés en guise de « petit déjeuner continental ».

Le seul luxe du lieu consistait en l'air conditionné, réglé à fond en cette fin avril. Un chemin de couloir bordeaux usé par les roulettes des chariots à bagages divisait le petit hall en deux. Là, un homme, à genoux sur une bâche blanche, se penchait vers la porte fermée de l'ascenseur. Nick passa rapidement devant la réception, remarquant que personne ne s'y trouvait. Arrivant devant l'ascenseur, il vit des outils étalés sur la bâche. L'homme dévissait un panneau de contreplaqué. Le directeur de l'établissement, un Asiatique en costume gris à fines rayures, planté à côté, lui hurlait dessus. Derrière eux, une vieille Italienne à la tignasse grise en feu d'artifice criait, quant à elle, aux oreilles de l'Asiatique. À travers la paroi de verre, Nick voyait la cabine de l'ascenseur coincée, en équilibre au-dessus du sol. À l'intérieur, une femme tenait la main d'une fillette. Toutes deux arboraient des casquettes pare-soleil ayant le mot *Venedig* imprimé sur le rabat, sanglées de sacs banane, en chaussures de randonnée d'aspect futuriste. Leur expression trahissait les premières minutes d'une situation d'urgence où la panique commençait à poindre. Elles restaient en suspens au-dessus du hall, tel un parfait spécimen de touristes conservés dans de l'ambre.

Le directeur disparut dans l'arrière-salle et resurgit avec un cône de signalisation orange qu'il posa devant la bâche. L'Italienne protohistorique lança à l'adresse d'un couple d'âge moyen qui, venant de la salle des petits déjeuners, traversait le hall :

— En panne ! Fonctionne pas ! *Finito !* Prenez les marches, les marches !

Nick connaissait le numéro de la chambre de Dulles. Il suivit le couple dans l'escalier en colimaçon et, plus ils montaient, plus la moquette devenait sale et trouée. Le couple s'engagea dans le couloir du deuxième étage. Nick entendait toujours le bruit des outils en provenance du rez-de-chaussée.

Il fut pris de nausée en débouchant au cinquième. Le son de téléviseurs résonnait dans certaines chambres. Un chariot de ménage avait été laissé dans le couloir, encombré de tasses sales, à croire qu'on l'avait abandonné là depuis plusieurs jours. Les numéros des chambres se succédaient en ordre décroissant : 507, 506, 505... Des taches d'eau de Javel parsemaient la moquette lie-de-vin. Il s'immobilisa devant la plaque dorée de la 503.

Avant de frapper, Nick inspira plusieurs fois à fond pour se donner du courage. Il songeait : *Pas d'émotion, pense à la raison pour laquelle tu le fais.* Il agissait ainsi pour Clay et lui, pour leur avenir, pour les sept cent cinquante mille dollars qu'ils avaient déjà en banque, pour la possibilité de gagner beaucoup plus d'argent. Cela valait bien de s'abandonner un moment aux fantasmes sexuels d'un autre. Il frappa.

Dulles prit son temps avant d'ouvrir puis, quand il le fit, tira la porte avec plus de force que nécessaire. Nick fut soulagé de le voir tout habillé, pour le moment du moins. Il portait une Oxford froissée par-dessus un pantalon de toile trop large pour lui. Ses orteils épais s'accrochaient aux fibres de la moquette, et un pan de sa chemise rose dépassait de sa braguette ouverte.

— Nick, geignit-il comme s'il lui présentait des excuses. Entre. Je t'en prie.

Il ne souriait pas en coin, ne le regardait pas d'un air de dire *je t'ai eu*, contrairement à ce que Nick avait craint. Nick fut le premier à sourire, s'obligeant à le faire pour indiquer qu'il s'efforçait de se détendre. Ils pouvaient encore en rester là. Et, en ce qui le concernait, s'enfuir à toutes jambes.

Dulles ferma la porte de la chambre. Les doubles-rideaux étaient tirés. De forts relents d'après-rasage, d'alcool débouché et de shampoing pour moquette flottaient dans l'air. Une lampe, posée sur la commode, fournissait tout juste assez de lumière pour permettre à Nick de distinguer plusieurs verres à vin incrustés de traces rouges, une bouteille de whisky presque vide, un miroir de poche parsemé de taches de poudre blanche, deux téléphones portables et un plan déchiré du palais des Doges. Une petite boîte capitonnée de soie était posée sur la table de chevet. Un homme porté à l'introspection y aurait sans doute rangé ses boules de méditation, mais Dulles, lui, y mettait ses préservatifs. Il traversa la pièce, se cognant contre la commode et laissant Nick seul, devant la porte, le cœur battant. Ce dernier se rassura en se disant que Dulles avait déjà trop bu pour passer à l'acte. Qu'il devait être sur le point de tomber ivre mort. Il se demanda si cette hypothèse le sauverait ou ne servirait qu'à reporter son épreuve à plus tard.

— Je te sers un verre ? proposa Dulles, reprenant l'équilibre en s'appuyant sur le dossier d'une chaise avant de s'y asseoir.

— Non, merci. Je suis un peu barbouillé.

Nick lui adressa un sourire qu'il espérait implorant.

— Vos bagages sont faits pour votre départ pour Rome demain ?

À en juger par l'état de la pièce, il était clair que non.

— C'est un tel cauchemar quand vient le moment de tout remettre dans sa valise. On a l'impression que ses vêtements ont pris du poids en un week-end, tu n'es pas d'accord avec moi ?

Dulles lui souriait froidement.

— Assieds-toi donc, lui dit-il en désignant un côté du lit.

Le couvre-lit bas de gamme piqué à la machine étouffa le faible gémissement des ressorts lorsque Nick obéit à cette injonction. Dulles passa la main sous sa chaise, tâtonnant jusqu'à ce qu'il trouve un verre empli d'un liquide ambré. Il le posa sur ses genoux en soupirant avec lassitude, comme un grand-père soulevant, avec peine, un bébé. Il but une gorgée.

— Je suis navré de t'avoir invité de la sorte, dit-il, ses yeux larmoyants luisant dans la maigre clarté ambiante.

Sa joue tressautait.

— Je me sens très seul, reprit-il, surtout depuis que j'ai fermé la boutique.

Il but une grande rasade, et le verre étouffa sa voix lorsqu'il murmura de nouveau « très seul ». Nick, assis sur le lit, serrait les poings contre ses flancs sur le matelas tel un gymnaste sur un cheval d'arçon.

— Je n'aurais pas dû prendre ma retraite. Ne fais jamais ça, Nick. C'est la mort. Ça ne doit pas être drôle pour toi d'aller avec un type de mon âge.

En réalité, deux ou trois fois, Nick avait eu des amants de l'âge de Dulles. Il se souvenait d'avoir apprécié la manière dont ces hommes avaient tout fait pour lui donner autant de plaisir qu'ils en prenaient. Cependant, Nick ne comptait pas éclairer Dulles sur ce point. Il nourrissait toujours le vague espoir de sortir de là indemne.

— Oh, Seigneur ! s'écria Dulles.

Il but d'un trait le reste de son whisky et se leva, non sans effort.

— J'ai mis un de ces bazars !

Il fit quelques pas, puis essuya le résidu de poudre blanche resté sur le miroir. Se servant de deux de ses doigts comme d'une brosse à dents, il le frotta contre ses gencives. Il les laissa retomber jusqu'au col de sa chemise. Il commença alors à la déboutonner de haut en bas.

— On devrait quand même pouvoir s'amuser, promit-il d'une voix atone.

Il marcha jusqu'à Nick et caressa sa cuisse inerte. La paume de sa main faisait penser au canari lâché dans une mine pour vérifier que l'exploration ne présenterait aucun risque. Elle remonta jusqu'au torse de Nick. Palpa ses pectoraux, pinçota son téton droit à plusieurs reprises puis lui saisit le menton.

— Tu es très beau mec, murmura Dulles. Déshabille-toi.

Nick se leva. Ses poings le démangeaient. Il mourait d'envie de lui balancer un uppercut dans le ventre. Dulles l'exhibait devant lui car il s'était mis torse nu. Sa peau était blême et imberbe, comme celle d'un détenu privé de promenades depuis des décennies. Son torse et ses bras flétris rappelaient à Nick de la cire de bougie fondue. Il préféra ne pas pousser son inspection plus loin. *Finissons-en.* Il ôta sa chemise et défit la boucle de sa ceinture.

— Plus lentement, le morigéna Dulles en tombant en arrière sur la chaise alors qu'il tentait de se libérer de la flaque que son pantalon formait à ses pieds. On n'est pas aux pièces, quand même !

Nick accéléra le mouvement. Chaussures retirées. Fute et chaussettes. Il agrippa l'élastique de son boxer blanc.

— Attends ! s'écria Dulles. Pas tout de suite ! Arrête !

Mais Nick fit la sourde oreille. Il l'ôta et s'assit, nu, sur le lit, fixant des yeux le plan déchiré du palais des Doges.

— Tu es sûr de ne pas avoir envie de boire un verre ? Ou d'autre chose de plus… corsé ?

Du coin de l'œil, Nick vit que Dulles avait retiré son slip. Un nuage de poils pubiens gris hantait son bas-ventre graisseux.

— Finissons-en, dit-il.

Dulles accusa le coup, d'un air satisfait et vexé. L'insulte de Nick semblait être le sésame qu'il attendait. Elle gommait le peu de considération qu'il éprouvait encore pour lui. Dès lors, Dulles pourrait l'utiliser sans remords.

— Mets-toi à quatre pattes. Au milieu du lit.

Nick obtempéra. Il eut la vision de l'ouvrier dans la même position que lui dans le hall de l'hôtel, quatre étages plus bas. Puis de l'Italienne en blouse bleue qui hurlait à pleins poumons et du directeur asiatique excessivement poli qui revenait en traînant le cône de circulation orange. Nick les revit tous, ainsi que la mère et la fille qui se tenaient la main dans l'ascenseur, mais il ne laissa pas ses pensées dériver au-delà des portes coulissantes de l'hôtel. Il les abandonna à l'extérieur de la chambre 503, et ne leur permit de vagabonder que dans les limites du Grazia Salvifica. Il tenait à ce qu'elles ne contaminent pas le reste de Venise.

— Écarte un peu plus les jambes ! exigea Dulles qui s'était approché de lui par-derrière.

Nick fit glisser ses genoux sur le dessus-de-lit synthétique.

— Encore !

Nick obtempéra.

— Encore un peu plus !

Nick s'exécuta.

— Eh ben, voilà ! C'est parfait ! Oui ! Je le vois bien, là.

Il s'ensuivit un long silence.

— Dis donc, il est bien serré ton petit cul !

Nick ignora le commentaire. Il ne voulait pas que sa participation s'étende au dialogue.

Dulles ne l'entendit pas de cette oreille.

— Papa veut savoir si ton petit cul est encore bien serré, fiston.

Ainsi, telle était la construction sexuelle de ce vieil homme : le fantasme père-fils.

— Bien serré, murmura Nick dans le but d'en finir une bonne fois.

Il sentit une main empoigner ses testicules, les explorer en les serrant de-ci de-là sans ménagement, puis les tirer un à un comme si on le trayait. Il ne bandait pas du tout et, quand il s'autorisa à jeter un coup d'œil derrière lui, il découvrit avec un mélange de soulagement et de désespoir que Dulles n'était pas plus avancé que lui. Sous le renflement de son bas-ventre et le nuage de poils gris pendillait un pénis rabougri, pareil à un triton. La main baladeuse le lâcha.

Nick entendit dans l'obscurité les sons caractéristiques de préparatifs sexuels, lesquels lui étaient aussi familiers que l'entrechoquement d'assiettes et de couverts lorsqu'on dressait la table : le *pop* d'un flacon de médicaments qu'on débouche, le *glurp* d'un comprimé qu'on avale, le *bzzzz* sans fin d'une narine qui inspire sa dose de poppers, le *pffft* du tube de lubrifiant sur lequel on appuie, le *craaac* de l'emballage d'un préservatif qu'on déchire.

— Détends-toi, susurra Dulles.

Ses paumes graisseuses prirent appui sur les hanches de Nick.

— Tu vas devoir rester dans cette position un bon moment.

— Je ne veux pas le faire, marmonna Nick, éprouvant le besoin d'exprimer une dernière objection – à l'adresse de qui, lui-même n'aurait su le dire.

— Génial. Débats-toi comme si tu refusais de me céder. Supplie-moi d'arrêter. Ça me plaira de t'entendre gémir, et plus tu crieras, plus je banderai.

Nick en fut réduit à examiner le dessus-de-lit dont la trame lui parut soudain éminemment complexe dans le soir tombant, dont la couleur lui rappela la teinte ocre d'un désert crevassé que beaucoup avant lui avaient traversé mais où personne ne choisirait de vivre.

L'ancienne pendulette de voyage en laiton posée sur la table de chevet indiquait que l'acte avait duré une heure et vingt-trois minutes. Dulles, à présent dessoûlé et plus solide sur ses jambes, gagna la salle de bains. Nick s'étendit sur le matelas, les yeux fixés sur le filet de lumière qui luisait entre les doubles-rideaux, se disant qu'il pourrait encore retrouver Clay à la gare. Il l'imagina en train d'arriver sur les lieux, à une centaine de mètres à peine de cet hôtel. S'il se dépêchait, il pourrait lui dire au revoir, et même acheter un billet à la dernière minute et partir avec lui pour Paris où ils se promèneraient dans les rues au grand jour sans s'inquiéter qu'on les voie ensemble. Ils n'avaient jamais pu se le permettre, ni à New York ni à Venise. Nick laissa cette vision de Paris s'attarder dans son esprit jusqu'à ce que le jet de la douche soit coupé. Ce fut le signal qu'il attendait pour sauter du lit et se rhabiller.

Il avait, plus que tout, envie de se doucher, mais ne tenait pas à rester une minute de plus dans cette chambre. Il enfila son boxer, son pantalon et bataillait pour boutonner sa chemise quand Dulles réapparut dans un nuage de vapeur d'eau, une serviette de bain nouée autour de son ventre qu'il s'ingéniait à rentrer. Nick remit ses chaussures. Il ramassa le préservatif resté sur le lit, alla le jeter dans les toilettes. Il tira la chasse d'eau, se lava les mains puis se rafraîchit le visage. Par chance, le miroir était embué, ce qui lui évita de se regarder en face.

Quand il ressortit, Dulles, qui avait renfilé ses vêtements, récupérait un tas de pièces de monnaie sur la commode.

— On va boire un verre au bord du canal ? proposa-t-il.

Le vieil homme s'empara vivement d'une bouteille de whisky posée sur le meuble, but une gorgée au goulot puis la reposa, le simple fait d'envisager de se rendre dans un bar l'empêchant sans doute de résister à la tentation.

— Je t'invite, précisa-t-il. Je connais un endroit sympa à deux pas d'ici qui propose des *cicchetti*, ces tapas à base de sardines marinées sont succulents.

— Non, sans façon, répondit sèchement Nick en se dirigeant vers la porte.

— Attends ! ordonna Dulles.

Il vint se planter devant Nick. Là, il se dressa sur la pointe des pieds et avança le visage pour recevoir un baiser, les yeux fermés dans le plus pur style romantique. C'était à croire que l'acte sexuel répugnant n'avait été pour lui que le préambule de ce qu'il recherchait vraiment : une soirée romantique à Venise.

Nick le repoussa doucement, mais fermement.

— Non, Dulles. Vous avez eu ce que vous vouliez. Nous sommes quittes.

Dulles se laissa retomber sur ses talons.

— Nous repartons de l'hôtel en même temps. Le moins que je puisse faire, c'est t'offrir un Campari. Allez, quoi, il ne s'agit que de vingt minutes de plus dans ta soirée.

— Non. Nous avions un accord. J'ai rempli ma part du contrat. C'est terminé.

— Terminé, répéta Dulles. Qu'est-ce qui est terminé ?

Il saisit le bras de Nick que celui-ci tendait vers la poignée de la porte.

— D'accord, s'empressa-t-il de dire. Ce n'est pas grave que tu ne sois pas libre ce soir. Retrouvons-nous ici demain. 17 heures, ça marche ?

Nick sentit ses doigts se glacer autour du pommeau. Dulles lui souriait, le rouge aux joues. Il avait peut-être honte de sa perversité, mais cela ne l'avait pas empêché de la lui infliger.

— Je ne remettrai pas les pieds ici, assena Nick. Vous ne serez plus là demain, de toute façon. Vous disiez partir pour Rome.

— J'ai changé d'avis. Rien ne presse.

Dulles voulut caresser Nick dans le dos, mais celui-ci esquiva et s'aplatit contre le battant de la porte.

— Et puis, reprit-il, ce n'était pas mal aujourd'hui pour un début, mais il reste encore quelques trucs que j'aimerais essayer avec toi.

— Vous êtes tombé sur la tête, ou quoi ? s'écria Nick sans réfléchir. Je ne recommencerai jamais ça !

Il n'avait nullement l'intention de revenir dans cette chambre d'hôtel. Cette perspective lui donnait la nausée. Il en avait les genoux en compote, au point qu'il se laissa glisser contre le mur.

Dulles recula d'un pas, se plaçant hors d'atteinte.

— Mais nous n'avons toujours pas discuté de l'aspect financier de la chose.

— Quel aspect financier ?

— Ma foi...

Dulles regarda la clef de la chambre qu'il tripotait entre ses doigts.

— Ton petit ami et toi avez carotté... combien ? sept cent cinquante mille ?... à Richard. Sans vouloir me vanter, je pense que mon silence en ma qualité d'expert reconnu en orfèvrerie vaut bien la moitié de cette somme. Disons trois cent soixante-dix, et vous n'entendrez plus parler de moi. Je confirmerai à Richard que ces pièces sont authentiques et qu'il a fait une bonne affaire. C'est honnête, non ? Sans compter que mon approbation vous permettra de lui en vendre d'autres à l'avenir.

— Pardon ?

Nick eut la sensation que sa salive se transformait en colle. Sa langue s'était épaissie, ses lèvres avaient du mal à remuer. La somme que Dulles réclamait pour prix de son silence ne leur en laisserait pas suffisamment pour éponger les dettes de Clay, et encore moins leur permettre de vivre pendant quelques années en Europe.

Dulles s'élança vers la porte et se glissa dans le couloir. Nick lui emboîta le pas sur la moquette rouge.

— Dulles, chuchota-t-il d'une voix beaucoup plus calme qu'il ne s'y attendait.

Ses oreilles bourdonnaient, et il avait l'impression que l'air qu'il inspirait n'atteignait pas ses poumons.

— Dulles, je vous en prie. Attendez.

Dulles l'ignora. Il continua d'avancer sans ralentir, soit pour indiquer qu'il ne plaisantait pas, soit pour éviter une altercation physique. Nick regretta de l'avoir laissé sortir de la chambre. Il aurait dû l'empoigner par le col, le plaquer contre le mur et menacer de le massacrer s'il ne partait pas pour Rome le soir même. Il aurait pu l'accompagner à la gare pour être sûr qu'il monte dans le train. Mais Nick n'avait rien d'une petite frappe. Il avait survécu sur cette Terre pendant vingt-cinq ans sans donner de coup de poing à personne. Il en avait toujours été fier mais, à présent, il mesurait les inconvénients cruciaux que cela présentait.

— D'accord! cria-t-il.

Dulles s'arrêta à hauteur du chariot de ménage, ce qui permit à Nick de le rattraper.

— D'accord, répéta-t-il, la tête basse, le cou ployé sous son sentiment de honte. Je reviendrai demain. À 17 heures. On remettra ça. Et après, nous serons quittes?

Il était au bord des larmes.

— Vous me ferez ce que vous voudrez. D'accord?

Dulles le regarda d'un air presque compatissant.

— J'aurais dû être plus clair dès le départ. Je crains que tu n'aies pas le choix.

Il lança un coup d'œil autour d'eux afin de s'assurer que personne ne surprendrait son aveu.

— La vérité, Nick, c'est que je suis fauché. Trop endetté, moi aussi, depuis que je suis à la retraite. Je suis dans la mouise!

Il fit la moue, comme s'il regrettait d'avoir mis Nick dans la confidence. Il n'était pas venu à Venise dans l'idée de forcer quelqu'un à baiser avec lui contre son gré – ça, c'était juste la cerise sur le gâteau. Il avait fait le voyage pour se remettre à flot.

— On ne peut pas vous donner cet argent, lança Nick en faisant non de la tête.

Dulles ferma les yeux, fit volte-face puis repartit dans le couloir. Nick marcha à quelques pas derrière lui. Dulles s'arrêta devant l'ascenseur et pressa le bouton d'appel qui clignota, affichant les mots *In Arrivo*.

Au moment où Nick allait le prévenir que l'ascenseur était en panne, Dulles se tourna vers lui, souriant en coin.

— Je détesterais devoir appeler Ari pour lui raconter ce que tu as manigancé ces dernières semaines. Cela lui briserait le cœur, tu ne crois pas, de savoir que tu l'as trahi de la sorte ?

Le tintement de l'ascenseur retentit. Les portes s'ouvrirent sur un trou béant duquel montaient les bruits incessants de coups de marteau et les cris d'une fillette. Nick lança un coup d'œil dans le dos de Dulles et, un instant, s'abandonna aux attraits d'une solution toute trouvée. La chute de quatre étages n'était pas très différente de celle qu'il pourrait faire, à quelques mètres de là, du haut de l'escalier. Il lui serait facile de le pousser par-dessus la rampe en fer forgé quand ils descendraient ; il pointerait le doigt vers le bas, puis attendrait que Dulles se penche pour regarder de quoi il s'agissait et le ferait basculer dans le vide. Mais Dulles ne se tenait pas contre une rampe d'escalier. Il tournait le dos à un gouffre en narguant le jeune homme dont il venait d'abuser sexuellement dans sa chambre d'hôtel pendant une heure et vingt-trois minutes. Le précipice de la cage d'ascenseur devant Nick était monstrueusement tentant : le système idéal de traitement des déchets humains.

— Dulles, faites attention à…

— Pourquoi ? réagit Dulles avec un regard indigné. Tu veux vraiment que j'appelle Ari ? Parce que je n'hésiterai pas. Je me ferai un plaisir de lui passer Richard West.

Cette dernière menace scella son sort. Nick sourit d'un air amical et tendit la main.

— L'ascenseur est là, dit-il.

Dulles se retourna et avança sa jambe droite au-dessus du vide. Son instinct de survie dut batailler avec la drogue, l'alcool et la cupidité pour le mettre en garde contre le danger imminent devant lequel il se trouvait. Car, alors qu'il laissait retomber son pied vers un plancher inexistant, il parvint, un instant, tremblant, vacillant, à garder l'équilibre, se démenant comme un beau diable. Nick l'observait, fasciné : il lui semblait que le sort de Dulles ne tenait plus qu'à un souffle. Nick n'attendit pas qu'il le reprenne. Son bras se projeta devant lui, sa paume s'ouvrit en heurtant l'omoplate de Dulles. Il ferma les yeux, puis sentit comme un courant d'air suivi, à peine cinq secondes plus tard, par un bruit plus lointain, plus définitif, montant du fond de la cage d'ascenseur.

Il demeura immobile, perdu dans ses divagations. Quand il rouvrit les yeux, il vit une traînée de sang sur une poutre métallique là où Dulles avait dû se cogner en tombant dans le vide. En bas, des cris suraigus retentissaient. Ils semblaient se répercuter dans l'escalier et non dans la cage d'ascenseur, comme si eux aussi prenaient soin d'emprunter le chemin le plus sûr.

Jambes tremblantes, Nick recula. Il avait l'impression que la pesanteur l'attirait vers le vide, prêt à le dévorer. Il fit demi-tour et piqua un sprint. Il tourna la poignée de la porte de plusieurs chambres – 508, 507, 506 – puis s'accroupit derrière le chariot de ménage. Immobile, mains plaquées sur la bouche, il écouta les hurlements de plus en plus nombreux. Plus bas, des portes claquèrent. Nick comprit qu'il ne tarderait pas à entendre des sirènes de police et la cavalcade de pas des agents qui graviraient les marches et que, s'il restait caché là, tel un enfant, à mi-chemin entre l'ascenseur et la chambre de Dulles, il serait considéré comme suspect. Sa seule issue était de sortir de l'hôtel avant l'arrivée des autorités.

Il se redressa, rajusta ses vêtements puis se dirigea vers la gueule de l'escalier. Il se força à ralentir le pas pour se donner l'air d'un spectateur qui ne comprenait pas ce qu'il se passait mais dont la curiosité était en éveil tandis qu'il descendait de plus en plus vite, rejoint, à chaque étage, par d'autres clients qui avaient entendu le vacarme.

— Que se passe-t-il ? demanda-t-il à une femme en peignoir sur le palier du premier étage.

— Il y a le feu ? s'inquiéta-t-elle en guise de réponse, juste avant qu'une famille d'Espagnols ne les sépare.

En abordant la dernière volée de marches, Nick prit soin de ne pas regarder en direction du corps étalé sur le toit de l'ascenseur. Toujours coincées dans la cabine, la mère et sa fille étaient étendues par terre, la première serrant contre sa poitrine la seconde qui sanglotait et hurlait.

Le directeur de l'hôtel restait figé sur place à côté du cône de signalisation. L'électricien s'escrimait à tenter d'ouvrir à mains nues les portes de l'ascenseur. La *mamma* italienne gesticulait pour diriger les clients vers l'extérieur. Nick continua d'avancer sans se retourner. Il franchit la porte du Grazia Salvifica, puis s'engagea dans la rue piétonne bondée. Il marcha lentement le long de deux pâtés de maisons, se retenant de prendre ses jambes à son cou. Il traversa un pont de pierre, puis continua à se laisser porter par le flot de vacanciers qui déambulaient en ville à la recherche d'un restaurant. Des enfants français s'amusaient à compter le nombre de têtes de lion sur les heurtoirs de porte, les drapeaux et les corniches. Ils en étaient à quatre-vingt-neuf.

Deux ponts plus loin, des touristes mangeaient des glaces dans l'ignorance totale de la mort qui venait de frapper l'un des leurs non loin de là. Jusqu'où Nick devrait-il marcher avant de pouvoir s'autoriser à courir ? Quelle distance devrait-il mettre entre son crime et lui avant que l'enregistrement par une caméra de vidéosurveillance d'un jeune Américain piquant un sprint dans une rue latérale ne puisse être lié à la mort d'un retraité anglais ivre dans un hôtel deux étoiles ? Nick portait toujours des traces de la salive et du sperme de Dulles sur tout le corps. Mais, à son grand soulagement, il n'avait oublié ni son portefeuille, ni son téléphone portable, ni aucun vêtement. Il n'avait laissé aucune preuve visible à l'œil nu de son passage dans la chambre 503.

Il vérifia l'heure qu'il était : 19 h 6. Le train de Clay devait foncer le long de la lagune à présent, mettant entre eux de la distance, filant vers la frontière. Nick donnerait tout pour être avec son petit ami, presque endormi, la tête appuyée contre son épaule, sur le point d'entrer dans un pays où l'on parlait une autre langue. Quand il vit le pont du Rialto, ses arcades jumelles scintillant sous les projecteurs, des couples penchés au-dessus de l'eau comme des gargouilles qui s'embrasseraient contre une façade, il s'autorisa enfin à céder à son impulsion. Il traversa le Grand Canal en courant aussi vite qu'il le pouvait, et ne s'arrêta pas avant le coucher du soleil.

17

Nick prit le vaporetto de nuit pour s'enfoncer dans la lagune. Il avait attendu une demi-heure, à demi inconscient, avant de le voir avancer à une allure d'escargot jusqu'à la place Saint-Marc. Il ne se rappelait plus comment il avait réussi à arriver jusque-là à 4 heures du matin et à s'acheter un ticket au distributeur. Il aurait pu se glisser sous le tourniquet sans payer, mais il avait toujours été un bon garçon. Un fichu bon garçon, toute sa vie durant. En repensant au mal qu'il avait eu pour trouver son chemin dans Venise, il se demanda comment diable il avait fait pour ne pas perdre son portefeuille au cours de la soirée.

Dans la cabine, il tituba, ne parvenant pas à déterminer si le tangage masquait ou accentuait son ivresse. Il batailla avec la porte donnant sur la poupe et, en sortant, se cogna la tête contre le haut de l'encadrement. Il se laissa tomber sur l'un des sièges en skaï. De là, il voyait les scintillements de Venise diminuer contre les eaux noires comme le goudron. Désormais, la ville n'était plus que des festons de lumières blanches de Noël. De ces guirlandes réservées aux quartiers riches de Dayton. Sa famille, comme toutes les autres de leur rue modeste, préférait la magnificence clinquante des rouges, des bleus et des verts. Le moteur vrombit tandis que le vaporetto accélérait vers le large. Bientôt, ils vogueraient vers l'horizon.

Plus tôt ce soir-là, après avoir traversé le pont du Rialto, il avait continué de courir jusqu'à ce qu'il se retrouve dans une ruelle en cul-de-sac au bord du canal. Sur le côté, avisant un fin bloc de pierre, il s'était assis par terre en s'y adossant. Il avait enfoui sa tête entre ses genoux, s'efforçant d'effacer de sa mémoire ses souvenirs du Grazia Salvifica, mais ils ne cessaient de jaillir les uns après les autres – le dessus-de-lit, la cage d'ascenseur –, d'autant plus quand il fermait les yeux. Il finit par repartir en sens inverse, ses pas faisant un bruit d'enfer sur les pavés, puis se rendit Campo Santa Margherita. Il lui semblait plus sûr de rester au milieu des gens, surtout ceux qui ne parlaient pas sa langue. Il s'installa dans le coin le plus bruyant et le plus bondé de la place.

— Vodka tonic.

Le serveur lui en apporta une qu'il avala d'un trait, ainsi que la suivante qu'il commanda puis la troisième. Nick s'efforçait de se vider l'esprit. Un Italien barbu trempé de sueur le bouscula en hélant le serveur. Il flanqua une bonne bourrade à Nick avec qui il échangea quelques mots, puis signala à ses amis la présence de cet Américain solitaire et renfrogné qui buvait un verre dans leur bar de prédilection. C'était un groupe d'étudiants d'une même université. Quatre filles, trois garçons. Nick n'aurait su dire s'ils étaient séduisants. Tout ce qui l'intéressait chez les autres était de savoir s'ils représentaient une menace. Ceux-là lui parurent bienveillants tandis qu'ils se joignaient à lui. Le barbu alla même jusqu'à lui offrir une autre vodka.

— *Andiamo !* Viens avec nous, l'Américain !

Nick suivit le mouvement. Ils semblaient n'attendre qu'une chose de lui : son américanité ; quant à lui, il se disait qu'il ne risquait plus rien, se sentait protégé par ces Italiens dans leur pays natal. Il leur emboîta le pas, et ils parcoururent les rues en chantant à tue-tête.

— Notre seule boîte de nuit en ville. *Piccolo Mondo.* Nous te faisons entrer mais, en échange, tu promets de nous rendre la pareille quand nous viendrons te voir à Manhattan.

— Euh… oui… bien sûr.

Ils sonnèrent à une porte en laiton étincelante. On leur ouvrit, et ils descendirent par un escalier en spirale jusqu'à une cave agrandie par des miroirs qui renvoyaient l'éclairage et garnie de banquettes en bois verni noir. Les boissons étaient moins bien servies et deux fois plus chères qu'ailleurs. Mais Nick se sentait en sécurité dans ce sous-sol, et la vodka le détendit assez pour qu'il se déhanche aux côtés des autres sur la piste de danse. « Sortir en boîte », une expression contradictoire, mais pourtant, en cet instant, elle lui semblait paradoxalement exacte quand il regardait la foule serrée au coude à coude autour de lui. Des lasers clignotaient au plafond. Dans ces lumières stroboscopiques, il remarqua la présence d'une jeune fille au visage rond et en robe jaune qui le regardait fixement car elle l'avait reconnu. C'était Augusta, la fille des Warbly-Gardener. Elle savait que Nick était un voleur. Elle risquait de prévenir la police. Nick essaya de se fondre dans la cohue de la piste, mais fut bientôt poussé par un Italien baraqué. Ivre, il tituba contre Augusta qui le retint, l'empêchant de l'entraîner dans sa chute. Il s'agrippa à ses épaules pour se maintenir en équilibre. Cette jeune fille en robe jaune n'avait pas le bras dans le plâtre. Elle n'était pas la jeune Américaine. À mesure qu'il la dévisageait, elle retrouva peu à peu pour lui son visage réel. Derrière elle, un homme défiait Nick du regard et serra le poing.

Nick fendit la foule jusqu'à l'autre bout de la salle, et il y eut comme un trou noir. Il n'aurait su dire combien de temps il était resté dans cette boîte de nuit, faisant chauffer sa carte bancaire. Il ne savait même plus si les jeunes avec lesquels il en était reparti étaient ceux avec lesquels il y était venu. En tout cas, il faisait toujours nuit quand il remonta à la surface, et sa peur était toujours trop forte pour qu'il l'affronte seul. Il suivit ses nouveaux amis au gré d'un dédale de ruelles jusqu'à une porte hérissée de pointes en fer forgé. Dans le *palazzo* à l'abandon, les murs s'effritaient, les moulures en plâtre laissaient apparaître comme des croûtes de brique. Des tags dessinaient sur le sol en marbre un tapis persan de tourbillons rouges. L'escalier s'était en partie effondré, et du hip-hop américain résonnait dans un ensemble de baffles. Le seul mobilier de la pièce consistait en des matelas disposés autour d'un étang de bougies fondues. Dans le coin, des écriteaux peints et des bannières de manifestation séchaient. Une main tendit à Nick une bouteille de vin à moitié pleine. Il s'assit sur le matelas le plus proche de lui, à côté d'un couple qui s'embrassait, et il but jusqu'à la dernière goutte. Sa nationalité semblait avoir perdu de sa nouveauté. Personne ne prêtait attention à lui.

— Salut, chuchota-t-il aux deux amoureux. Salut.

Ils tournèrent la tête vers lui.

— Vous savez s'il y a d'autres alcools ?

Ils restèrent sans réaction. Nick n'était même pas certain de s'être exprimé correctement.

— Ou de la drogue ? Vous en avez ? N'importe laquelle, ça m'ira.

Il rigola.

— Si vous saviez comme j'en ai besoin…

Il parvint, tant bien que mal, à se relever et à retrouver la sortie.

Dans son état, il ne pouvait pas retourner chez Daniela. Si Benny et elle veillaient encore, leurs regards percevraient sa culpabilité. Pire, il ne supporterait pas de se retrouver enfermé, seul, dans la minuscule chambre d'amis. Il se sentait tenu en laisse par les voies piétonnes de Dorsoduro qui l'enserraient peu à peu comme une camisole de force. Il se disait que c'était une chance que Clay soit à Paris. Sinon, il n'aurait pu se retenir de courir au Dormitorio pour tambouriner à la porte et implorer de l'aide.

Une idée lui vint : le Lido, si proche, que les vaporettos desservaient depuis Saint-Marc. Sa plage à perte de vue. Il respirerait plus librement, là-bas, à l'abri des regards, loin de la ville.

Une heure plus tard, avachi sur le pont arrière du vaporetto, Nick comprit son erreur. Sa camisole l'avait empêché de se faire du mal. Il était plus en sécurité entouré d'inconnus que seul face au souvenir de ce qu'il s'était passé. Il se releva, se retint au bastingage. Celui-ci ne l'empêcherait pas de tomber à l'eau si le bateau tanguait trop fort ; rien en ce monde n'avait été conçu en pensant à lui. Il appuya la tête contre le métal froid pour tenter d'éradiquer son vacarme intérieur.

Le vaporetto finit par s'amarrer à l'embarcadère du Lido. Nick s'empressa de descendre en lançant, d'une voix lasse, *« grazie »* au contrôleur. Il traversa une large rue pavée que les cars devaient emprunter – sur le moment, le monde des voitures lui parut nouveau. Des réverbères illuminaient une enfilade d'hôtels et de maisons individuelles proprets. Là, les façades paraissaient aussi pittoresques que celles des villas en front de mer du sud de la France. Nick s'engouffra dans une allée transversale allant, selon le panneau, dans la direction de la *Spiaggia Libera*. Il passa devant des magasins au rideau de fer baissé et des boutiques vendant des articles de plage, puis une série d'énormes monolithes sombres qui se dressaient contre la couverture nuageuse bleu foncé. Il s'agissait des hôtels de bord de mer datant de la Belle Époque, propriétés immenses et sinistres où pas une lumière ne brillait : la saison touristique n'avait pas encore commencé. D'un pas hésitant, Nick descendit une rampe en béton et le sol dur céda la place au sable. Il ôta ses chaussures, ses chaussettes puis, les tenant à la main, marcha vers les vagues qui se fracassaient sur la plage. On n'avait pas encore lissé le sable pour l'été, si bien que des coquillages dentelés déposés par le ressac lui piquaient les pieds. Il avait suffisamment dessaoulé pour se rendre compte qu'il faisait très froid. À l'horizon, une ligne nette de bleu tranchait sur la noirceur du monde.

Il fut pris du besoin irrépressible de purifier son corps de Dulles Hawkes. S'il avait pu changer de peau, il l'aurait fait; à défaut, il se déshabilla, pliant ses vêtements avec soin et les empilant sur le sable. Une fois nu, il marcha dans la mer dont les premières vagues lui donnèrent l'impression que ses chevilles étaient entaillées par des feuilles de papier. Mais le souvenir de Dulles sur son corps l'encouragea à continuer d'avancer, et il retint sa respiration tandis qu'il sautillait dans l'eau et s'abandonnait à la mer qui l'engloutit jusqu'à la taille. N'écoutant pas la prudence qui lui conseillait de revenir sur la plage, il mit la tête sous l'eau et nagea vers le large. Une série de petits feux crépitèrent le long de ses terminaisons nerveuses, mais il lui suffit de passer une minute ou deux dans l'eau glacée pour en débarrasser son corps. Il se sentait mal, à demi mort, mais n'éprouvait pas de culpabilité. Il aurait pu en ressentir vis-à-vis de Dulles concernant l'argent. Mais, lorsqu'il pensait à l'heure et aux vingt-trois minutes qu'il avait passées dans la chambre d'hôtel et qu'il aurait dû remettre ça dans les jours à venir, il ne ressentait plus rien.

Pourtant, sa voix intérieure le poussait à continuer de nager. Cette voix lui était aussi familière que le lit de son enfance. Elle était là, menace scintillante, argentée dans un coin de son cerveau depuis qu'il avait douze ans. *Continue de nager, vas-y, vers le bout de l'horizon.* Elle lui parlait de porte de sortie facile. Mais Nick désobéit. Il fit demi-tour et regagna la plage.

Au matin, il reprit le vaporetto pour Saint-Marc. Le trajet fut rude, envenimé par une migraine et le fait qu'il ne portait pas de lunettes de soleil. À chacun de ses mouvements, du sable s'effritait sur ses bras et ses jambes. Il avait réussi à dormir un peu, recroquevillé sur lui-même à l'abri d'un kiosque au bord de la promenade.

À peine eut-il recouvré sa sobriété qu'une nouvelle peur l'assaillit. Elle germa en lui à la vue des journaux que plusieurs personnes lisaient pendant la traversée. Nick tenta de deviner le sens des gros titres en italien en jetant des coups d'œil par-dessus les épaules, attendant qu'on tourne les pages puis fouillant du regard les nouvelles séries de caractères d'imprimerie et de photographies pixelisées. Y rapportait-on la mort d'un touriste britannique dans un hôtel proche de la gare ? Trouvant que l'homme en costume assis devant lui lisait trop lentement, Nick changea de place. Mais la mère de famille qui berçait son bébé dans ses bras n'était guère plus rapide. Nick voulait à tout prix découvrir si la mort de Dulles était considérée comme un accident ou si elle faisait l'objet d'une enquête criminelle. Sûrement que l'hôtel Grazia Salvifica était trop bas de gamme pour être équipé de caméras de vidéosurveillance à tous les étages. Probablement, mais rien ne le lui assurait.

Il sortit son portable. Pendant la nuit, l'écran s'était fissuré. Mais, tandis qu'il commençait à taper dans le navigateur, il se rendit compte de son erreur. Si la mort de Dulles n'avait pas encore été rendue publique, la juxtaposition de certains mots équivaudrait à passer aux aveux : DULLES HAWKES VENISE TOURISTE CHUTE ASCENSEUR MEURTRE HÔTEL ACCIDENT GRAZIA SALVIFICA POUSSÉ. Dans l'éventualité où la police consulterait l'historique de son téléphone, il serait imprudent de laisser les traces d'un meurtre sur un moteur de recherches.

Nick descendit à Saint-Marc et acheta deux quotidiens dans un kiosque. Il les feuilleta en marchant vers Dorsoduro. Du peu qu'il comprenait, il conclut qu'on n'y parlait pas de Dulles. Près du pont de l'Accademia, il se procura un autre journal et en tira la même conclusion. Pourtant, la mort, même accidentelle, d'un touriste méritait au moins un entrefilet.

Nick s'engagea à grands pas sur le Campo San Barnaba, vidé, épuisé, néanmoins trop agité pour aller s'enfermer dans la chambre d'amis de Daniela. Il avait besoin d'être rassuré d'une manière ou d'une autre. La seconde erreur qu'il ne commettrait pas serait de retourner sur la scène de crime, d'aller traîner autour du Grazia Salvifica pour voir comment la situation évoluait. Il ne remettrait plus jamais les pieds dans cette rue, même s'il visitait de nouveau Venise dans cinquante ans.

Il envisagea de téléphoner à Richard West ou, mieux encore, à Eva. Ils avaient peut-être déjà appris ce qu'il était arrivé à Dulles. Mais tous deux étaient présents lorsque Dulles avait proposé à Nick de le retrouver à San Rocco, et il préférait éviter de le leur rappeler. Il y avait une autre personne, moins proche, vers laquelle il pouvait se tourner. Il chercha le numéro dans son téléphone, et lança l'appel.

— *Pronto !* dit la voix familière et hostile.

— *Ciao*, Battista, c'est Nick. *Come stai ?*

— *Bene*, Nick. Et toi, comment vas-tu ? Toujours à Venise ?

— Oui.

Battista était celui qui se rapprochait le plus d'un ami à qui Nick s'adressait depuis le drame. Néanmoins, Nick fut surpris qu'entendre sa voix lui fasse monter les larmes aux yeux.

— Je suis encore là ! s'écria-t-il avec enthousiasme. Comment ça se passe, pour toi ?

— Je suis hyper occupé, geignit Battista. *Pazzo !* Encore plus que la dernière fois que je t'ai vu.

— Oui ! Ha ! C'est à ce point-là ?

Nick ne pouvait se laisser aller à son éloquence habituelle.

— Tout le monde va bien ? reprit-il. Il y a du nouveau ?

Il tressaillit. Pourquoi abordait-il des sujets aussi épineux ?

— Rien que le Dormitorio, le *palazzino* contigu. Le gars qui en a hérité le vend. Je travaille sur le dossier avec M. West.

— Oh, génial ! s'écria Nick.

C'était une bonne nouvelle. Tout juste ce dont il avait besoin.

— Richard envisage de l'acheter ? C'est un gros investissement.

— Oui, nous n'allons pas le laisser nous passer sous le nez, se vanta Battista. Ce gars est un *imbroglione*, un *delinquente*.

Nick devina le sens de ces mots ; il les avait entendu dire des centaines de fois, dans une autre langue, à propos de Clay.

— Il en veut cinq millions d'euros ! Nous ne le lui paierons jamais autant. Mais à malin malin et demi. Il est pressé de vendre. Nous allons bien le baiser avec cette transaction.

Battista, cela s'entendait, prenait plaisir à être grossier. Il en rajouta, et fut encore plus convaincant :

— Oui, le baiser dans les grandes largeurs !

— C'est génial !

Cela l'était, en effet. Que Richard saisisse sa chance d'offrir à Clay une infime partie du montant qu'il demandait – quatre millions, ou trois, ou deux. S'il n'en tenait qu'à Nick, un million suffirait. Ils pourraient plier bagage en quelques jours. En Italie, nulle part ne serait assez loin de la cage d'ascenseur du Rio Terà San Leonardo. Ils s'envoleraient pour l'Indonésie, l'Australie, ou le Cameroun.

— À ton avis, dans combien de temps lui fera-t-il une offre ? Il devrait se dépêcher avant que d'autres apprennent que ce bien est disponible. Essaie de le convaincre, Battista. Pousse-le à acheter vite.

— Je m'y emploierai. M. West a promis de m'accorder une prime si je parviens à tout boucler à temps. C'est pourquoi je ne serai pas libre pour te voir. Dommage.

— Zut, c'était pour ça que je t'appelais. Ce sera pour une autre fois. *Ciao*.

Nick s'arrêta dans un café et commanda un expresso. Il s'efforça de se comporter avec naturel, s'attardant au comptoir comme n'importe quel touriste désireux de boire un pot en fin de matinée. Mais, quand on le servit, son ventre se noua. Des éditions de midi existaient-elles encore dans la presse locale ? Devrait-il aller le vérifier ? Battant nerveusement du pied, il décida d'envoyer par texto à Eva un simple « Salut ! » pour voir comment elle réagirait. Vingt minutes durant, Nick garda l'œil fixé sur son « Salut » qui barrait l'écran fendillé de son portable, espérant une réponse. Il n'en reçut pas. Il régla sa consommation et partit.

Il avait poussé un homme dans le vide, vers la mort. À mesure qu'il avançait sur la Fondamenta Gherardini, cette réalité lui sautait au visage comme s'il en prenait seulement conscience. Il porterait en lui pour le restant de ses jours ce geste qui n'avait duré qu'un dixième de seconde. Dorénavant, il serait toujours un meurtrier, même s'il avait agi pour se protéger.

Il craignit d'avoir perdu la raison ces dernières vingt-quatre heures. Son reflet dans la vitrine d'une boutique de masques de carnaval parut le lui confirmer. Du sable s'accrochait à son cou et ses oreilles. Ses cheveux bouclés avaient séché, ébouriffés en raz-de-marée. Toute la matinée, il s'était baladé en puant la mer. Qu'est-ce qui n'allait pas chez lui ? Pourquoi n'était-il pas allé tout de suite s'enfermer dans sa chambre ?

Il accéléra le pas, s'engouffra dans le passage voûté, ouvrit le portillon et pénétra dans la cour. Il se retourna pour vérifier qu'il l'avait bien refermé derrière lui, et aussi pour que le voisin qui, au-dessus, fumait sur son balcon, ne voie pas son visage. Il fut soulagé de trouver l'appartement vide. Il se barricada dans sa chambre, baissa le store et s'assit sur le bord du lit. Là, dans l'obscurité enveloppante, il se sentait en sécurité. Il était toujours dans la même position lorsque, beaucoup plus tard, son portable tinta à la réception d'un message. De Clay, qui lui donnait de bonnes nouvelles de Paris.

18

Existait-il un terme pour désigner les faux documents qui font plus vrais que nature ?

Clay étala les actes sur le plan de travail de la cuisine. Antonin avait fait de son mieux. Les trois contrefaçons – un accord à l'amiable antidaté à 1997, signé par Cecilia van der Haar, transférant les droits de propriété du *palazzo* de Venise ; un contrat notarié établi à New York donnant sur ce bien tout pouvoir à son frère et, subséquemment, à ses héritiers ; et une apostille italienne plus ornementée que le torse d'un général – faisaient plus authentiques que les originaux, détériorés et tachés d'encre, fournis par le notaire de Freddy. Clay n'était pas inquiet. Antonin lui avait assuré que ces actes convaincraient le plus méfiant des notaires, alors qu'une seule journée lui avait suffi pour passer quelques coups de téléphone du Ritz et se les procurer.

— Je suis désolé de n'avoir pu faire plus rapidement, s'était-il excusé le plus sérieusement du monde quand on vint livrer le paquet au Ritz. Nous sommes tous encore un peu réglés sur l'ancien monde – tout est ralenti le dimanche.

Clay reprit le train de nuit pour Venise. Il y était arrivé depuis une heure à peine quand il reçut un texto de West.

Je peux passer cet après-midi avec ma femme et ma nièce ?

L'impatience de West lui donna des ailes. Il décida de l'aiguillonner en répondant que ce ne serait pas possible ce jour-là car l'agent immobilier faisait justement visiter le Dormitorio à un acheteur éventuel. Cette fausse menace fonctionna. West réagit aussitôt en lui adressant un message de panique contenue.

> Tu l'as déjà mis en vente ?? JE T'EN PRIE, Clay, permets-nous de visiter aujourd'hui.

Trente secondes plus tard, West lui adressa un autre message lui assurant qu'il envisageait de lui faire une offre extrêmement généreuse – de plus, cela permettrait à Clay d'économiser les honoraires de l'agent immobilier.

> Laissons le Palazzo Contarini appartenir à une seule famille. Après tout, jusqu'aux van der Haar, il en avait toujours été ainsi. Et il me plaît de penser que ce sera toujours le cas aujourd'hui.

West ne devait pas se rendre compte à quel point la famille van der Haar était à couteaux tirés. Ou peut-être que si. Clay répondit :

> Je vais remettre à demain le rendez-vous avec l'agent immobilier. 16 heures, ça vous convient ?

Les quatre coups qui retentirent derrière la bibliothèque murale signalèrent à Clay que l'heure avait sonné. Il avait passé la journée à faire du rangement – pas tant le ménage que le vide. Il avait jeté plusieurs cartons de trouvailles sans intérêt que Freddy avait faites au marché aux puces, des livres moisis, une centaine de sous-verre fendus sans compter la demi-douzaine de cadavres de souris fixés sur des pièges à colle.

— J'arrive, cria-t-il, se précipitant pour déverrouiller la porte de communication entre les deux appartements.

Le soleil transperça l'obscurité. Clay avait déblayé le passage jusqu'aux autres pièces, pourtant West entra à petits pas. Cette attitude paraissait destinée à montrer le respect qu'il avait envers un mort dont il avait hâte de faire tomber les murs de la chambre à coucher.

— J'espère que nous ne te dérangeons pas.

— Pourquoi ça ? Nous avions dit 16 heures, non ?

Clay n'avait pas envie de continuer à le ménager. Mais ces petites victoires sur West risqueraient de peser à son détriment sur le prix de vente final. D'un geste du bras, il les invita à entrer pour leur montrer qu'il était ravi de les recevoir.

Les personnes qui l'accompagnaient franchirent l'ouverture l'une derrière l'autre, comme si elles se faufilaient par une fissure dans un mur mitoyen. Battista apparut le premier.

— *Ciao*, lança-t-il froidement sans croiser le regard de Clay.

Il tendait son téléphone à bout de bras, prêt à photographier chaque fil électrique apparent, le moindre carreau de faïence fêlé. Clay se demanda s'il savait que lui-même, autrefois, avait occupé son poste. Il envisagea de lui chuchoter à l'oreille la taille des costumes de West pour voir si elle agirait comme un code secret entre subalternes. Mais il était évident qu'on avait déjà remonté ce jeune homme contre lui. Arrivé au milieu de la chambre, Battista lança, en italien, parlant très rapidement :

— Vous demandez à M. West un prix beaucoup trop élevé.

Cela ressemblait avant tout à un test de la détermination de Clay. Sans se démonter, il répondit aussitôt, en italien :

— Tout dépend à quel point il veut l'acquérir.

Eva et Karine apparurent, cette dernière portant des lunettes noires.

— Quel dommage qu'il nous ait fallu tant de temps pour faire connaissance, dit-elle, aimable.

À première vue, il n'avait rien à reprocher à ces deux femmes ; pourtant il pourrait bien se révéler impossible pour Clay d'être chaleureux envers ces acheteurs potentiels qui déambuleraient chez lui à pas traînants, inspectant chaque mur pour vérifier qu'il ne s'y trouvait aucune tache d'humidité et tous les placards pour s'assurer que les gonds fonctionnaient, prêts à mettre en doute sa capacité à entretenir son intérieur. Pour lui, ils ne méritaient pas de devenir propriétaires du domaine de Freddy. Aucun d'eux ne comprendrait jamais la sinistre romance du Dormitorio. Il était certain que la première chose qu'ils feraient serait d'y supprimer toute trace du passage de Freddy et Clay dans les lieux, confondant hygiène et amélioration. Clay avait grandi en se méfiant des gens tels que les West ; ils étaient toujours les premiers à se battre pour la sauvegarde d'un jardin public afin d'en expulser ceux qui en avaient le plus besoin. Malgré tout, ce jour-là, il fit de son mieux pour qu'ils se sentent chez eux.

Eva traversa la chambre, se précipitant vers la cuisine. Clay l'entendit pousser des cris d'extase avant de la rejoindre. Elle tournait en orbite autour du comptoir, les yeux levés vers la Madone bleue.

— Ohhhh, c'est magnifique ! Mais quel carnage !

Ces deux remarques avaient été dites avec une délectation proche de l'extase.

— Mon Dieu, cela demandera un travail titanesque pour la ressusciter, reprit-elle. C'est simple, elle donne l'impression qu'elle va nous tomber sur la tête !

Elle serra ses poings très fins. Sa peau était si pâle que Clay voyait ses veines, tels des filets d'eau sous un lac gelé. Nick lui avait confié qu'il aimait beaucoup Eva, mais Clay ne voyait pas ce qu'il lui trouvait de si extraordinaire.

— De quelle année date cette fresque ? s'enquit-elle.

— 1698. Elle est peinte depuis…

— Plus de trois siècles ! s'extasia Eva. Avant l'indépendance des États-Unis. Si nous ne la restaurons pas très vite, elle aura disparu à jamais. Il en va de notre devoir de le faire, vous ne croyez pas ?

Karine secoua la tête. Elle se tenait à l'écart, dans un coin de la cuisine, bras croisés, et n'avait pas ôté ses lunettes noires malgré l'absence de soleil de ce côté-ci du *palazzo*. Elle semblait désireuse de rappeler à tous que ce n'était pas Eva qu'il fallait convaincre d'acheter la propriété. Eva l'ignora, cherchant des yeux son oncle qui faisait glisser sa main sur une cloison de plâtre.

— Oncle Richard, c'est un chef-d'œuvre ! C'est exactement ce que tu recherchais ! Ne vois-tu pas à quel point cette peinture a besoin qu'on… la ressuscite ?

Pour la première fois, Clay éprouva un semblant d'empathie pour Richard West. Il décochait des regards allant de sa nièce à sa femme comme s'il essayait de trouver un terrain d'entente.

Clay soupçonna Eva de s'être liguée avec Battista, car ce dernier profita du silence pour lever les yeux vers le plafond, contempler la fresque bleue encrassée et susurrer :

— C'est magnifique, en effet.

— N'est-ce pas ! approuva Eva.

West s'avança jusqu'au comptoir et s'arrêta au côté de sa nièce. Il l'écouta tandis qu'elle agitait les doigts vers le plafond en lui parlant à mi-voix de composés chimiques et de décapants. Battista dut donner un léger coup de coude à West pour attirer son attention sur les documents légaux étalés sur le comptoir.

— Excusez-moi, dit Clay en s'avançant. Je les avais posés là pour l'agent immobilier. Il en aura besoin pour la vente.

— Ah, parfait ! s'exclama West.

Il lança un coup d'œil circonspect en direction de son épouse.

— Autorises-tu Battista à les photographier, vite fait ?

— Oh..., fit mine d'hésiter Clay alors que tel avait été son but en les laissant à la vue de tous.

— Cela nous permettrait d'accélérer les choses, si nous nous mettions d'accord sur un prix.

Battista jouait déjà de son portable.

— Y a-t-il d'autres fresques que celle-ci ? s'enquit Eva avec gourmandise.

Clay lui expliqua alors qu'il en existait quelques autres, en effet, mais de moindre intérêt, derrière la cloison de plâtre, sous des corniches en stuc.

— Qu'on abatte cette cloison ! s'écria Eva. Quel gâchis de les avoir recouvertes de la sorte, c'est monstrueux !

Clay ne tombait pas du tout sous le charme de la nièce de West, mais il appréciait sa présence. C'était tout juste si elle ne vantait pas son *palazzo* pour lui.

Elle demanda à visiter les autres étages, et West s'approcha de son épouse pour l'inciter à les suivre.

— Viens, ma chérie. Donne-lui une chance, à cette maison.

Il joignit ses doigts aux siens et déposa un baiser sur le dos de sa main. Il était impossible de deviner ce que Karine pensait à cause du barrage de ses lunettes noires mais, tandis qu'ils gravissaient l'escalier,

Clay l'entendit laisser tomber une mise en garde au sujet de leurs finances.

— Mais si, c'est dans nos moyens, lui répondit West à voix basse. Quand nos nouveaux bénéfices vont tomber, nous serons à flot, plus encore que par le passé.

Battista les rejoignit au petit trot, et Clay, resté seul dans la cuisine, rangea les documents qui avaient rempli leur office. Peu après, Karine réapparut, seule. Elle avait ôté ses lunettes qu'elle tripotait entre ses doigts.

— Merci de nous avoir reçus, dit-elle.

Même sans ses lunettes, son expression restait énigmatique pour Clay.

— C'est ravissant, poursuivit-elle. Et je dois reconnaître que votre demeure agrandirait la nôtre. Dieu sait que j'en aurais besoin quand Dick se consacre à sa marotte de vouloir sauver le patrimoine.

Clay se demanda s'il l'avait sous-estimée. Il aimait la manière dont elle s'adressait à lui – ouvertement, sans artifice, sans arrière-pensées. Elle s'immobilisa devant la porte de la chambre de Freddy.

— C'est dommage que vous vendiez, poursuivit-elle.

— Je n'ai pas le choix. Ce n'est pas faute d'aimer Venise, mais ce n'est pas, comment dire…

— … une ville pour les jeunes, acheva-t-elle avec un signe d'assentiment. Quoique… Ce doit être pour cette raison que Dick aime tant être ici. C'est une aire de jeux pour adultes, vous ne trouvez pas ?

Elle leva les yeux d'un air las, regardant non pas la fresque de Ricci mais la tache d'humidité au plafond.

— Vous savez, la clinique pour laquelle je travaillais à Leipzig était spécialisée dans la neurologie cognitive. Mes recherches se concentraient sur les mécanismes du cerveau, comment il oscille consciemment entre mémoire immédiate et divagations de la pensée. Les glissements, les décalages, les rêves éveillés. À l'époque, je défendais beaucoup de grandes théories sur son fonctionnement.

Elle sourit, comme pour remercier Clay de la laisser donner libre cours à ses pensées, puis reprit :

— Il me semble parfois, en venant ici, que j'opte pour le rêve éveillé à plein-temps. J'ai beau faire, j'ai l'impression de ne jamais recouvrer ma pleine lucidité. Tout n'est que flots et beauté.

D'un geste brusque, elle remit ses lunettes.

— Je suis certaine que Dick vous fera une offre honnête. Bonne chance pour tout.

Avant de partir, elle lui adressa un sourire amer, que Clay eut le sentiment qu'elle garderait à jamais.

Il entendit Eva et West qui descendaient l'escalier.

— Il avait de la famille ? demandait-elle. Un petit ami, un associé ? Parce que ça devrait déboucher sur une enquête.

— Ça, c'est sûr ! s'écria West. Si je ne me trompe pas, le dernier entretien de cet ascenseur remonte à quelques mois après la fin de la Seconde Guerre mondiale. C'est de la négligence vénitienne typique ! Ils inventent des millions de codes qui bloquent la communication bureaucratique, et plus personne ne se présente pour faire le travail sur le terrain. Franchement, le seul point positif de ce chantier à Mestre, c'est qu'il est entre les mains d'investisseurs étrangers, ce qui veut dire qu'il y a une chance pour qu'ils respectent les normes de construction.

Ils pénétrèrent dans la cuisine, bras dessus, bras dessous. Si Clay ne les connaissait pas, il aurait pu croire voir de jeunes mariés visitant un bien en vue de leur première acquisition.

— Il ne faut rien dire en faveur de ce projet immobilier de Mestre, minauda Eva.

— En tout cas, cet hôtel ne peut pas être tenu pour responsable, lança West, revenant à leur sujet précédent. Je suis sûr que Dulles devait avoir ingurgité une bonne dizaine de bouteilles de vodka quand il a voulu prendre cet ascenseur. Les accidents, ça arrive. On ne peut pas envelopper les êtres humains dans du papier bulle !

Clay s'était figé en entendant le nom de Dulles. Il lui était familier, mais il n'aurait su dire pourquoi.

— Il avait déjà bu toute une bouteille de vodka à quelle heure, midi ? répondit Eva. Je suis étonnée qu'il soit retourné à son hôtel pour tomber dans la cage d'ascenseur. C'est quand même bête. Tant de canaux l'auraient accueilli.

— Dulles, répéta Clay à haute voix, creusant dans sa mémoire.

— C'était une vieille connaissance, lui dit West. D'ailleurs, je suis sûr que tu l'as déjà croisé chez Freddy. Dulles Hawkes, un antiquaire ? Ils faisaient des affaires tous les deux.

— Il est mort avant-hier ici même, à Venise, s'empressa d'ajouter Eva, comme pour se vanter de sa proximité avec ce drame. Il était passé nous voir, il avait bu un verre chez nous, dans notre salon, la veille de sa mort !

— Dulles était ici ? s'étonna Clay. À Venise ? Chez vous ?

West sursauta. Il fit du regard le tour de la cuisine comme s'il craignait d'avoir gaffé. Il avait dû remarquer la crispation de Clay, car il tendit les mains vers lui, l'air implorant.

— Je sais à quoi tu penses, Clay, dit-il, très calme. Mais je te promets de ne pas avoir fait venir Dulles pour qu'il expertise l'argenterie de Freddy. J'espère que nous nous faisons suffisamment confiance pour que tu me croies. Je n'ai payé personne pour faire estimer ces pièces avant de te soumettre mon offre. Je n'avais demandé aucune expertise officielle sur leur valeur. C'était notre accord, pas question pour moi de te tenir un double discours.

Tel un petit garçon plein d'astuce, West s'arrangeait pour qu'aucune de ses phrases ne contienne de mot qui puisse permettre de les qualifier de mensonge.

— Nous nous faisons confiance, n'est-ce pas ? poursuivit-il. Il le faut, si nous voulons avancer. Sinon, il serait plus sage d'oublier la proposition que je comptais te soumettre pour ta partie du *palazzo*.

Il faisait tourner son alliance autour de son doigt tout en surveillant du coin de l'œil la réaction de Clay.

— Que veux-tu, il se trouve que Dulles est passé par Venise avant de se rendre à Rome. Il est venu boire un verre. Il a jeté un coup d'œil aux pièces van der Haar, mais seulement après mon achat. Naturellement, il ne tarissait pas d'éloges à leur sujet.

West lui adressa un semblant de sourire.

Or, ce n'était pas la duplicité de West qui inquiétait Clay. Quand il avait entendu le nom de Dulles, il avait aussitôt pensé à Nick – plus précisément au petit problème lié à l'argenterie qu'il lui avait dit devoir régler. Il avait parlé d'un hic. Ce Dulles Hawkes pouvait-il avoir été ce « hic » ? Clay essaya d'imaginer Nick en assassin, en train de se débarrasser de ce vieil antiquaire pour s'assurer de son silence. Mais son petit ami était incapable de commettre un crime, et plus Clay essayait de lui attribuer une main assassine, plus cette idée lui paraissait saugrenue. Le meurtre était un lieu de trop grande solitude pour Nick. Il était impossible qu'il ait pu tuer quelqu'un pour de l'argent.

— Tu disais que votre ami est mort accidentellement ? demanda-t-il, par acquit de conscience.

— L'ascenseur de son hôtel était en panne, expliqua Eva. Il est tombé dans la cage du quatrième étage jusqu'au rez-de-chaussée. En tout cas, c'est ce que dit le journal.

— Mon Dieu, c'est affreux, gémit Clay, soulagé.

Battista entra dans la cuisine, la filmant en panoramique avec son téléphone. West tapa dans ses mains à l'intention de ses jeunes compagnons.

— Disparaissez ! J'aimerais m'entretenir seul à seul avec Clay.

Eva affichait d'ores et déjà un sourire triomphant tandis que, suivant Battista, elle s'éloignait vers la chambre. West rejoignit Clay au comptoir.

— Merci de nous avoir autorisés à visiter, lui dit-il, les yeux dans les yeux, le regard brillant de mille possibilités.

Ce qui ne fut pas sans rappeler à Clay leur première rencontre sur le toit-terrasse du Peggy Guggenheim.

— C'est normal.

— Et de nous avoir permis de le faire avant les personnes qui vont venir demain. Ont-elles vu des photographies des lieux ou…

— Non, je n'en ai encore envoyé aucune. L'agent immobilier les leur a décrits. Ce sont des retraités français qui, si j'ai bien compris, cherchent un endroit où s'installer.

West fit une nouvelle fois tourner son alliance autour de son doigt.

— J'ai beaucoup réfléchi. En toute franchise, nous n'avons pas besoin de plus d'espace. Augmenter la superficie n'est pas la raison de mon intérêt. J'ai le sentiment de devoir au *palazzo* de le réunir sous le même toit. J'ai peur qu'un nouvel occupant ne le transforme en chambres d'hôtes louées à des touristes. Ces nobles demeures méritent mieux que ça.

Clay fit un signe d'assentiment. Il laisserait West penser qu'il défendait une grande cause pour Venise.

— Sans compter…, poursuivit ce dernier en levant les yeux vers la fresque. Bon, je sais que ce n'est pas ta faute et je ne voudrais pas critiquer Freddy, mais il aurait quand même pu faire restaurer ce Sebastiano Ricci. Il en va de notre responsabilité d'éviter que ces trésors ne tombent en poussière.

Clay dodelina de la tête au fil de cette mise en accusation. Il abonderait dans le sens de tous les propos de West jusqu'au moment où il se déciderait à lâcher un montant.

— Bon, donc tu as ces retraités français sur le coup, mais je me suis renseigné auprès de quelques amis agents immobiliers qui m'ont tous dit que, dans son état actuel, le Dormitorio ne pouvait pas valoir plus de trois millions et demi d'euros. Ton mandataire t'a flatté en évaluant au-dessus de cinq millions.

Il s'esclaffa devant cette absurdité.

— Soyons raisonnables, reprit-il. Aucun acquéreur ne sera prêt à y mettre ce prix en plus des travaux nécessaires pour rendre cet intérieur habitable. On peut acheter beaucoup plus grand pour une telle somme. Sois réaliste. Je pense que tu trouveras ma proposition très généreuse.

Il s'humecta les lèvres.

— Je t'en propose quatre millions net vendeur.

— Oh, je ne sais pas, feinta Clay. Je ferais peut-être mieux d'attendre un mois ou deux, d'organiser d'autres visites. Voir si j'ai d'autres offres.

— Je croyais que tu voulais avoir quitté Venise avant l'été ? Écoute, je te propose mieux. Nous scellerons cette vente dès que tu le voudras.

— Il faudrait que ce soit rapide car l'agent immobilier m'a assuré que je pourrais en tirer au moins…

— Je prendrai les diagnostics à mon compte, ainsi que les frais de notaire. Ensuite, quatre millions d'euros seront crédités sur ton compte dans la semaine. Je te parle de quatre millions sans frais d'agence ni pourcentage accordé à un intermédiaire. Nous réglerons ça à la vénitienne, comme autrefois, de toi à moi vite fait bien fait. Qu'en penses-tu ? Tu ne trouveras pas de meilleure proposition ici ou là. Je te l'assure.

Clay devrait marchander pour tenter d'obtenir plus. Il avait accepté trop vite l'offre basse de West pour le lot d'argenterie si bien que, forcément, ce dernier essayait de le rouler une fois encore en lui faisant une proposition bien inférieure à la valeur réelle du *palazzino*. Mais il en avait assez d'escroquer, assez de mentir, assez de jouer un double jeu, et n'avait pas envie de faire monter les enchères de crainte que d'autres hics ne surviennent et ne les fassent tomber, Nick et lui. Quatre millions d'euros, c'était inespéré. Cela suffisait largement pour commencer une nouvelle vie.

— D'accord, dit-il. Très bien.

À l'initiative de West, ils se serrèrent la main.

— Parfait ! Je me charge d'organiser le rendez-vous chez le notaire.

Voilà, c'était la fin telle que Clay l'avait sans doute désirée le plus.

Il raccompagna West dans la chambre de Freddy.

— Je sais que cet endroit abrite beaucoup de tes souvenirs, lui dit West après avoir franchi la porte de communication, les yeux baissés vers le *terrazzo* de chez lui.

Clay imaginait déjà ce dallage coûteux se répandre comme de l'eau dans tout le Dormitorio.

— Quels qu'aient été nos différends, sache que tu remets cette maison entre de bonnes mains. J'en prendrai soin.

Clay ferma la porte et regagna la cuisine. Il s'assit au comptoir, contempla la fresque. Lorsque Eva aurait fini de la restaurer, cette Marie flottant au-dessus d'eux survivrait bien encore trois siècles. D'ici là, elle verrait l'ascension et la chute de bien d'autres familles, tant d'*acque alte*. Dans trois cents ans, leur nom à tous, les uns comme les autres, n'évoquerait plus rien à personne. Van der Haar, West, Guillory – tout juste des gens qui, à un moment, étaient passés par ici.

Clay envoya à Nick ce texto :

Nous ne serons bientôt plus là.

Le lendemain, les visiteurs se succédèrent. Dans la matinée, West envoya deux architectes pour déterminer les réparations éventuelles qu'il lui faudrait faire au Dormitorio. Un plombier arriva à midi, flanqué d'un diagnostiqueur agréé de la ville à qui West avait graissé la patte pour le convaincre d'accepter ce rendez-vous de dernière minute. Comme promis, West faisait de son mieux pour que la vente se règle au plus vite. Eva passa à l'improviste, en début d'après-midi, pour photographier la fresque. Clay leur laissait le champ libre, occupé à prévenir les stagiaires de la fin imminente de leur hébergement et à trier les dernières possessions de Freddy.

Tous les étudiants qui louaient à l'année une chambre au Dormitorio acceptèrent de déménager sans protester. Seul l'un d'entre eux, un petit jeune pourri gâté fraîchement émoulu de l'Ivy League, se montra intraitable, en appelant au droit locatif. Au bout d'une heure de soupirs compréhensifs, quelques menaces voilées et une enveloppe de deux cents euros, il accepta de boucler sa valise.

Vers le milieu de l'après-midi, alors que Clay se demandait quoi faire d'un lot de chaises de style géorgien capitonnées d'un tissu beige – le seul mobilier de valeur encore présent dans le *palazzino* –, son téléphone sonna. C'était Daniela. Au lieu de dire allô, Clay répondit par :

— Je te jure que tu ne l'auras bientôt plus dans les pattes. Est-ce qu'il t'a au moins offert un dîner en ville ?

Il s'ensuivit un long silence avant que Daniela ne réponde :

— *Hello darling*. Ce n'est pas ça. Mais c'est bien à son sujet que je t'appelle. Il reste cloîtré dans sa chambre depuis deux jours. Quand je frappe à sa porte, il me répond toujours qu'il veut dormir.

Elle marqua un temps d'arrêt.

— Je pense que tu ferais mieux de venir.

Clay se précipita hors de chez lui, et prit la direction du sud. En traversant le Grand Canal, il entendit une faible psalmodie dans le lointain, un peu comme le chant des cigales à l'orée d'une forêt. C'étaient des voix humaines. Il se rendit compte que la vente du *palazzo* l'avait tant accaparé qu'il en avait oublié la ville. Il se souvint d'avoir vu des banderoles brandies au-dessus des ponts et des draps blancs accrochés à des balcons pour annoncer la manifestation de la journée. Il les aperçut alors. Une manifestation se tenait cet après-midi-là à la Piazzale Roma, porte d'entrée symbolique de la ville où cars et voitures déversaient les gens venus du continent pour soutenir les *residenti* vénitiens. L'idée était de protester contre le développement immobilier massif à Mestre et les entrepreneurs étrangers inconnus qui investissaient dans le projet. Mais, pour la plupart des Vénitiens rassemblés là sous le chaud soleil printanier, le vrai fléau, c'était le tourisme. À quoi ressemblerait Venise si plus aucun Vénitien n'y vivait ? Il ne restait dans la ville que cinquante-trois mille de ces rares êtres humains, nombre qui diminuait par milliers d'une année sur l'autre. Il y avait là toute une population menacée d'extinction, décimée par des envahisseurs venus d'ailleurs qui déferlaient dans les rues armés d'appareils photo, visant tout ce qui bougeait. Voisins et enfants étaient envoyés en exil afin que leurs chambres puissent être louées par Airbnb à des tarifs de week-end défiant toute concurrence. L'attrait de la ville avait tué ses habitants. En un mot comme en cent, Venise était visitée à en mourir.

Clay passa devant des groupes de manifestants venant de la Piazzale Roma. Les pancartes qu'ils brandissaient proclamaient *Viviamo venezia. Non siamo comparse !* (« Nous vivons à Venise. Nous ne sommes pas des figurants ! ») ou bien *Venezia non è un parco divertimenti* (« Venise n'est pas un parc d'attractions ») ou encore *Mi non vado via mi resto* (« Moi, je ne partirai pas, je reste »). D'autres avaient tout bonnement opté pour le drapeau vénitien rouge et or barré des mots *Residente Resistente*. Clay se sentait solidaire de ces manifestants. Il regrettait de ne pas avoir le temps de faire un détour par la Piazzale Roma pour les soutenir en levant le poing. Mais il était trop inquiet pour Nick. Il lui avait envoyé plusieurs textos dans la matinée auxquels il avait reçu des monosyllabes ambigus en guise de réponses : *Super*, à l'annonce par Clay que les diagnostics du *palazzo* étaient en cours ; *génial*, à la proposition que Clay lui avait faite pour la destination de leur premier voyage. Il avait le sentiment que ces simples mots ne laissaient rien présager de bon. Clay, à dessein, n'avait pas fait allusion à Dulles Hawkes dans ses SMS, espérant que cet antiquaire resterait voué à l'oubli au bas de sa cage d'ascenseur pour le restant de leur vie. Mais, à présent, son ventre se nouait, transformant des craintes vagues, injustifiées, en douleurs très réelles.

Des cris poussés dans des mégaphones déchirèrent l'air. Les slogans résonnèrent plus fort quand Clay coupa par la *piazzale*. Il fila le long d'un étroit canal dont l'eau cuivrée emprisonnait les reflets tremblotants du ciel. Là, Clay entendait mieux les slogans.

Mi no vado via ! Mi no vado via !

Mi no vado via ! Mi no vado via !

« Je ne partirai pas. Je ne m'en irai pas. »

Clay articulait ces mots en marchant – alors que lui-même partait, s'en allait. Peut-être pour toujours, et c'était là son dernier véritable adieu à Freddy.

Il tourna à angle droit dans une ruelle, allant à l'opposé de la Piazzale Roma. Les cris de la foule finirent par devenir aussi faibles que les grésillements d'un téléviseur dans une pièce contiguë.

Lorsque Clay arriva chez Daniela, un Asiatique d'un certain âge, encore beau, vint lui ouvrir le portail. Ce n'étaient pas les circonstances idéales pour faire la connaissance de Benny qui portait un costume léger en velours bordeaux et des gants de jardinage maculés de terre. Il repiquait des rosiers. Il ôta ses gants et serra la main de Clay. Daniela apparut en robe de soie ample d'une teinte orangée qui tranchait délicieusement avec le costume de Benny et ses propres lunettes de soleil à monture rouge. Elle regarda les rosiers d'un air sceptique, consciente de ce qu'ils avaient peu de chances de fleurir. Clay l'embrassa sur les joues, en s'arrangeant pour ne pas étaler son maquillage.

— Il va mieux ? s'enquit-il.

— Je ne comprends pas ce qu'il lui arrive. Il paraissait si heureux il y a encore quelques jours et puis quoi ? Je suis allée à la manif en début de journée – mon Dieu, ce que ça m'a fait du bien de crier à l'unisson avec ma ville – et, depuis que je suis rentrée, il refuse d'ouvrir sa porte.

— Je vais voir comment il va.

— Prends ton temps. Benny et moi sortons dîner avec sa famille à la Giudecca.

Elle regarda son petit ami avec appréhension.

— Ce n'est pas la soirée idéale pour faire la connaissance de tes enfants. La police craint que les manifestants deviennent violents.

Ce qui ne serait que justice ! Alors, nous pourrions rester à la maison et…

Benny secoua la tête.

— Ils nous attendent, Dani.

Daniela chuchota à l'oreille de Clay :

— Que Dieu me garde. Être présentée à la famille, à mon âge ? J'ai l'impression que nous sommes sur le point de commettre une très grosse erreur.

— Ils vont t'adorer, lui assura Clay.

Puis il fit sa meilleure imitation de Freddy, ajoutant :

— Tu vas leur briser le cœur, *darling*.

Sur ce, il pénétra dans l'appartement et frappa à la chambre d'amis. Il répéta son geste à deux reprises, puis ouvrit la porte. Les jalousies étaient baissées, et on distinguait à peine la fenêtre dans la maigre pénombre du jour tombant. La pièce sentait l'odeur aigre de l'enfance. Clay posa la main sur la bosse formée par une jambe sous la couette. Ce fut à peine si le corps qui se trouvait au-dessous bougea. Clay se plaça à côté du lit. Il entendit bruire les draps.

— C'est toi, dit la voix.

Nick devait le regarder mais, dans le clair-obscur, Clay ne voyait pas ses yeux.

— Ça va ?

— Non, pas du tout.

— Raconte.

— Je ne peux pas.

Ce fut à cet instant-là que Clay comprit ce qu'il s'était passé. Il se déchaussa et se glissa sous les draps. En se pelotonnant contre Nick, il l'enlaça et le serra fort, le plaquant contre son torse. Il sentit battre son pouls et la caresse de ses cils contre son cou. Il le serra dans ses bras. Il voulait que Nick ressente les bienfaits du pardon. Il tenait à ce qu'il reçoive son absolution avant même d'éprouver le moindre sentiment de culpabilité.

— Tu m'en parleras quand tu te sentiras prêt à le faire, chuchota Clay. En attendant, restons là, ne bougeons pas.

19

Quitter Venise, mais pour aller où ?

Cette question obsédait Clay qui marchait, documents à la main, vers l'office notarial. La semaine avait été rude pour la ville – des manifestations dégénéraient chaque après-midi et, la nuit de l'avant-veille, une voiture avait été incendiée sur le pont qui reliait la ville au continent. Pour Clay et Nick aussi, ces journées avaient été éprouvantes. Au début, le simple fait d'obliger Nick à se lever le matin équivalait à convaincre un croyant de se convertir. Néanmoins, peu à peu, il avait refait surface, plus agité et plus gêné que d'habitude, mais moins enclin à se terrer dans l'obscurité oppressante de la chambre d'amis de Daniela. Clay pensait qu'il était essentiel de mettre de la distance entre Nick et la scène de crime. Quitter Venise au plus vite était capital, aussi faisait-il tout son possible pour régler les dernières démarches de la vente du Dormitorio. Il envoya à West un texto destiné à lui faire accélérer le processus :

> Ne vaudrait-il pas mieux attendre l'automne ? Je dois rentrer à New York la semaine prochaine. Au lieu de nous précipiter, ne serait-il pas plus judicieux de prendre le temps de bien réfléchir ?

West lui demanda de patienter et, un peu plus tard, il l'informa avoir décroché un rendez-vous chez son notaire le lundi suivant, à 10 heures du matin.

— Pense au premier endroit où tu voudrais aller, dit Clay à Nick dans le but de le focaliser sur l'avenir. Imagine notre prochaine destination. Cela peut être n'importe où – vraiment n'importe où sur Terre.

Curieusement, en matière de choix, ni l'un ni l'autre ne parvenaient à se décider. Aucun lieu, proche ou lointain, ne semblait les séduire. Bogotá. Le Caire. Kuala Lumpur. Le nom de toutes ces villes était lancé, puis rejeté d'un haussement d'épaules. Clay soupçonnait que la pierre d'achoppement était l'argent – non qu'ils n'en auraient pas assez, mais trop. L'idée de vivre sur des fonds inépuisables leur paraissait aussi saugrenue que d'aller sur la lune – ou, plutôt, de greffer l'atmosphère sulfureuse de la lune sur Bogotá, Le Caire ou Kuala Lumpur. Tous deux avaient été élevés dans des milieux différents, mais n'en appartenaient pas moins indéfectiblement à la classe moyenne. Enfants, Clay et Nick avaient pu envisager de gagner de l'argent, ou d'en voler, voire de commettre des actes délictueux pour s'en procurer. Mais en posséder plus que nécessaire semblait répondre à la logique absurde du rêve.

Finalement, Clay prit la décision. La veille au soir, il avait envoyé un texto à Nick pour l'informer que leur première destination, une fois la vente conclue, serait Milan par le train. Et ensuite ? Bah, ils se décideraient une fois là-bas. Il se disait qu'il valait mieux ne pas inquiéter Nick en mentionnant que l'un de leurs principaux critères pourrait être les « pays n'ayant pas signé de convention d'extradition avec l'Italie ». Ils ne devraient jamais oublier qu'ils voyageraient avec, comme supplément de bagages, l'escroquerie et le meurtre.

Après avoir dépassé la gare, Clay s'engagea sur le pont blanc des Déchaussés qui enjambait le Grand Canal. L'eau turquoise ondoyait sous les promeneurs nombreux à cette heure. À un kiosque de l'autre côté du pont, les Vénitiens s'arrachaient le journal du matin. Ils râlaient contre le dernier rebondissement de l'imbroglio de Mestre. En effet, la semaine de manifestations avait incité un anonyme travaillant sur le projet à faire des révélations sur ce développement touristique qui s'étalaient à la une. Du moment que le gros titre n'était pas « Mort suspecte d'un Anglais ivre, jeune homme blanc recherché », Clay trouvait que toutes les nouvelles étaient bonnes.

Il pressa le pas dans le dédale de ruelles du quartier de Santa Croce, cherchant l'étude notariale. Aux termes de la loi italienne, c'était l'acheteur qui désignait le notaire chez qui se concluait la vente d'un bien immobilier, une obligation qui n'était pas sans rappeler celle du joueur de poker qui, pour éviter tout soupçon de tricherie, coupait le jeu de cartes après que le donneur l'eut battu. Sauf que, cette fois, le vendeur avait trouvé un autre moyen de contourner le système. Clay était armé d'un dossier contenant tous ses documents, faux comme authentiques. Il apportait aussi son passeport, son relevé d'identité bancaire et l'original de l'acte de propriété van der Haar daté de 1894 (petite relique destinée à obnubiler West pour détourner son attention des mains tremblantes de Clay). Il se sentait plus que jamais prêt à tromper son monde pendant vingt minutes de formalités au terme desquelles quatre millions d'euros se déverseraient sur son compte en banque. Oui, il avait peur. Il tremblait comme une feuille. Mais il parviendrait à jouer le jeu pendant une vingtaine de minutes pour escroquer un type si cela devait lui assurer la sécurité pour le restant de ses jours.

Son ventre n'en semblait pas convaincu. Clay s'arrêta à un coin de rue pour s'efforcer de respirer plus calmement. Il goba un petit comprimé rose contre les douleurs abdominales – son quatrième de la matinée. *Tu pourras craquer autant que tu voudras après ce rendez-vous*, dit-il à son organisme, en conducteur d'une guimbarde priant son moteur de tenir le coup jusqu'à la prochaine bretelle de sortie de l'autoroute. *Juste une petite heure, et je te promets que tu verras le meilleur interne de Milan.* Il sortit son téléphone pour vérifier l'heure : 9 h 50. Il avait dix minutes devant lui pour localiser l'étude.

Il s'engouffra dans une voie qui abritait deux bars et trois boutiques de masques, mais aucun notaire. Il mit le cap sur la gauche et eut bien du mal à franchir un barrage de livreurs dont les chariots surchargés bloquaient le passage. Il arriva face à une église baroque devant laquelle il était passé des centaines de fois, pourtant il ne parvint pas à relier ce repère à l'idée qu'il se faisait de sa destination. Il rebroussa chemin, batailla de nouveau avec les livreurs et se retrouva sur un tout petit pont en pierre sculptée. Son médicament contre les maux d'estomac restait sans effet. Dans cinq minutes, il était censé s'asseoir au côté de Richard West pour signer l'acte de vente. Il fila comme une flèche dans une ruelle qui se terminait en cul-de-sac au bord d'un canal. Il paniqua : sa transpiration collait ses documents contre sa paume. Il repartit en sens inverse et tourna à droite, tout cela pour arriver devant la même église baroque où un groupe de touristes ukrainiens harcelaient des pigeons avec leurs appareils photo. L'horloge du clocher indiquait 10 h 1. Clay pressa le pas, privilégiant la vitesse à la précision. Des visions de West et du notaire hochant la tête face à son retard – *On ne peut pas faire confiance à un petit jeune, nous aurons intérêt à vérifier ses documents au moins trois fois* – lui traversèrent l'esprit. Cela ressemblerait bien à Venise de l'embrouiller une dernière fois.

Cette ville n'était pas faite pour les gens logiques. Ainsi, Clay en fut quitte pour tourner à gauche, ce qui n'avait aucun sens puisque cela le menait dans la direction opposée à celle que son cerveau lui conseillait. À 10 h 5, il finit par arriver devant l'étude notariale. Au-dessus de l'interphone, une plaque en laiton stipulait *Consiglio nazionale del notariato* et indiquait que les bureaux se trouvaient au premier étage. Clay pressa l'interphone, puis le bourdonnement caractéristique lui signala qu'il pouvait entrer.

Quand il pénétra dans l'immeuble, les premières vrilles d'air conditionné lui caressèrent la peau. Alors qu'il s'apprêtait à s'engager dans l'escalier, il entendit une voix crier derrière lui :

— Attends !

Clay fit volte-face ; le battant de la porte lui cogna l'épaule. Un homme au teint olivâtre, qui avait couru, pila devant l'entrée. Il tenait un journal enroulé dans son poing et était tout essoufflé, plié en deux. Quand il redressa la tête, Clay le reconnut.

— Escroc ! tonna Battista. Voleur !

C'était le pire des scénarios pour Clay, celui qu'il ne s'était pas autorisé à envisager. Il glissa sa chemise de faux documents dans son dos. Envisagea de pousser Battista, foncer dehors et la jeter dans le canal le plus proche.

— Depuis le début, il me ment !

Battista se frappa la poitrine.

— M. West me fait travailler contre ma propre ville ! Par sa faute, je me suis fourvoyé !

Clay n'avait aucune idée de ce dont Battista parlait, mais cela ne semblait pas le concerner. Il fut pris d'un vertige. Il était passé à deux doigts du désastre, mais restait là, planté sur ses jambes, indemne. Clay retenait encore la porte avec son épaule, mais l'interphone résonna de nouveau.

— Excuse-moi, dit-il. Je n'ai pas le temps de te parler. J'ai rendez-vous.

Il le regarda d'un air compatissant, comme pour lui faire comprendre qu'il savait mieux que personne combien Richard West pouvait être manipulateur.

— Tu ne saisis donc pas ? s'écria Battista d'une voix geignarde.

Il s'approcha de Clay, pour lui dire, en italien :

— Il s'est moqué de moi, et pourquoi ? Pour l'argent. Tout ce temps, toutes ces réunions où il me demande d'apporter des plans, des autorisations administratives, des chéquiers, oh, ce que j'ai été naïf, à aller chercher et ramener comme un toutou en pensant que nous travaillions sur des projets de réhabilitation. Ça, c'est ce que West m'avait dit que nous faisions. Et moi, je le croyais ! Je te le jure !

Le jeune homme était au bord des larmes. Il déplia le journal puis montra, en première page, la photographie d'un homme hâlé dont les rares cheveux étaient ramenés de force d'un côté pour recouvrir le haut de son crâne dégarni. Une cigarette était coincée entre ses dents. La légende le désignait comme étant le directeur du projet immobilier de Mestre, cet homme de la région gérant les concours financiers des investisseurs étrangers anonymes. Le journal l'avait, pour faire sensation, affublé du surnom « Le Judas de Venise ».

— J'ai rencontré ce type des dizaines de fois, chuchota Battista comme s'il craignait que des passants surprennent ses propos. Dans des hôtels, des restaurants. Ça fait des mois que je fais passer des enveloppes et des plans entre M. West et lui ! Tu comprends ? West fait partie de ces investisseurs étrangers ! Mon Dieu, ce que j'ai été bête ! Il est tout content de restaurer une peinture d'autel et d'obtenir des subventions pour sauvegarder Venise, mais ne résiste pas à l'appât du gain, même au prix de destructions.

L'interphone résonna de nouveau. Battista enchaîna en parlant de sa famille – si jamais elle apprenait qu'il travaillait pour l'un de ces promoteurs ? Elle le renierait. Il vivait à Venise depuis toujours. Où irait-il ? Clay entendit des éclats de voix provenant de l'étage supérieur.

— Tu m'en vois navré, Battista, murmura-t-il. Richard West est une ordure. J'ai été son assistant avant toi, et il m'a joué un sale tour. Je ne le lui pardonnerai jamais. Mais, si tu veux bien m'excuser, je dois le rejoindre car je lui vends ma maison.

Clay regrettait de ne pouvoir expliquer à ce jeune homme en colère la loi du Talion que dissimulait cet acte.

Comme Clay allait s'engager dans l'escalier, Battista le retint par le bras.

— Non, tu n'as pas compris ! s'écria-t-il au bord des larmes. Tu ne vois pas de quoi il retourne ? Toi aussi, il t'a manipulé. N'y va pas. C'est un piège.

Nick pensait que boire du prosecco si tôt le matin ne serait pas la meilleure façon d'entamer sa dernière journée à Venise. Mais Eva était d'humeur festive et, de plus, elle tenait à lui dire au revoir. Elle lui avait envoyé un texto :

> Allez, passe prendre un verre avant de partir. J'ai des super nouvelles !

Nick, son sac de voyage à l'épaule, fit rouler sa lourde valise dans les rues de Venise. En dépit de ses bagages, il se sentait, pour la première fois depuis des jours, libre, léger, voire optimiste. Le soleil réchauffait sa peau et l'odeur de l'eau croupie laissait présager une vie amibienne. Clay l'avait sauvé – ça, Nick en était sûr – et il passerait le restant de ses jours à l'en remercier. Il se moquait du poids de sa valise et que les anses de son sac lui scient la clavicule, tout comme le laissait indifférent la chaleur poisseuse de cette fin de matinée de printemps, car tout cela l'ancrait sur la planète et c'était justement là qu'il voulait rester – avec Clay – le plus longtemps possible. Des panneaux indicateurs jaunes pointaient en direction de la *ferrovia*. Quand Nick arriverait à la gare, il achèterait deux allers simples pour Milan et attendrait, la tête vide, le cœur léger, l'arrivée de Clay.

Il portait le cadeau que lui avait fait Daniela, la veste prince-de-galles. Le retoucheur avait bien réparé la manche ; l'accroc n'était presque plus visible. Devant lui, Nick avisa un stand de cartes postales où il s'arrêta quelques instants, repensant qu'il avait oublié d'en envoyer une à sa sœur. À présent, le dernier jour, c'était trop tard. Il en écrirait une à Margaret de là où Clay et lui iraient. À coup sûr, cette destination serait *presque* aussi sensationnelle que Venise.

Il arriva à la gare peu avant 10 heures – Clay ne sortirait pas de chez le notaire avant une demi-heure –, et le Palazzo Contarini n'était pas très loin de là. Nick décida de pousser sa valise jusque chez Eva. Pourquoi ne pas y faire un saut pour apprendre la nouvelle qu'elle avait enfin réussi à mettre la main sur la fresque de la Madone bleue ? Il pourrait lui souhaiter bonne chance. Il ne la reverrait sans doute jamais.

Dans Cannaregio, Nick s'autorisa à lancer un dernier coup d'œil dans la ruelle menant au Dormitorio – pour une fois, il ne courait pas le risque de croiser son petit ami. Clay signait une vente de quatre millions d'euros en ce moment même. Nick pénétra dans le jardin luxuriant du *palazzo* et dissimula sa valise et son sac derrière le cyprès en pleine floraison. En marchant vers la porte d'entrée, il improvisa une plaisanterie qu'il dirait à Eva dans l'interphone : « Je suis bien à la soirée Enfin-Nick-s'en-va-ce-n'est-pas-trop-tôt ? » Mais, quand il pressa le bouton d'appel, ce fut une autre voix qui rugit dans le haut-parleur :

— Qui est là ? demanda Richard West.

Nick perdit contenance. West ne devrait-il pas se trouver chez le notaire, avec Clay ? Il vérifia l'heure sur son portable. À peine dix heures passées. Le rendez-vous devrait tout juste commencer.

— C'est Nick, annonça-t-il d'une voix enjouée.

Clic. Le portail s'ouvrit, et Nick s'engagea dans l'escalier plongé dans la pénombre. En haut des marches, il trouva la porte entrebâillée. Pourtant, lorsqu'il poussa le battant, celui-ci se coinça contre un obstacle invisible. Nick se glissa par l'entrebâillement et découvrit que les bibliothèques murales avaient été en partie démontées, exposant le panneau de communication avec le *palazzino* de van der Haar. Pour Nick, ce réaménagement était, au moins, un signe positif et apaisa ses esprits. West devait douter si peu d'obtenir le Dormitorio qu'il avait déjà commencé à démolir l'obstacle matériel qui l'en séparait.

West, quant à lui, se tenait à l'autre bout de la pièce, au bar. Un rayon de soleil aveuglant découpait le parquet, les séparant. Il portait, comme toujours, une chemise et un pantalon blancs en lin. Souriait d'un air engageant.

Nick évita d'exprimer son ahurissement qui avait déclenché une sirène d'alarme dans sa tête : *Comment se fait-il que tu sois chez toi à cette heure-ci ?* Il se rabattit sur une remarque plus anodine :

— Super, j'ai l'occasion de te dire au revoir ! Je pensais trouver Eva seule ce matin.

West joignit les mains devant lui et jaugea Nick. Du bout de son pied nu, il jouait avec le butoir de porte en laiton qui traînait par terre.

— C'est donc aujourd'hui que tu pars pour Milan ?

L'allusion à Milan glaça Nick. Comment West savait-il dans quelle ville Clay et lui avaient décidé de s'enfuir dans l'après-midi ? La paranoïa le transperça, son sang ne fit qu'un tour. Pourtant, West lui souriait. Il débordait d'affection et, soulagé, Nick se rappela avoir donné lui-même comme justification de son départ la présence d'un client amateur d'argenterie à Milan.

— Oui, enfin ! C'est le retour au travail, j'en ai peur. Je regrette de devoir partir avant la fin de l'été. J'espère vraiment pouvoir vivre comme vous, un jour.

West pouffa de rire à ce compliment. Nick se fit la remarque qu'il était extrêmement souple. Il pouvait coincer le butoir de porte contre sa plante de pied et le faire tourner sur le *terrazzo*.

— Eva a filé chez le caviste, dit West. Elle t'a proposé de passer boire du prosecco sans vérifier s'il nous en restait. J'ai essayé de joindre Battista toute la matinée pour qu'il aille nous en chercher, mais son portable est coupé.

West leva les yeux au ciel pour souligner le fait qu'on ne pouvait décidément pas se fier aux assistants.

— Elle ne devrait plus tarder, reprit-il. En attendant, je peux t'offrir…

Il fit courir son regard sur le contenu du bar.

— … un gin ?

— Oh, je peux attendre, répondit Nick, très aimable. Nous sommes seuls ?

Il espérait faire dire à West la raison pour laquelle il se trouvait chez lui et non chez son notaire.

— Oui, nous sommes seuls. J'espère que ça te va !

West se servit un doigt de gin qu'il noya d'eau pétillante.

— Karine passe la journée dehors, poursuivit-il. La poussière des bibliothèques aggrave ses allergies. C'est mieux que nous ne soyons que tous les trois. Je n'ai jamais vu Eva aussi enthousiaste. J'en suis extrêmement heureux.

Il agita son cocktail du bout de son petit doigt qu'il suçota ensuite.

— Pourquoi est-elle si enthousiaste ?

Nick ne parvenait pas à décider s'il était censé en déduire la raison lui-même. Il était épuisé au bout de ce labyrinthe de mensonges. Quitter Venise reviendrait à ne plus devoir en faire. Il regarda les piles de livres et les étagères démontées.

— C'est en prévision de tes prochains travaux de rénovation ?

— Ce n'est rien de le dire ! rétorqua West sur un ton léger.

Il posa son verre sur le bar et serra les bras autour de son torse, comme s'il s'étreignait. Nick ressentit la chaleur de ce geste par procuration. La victoire de West était aussi la leur, à Clay et lui. Tout le monde était gagnant. Tout le monde avait des raisons de se réjouir ce matin.

Le moteur d'un *motoscafo* résonna sur le canal, sous la fenêtre. Nick attendit que le bruit s'estompe.

— Dois-je comprendre qu'Eva ne devra pas retourner travailler comme restauratrice en France ?

— Tu es loin du compte ! Tu mérites vraiment qu'on te remercie, car avoir acheté l'argenterie nous a permis de poser les bases pour ferrer le gros poisson. D'établir un niveau de confiance mutuelle… Oh, ne va pas croire que je ne me méfiais pas de ce minable d'à côté. Je vais te dire une chose : je n'ai jamais été dupe.

Il se tapota la narine droite.

— J'ai du flair pour les escrocs, reprit-il. On développe ce sixième sens dans les affaires. Dommage, tout semblait marcher si bien.

Nick souriait d'un air chaleureux au fil de ces insultes envers Clay. Qu'il haïsse ce « minable » d'à côté. Quelle différence cela faisait-il à présent ?

West écarta les bras pour en tendre un vers le mur derrière Nick.

— Elles ne m'ont jamais plu, ces étagères. Bientôt, la cloison qui les soutient sera abattue. Nous pourrons enfin réunir les deux parties du *palazzo* et lui redonner ses dimensions originelles. J'entends par là celles de sa construction en 1473. Je respecte l'histoire de l'architecture de ce pays, que veux-tu que je te dise ? Beaucoup plus que les van der Haar qui n'ont pas hésité à réaliser cette séparation merdique juste pour garder un pied-à-terre dans cette ville.

West avait enfin réussi à arracher tout ce qu'il pouvait à cette riche famille américaine. Maintenant qu'il était libéré de son obsession, les van der Haar avaient perdu de leur superbe et rejoint la masse des êtres humains banals à laquelle ils avaient toujours appartenu.

Nick s'avança dans le rai de lumière, mettant une main en visière devant les yeux.

— Es-tu en train de me dire que tu as acheté l'autre moitié du *palazzo* au gars qui en avait hérité ?

West acquiesça, l'air ravi. Puis modifia ce geste en basculant la tête d'un côté et de l'autre comme pour signifier, amusé, « en quelque sorte ». Un petit rire lui échappa.

— Tu ne vas pas croire ce qu'il se passe en ce moment même ! s'écria West en jetant un coup d'œil à sa montre. Ou, plutôt, ce qu'il s'est déjà passé, il y a, oh, un petit quart d'heure !

— Quoi donc ? demanda Nick d'un air innocent.

Il fit un pas vers West pour échapper au soleil.

— Ah, à toi, je peux bien le dire. Ce petit jeune, ce gigolo d'à côté est chez mon notaire en train de signer l'acte de vente du Dormitorio.

— Génial ! Tu posséderas toute la maison ! Bravo !

— Seulement, vois-tu, je sais depuis le début à quel genre d'individu j'ai affaire. T'ai-je dit qu'il avait été mon assistant ? Il fait partie de ces gens auxquels il ne faut jamais faire confiance. Raison pour laquelle, tu l'auras compris, je t'ai demandé d'expertiser les pièces d'orfèvrerie avant d'accepter de les acheter. Donc, quand ce gamin a remis ça en proposant de me vendre le Dormitorio, je ne suis pas né de la dernière pluie. Je sais qu'il faut rester prudent en présence de chercheurs d'or de Brooklyn.

Du Bronx, faillit rectifier Nick.

West inspira à fond.

— Je sens ces choses-là, tu vois ce que je veux dire ? Toi, tu sais reconnaître les fausses antiquités. Moi, je sentais qu'il me mentait.

La transpiration poissait la nuque de Nick. Il mourait d'envie de fermer les doubles-rideaux pour obturer la clarté du jour qui s'infiltrait dans la pièce. Dans l'ombre, il pourrait se calmer et réfléchir posément.

— Qu'est-ce que tu as fait ? demanda-t-il d'un ton affolé.

— Tu vas adorer ! lui assura West, qui ne remarqua rien. Tu es sûr que tu ne veux pas un gin ?

— Sûr, répliqua Nick.

Il s'efforça de sourire, mais son visage était si contracté qu'il en endura le martyre.

West ne remarqua rien. Il jouissait trop de sa propre victoire.

— C'est incroyable ! Ce gamin se vantait de posséder toute la maison. Comme si nous étions tous deux des égaux sous le même toit. Lui et moi, *pareils*, tu imagines ?

West fit la moue pour signifier qu'il trouvait la chose absurde.

— Bien entendu, ce n'était pas le cas. Il n'avait réussi à mettre la main que sur la moitié du bien dont il avait dépouillé ce pauvre Freddy.

La vision de Clay assis chez le notaire traversa l'esprit de Nick comme arrachée à une histoire qui n'avait plus de sens pour lui.

— Puisque tu as découvert que ce Clay ne possède pas le Dormitorio, que fait-il en ce moment chez ton notaire ?

Nick dansait d'un pied sur l'autre, comme si ses deux jambes se refusaient à porter la responsabilité de le maintenir debout.

West se retourna pour prendre son verre posé sur le bar.

— C'est à Battista que revient le mérite d'avoir retrouvé sa trace. Ça n'a pas été facile. Elle vit en Uruguay depuis vingt ans, dans une minuscule station balnéaire du nom de José Ignacio. Il n'y a qu'elle et sa dizaine de chevaux, à la limite de la pauvreté. La pauvre vieille est presque sénile. C'est quand même triste de finir ainsi. C'est une van der Haar, merde ! Comme quoi : il faut faire fructifier son argent, sous peine de finir fauché. J'espère que tu retiendras la leçon, Nick.

Nick secoua la tête, non parce qu'il refusait d'apprendre de la vie, mais parce que les faits eux-mêmes ne prenaient pas corps dans son esprit.

— De qui Battista a-t-il retrouvé la trace en Uruguay ?

Sa voix tremblait.

— Pas de la sœur de Freddy, tout de même ?

West s'étouffa de rire.

— Si ! Cecilia van der Haar ! Nous avons tout tenté pour la convaincre de venir à Venise afin de témoigner qu'elle n'avait pas donné son accord pour la vente de sa partie du *palazzo*, mais elle est trop affaiblie pour voyager. C'est aussi bien. Cette femme est un vrai cauchemar, le genre de garce qui se faisait au siècle dernier. Mais elle nous a été très reconnaissante de l'avoir recherchée et prévenue. Tu penses bien qu'elle était furieuse d'apprendre que le petit escroc qui avait abusé de son frère essayait maintenant de vendre la propriété familiale à son insu. Battista a contacté un avocat du coin qui l'a aidée à rédiger un affidavit qu'il nous a envoyé.

West secoua la tête, comme s'il n'en revenait toujours pas.

— C'est impensable, non ? reprit-il. Je te jure, ces choses-là n'arrivent qu'à Venise. Cette ville a toujours été un paradis pour les escrocs.

West but une gorgée de gin.

— Mais, la bonne nouvelle, c'est que Cecilia accepte de me vendre le Dormitorio une fois que cette histoire sera réglée. Elle n'est que trop heureuse de cette rentrée d'argent. Et mon notaire m'assure qu'aucun juge italien ne permettra à Clay de conserver sa part une fois qu'il sera condamné pour faux et usage de faux.

West haussa les épaules.

— Je crois que Cecilia a compris à qui elle vendait, que je prendrai soin de…

— Que va-t-il lui arriver ? l'interrompit Nick d'une voix pressante.

— À Clay ?

West joignit les poignets pour mimer qu'on lui passerait les menottes.

— La *polizia* et mon avocat sont chez le notaire. Quand Clay remettra ses documents, ils l'arrêteront. La peine de prison qu'il encourt est ridiculement basse en Italie – trois ou quatre ans maxi. Au moins, il sera puni pour avoir essayé de m'arnaquer.

West marcha jusqu'à Nick, posa la main sur son épaule et exerça une tendre pression. Mais, trouvant la lumière du jour trop violente, il regagna aussitôt la pénombre du bar.

— Je sais que ça peut paraître horrible de se réjouir à l'idée que quelqu'un soit incarcéré. Cette situation m'attriste autant que quiconque. Mais ce petit jeune a toujours été une épine dans mon pied. Un beau jour, il s'est retourné contre moi alors que j'ai tout fait pour l'aider. Puis il a mis Freddy dans son camp. Aujourd'hui, je peux enfin lui dire en face : « Tu vois, je t'avais bien jugé. »

West regarda d'un air rêveur vers la porte en noyer.

— Je ne me trompe jamais sur les gens, reprit-il. C'est un instinct. Tout de même, je n'arrive pas à croire que cet enculé ait eu le toupet d'essayer de m'arnaquer.

Nick, d'un pas hésitant, s'avança vers le sourire satisfait qui lui faisait face de l'autre côté du rayon de soleil. Ses poings serrés étranglaient la tiédeur de l'air printanier. Une flambée de haine le déchira, répandant en lui une chaleur nauséeuse qui le rendit claustrophobe à son propre corps. Cette sensation, il l'avait déjà éprouvée dans la chambre du Grazia Salvifica et voilà qu'elle l'envahissait de nouveau tandis qu'il atteignait la zone d'ombre où se tenait West, immobile.

— Annule tout, dit-il, les dents serrées. Grouille. Allez ! Annule tout.

— Pardon ?

West souriait toujours, mais son visage s'était figé. Il fronça les sourcils.

— Que j'annule quoi ?

— Le notaire. Le piège. Annule tout !

Nick sortit son portable de sa poche. Il tapa sur l'écran fêlé de ses doigts gourds.

— Qu'est-ce que tu fabriques ? râla West.

— J'appelle Clay. Je le préviens.

— Comment se fait-il que tu aies son numéro ?

D'instinct, West fit un pas en arrière. Son regard se détourna vers la ligne d'horizon miniature formée par les bouteilles en verre alignées dans son bar personnel.

— Il est trop tard pour le prévenir. C'est déjà fait. Le rendez-vous était à 10 heures.

Le téléphone tomba par terre. Nick saisit West par le col et le souleva à hauteur de ses yeux.

— Annule ça ! Dis que c'est un malentendu ! Que c'est toi qui l'as poussé à le faire !

Le choc éprouvé par West s'était solidifié en fureur pure.

— Bas les pattes ! cria-t-il en levant les bras pour repousser Nick.

Des boutons de chemise tintèrent en tombant sur le sol. Nick essaya de suivre le parcours de l'un d'eux qui roula sur le *terrazzo*, mais sa vision de Clay emmené par la police, menottes aux poignets, refusait de se dissiper. Devant lui, West, rouge de colère, rajustait son col. Nick serra son poing droit. Il n'avait encore jamais frappé personne. Mais il avait poussé un homme dans le vide d'une cage d'ascenseur. Il n'y avait pas de limites à ce que ses mains pouvaient accomplir. Il s'élança en avant, donna de l'élan à son poing et frappa West de toutes ses forces en plein visage.

L'homme s'écroula par terre si lentement que sa chute parut ne pas avoir de rapport avec un acte de violence. La douleur que Nick ressentit dans ses phalanges l'élança jusqu'au poignet. Il le serra dans son autre main en contemplant West qui gisait par terre. Des taches de sang avaient fleuri sur sa chemise blanche. West roula sur lui-même, se mit à genoux et glissa cahin-caha vers le bar. Il devait y avoir planqué une arme et, s'il mettait la main dessus, n'hésiterait pas à s'en servir.

Nick l'attrapa par les passants de sa ceinture et le tira en arrière sur le *terrazzo*. West tenta de se dégager en lançant un coup de pied de côté, mais le mouvement le déséquilibra et il bascula sur le dos. S'asseyant à califourchon sur son ventre, Nick vit qu'il saignait du nez. Son visage était tombé dans le rayon de soleil, et Nick avait l'impression surréaliste de lui tenir la tête sous l'eau d'un ruisseau pour le noyer en pleine lumière.

Pris d'une quinte de toux, West se cogna la tête à plusieurs reprises contre le marbre. Il gémit et, un bref instant, Nick eut pitié de lui. Puis il se rappela que cet homme venait d'envoyer son petit ami en prison, alors sa colère redoubla et suinta par tous ses pores. West tourna la tête vers lui, et leurs regards se croisèrent.

— *Aiuto !* cria-t-il faiblement. Par pitié. *Aiuto...*

— Fumier! Sale fumier bouffi d'orgueil et de fric! Qui va venir t'aider? Qui? Il n'y a que nous ici.

West lui avait tout pris, jusqu'à la seule personne qui aurait pu l'empêcher d'aller plus loin.

West lécha ses lèvres pleines de sang.

— Si tu ne te relèves pas, je vais te tuer, laissa-t-il tomber d'une voix plate.

La résolution que Nick perçut dans cette menace l'effraya, d'autant plus qu'elle émanait d'un homme épinglé au sol qui devrait plutôt implorer la pitié.

— Ah oui? Sans blague? réagit-il, jouant les durs. C'est toi qui devrais avoir peur.

West leva brusquement la main, bloquant le menton de Nick. La vue de celui-ci se brouilla, mais il parvint à donner un autre coup de poing dans le nez de West qui, aussitôt, le lâcha.

West semblait avoir perdu connaissance. Sa joue droite était plaquée contre le sol, et ses yeux regardaient sur le côté, dans le vide. Mais le râle qui montait du fond de sa gorge le trahit. Nick suivit des yeux le bras tendu de West et vit ses doigts s'enrouler autour du butoir de porte. Juste au moment où il le levait en l'air, Nick rabattit son bras par terre. L'arme de fortune glissa sur le marbre moucheté jusqu'au plus fort de la lumière du soleil. Les genoux de Nick martelèrent le sol tandis qu'il tendait le bras vers cet orbe métallique rutilant. Mais West était un nageur qui se noyait et essayait de l'entraîner avec lui sous l'eau, s'agrippant à son torse. Nick lui flanqua un coup de genou dans le cou, ce qui lui laissa le temps de s'emparer de la cale. Il serra cette masse dans sa main et s'assit de tout son poids sur West.

Qui se débattait. Qui bavait.

— *Aiuto !* cria-t-il encore. Pour l'amour du ciel, à l'aide !

Avec un pouce, il faillit énucléer Nick qui se dit alors qu'il n'avait plus le choix. Aucun des deux ne l'avait. Il éleva le lourd butoir en s'aidant de ses deux mains. West donna une ruade, battit des pieds, tendant ses doigts vers la gorge de Nick qui, lui, se sentait faiblir, mais il abattit le butoir de toutes ses forces.

L'objet écorcha la tempe de West, le sol recevant le gros de l'impact. Le sang coula par une plaie au-dessus de l'oreille du vieil homme, poissant ses cheveux blancs. Il ne se débattait plus. Il respirait calmement et regardait Nick, amorphe, se mordillant les lèvres. Il n'appelait plus à l'aide.

Nick empoigna le butoir et se redressa, à genoux, le levant le plus haut possible au-dessus de sa tête une seconde fois. Tuer West le libérerait – de quoi, il n'aurait su le dire exactement, mais il voulait s'en affranchir. Le meurtre s'offrait à lui comme un coin d'ombre où dormir. Mais, au même moment, Nick comprit que, s'il tuait de nouveau, il ne pourrait jamais faire machine arrière. Il se retrouverait coincé dans cette zone intermédiaire car il ne restait personne pour le guider en sens inverse.

Il roula sur le côté, libérant le corps de West, et posa par terre son arme de fortune. Il pensa à ses bagages qu'il avait laissés dans le jardin, à la gare à une dizaine de minutes à pied de là, aux pays sans contrôles aux frontières et sans policiers. Il se releva près de la porte en noyer communiquant avec le Dormitorio. Juste derrière, se trouvaient les bagages de Clay, faits.

Nick partit comme il était venu. Il ne se retourna pas vers l'homme qui gisait dans l'éclat du soleil, les yeux levés vers le plafond dans la position d'un mort.

Épilogue

Dès le mois d'octobre, les traversées pour rejoindre l'île se faisaient plus rares.

Clay organisa son trajet d'abord en train – de Venise à Rome – puis en avion – de Rome à Lampedusa – avec une précision chorégraphique afin d'arriver juste à l'heure pour prendre le ferry. Ce fut un long voyage sur fond de bambins hostiles au silence et de touristes âgés adeptes de l'arrière-saison. Malgré tout, Clay était surexcité, fébrile. Cinq mois, déjà. Pendant que l'avion approchait de l'île, il examina la carte au verso du magazine de bord. Si l'Italie formait une botte et la Sicile un ballon, Lampedusa était un moustique qui voletait au-dessus du terrain de sport, ce qui faisait de Linosa... quoi ? Un morceau de peau ? Une goutte de transpiration ? Un micro-organisme encore inconnu qui décimerait ou sauverait la planète ? L'île formait un point sur la Méditerranée si bas au sud qu'elle donnait l'impression de chercher à faire partie de la Tunisie. Aucun des Italiens que Clay avait interrogés n'y avait jamais mis les pieds. Tout le mérite en revenait à Nick : il avait réussi à trouver l'endroit le plus isolé qui soit, aussi loin de Venise que possible mais à l'intérieur des frontières du pays.

Clay se souvint des premiers e-mails inquiétants que Nick lui envoyait à l'adresse de Daniela, qui ne lui donnaient ouvertement aucune consigne :

Si des éléments indiquent qu'ils sont à ma recherche, je ferai le trajet inverse des réfugiés, je passerai clandestinement en Afrique du Nord et y disparaîtrai.

Puis vint le tout dernier message débordant d'optimisme :

Linosa, c'est le paradis ! Plages de roches volcaniques, figuiers de Barbarie, pas de banques, pas même un seul distributeur de billets. J'ai fait la connaissance de Franco, un mec super qui m'apprend à monter le seul cheval de l'île.

(Clay n'avait plus qu'à espérer que ce Franco soit un octogénaire irascible ayant un faible pour les Américains en difficulté et non un bel insulaire d'une vingtaine d'années.)

Les derniers e-mails étaient plus concis et rédigés, Clay n'en revint pas, en italien bancal :

C'est sans danger maintenant. Je n'en peux plus d'attendre. Quand arrives-tu ?

— Pars ! l'avait supplié Daniela. Au moins, je ne serai plus obligée de servir d'intermédiaire. Ton Nick s'est révélé être le pire colocataire qui soit. Tu veux que je te dise ? J'attends encore son invitation à dîner pour me remercier de l'avoir reçu.

Était-ce réellement sans danger ? Clay n'en jurerait pas. En cette funeste matinée de mai, Eva, à son retour au Palazzo Contarini, avait découvert son oncle évanoui, ensanglanté, sur le sol du salon. Richard West avait été transporté en bateau-ambulance à l'Ospedale SS. Giovanni e Paolo. Les trois jours suivants, pendant lesquels West resta dans un état stable mais inconscient en soins intensifs, la police vénitienne commença son enquête sur une agression violente sans témoin oculaire. Bien entendu, les premiers soupçons s'orientèrent sur Clay et, si Battista n'avait pas été là pour lui fournir un alibi – ainsi qu'une dizaine de Vénitiens qui l'avaient vu courir dans le quartier de Santa Croce à l'heure de l'agression –, il aurait sans doute été inculpé. Clay était un coupable idéal.

— C'est le gars d'à côté, j'en suis sûre ! déclara Eva aux policiers. Ils se haïssaient. Mon oncle n'avait pas d'autre ennemi !

L'interrogatoire de police de Clay fut un terrain miné. Il nia posséder de faux titres de propriété et, n'en ayant présenté aucun au notaire, n'avait pas commis de délit. Sa version des faits ne satisfaisait pas les enquêteurs, impatients de procéder à une arrestation, mais ils furent bien obligés d'abandonner les poursuites. Ils lui remirent une injonction que, plus jeune, il aurait adoré recevoir des autorités locales : *Prière de ne pas quitter Venise jusqu'à nouvel ordre. Pour les besoins d'une éventuelle autre audition.*

Peu après, Eva envisagea une deuxième théorie que, même bouleversée, elle jugeait absurde :

— Il y a cet autre jeune homme, Nicholas Brink, qui devait venir chez nous avant de quitter Venise. C'est moi qui lui avais proposé de passer. Il ne m'avait pas répondu. Mais ce serait insensé. C'est un ami. Il n'avait pas de raison de faire une chose pareille...

Les enquêteurs établirent tout au plus qu'un jeune homme dont le signalement correspondait à celui de Nick avait pris le train de 11 h 50 pour Milan. Avant qu'ils puissent reconstituer ses déplacements ultérieurs, la liste des suspects s'allongea.

Sauvez Venise de ceux qui prétendent vouloir la sauver. Les unes des journaux étaient féroces. Battista décida de sauter le pas en dénonçant publiquement son patron comme étant l'un des investisseurs anonymes du projet immobilier de Mestre. Le nombre des suspects locaux susceptibles d'en vouloir à la victime finit par atteindre cinquante-trois mille personnes. Les policiers travaillèrent sur l'hypothèse qu'un manifestant ait pu avoir eu vent de l'information avant les médias et décidé de prendre les choses en main. Ils ne cessaient de parler d'interpellation imminente, mais Clay sentait qu'ils se méfiaient d'une justice expéditive. Après tout, ils étaient, eux aussi, nés à Venise et y avaient grandi.

— Nous ne pouvons pas exclure un cambriolage qui aurait mal tourné, dit l'un d'eux à Eva à portée de voix des fenêtres du Dormitorio. Un crime de circonstance. Vous êtes certaine d'avoir bien fermé le portail quand vous êtes sortie faire vos courses dans la matinée ?

Au troisième jour, l'hôpital téléphona. Richard West était sorti du coma.

Il ne parlait pas. Il ne le pouvait pas. Ou ne le voulait pas. Il faisait seulement signe par oui ou par non de la tête avant de se retirer dans un silence hagard, éperdu. On lui fit passer des IRM qui ne révélèrent aucun dommage neurologique même si, de l'avis général, le Giovanni e Paolo n'était pas l'hôpital le plus pointu dans ce domaine. Ce n'était peut-être qu'une affaire de temps avant que le traumatisme se dissipe et que le patient recouvre l'usage de la parole. D'une fenêtre de la mansarde, Clay observa Karine, Eva et un infirmier privé ramener West chez lui en *motoscafo*, le soutenir pour l'aider à franchir les portes du *palazzo* côté canal dont ils durent couper la chaîne car la clef demeurait introuvable. Clay se demandait si la honte était la véritable raison du mutisme de West. S'il ne parlait plus, il n'aurait de comptes à rendre ni à ses vieux amis ni à ses nouveaux adversaires sur son implication douteuse dans le projet immobilier de Mestre. En tout état de cause, ce ne fut pas un retour à la maison chaleureux. Le lendemain soir, une brique fracassa la fenêtre du *piano nobile* du *palazzo*. Des ordures furent répandues dans le jardin. Des vandales taguèrent *Traître* et *Maiale capitalista* sur la façade en briques. Parallèlement, les policiers venaient régulièrement lui rendre visite pour voir si son état général s'était suffisamment amélioré pour qu'il identifie son agresseur. Clay se doutait que, tôt ou tard, le West combatif, conquérant, reprendrait le dessus sur cette ombre de lui-même docile, penaude, et que l'implication de Nick éclaterait au grand jour. Mais qui sait si West n'était pas plus brisé que Clay ne l'imaginait ?

La première semaine de juin, Eva retourna à Toulouse. À la fin du mois, Karine décida le transfert de son mari à la clinique de Leipzig dotée d'équipements beaucoup plus performants pour l'exploration des désordres neurologiques. Il n'y eut ni dîner d'adieu, ni visiteurs de dernière minute, ni de musique disco résonnant plein pot à minuit de l'autre côté du mur. Un soir, les West fermèrent leur maison et partirent incognito sans que personne ne sache quand ils comptaient revenir. Dans sa hâte, Karine oublia de verrouiller la porte de communication avec le Dormitorio. Le lendemain, Clay en poussa le battant et vit les meubles recouverts de draps blancs tels les fantômes d'eux-mêmes. Passant d'une pièce à l'autre, il prit conscience que, pour la première fois depuis plus d'un siècle, un seul habitant occupait tout le Palazzo Contarini.

Cet été-là, Clay resta à Venise, encore copropriétaire d'un palais miniature. Il ne reçut aucune nouvelle – pas même par un biais officiel – de la sœur de Freddy qui vivait en Uruguay. Des pics de chaleur furent atteints, l'air devint poisseux, les touristes de plus en plus nombreux et les nuits étouffantes et sans vent, l'air aussi sec que de la vieille peinture. Clay ne demandait pas mieux. Il avait oublié l'éblouissante beauté de Venise sous les vagues de chaleur et que chaque église offrait un havre de fraîcheur quand on voulait se protéger d'un soleil écrasant. Il passait la plupart de ses soirées avec Daniela mais, deux fois par semaine, il retrouvait Battista pour boire un verre. Ils s'étaient liés d'amitié – le bel Italien sans emploi mais toujours décidé à ne pas partir sur le continent – et, pendant ces entre-deux où ils étaient parfois un peu embarrassés, Clay sentait flotter dans l'air comme le début d'une ouverture. Ce qui l'empêcha de concrétiser était de savoir que Nick attendait à Linosa que West reprenne ses esprits et l'accuse, que la police le recherche, que les empreintes digitales relevées sur le butoir de porte le confondent, que la voie soit libre. Aucune accusation ne vint de Leipzig au bout de trois mois. Puis de quatre. Si bien que Nick attendit Clay.

— Je ne me sens pas prêt, avoua-t-il à Daniela. J'hésite. J'ai peur que les choses aient changé entre nous. Je ne l'ai pas revu depuis quatre mois. En fait même plus, car, depuis qu'il était à Venise, nous nous rencontrions secrètement. Bon sang, nous nous voyons en secret depuis le début, à New York.

— Bienvenue au club, rétorqua Daniela. Pour les gens comme nous, il en va ainsi depuis des siècles ! Mais ce n'est pas pour autant que votre relation est moins forte. Certains pourraient même dire qu'elle ne l'en est que plus.

Elle avait raison, il le savait. Ce qui ne l'empêchait pas de redouter de se retrouver face à Nick.

— De toute façon, je ne peux pas encore partir, avança-t-il. Si la police me filait ? Et si c'était un piège et que je la conduise tout droit à Nick ? Je pourrais éveiller ses soupçons. Elle m'a très clairement demandé de rester en ville.

Daniela en appela à sa meilleure imitation de Freddy :

— Oh, *darling*, mais depuis quand fais-tu ce que les flics te disent de faire ?

À Lampedusa, Clay prit un taxi à l'aéroport pour se rendre à l'embarcadère. Le trajet lui fit traverser une ville où se succédaient des bâtiments d'un étage, leurs grilles fermées sur les distractions de l'été qu'ils proposaient. Il ne vit pas âme qui vive sauf un gamin, accroupi à un coin de rue, les genoux couverts de croûtes, la tête penchée vers le sol, les épaules et le cou crasseux. Il donnait l'impression d'être là depuis des semaines. Cette île était sinistre, inhospitalière.

— On n'en voit pas beaucoup par ici, des garçons comme vous, lui dit le chauffeur.

Du moins, ce fut ce que Clay crut démêler de son dialecte sicilien. Il ne chercha pas à savoir ce qu'il entendait par cette remarque. Il regarda les flots de la Méditerranée lui en mettre plein la vue.

La traversée jusqu'à Linosa en vedette bleue qui fendait les vagues tel un rasoir dura exactement une heure. Les quelques occupants de la cabine étaient des hommes et des femmes assez âgés qui ramenaient sur l'île des courses et des animaux dans des caisses. Clay essaya d'identifier celui posé à côté de son siège, mais il ne discerna qu'une paire de petits yeux noirs qui le regardaient sans ciller depuis un cube d'obscurité.

Lorsque Clay avait envoyé à Nick un e-mail (par l'adresse de Daniela) lui indiquant le jour et l'heure de son arrivée, ce dernier lui avait répondu en joignant une photo de lui en selle sur une jument baie, maigre, haute, qui correspondait à la silhouette dégingandée de Nick dont le visage était dissimulé sous le rebord d'un chapeau de paille. Son message était émaillé de points d'exclamation :

Rendez-vous sur le port ! Cela dit, tu me trouverais en moins de cinq minutes où que je sois sur cette île ! Ici, on m'appelle « l'Americano ». C'est plus qu'un simple surnom ! Sans blaguer, pour les insulaires, je suis l'Amérique. Ils ont rencontré si peu d'entre nous que tout ce que je dis ou fais représente pour eux le caractère de notre peuple ! Flippant, non ? Bref, tu dois t'étonner de me voir à cheval. Eh bien, j'ai pris goût à monter. J'ai pensé à une chose : la sœur de Freddy vit toute seule avec ses chevaux en Uruguay. Elle possède toujours la moitié du palazzo. *À qui le léguer de mieux qu'au jeune Américain féru d'équitation qui arriverait en ville et lui tiendrait compagnie les dernières années de sa vie ? Réfléchis-y pendant ton voyage jusqu'ici…*

Clay se demandait si Nick plaisantait. Non, ils ne s'étaient pas enfuis avec quatre millions d'euros. Mais il leur en restait encore deux cent mille grâce à l'argenterie, ce qui devrait leur permettre de vivre pendant quelques années. Pour Clay, cela suffisait.

L'île grossit à l'horizon, ses hautes collines désertiques enroulées sur elles-mêmes tel un crotale endormi. Les flots se calmèrent sur les bas-fonds bleu turquoise. La vedette accosta le long de la jetée. Une côte pavée menait à un ensemble de bâtiments d'un étage, chacun d'eux peint d'une teinte laquée différente, comme s'ils criaient à tous ceux qui se trouvaient au large, *Nous sommes là !*

Clay l'aperçut tout de suite. C'était lui le plus grand au bout de la jetée. Ses cheveux étaient plus frisés et plus blonds que jamais, un vrai feu de joie, il portait un jean et un tee-shirt noir dont il avait relevé les manches jusqu'aux épaules. Un hâle profond voilait ses traits. En s'avançant, Clay constata que son visage s'était émacié, que sa jeunesse s'était envolée. Mais son regard n'avait pas changé, et Clay n'en demandait pas davantage. Ils ne coururent pas l'un vers l'autre. Ne se sautèrent pas au cou. Ne s'embrassèrent pas. Le monde était encore trop dangereux. Pourtant, au milieu de la mer, ils se sentaient chez eux, et, là, ils trouveraient leur voie.

Remerciements

À l'été 1999, j'ai vécu à Venise en résidence au musée Peggy Guggenheim. Mon séjour là-bas a fortement influencé la genèse de ce roman. Je tiens à remercier le Peggy Guggenheim – et son programme de résidences d'écrivains – qui m'a permis, si jeune, de découvrir Venise. Cela dit, je n'aurais pu saisir cette ville complexe, ses multiples niveaux, sans l'aide d'amis et d'experts vénitiens qui en connaissaient tous les secrets. Au premier rang desquels Toto Bergamo Rossi qui m'a non seulement fait faire d'innombrables visites guidées et offert une chambre d'amis quand j'en ai eu besoin mais a aussi répondu à mes innombrables questions sur les palazzi, *sur tel ou tel lieu et sur l'argot italien qui m'ont permis de donner une base solide à ce récit. Je remercie aussi Shaul Bassi, Simone Francescato, Pietro Rusconi et Olympia Scarri pour m'avoir fait partager leur propre vision de Venise.*

Un remerciement particulier à James Ivory grâce à qui j'ai pu faire des rencontres capitales.

J'ai passé beaucoup de temps à Venise pour mes travaux de recherches, mais la plus grande partie de ce roman, je l'ai écrite à Paris. Cela n'aurait pas été possible si je n'avais pas été reçu en résidence à la Maison de la Poésie. Merci à Olivier Chaudenson, Caroline Boidé Brénaud ainsi qu'à toute leur équipe, de même qu'au Centre International d'Accueil et d'Échanges des Récollets où Chrystel Dozias et Aurélie Philippe m'ont accueilli si chaleureusement. J'aurais pu rester dans cet ancien couvent du Xe arrondissement de Paris jusqu'à la fin de mes jours. Merci à Tiffany Gassouk d'avoir tout organisé, et à Alexander Hertling et Monroe Hertling pour les pauses-repas parisiens.

Le roman fait des incursions dans certains domaines spécialisés, et je suis infiniment reconnaissant envers les professionnels qui m'ont généreusement fait partager leur expertise. Pour le sujet de l'orfèvrerie, je remercie Tim Martin, Jill Waddell, Ian Irving, Betsy Pochoda et Tom Delavan. En matière juridique, merci à Meyer Fedida, Gianluca Russo et Elana Bronson. Et en neurosciences, merci à mon voisin de résidence aux Récollets, Daniel Margulies. Un grand merci à Daniela Guglielmino pour avoir corrigé mon italien.

Je n'écrirais pas sans les encouragements de mon ami, conseiller, chambre d'écho et soutien permanent Bill Clegg. Merci à lui et tous ceux de la Clegg Agency – Marion Duvert, Simon Toop et David Kamblu pour ne citer qu'eux – grâce à qui tout a été possible. Ce roman est un travail d'amour et je suis infiniment reconnaissant envers mon éditrice, Jennifer Barth, pour avoir pris sur ses épaules un large poids de ce travail, avoir discerné toutes mes bonnes intentions et m'avoir encouragé à les faire fonctionner sur la page ; ses conseils constants, infaillibles, ont amélioré ce roman de mille manières. Merci à Jonathan Burnham qui m'a aidé à toujours mieux construire mon récit. Merci à Sarah Ried pour son aide constante. Merci à toute l'équipe de chez Harper.

Ce roman est, à bien des égards, un hommage aux êtres rebelles épris de liberté qui, au fil des années, sont devenus les patriarches et matriarches de ma famille adoptive. Je suis particulièrement redevable au grand artiste David Armstrong dont l'esprit a toujours plané au-dessus de moi pendant que j'écrivais ; son brownstone de Jefferson Avenue, sa prédilection à user du mot darling et ses extraordinaires archives photographiques m'ont, çà et là, directement inspiré. Merci à ces amis qui m'ont aidé dans cette aventure : George Miscamble, James Haslam, Lisa Love, Wade Guyton, Thomas Alexander, Joseph Logan, Zadie Smith, l'équipe de Interview Magazine, Leo Bersani, Patrik Ervell, T. Cole Rachel, T.J. Wilcox, Ana et Danko Steiner et, toujours, ma bande de Cincinnati.

Photocomposition Belle Page

Achevé d'imprimer en juin 2020
par CPI BUSSIÈRE (18200 Saint-Amand-Montrond)
pour le compte des Éditions Calmann-Lévy
21, rue du Montparnasse, 75006 Paris

N° d'éditeur : 1219377/02
N° d'imprimeur : 2051936
Dépôt légal : juin 2020
Imprimé en France.